学术作品集

读作品记

洪子诚 著

北京大学出版社
PEKING UNIVERSITY PRESS

图书在版编目（CIP）数据

读作品记 / 洪子诚著 . —北京：北京大学出版社，2017.11
（洪子诚学术作品集）
ISBN 978-7-301-28612-8

Ⅰ.①读… Ⅱ.①洪… Ⅲ.①俄罗斯文学—文学研究 ②中国文学—当代文学—文学研究 Ⅳ.① I512.06 ② I206.7

中国版本图书馆 CIP 数据核字（2017）第 199486 号

书　　名	读作品记 DU ZUOPIN JI
著作责任者	洪子诚　著
责 任 编 辑	黄敏劼
标 准 书 号	ISBN 978-7-301-28612-8
出 版 发 行	北京大学出版社
地　　　址	北京市海淀区成府路 205 号　100871
网　　　址	http://www.pup.cn　新浪微博：@ 北京大学出版社 @ 培文图书
电 子 信 箱	pkupw@qq.com
电　　　话	邮购部 62752015　发行部 62750672　编辑部 62750112
印 刷 者	三河市腾飞印务有限公司
经 销 者	新华书店 660 毫米 ×960 毫米　16 开本　22.5 印张　280 千字 2017 年 11 月第 1 版　2017 年 11 月第 1 次印刷
定　　　价	68.00 元

未经许可，不得以任何方式复制或抄袭本书之部分或全部内容。
版权所有，侵权必究
举报电话：010-62752024　电子信箱：fd@pup.pku.edu.cn
图书如有印装质量问题，请与出版部联系，电话：010-62756370

目 录

序 3

读作品记 1

《爸爸爸》：丙崽生长记 3
《〈娘子谷〉及其它》：政治诗的命运 23
《塔可夫斯基的树》："逆时代"诗人 48
《见证》：真伪之间和之外 60
革命样板戏：内部的困境 80
《晚霞消失的时候》：历史反思的文学方式 100
《苔花集》到《古今集》：被迫"纯文学" 117
《司汤达的教训》：
　　在19世纪"做一个被1935年的人阅读的作家" 134
《在有梦的地方做梦，或敌人……》：
　　教义之外的精神经验承担者 151
《绿化树》：前辈，强悍然而孱弱 171

与音乐相遇 186
《〈玛琳娜·茨维塔耶娃诗集〉序》：
　　　　当代诗中的茨维塔耶娃及其他 197
《人歌人哭大旗前》：同时代人的关怀 221
《跨域与越界》：得知自身的位置 227
《冬夜繁星》："这世界真好，不让你只活在现在" 237
《回顾一次写作》：前言·事情的次要方面 244

文学史问题 255

与吴晓东对话：文学性和文学批评 257
相关性问题：当代文学与俄苏文学 281
"作为方法"的八十年代 303
新诗史中的"两岸" 309
"献给无限的少数人"：大陆近年诗歌状况 318
当代的文学制度问题 331
关于当代文学的史料 343

序

　　这个集子里的文字,以"读作品记"和"文学史问题"的标题分为两个部分。前一部分占的分量较大,就以它作为书名。除个别外,都写于2012年以来的这几年。"读作品记"和前些年出版的《我的阅读史》(北大出版社,2011年)有关系,但也不同。主要是减弱了"阅读"在自己身上留下痕迹的记录,而侧重延伸、扩展到对当代一些思想、文学问题的讨论。因为想保留一些资料,行文常常缺乏节制,有的文章显得冗长;这是个本来可以避免却无意避免的缺点。

　　2002年4月我从北大中文系退休。台湾的一些朋友说,你与其在家无所事事,度日如年,不如到我们这里上点课。这就有了2009年到2015年,在台湾三所大学——彰化师大国文系、"交通大学"社会与文化研究所、"清华大学"中文系——讲了三个学期大陆当代文学史的经历。这段经历,在情感、观念里留下一些深刻印痕;比如对"日常生活"、对"多元性"的再认识等等。据听过我课的一个学生说,我在课堂上谈到"思想的安逸",引述了西蒙娜·波伏娃的话:"人们对多元性的接受是资产阶级完美的意识形态,但那其实是对混乱和困惑的享受,在这种享受中,人们不再争取某种确凿的希望。"我对自己曾有这样的引述毫无印象,翻遍讲稿也找不到这段话的踪迹,更难以确定当时和今天是否完全同意她的话。在台湾的这段时间,这些稍微复杂一点的感受往往无法说清楚，记得住也能说明白的，倒是一些无关紧要的细枝末节：与我的家乡相近而感到亲切的语言、饮食、气候；浊水溪以南壁虎如石头碰击般清脆的叫声；多次登上，却总也见不到蝴蝶的"清大"的蝴蝶山；电视里政治话题与搞笑娱乐有时难以区分的节目；每天无数次听到的"谢谢"，和在我也"谢谢"时让我不解的"不会啦"的回应；将自己菜田收获的小白菜，一棵棵细心码齐捆好的早市的年老农妇；其实远不如汕头的那种美味，却享受过多赞誉的蚵仔煎；……

在课程进行和全部结束之后，便有出版社建议我将录音整理出版，彰化师大和"交大"社文所的录音确实也都整理完成。仔细读过之后，发现许多和我以前出版的论著重复，出版当属"自我抄袭"，便打消了这个念头。不过里面也还是有一些新的东西，如一些作品的解读分析，和若干文学史问题的讨论，便根据录音和讲稿修改扩充，它们构成本书的主要内容。可以看到，《读作品记》和我过去的许多书一样，都和教学有关，也都是事先并没有"预谋"的无意的成果。和吴晓东对话的一篇，本来是我对他的访谈，刊物发表时他不同意用"访谈"的字眼，成为我们的"对话"。但事实上仍是访谈；初衷是我有不明白的事情要向他请教。

在台湾的将近两年时间里，得到许多老师、学生的帮助、关照。我从他们那里学到很多，不只是学识，更可贵的是品格、为人处世方面的。在那里我住过医院，幺书仪也动过几次大小不同的手术，都得到可以说是无微不至的照顾。当有人替我们代为感谢时，一位女生的说的是："也没有什么啦，两位老人在台湾，旁边也没有什么人，也是蛮可怜的……"这个朴素的回答我长久不忘。借这本书出版的机会，衷心感谢他们。

感谢先期刊载这些文章的《中华读书报》《现代中文学刊》《文艺争鸣》《文艺研究》《中国现代文学研究丛刊》等刊物。感谢北大培文的黄敏劼、高秀芹、周彬长期以来的支持；他们的鼓励让我有了信心。

洪子诚　2017年7月

读作品记

《爸爸爸》：丙崽生长记

《爸爸爸》，中篇小说，韩少功著，初刊于《人民文学》1985年第6期。2006年，经作者大幅度修改，编入"中国当代作家·韩少功系列"中的《归去来》卷，人民文学出版社2008年版。

一　丙崽的"生长"

这篇文章的念头，来自今年读到的日本学者加藤三由纪题为《〈爸爸爸〉——赠送给外界的礼物："爸爸"》的文章[①]。当时给我的触动是两

[①] 这是作者为中国人民大学文艺思潮研究所和哈佛大学东亚系联合召开的"小说的读法"国际学术研讨会（2012年7月）提交的论文。加藤三由纪任职于日本和光大学，她也是《爸爸爸》日文译者。我的这篇文章也受到北京大学中国当代文学研究生季亚娅未正式发表的学位论文（《"心身之学"：韩少功和他的九十年代（1988—2002）》）的启发。文章的写作，在资料搜集和引述上，得益于吴义勤主编的《韩少功研究资料》（山东文艺出版社，2006年）、廖述务编的《韩少功研究资料》（天津人民出版社，2008年）。这里，谨向加藤三由纪、季亚娅、吴义勤、廖述务等先生衷心致谢。

点。一个是《爸爸爸》的修改。文章指出，1985年《人民文学》第6期的本子，在收入小说集《诱惑》（湖南文艺出版社，1986年）的时候，作者"稍微有些修订"，但差别不大，大的修订是2006年[①]；修改本收入"中国当代作家·韩少功系列"[②]的《归去来》卷。鉴于修改幅度很大，加藤三由纪有这样的判断："新版本与其说是旧版本的修订，还不如说是重新创作"，"新版本《爸爸爸》包含着21世纪的眼光"。在此之前，我虽然也知道《爸爸爸》有过修订，却没有想到有这样的改动。而国内的批评家、研究者这些年在谈论这篇小说的时候，也大多没有注意到版本的这一情况，不说明他们征引的是哪一个版本。加藤教授告诉我，日本的盐旗伸一郎早就对《爸爸爸》的修改写过文章，文章中译也已在中国发表[③]。很惭愧，我却不知道。触动我的另一点，是"赠送给外界的礼物"这样的说法。"作为一个读者我对鸡头寨山民的'想象力'（一般叫做'迷信'）感到惊讶，对丙崽也感到钦佩。"亲切、钦佩这些词，用到丙崽身上，我还是第一次碰到；自然感到突然和诧异，这跟我读过的不少评论文章的观点，与我以前阅读的印象，构成很大的反差。

由这两个方面，我想到"生长"这个词。文学作品，包括里面的人物，它们的诞生，不是就固化、稳定下来了；如果还有生命力，还继续被阅读、阐释，那就是在"活着"，意味着在生长。或许是增添了皱纹，或许是返老还童；或许不再那么可爱，但也许变得让人亲近，让人怜惜

[①] 由我主编的《中国当代文学史作品选》（北京大学出版社）选入《爸爸爸》时，第一版第一次印刷（2008年11月）采用1985年《人民文学》版本。随后，作者提出应该采用他2006年修订的，编入人民文学出版社"中国作家系列"的本子。"作品选"从第二次印刷开始改用修改本。

[②] "中国当代作家·韩少功系列"由人民文学出版社2008年出版。

[③] 盐旗伸一郎：《寻不完的根》，张志忠主编：《在曲折中开拓广阔的道路》，武汉出版社，2010年。

也说不定。"生长"由两种因素促成。文本内部进行着的，是作家（或他人）对作品的修订、改写（改编）。文本外的因素，则是变化着的情景所导致的解读、阐释重点的偏移和变异。后面这个方面，对韩少功来说也许有特殊意义。正如有的批评家所言，他的小说世界里，留有读者的活动、参与的空间，读者是里面的具有"实质性的要素"，"读者似乎被邀请去作一种心智旅行……或者被邀请去搜集和破译出遍布在小说中的线索、密码"。①

二 80年代的解读倾向

《爸爸爸》诞生后的二十多年里，各个时期、不同批评家有许多相近或相反的解读。如果按照阐释倾向发生重要变化的情况划分，在时间上可以分为两个阶段。一个是作品发表到80年代末，另一是90年代后期到本世纪初的这些年。

在80年代，对《爸爸爸》，对丙崽，最主要，并得到普遍认可的观点，是在现代性的启蒙语境中，将它概括为对"国民劣根性"，对民族文化弊端的揭发、批判。这样的理解典型地体现在严文井、刘再复两位先生的文章中②，他们的论述也长时间作为"定论""共识"被广泛征引。他们指出，鸡头寨是个保守、停滞社会的象征；村民是自我封闭的，"文明圈"外的"化外之民"。对丙崽这个人物的概括，则使用了"毒不死的废物""畸形儿""蒙昧原始"和具有"极其简单，极其粗鄙，极其丑陋

---

① 安妮·克琳：《诘问和想象在韩少功小说中》，肖晓宇译，《上海文学》1991年第4期。
② 严文井：《我是不是个上了年纪的丙崽？——致韩少功》，《文艺报》1985年8月24日。刘再复：《论丙崽》，《光明日报》1988年11月4日。

的"畸形、病态的思维方式的"白痴"等说法。严文井、刘再复的解读在"文明与愚昧冲突"的新启蒙框架下进行,这是80年代知识界的普遍性视野。在这样的眼光下,所有的人物及其活动,都在对立性质的两极中加以区分。因此,刘再复认为,鸡头寨的村民都具有"用无知去杀掉有知,用野蛮去杀掉文明"的共同心态。而"父亲德龙"和丙崽娘也被判为分属对"苟活"的山寨传统有所怀疑的有知者和"鸡头寨文化顽固的维护者"的对立阵线的两边。这一解读方式的共通点是:强烈的"文革"批判的指向性;在文学史"血缘"关系上把丙崽和阿Q连接;与当年诚实、怀抱理想的作家、知识人那样,把批判引向自我的反思[①]。

  80年代对《爸爸爸》其实也存在另外的论述。它们或与上述主流观点相左,或是关注的方面不全相同。但这些不同的零碎论述,因为难以为思想、审美主潮容纳,它们被忽略,被遗漏。比如,一般对"猥琐和畸形"的丙崽和丙崽娘感到嫌恶,而曾镇南倒是对他们有同情和理解。他说,要说阿Q的话,那也不是丙崽,而是仁宝;丙崽娘和仲裁缝"他们的内里,却是人性的善和勇"。[②]

  在80年代的评论中,李庆西的一些意见,当时没有得到注意,也是因为他有着某些逸出"共识"的发现。他指出,作品在美感风格上并不单一,它集合着调侃、嘲讽与悲壮、凝重的诸种因素,它们构成一种复杂的关系。他并不否定这个故事有着"文明与愚昧冲突"的含义,"诚然是一些愚昧的山民,做出一些悖谬的事情",但"其中精神的东西"却并不能在愚昧的层面上做轻易的否定。他说,在祭神、打冤、殉古等场面中,也能看到"充满义无反顾的好汉气概"。谈到小说最后的鸡头寨

---

  ① 严文井说:"我是不是个上了年纪的丙崽?"刘再复说:"读了《爸爸爸》,老是要想到自己……我发觉自己曾经是丙崽。"

  ② 曾镇南:《韩少功论》,《芙蓉》1986年第5期。

迁徙，说那并不是意味着失败，这是"寻找新的世界"的"何等庄严的时刻"①。李庆西发现这是一个"开放性"文本；在主旨、情感、态度上存在多种互相矛盾的因素。

另外的偏离80年代主流倾向的解读，则表现在一些外国批评家的评论中。前述法国的安妮·克琳用"诘问"来指认韩少功《爸爸爸》的美学品格："他想证实除已被描述过的或被发觉过的可能性外还存在着其他的可能性，以及对一些定论仍然可以提出疑问"，他的表达方式"与封闭性无缘"。这和李庆西的说法有相通之处。与此相关的论述，也表现在《韩少功小说选集》英译者玛莎·琼的论述中。她说这是"一个对中国的命运提出严肃警告的寓言"；"山村及其芸芸众生可被看作象征性地代表了这个国家及其人民：他们的眼光是向后或向内的，被传统和过去文明的荣耀拖住了脚步"，不过，作品写的又不仅是失败，写的也是胜利，"人类灵魂的胜利"；"人们的确失败了，但他们却以尊严和坚毅接受它。如果失败中没有恢弘，那么也就没有令人痛惜的悲哀……"②

---

① 李庆西：《说〈爸爸爸〉》，《读书》1986年第3期。

② 玛莎·琼：《论韩少功的探索型小说》，田中阳译，《当代作家评论》1993年第3期。在张佩瑶的《从自言自语到众声沸腾——韩少功小说中的文化反思精神的呈现》(《当代作家评论》1994年第4期）中，也有与玛莎·琼相近的观点；或者就是对玛莎·琼观点的借鉴：《爸爸爸》"是一则发人深省的寓言，对中国这国家的前途，发出严厉的警告"，"鸡头寨和鸡头寨的村民就是中国这国家和她的人民的缩影"；"不过，由于在小说中屡次出现的图腾——凤凰——突出了民族性里面那种久经忧患而精神不屈的特征，而叙述者又多次引用开天辟地的上古神话传说，以及有关民族迁徙、孕育繁衍的民间故事和古歌，所以这就把愚昧、失败和挫折置于时间的长河和历史巨轮的轮转这个广阔的视野范畴。……使小说洋溢着一股生生不息的民族文化精神，使人感到民族本身那种坚韧的生命力和面对困境时那种不屈的斗志。"

三　忽略部分的彰显

到了90年代末和本世纪初，对《爸爸爸》和丙崽的评述，虽然大多仍沿袭着80年代那种批判"国民性"的认识，但在一些重读的论著里，也发生了重要的变化。这种变化，是为80年代已经露出端倪却未被注意的观点的延伸，特别是对文本的开放性、复杂性的重视与强调。这种变化虽然有解读者各不相同的原因（人生体验，"知识配置"、审美取向），但可以看出他们也共享着90年代后反思西方中心的现代化话语的时代思潮。其核心点是，从不同角度质疑将《爸爸爸》看成单一的"国民性"批判叙事，而在文本内部多元性的基础上，挖掘其中隐含的某些"反向"的因素。

下面是三个例子。例一是贺桂梅在《"新启蒙"知识档案——80年代中国文化研究》中讨论"寻根"的部分①。她认为，像《小鲍庄》《爸爸爸》等，尽管可以当成批判"国民性"或中国文化"封闭性"的文学叙事，"但文本本身的话语构成的复杂性在不断地游离或质询这种化约性的指认"；"在一个看似统一的故事的叙述过程中涌动着两种以上的话语"，它们构成"彼此冲突或自我消解的喧哗之声"。她指出，《爸爸爸》文本的复杂性，或多种话语构成的冲突、消解关系，体现在两个方面。一是人物与空间"同时具有神话和反讽两种关系"。以庄重、特殊笔调来写丙崽的出生的这种"神话"性质叙事，却没有让丙崽成为具有救赎众生的英雄人物，相反，始终是只会说两句话且形象丑陋的傻子；但这个"白痴"又是唯一能"看见"鸡头寨"鸟"的图腾的人，从而赋予他某

---

① 贺桂梅：《"新启蒙"知识档案——80年代中国文化研究》，北京大学出版社，2010年，第205—211页。

种"神启"的色彩。这种含混性还体现在空间意涵上面：鸡头寨是具有空间封闭性，却并不表现为与世隔绝，而表现为"内部"与"外部"界限的存在。这让这部作品"既不是一个'文明与愚昧的冲突'的故事，也不是一个找到了'植根于民族传统文化的土壤'中的'根'的故事"。这一解读虽然延续80年代李庆西的思路，却不是简单的重复和扩充。论述的重要进展在两个方面：次要方面是感受性的印象，由叙事学等的理论分析加以落实；主要方面则是将这一分析纳入时代人文思潮观察的视野。她要说明的是，尽管西方中心的现代化意识形态支配了80年代中国知识界的历史想象和文化实践，但那个时候，也存在质询、反抗此种意识形态和历史想象的力量。韩少功的创作的意义就体现在这里。

例二是刘岩的《华夏边缘叙述与新时期文化》①。他也在改变着80年代对《爸爸爸》的单一化理解。他认为，作品的含混与反讽，体现了当年"寻根"者遭遇的文化困境。丙崽自幼将表示象征秩序的词汇挂在嘴边，却始终没有获得指物表意的正常语言能力；不断重复"父亲"之名，却生而无父②。他整日喊着的"爸爸"一词，是人们从外面的千家坪带进山里来的。他对丙崽形象的分析，不是把他看作"封闭和蒙昧所孕育"的畸形儿，而是认为他的形态行为体现着"不同的文化即权力/话语相碰撞"的文化症候：丙崽的浑浑噩噩是困境的显现，但也是抗拒性书写的投射。作家承认旧的再现系统已经失效，却拒绝沉溺、膜拜新的现代化的乌托邦话语。刘岩认为，这一以丙崽形象所作的"抗拒"是双重的，即从"边缘"同时指向西方中心主义，也指向中国民族主义。这

---

① 刘岩：《华夏边缘叙述与新时期文化》，知识产权出版社，2011年，第42—52页。
② 关于那个离家远走杳无音信的丙崽"父亲"，《爸爸爸》1985年版说"这当然与他没太大关系"。2008年版在这之后增写一段："叫爹爹也好，叫叔叔也罢，丙崽反正从未见过那人。就像山寨里有些孩子一样，丙崽无须认识父亲，甚至不必从父姓。"看来，在鸡头寨的"逻辑"中，"生而无父"并不一定像刘岩所分析的是个严重问题。

个分析,呼应了韩少功一次谈话中的这一观点:"《爸爸爸》的着眼点是社会历史,是透视巫楚文化背景下一个种族的衰落,理性和非理性都成了荒诞,新党和旧党都无力救世……但这些主题不是一些定论,是一些因是因非的悖论,因此不仅是读者,我自己也觉得难以把握。"这些话讲在1987年,在当时也没有得到注意。它被刘岩等研究者重新发现和重视,也只有待到90年代末以后这个时机。在这样的时刻,才能认识到"悖论是逻辑和知识的终结,却是精神和直觉的解放"①。

在解析《爸爸爸》的复杂、多元性中,程光炜则将它与中国现代小说传统链接。②他指出,这个文本存在两个冲突着的叙述框架,一个是鲁迅式的"现代""入世"的对"对传统文化批判和否定"的框架,另一是沈从文式的"寻根""避世"的"对传统文化欣赏和认同"的框架。作品矛盾性由是表现为:究竟是要"找回'改造国民性'的主题,还是那个原始性的'湘西世界'"?而丙崽这个人物,也承载了事实上他无法承载的"两种不同的"、冲突着的文化传统。由于作品为鲁迅精神世界深处的焦虑所控制,它未能抵达沈从文小说那种和谐、宁静、完美的艺术境界;导致在两个文学创作和精神向度上的预定目标方面都不到位,"顾此失彼"。

不管是否明确,上面这些透视《爸爸爸》文本复杂性的思路,基本上是在中国现代小说两个"传统"(两种叙事模式)的框架内进行。1986年,黄子平等三人在《论"二十世纪中国文学"》的文章中,将中国现代文学的美感特征概括为"悲凉"。那时李庆西说,"他们写那篇文章时未必读过《爸爸爸》"。他暗示着像《爸爸爸》这样的作品(或者还

---

① 《答美洲〈华侨日报〉记者问(代创作谈)》,《钟山》1987年第5期。

② 参见程光炜:《文学讲稿:"八十年代"作为方法》,北京大学出版社,2008年,第345—370页。

有其他作家作品），已经显现出超越这一"传统"的可能性，已经在开创新的美感形态。当时以及后来一些作家的探索，是否突破现代叙事"传统"的这些模式，或者说，用这样的"叙事模式"是否能有效解读这些作品，这是当时留下的，现在也尚未得到更好讨论的问题。

四　修订本的趋向

　　2004年，在说到文学作品"诗意"的时候，韩少功质疑那种将《爸爸爸》解释为"揭露性漫画"的说法，质疑将作品主旨完全归结为揭露"民族文化弊端"。他说，里面有"对山民顽强生存力的同情和赞美"，"最后写到老人们的自杀，写到白茫茫的云海中山民们唱着歌谣的迁徙，其实有一种高音美声颂歌的劲头"；它"也许是一种有些哀伤的颂歌"。他为法国批评家从《爸爸爸》中读到"温暖"感到欣慰。[①] 这些感受，在两年后他对《爸爸爸》所作的修订中显然得到加强。

　　说到丙崽的"生长"史，2006年对作品的修订，是个重要举动。作者加进了某些新的东西：也不是全新的，是对某些存在的因素的增减；但这些增减和某些语词的更动，可能会导致实质性的效果。对作品的修订，韩少功说有三个方面。一是"恢复性"的，即恢复因当年出版审查制度删改的"原貌"；二是"解释性"的，针对特定时期产生、现在理解存在障碍的俗称、政治用语；三是修补性的，"针对某些刺眼的缺失做一些适当的修补"；"有时写得顺手，写得兴起，使个别旧作出现局部的较大变化"。[②] 所谓"刺眼的缺失"，有对词语细微含义色彩的把握，有对

[①] 韩少功、张均：《用语言挑战语言——韩少功访谈录》，《小说评论》2004年第6期。
[②] 韩少功：《中国当代作家韩少功系列·自序》，人民文学出版社，2008年。

叙述语调节奏上的考虑，而"写得兴起"增加的部分，许多是与鸡头寨的风俗有关。

拿《爸爸爸》新旧版本比较，感觉是原来某些抽象、生硬的词语被替换，语调更顺畅。段落划分也有值得称道的改变。这在我看来是在趋向"完善"。不过加藤三由纪不这么认为。她说，"生硬的文字，刺眼的缺失也是构成《爸爸爸》文本的重要因素，因为《爸爸爸》是要打破规范式书写"。据加藤三由纪论文提供的材料，日本学者盐旗伸一郎曾对《爸爸爸》新旧版本做了细致考校，称《人民文学》本是 22708 字，修改本是 28798 字，也就是增加了六千多字；如果以新旧版本不同的字数计，则有 10725 字之多。我比较两个本子，发现修改本增加的部分，一是有关丙崽、丙崽娘的描述，一是加重仁宝和仲裁缝的分量，还有就是打冤前吃肉仪式和交手杀戮的具体情景。对于后者，加藤三由纪颇有微词，说这些活生生的描述"是不是恢复原貌的地方，无法确定"，但"让人毛骨悚然"。我也有这样的感觉。但我又想，这种感觉的产生，也许是我们还未能"从鸡头寨人看"的结果。

因为修订范围很大，全面、细致比对两者异同，颇不容易。这里，仅就有关丙崽和丙崽娘的几处，和最后迁徙的部分为例，来讨论这里提出的丙崽"生长"的问题。

例一：仁宝欺负丙崽，逼着给自己磕头。

1985 年版：他哭起来，哭没有用。等那婆娘来了，他半个哑巴，说不清是谁打的。仁宝就这样报复了一次又一次，婆娘欠下的债让小崽又一笔笔领回去，从无其他后果。

丙崽娘从果园子里回来，见丙崽哭，以为他被什么咬伤或刺伤了，没发现什么伤痕，便咬牙切齿："哭，哭死！走不稳，要出来野,摔痛了,怪哪个?"

碰到这种情况,丙崽会特别恼怒,眼睛翻成全白,额上青筋一根根暴,咬自己的手,揪自己的头发,疯了一样。旁人都说:"唉,真是死了好。"

2008 年版:他哇哇哭起来。但哭没有用,等那婆娘来了,他一张嘴巴说不清谁是凶手,只能眼睛翻成全白,额上青筋一根根暴出来,愤怒地揪自己的头发,咬自己的手指朝着天大喊大叫,疯了一样。丙崽娘在他身上找了找,没发现什么伤痕,"哭,哭死啊?走不稳,要出来野,摔痛了,怪哪个?"

丙崽气绝,把自己的指头咬出血来。

就这样,仁宝报复了一次又一次,婆娘欠下的债,让小崽子加倍偿还,他自己躲在远处暗笑。不过,丙崽后来也多了心眼。有一次再次惨遭欺凌,待母亲赶过来,他居然止住哭泣,手指地上的一个脚印:"×吗吗"。那是一个皮鞋底印迹,让丙崽娘一看就真相大白。"好你个仁宝臭肠子哎,你鼻子里长蛆,你耳朵里流脓,你眼睛里生霉长毛啊?你欺侮我不成,就来欺侮一个蠢崽,你枯窝心毒窝心不得好死呀——"她一把鼻涕一把泪,拉着丙崽去找凶手,"贼娘养的你出来,你出来!老娘今天把丙崽带来了,你不拿刀子杀了他,老娘就同你没完!你不拿锤子锤瘪他,老娘就一头撞死在你面前……"

这一夜,据说仁宝吓得没敢回家。

例二:摇签确定丙崽祭谷神。

1985 年版:本来要拿丙崽的头祭谷神,杀个没有用的废物,也算成全了他。活着挨耳光,而且省得折磨他那位娘。不料正要动刀,天上响了一声雷,大家又犹豫起来,莫非神圣对这个瘦瘪瘪的祭品还不满意?

天意难测,于是备了一桌肉饭,请来一位巫师……

2008年版:有些寨子祭谷神,喜欢杀其他寨子的人,或者去路上劫杀过往的陌生商客,但鸡头寨似乎民风朴实,从不对神明弄虚作假,要杀就杀本寨人。抽签是确定对象的公道办法,从此以后每年对死者亲属补三担公田稻谷,算是补偿和抚恤。这一次,一签摇出来,摇到了丙崽的名下,让很多男人松了口气,一致认为丙崽真是幸运:这就对了,一个活活受罪的废物,天天受嘲笑和挨耳光,死了不就是脱离苦海?今后不再折磨他娘,还能每年给他娘赚回几担口粮,岂不是无本万利的好事?

听到消息,丙崽娘两眼翻白,当场晕了过去。几个汉子不由分说,照例放一挂鞭炮以示祝贺,把昏昏入睡的丙崽塞入一只麻袋,抬着往祠堂而去。不料走到半道,天上劈下一个炸雷,打得几个汉子脚底发麻,晕头转向,齐刷刷倒在泥水里。他们好半天才醒过来,吓得赶快对天叩拜,及时反省自己的罪过;莫非谷神大仙嫌丙崽肉少,对这个祭品很不满意,怒冲冲给出一个警告?

这样,丙崽娘哭着闹着赶上来,把麻袋打开,把咕咕噜噜的丙崽抱回家去,汉子们也就没怎么阻拦。

例三:写帖子告官。

1985 年版： 接下来，又发生一些问题。老班子要用文言写，他（指仁宝）主张要用白话；老班子主张用农历，他主张用什么公历……

"仁麻拐，你耳朵里好多毛！"竹意家的大寨突然冒出一句。

仁宝自我解嘲地摆摆头，嘿嘿一笑，眼睛更眯了。他意会到不能太脱离群众，便把几皮黄烟叶掏出来，一皮皮分送给男人们，自己一点末屑也没剩。加上这点慷慨，今天的表现就十分完满了。

他摩拳擦掌，去给父亲寻草药。没留神，差点被坐在地上的丙崽绊倒。

丙崽是来看热闹的，没意思，就玩鸡粪，不时搔一搔头上的一个脓疮。整整半天，他很不高兴，没有喊一声"爸爸"。

2008 年版： 接下来又发生一些问题。老班子要用文言写，他主张用什么白话；老班子主张用农历，他主张用什么公历……

"仁麻拐，你耳朵里好多毛！"丙崽娘忍无可忍，突然大喊了一声，"你哪来这么多弯弯肠子？四处打锣，到处都有你，都有你这一坨狗屎！"

"婶娘……"仁宝嘿嘿一笑。

"哪个是你婶娘，呸呸呸……"丙崽娘抽了自己嘴巴一掌，眼眶一红，眼泪就流出来，"你晓得的，老娘的剪刀等着你！"

说完拉着丙崽就走。

人们不知道丙崽娘为何这样悲愤，不免悄声议论起来。仁宝急了，说她是个神经病，从来就不说人话。然后忙掏出几皮烟叶，一皮皮分送给男人们，自己一点也不剩。加上一个劲的讨好,他鸡啄米似的点头哈腰,到处拍肩膀送笑脸,慷慨英雄之态荡然无存……

例四:迁徙时唱"简"。

1985 年版:作为仪式,他们在一座座新坟前磕了头,抓起一把土包入衣襟,接着齐声"嘿哟喂"——开始唱"简"。
…………

男女们都认真地唱,或者说是卖力地喊。声音不太整齐,很干,很直,很尖厉,没有颤音,一直喊得引颈塌腰,气绝了才留下一个向下的小小滑音,落下音来,再接下一句。这种歌能使你联想到山中险壁林间大竹还有毫无必要那样粗重的门槛。这种水土才会渗出这种声音。

还加花,还加"嘿哟嘿"。当然是一首明亮灿烂的歌,像他们的眼睛,像女人的耳环和赤脚,像赤脚边笑咪咪的小花。毫无对战争和灾害的记叙,一丝血腥气也没有。

2008 年版:作为临别仪式,他们在后山脚下的一排排新坟前磕头三拜,各自抓一把故土,用一块布包土,揣入自己的襟怀。

在泪水一涌而出之际,他们齐声大喊"嘿哟喂"——开始唱"简":
…………

男女都认真地唱着,或者说是卖力地喊着。尤其是外嫁归来的女人们,更是喊得泪流满面。声音不太整齐,很干,很直,很尖利,没有颤音和滑音,一句句粗重无比,喊得歌唱者们闭上眼，引颈塌腰，气绝了才留一个向下的小小转音，落下尾声，再连接下一句。他们喊出了满山回音，喊得巨石绝壁和茂密竹木都发出嗡嗡嗡声响，连鸡尾寨的人也在声浪中不无惊愕，只能一动不动。

一行白鹭被这种呐喊惊吓，飞出了树林，朝天边掠去。

抬头望西方兮万重山，

越走路越远兮哪是头？

还加花音，还加"嘿哟嘿"。仍然是一首描写金水河、银水河以及稻米江的歌，毫无对战争和灾害的记叙，一丝血腥气也没有。

上面举的是有比较大改动的部分。其实，个别语词的替换修改，或许更能体现作家细微的情感意向和分量。从上面的引例，也许能做出这样的判断：在庄重与调侃，悲壮与嘲讽的错杂之间，可以看到向着前者的明显倾斜，加重了温暖的色调，批判更多让位于敬重。最重要的是，写到的人物，丙崽也好，丙崽娘也好，仁宝也好，仲裁缝也好，这些怪异、卑微、固执，甚至冥顽、畸形的人物，他们有了更多"自主性"，作家给予他们更多的发言机会。即使不能发声（如丙崽），也有了更多的表达愤怒、委屈、亲情[①]的空间。叙述者在降低着自己观察的和道德的高度，限制着干预的权力。我们因此感受着更多的温情和谦卑。

[①] "亲情"一词来自作家本人。《爸爸爸》第一章末尾，1985 版："丙崽娘笑了，眼小脖子粗。对于她来说，这种关起门来的模仿，是一种谁也无权夺去的享受。" 2008 版："丙崽娘笑了，笑得眼小脖子粗。对于她来说，这种关起门来的对话，是一种谁也无权夺去的亲情享受。"

五　脱去象征之衣的可能

　　80年代，吴亮曾经写过两篇文章，分析韩少功1985年前后的创作①。对《爸爸爸》，他说"对这一虚构村落和氏族"作家表现了明确的理性批判立场；这一批判，是"经过一系列似乎是荒诞不经的描述"，"经过一番粗鄙民俗和陋习的伪装隐匿起来的"。他认为，那里面的民间故事、寓言、族谱、传说等等，是在构成一种修辞性的间距；丙崽是个"无所不包的傀儡形象"，是"符号化的面具化人物"，鸡头寨也只是一个"布景"，本身并没有自足的独立存在的价值。②

　　这个看法，相信并非吴亮一人所有。③ 在80年代，《爸爸爸》确实被普遍看成一个寓言故事，里面的人物、具体情境，被当作布景、符号看待，从"文类"的角度说，也是合乎情理的。不过，90年代后期以来，一些解读朝着"去寓言化"的方向偏移。韩少功的修订就表现了这种趋向。程光炜在他的阅读中，也把丙崽受到仁宝和寨里孩子欺负凌辱的场面，直接与他"文革"在湖北新县农村插队的生活经验联系，说"凡是有过同样'阅历'的读者，读到这一'细节'，他们心灵深处的震撼，和持久难平的精神痛感，恐怕要远远大于伤痕文学所提供的东西"④。

　　但问题是，在"去象征化"阅读中，《爸爸爸》是否仍具有艺术魅力

---

① 分别是《韩少功的感性视域》和《韩少功的理性范畴》，见廖述务编《韩少功研究资料》。

②《韩少功的理性范畴》。另外，寓言分析，也是刘再复（《论丙崽》）、李振声（《韩少功笔下的"非常人"》，《文艺研究》1989年第1期）的基本分析方式。

③ 例外的是李庆西。参见：《他在寻找什么？——关于韩少功的论文提纲》，《小说评论》1987年第1期。

④ 程光炜：《文学讲稿："八十年代"作为方法》，第354页。

和思想深度？季亚娅在一篇文章里涉及这个问题①。她认为《爸爸爸》是个象征文本，甚至在沈从文那里，"乡土"也是作为"中国形象的隐喻存在"。而到了《马桥词典》，"乡村'马桥'第一次不再必然是'中国'的象征。它是特殊，是个别，是全球资本权力和国家权力之外的一块'飞地'"。结论是，《马桥》的叙述呈现了与《爸爸爸》叙事逻辑相反的逃逸过程：从"隐喻"中逃逸。

自从杰姆逊第三世界国家文本的"民族寓言"性质的著名论断传入中国之后，它既打开人们眼界，成为批评的"福音"，也转化为禁锢，成为难以驱除的"梦魇"。他所说的"寓言"，有时候仅被从"文类"意义理解，而最让人郁闷的是，中国现代众多叙事文本，便在若干"寓言""隐喻"模式下站队；20世纪中国有关"乡土"的书写，不是属于"国民性批判"系列，就是属于"文化守成主义"模式。季亚娅认为，"马桥"的意义，就是"它是'特殊'，是'个别'"；它因此构成对《爸爸爸》的反向逃逸。其实，"逃逸"与否不仅由文本自身决定，也受到阅读状况的制约。因此，"逃逸"并不一定就成功。那种竭力删削事物具体性、丰富性的"寓言"阅读方式，如果还是作为"定律"控制着我们，那么，"马桥"很快就会成为"国民性批判""文化守成主义"之外的，名为"个别""特殊"的"第三种隐喻"；人们对其价值高度肯定的"方言"，很快就会成为全球化的"普通话"。

回过头来，我们来看加藤三由纪的解读。在谈她的感受之前，加藤介绍了一些日本批评家对《爸爸爸》的看法。近藤直子认为："人类是组织群体而生存，这种生存方式里潜在着残酷性，为了超越这一人类宿命，人类苦苦挣扎努力奋斗，反而却加深黑暗。如此痛苦的记忆，不只

---

① 季亚娅：《"心身之学"：韩少功和他的九十年代（1988—2002）》，2014年北京大学中国语言文学系中国现当代文学博士学位论文。

是中国的而是我们共同的。"① 这当是"努力理解社会文化语境的差异",又超越差异以"共享普遍意义的人类经验"的阅读方式。加藤也把丙崽等同于阿Q,但她这种连接出人意表。她说,他们都是"集体"中的异类,当"一个集体面临危机就把异类奉献给外面世界或排除到集体之外"。对于这些因面临危机所"造出"并加以"歧视"的"异类",加藤却给予同情,对他们怀有好感。在细致列举了丙崽在什么样的情境下叫"爸爸"的九个细节之后(她采用的是1985年版),她写道:

> 丙崽活得非常艰苦,走路调头都很费力。但他喜欢到门外跟陌生人打招呼,向外界表示友好和亲切,他这个角色使我感到钦佩。②

这让我想到韩少功2004年访谈说到丙崽"原型"的那段话:"我在乡下时,有一个邻居的孩子就叫丙崽,我只是把他的形象搬到虚构的背景,但他的一些细节和行为逻辑又来自写实。我对他有一种复杂的态度,觉得可叹又可怜。他在村子里是一个永远受人欺辱受人蔑视的孩子,使我一想起就感到同情和绝望。我没有让他去死,可能是出于我的同情,也可能是出于我的绝望。我不知道类似的人类悲剧会不会有结束的一天,不知道丙崽是不是我们永远要背负的一个劫数。"又说,他的不死是很自然的,"他是我们需要时时面对的东西"。

---

① 近藤直子:《韩少功的中篇小说〈爸爸爸〉》,日本《中国语》1986年5月。转引自加藤三由纪论文。

② 加藤三由纪在来信中,进一步说明她这样的感受的由来,我把信的摘录附在这篇文章的后面。另外,她说,日本研究中国当代文学的学者有这样感受的,并不只是她一个。田井みす《韩少功〈爸爸爸〉》(《日本中国当代文学研究会会报》2009年第23号),也表达了这样的意思。

我想，这就是加藤说的新版本里的"21世纪的眼光"。

这里，加藤三由纪有和韩少功感受相通的地方。当然，也不是说这就是对《爸爸爸》的唯一或全部解释。不过，这种感受，比起从里面发掘"民族""国民性""现代/传统"等隐喻、象征来，也不见得一定就浅薄，就缺乏"深度"和价值，就缺乏撼人心魂的力量。对这个侧面的强调，理由在于，他们都明白人离不开政治、经济，但也不愿意人成为政治、经济的符号，消失在这些符号的后面，"被'历史'视而不见"。①

附一：加藤三由纪来信（摘录）

……1998年我翻译过《爸爸爸》。从校对版本开始，一句一句地翻译，有什么不懂的地方就向韩少功先生请教，当时还没有电子邮件，连发传真也不那么方便，我给他写信，他马上就给我回信，来往几次。

翻译就是细读的过程，也是转换语境的过程。丙崽的"爸爸"和"妈妈"并不是阴阳两卦，鸡头寨的山民才是把这两句解释为阴阳两卦的，而且解释权是鸡头寨的有"话分"的人在握。叙述人讲得很清楚。小说开头就说，丙崽"摇摇晃晃地四处访问，见人不分男女老幼，亲切地喊一声'爸爸'"，他也喜欢到外面走走，他这位异形者显然对外界很友好的，我也就对他感到亲切。因为这篇小说世界很抽象（神话式），所以读起来比较容易离开"中国的特定的地点和时间"（这种感受本身可能有问题的吧？），可以把小说世界拉近自己的语境来感受。再加上，翻译过程中小说世界好像获得更高层次的普

---

① 韩少功：《熟悉的陌生人》，《阅读的年轮》，九州出版社，2004年。

遍性似的，容易引起我个人的种种记忆。

我小时候邻居有个小女孩，她四肢瘫痪，不能说话，也不能站起来，到外面去总得要坐轮椅，当时我对她很刻薄，几乎不理她，她却每次见到我就很友好地挥挥手。她幸而有机会受教育，用各种方法和各种机器（工具？）表现自己，喜欢作诗。

87年或88年我第一次看《爸爸爸》的时候，没有想起她，但对丙崽和丙崽妈妈很同情，同时，对于他们的生命力很受感动。98年翻译时忽然想起她，很怀念，也很惭愧我对她的刻薄。

今年，我带有一个男生。因病视力弱、视角狭窄，他只有15分钟的短期记忆。他怎么能上大学呢，因为他母亲全心全意支援他，每天回家帮他复习功课，他长期记忆力很好，把短期记忆换成长期记忆，可以作复杂的思考。他现在很喜欢学习汉语，上学期得了一百分。准备发言稿（指加藤为研讨会准备的论文）时，我很可能把这位很了不起的同学投射在丙崽身上……

再说，我作为一个外国人，不能拿《爸爸爸》解释为中国传统的劣根，如果这么解释，我读这篇小说有什么意义？一个外国人批评中国"劣根"有什么意义？

（2012年8月7日，立秋）

附二：

这篇文章发表后，《韩少功研究资料》主编廖述务教授来信，告知我文章中谈到的玛莎·琼与张佩瑶是同一人。

《〈娘子谷〉及其它》：政治诗的命运

《〈娘子谷〉及其它——苏联青年诗人诗选》，诗歌合集，[苏]叶夫图申科、[苏]沃兹涅辛斯基、[苏]阿赫马杜林娜著，作家出版社1963年版，内部发行。

苏联"第四代诗人"叶夫图申科

《〈娘子谷〉及其它——苏联青年诗人诗选》，作家出版社1963年版，标明"供内部参考"，属于后来说的"黄皮书"的一种。只有131页，定价人民币三角四分，收入30年代出生的苏联诗人叶夫杜申科（1933— ，现在通译为叶夫图申科，或叶甫图申科）、沃兹涅辛斯基（1933—2010）①、阿赫马杜林娜（1938—2014）②的作品三十余首。60年代中后期我读过的"黄皮书"有这样几种：贝克特的《等待戈多》，凯

---

① 安德烈·沃兹涅辛斯基(1933—2010)，著有诗集《三角梨》《反世界》《镂花妙手》等。
② 阿赫马杜林娜曾是叶夫图申科的妻子，后与作家纳吉宾结婚。

鲁亚克的《在路上》,《艾特马托夫小说集》,西蒙诺夫的《生者与死者》《军人不是天生的》,收入阿克肖诺夫、马克西诺夫、卡扎科夫等八人的短篇的《苏联青年作家小说集》(两册),现在不大有人提起的姆拉登·奥里亚查(南斯拉夫)的长篇《娜嘉》,还有就是《〈娘子谷〉及其它》。

《〈娘子谷〉及其它》收叶夫图申科诗14首,前面有批判性的简介。说他1933年7月出生于西伯利亚贝加尔湖旁的济马站①,1944年随母亲迁至莫斯科。说他成为诗人之前,在农村、伐木场、地质勘探队工作过,15岁开始发表作品。1953年进入苏联作协主办的高尔基文学院学习,1957年,由于为"反动"小说《不是单靠面包》辩护,被学院和共青团开除;但后来又重新加入,并成为学院共青团书记处书记。1953年斯大林死后,大写政治诗。从50年代中期开始,他的作品紧密联系并直接触及苏联和世界的重要政治事件,包括对斯大林的批判,反对个人迷信,古巴革命,世界和平运动与裁军,以及苏联社会生活的各个方面。他的反斯大林的诗《斯大林的继承者们》,原先许多报刊都拒绝刊登,指责他是"反苏主义者",他将诗直接寄给赫鲁晓夫,得以在1962年10月21日的《真理报》刊出。除诗外,也写小说、电影剧本,也翻译。叶夫图申科自己说,他和他的年青同行是"出生在30年代,而道德的形成却是在斯大林死后和党二十大以后的一代人"②。

在60年代到"文革",中国曾掀起批判苏联修正主义的热潮。对叶夫图申科等"第四代作家"的批判,属其中的一个部分。记得《文艺报》

---

① 应该是贝加尔湖附近一个名叫"济马"的车站。
② 参见叶夫图申科等:《〈娘子谷〉及其它》,张高泽译,作家出版社,1963年,第1—4页。叶夫图申科对苏联第四代作家的这一概括性描述,经常被评论者征引。中文有的翻译为"精神成熟于斯大林死后……"

批判文章的题目是《垮掉的一代,何止美国有》。中共北京市委主办的"内部参考"的理论刊物《前线未定稿》1965年第3期刊登了徐时广、孙坤荣撰写的《叶夫杜申科和所谓"第四代作家"》,说他们的作品"在涣散苏联人民的革命意志,瓦解苏联青年一代革命精神方面,起着特殊的作用"。

  由于江青《部队文艺工作座谈会纪要》指示批判苏联修正主义要抓大人物(诸如肖洛霍夫),叶夫图申科等就不大有人提起,我也忘了这个名字。再次想起"娘子谷"这个诗集,要到80年代初;却不是由于重读,而是"朦胧诗"引起的联想。那时,读到舒婷那么多首诗写窗子,写窗前和窗下,祈请"用你宽宽的手掌/覆盖我吧/现在我可以做梦了吗",就想起《〈娘子谷〉及其它》中阿赫马杜林娜的《深夜》:穿过沉睡的城市走到"你的窗前",我"要用手掌遮住街头的喧闹","要守护你的美梦,直到天明"。从她们那里,后悔没有早一点懂得窗子和爱情的关系。而江河《纪念碑》中"我就是纪念碑/我的身体里垒满了石头/中华民族的历史有多沉重/我就有多少重量/中华民族有多少伤口/我就流过多少血液",更让我直接"跳转"到《娘子谷》:

  娘子谷没有纪念碑,
  悬崖绝壁像一面简陋的墓碑。
  我恐惧。
    犹太民族多大年岁,
    今天我也多大年岁。
  ……
  我也被钉死在十字架上,

如今身上还有钉子的痕迹①

这当然不是在讲诗人之间的"影响",而是一个读者的阅读联想。也许叶夫图申科曾为江河、杨炼当年政治诗的创作提供过部分支援,但总体而言,80年代青年诗歌群体即使是对于俄国诗歌,关注点也发生重要转移;人们更感兴趣的是诸如阿赫玛托娃、古米廖夫、茨维塔耶娃、曼德尔斯塔姆、帕斯捷尔纳克、布罗斯基这样的名字。因此,在"新时期"诗歌变革的一段时间,关注叶夫图申科的人不多。他的再次出现要到80年代中期。契机是1985年10月,作为苏联作家代表团成员访问中国,出席了中国作协和《诗刊》社联合主办的叶夫图申科诗歌朗诵会②。此后,就有他的多部中译的作品集面世。它们是:

《叶夫图申科诗选》,苏杭等译,漓江出版社,1987年;

《叶夫图申科诗选》("诗苑译林"之一),王守仁译,湖南人民出版社,1988年;

《叶夫图申科抒情诗选》,陈雄、薛复译,浙江文艺出版社,1988年;

《浆果处处》(长篇小说),张草纫、白嗣宏译,上海译文出版社,1988年。

90年代,花城出版社还出版了《提前撰写的自传》(苏杭译,1998年),收入他60年代写的五万字的自传,以及他评论俄/苏诗人(普希

---

① 叶夫图申科等:《〈娘子谷〉及其它》,第22页。
② 参见王守仁:《后记》,叶夫图申科:《叶夫图申科诗选》,王守仁译,湖南人民出版社,1988年,第338页。

金、涅克拉索夫、谢甫琴科、古米廖夫、马雅可夫斯基、茨维塔耶娃、阿赫马杜林娜)的多篇文章;这部书被花城出版社列入"流亡者译丛"的系列。

"复出"的不同方式

80年代中后期,叶夫图申科再次在中国出现,已不再是负面、被批判的形象,他转而被誉为苏联,甚至是世界级的杰出诗人,评价上呈现颠覆性的变化。这种翻转,我们这里已经见怪不怪。因此没有人追问,反动、颓废的修正主义分子为什么转眼间就成为正面形象。现在如果细察,可以发现这种断裂性的叙述,在叶夫图申科身上,采用的是"当代"常见的"去政治化"和"再政治化"的方式;这清楚显示在上面提到的几部诗选、论文集的编辑和前言中。

先看漓江版的"诗选"。这部诗选是多人合译,但苏杭起到主导作用,所以封面署"苏杭等译"[①],长篇前言《苏联社会的心电图》也是苏杭写的。苏杭也是60年代《〈娘子谷〉及其它》的主要译者,推测那个批判性的简介也出自他之手。因此,前言在肯定他是"苏联著名诗人,也是当今世界诗坛上的风云人物"的同时,也述及他的诗在苏联和西方引发"毁誉参半"争议的情况,并借用特瓦尔朵夫斯基、西蒙诺夫的话指出他的不足。不过,他并没有提及中国60年代的批判,没有提起曾有《〈娘子谷〉及其它》这本书,也没有回收"反动""修正主义""颓废

---

① 苏杭,中国社科院外国文学研究所编审,主要译著有诗集《莫阿比特狱中诗抄》、《叶夫图申科诗选》(合译)、《婚礼》、《普希金抒情诗选》(合译)、《普希金全集》(合译),小说《一寸土》(合译)、叶夫图申科《提前撰写的自传》、茨维塔耶娃书信集等。

派资产阶级分子"这些帽子。前言只是语焉不详地说他不是首次在中国降落，说他的创作曾"引起我国文艺界和读者的关切"，"我国读者对他似乎并不陌生"①，没有具体解释"关切""并不陌生"的具体情况。

　　湖南人民版的"诗选"是另一种情况。用一种现在时髦的说法。译者前言虽然长篇谈论叶夫图申科诗歌的思想艺术特征，却完全不谈他的经历、创作、评价与历史、与现实政治的关联，没有提及他的创作、活动在苏联内部，在东西方冷战中发生的争议、冲突，只是抽象地说他三十多年来的创作，"始终对社会政治的迫切问题密切关注，对人的内心和人的命运深入观察，从而创作出一系列脍炙人口的诗歌作品"，说他"侧重于言志抒情，善于汲取自身的生活经验，使诗作富有浓郁的生活气息。即使在平淡的生活和习见的景物中，他也能发现永恒的哲理"。②

　　与这种"去政治化"倾向相关的，是他的一些重要的，引发争议的作品不再出现在80年代选本中，如《斯大林的继承者们》等。而湖南人民版的选本，更是没有出现《娘子谷》。相信这不仅是艺术上的考虑。"他（指死去的斯大林——引者）只是装作入睡／因此我向我们的政府／提议：／墓碑前的哨兵——增加／一倍，两倍／不能让斯大林起来，／还有和斯大林相连的过去"——这样的诗在中国的政治环境中显然不合时宜。

　　"再政治化"的情形，则体现在90年代论文集《提前撰写的自传》的出版。前面说过，它列入"流亡者译丛"③。主编林贤治在《序〈流亡

---

　　① 叶夫图申科：《叶夫图申科诗选》，苏杭等译，漓江出版社，1987年，第4页。
　　② 王守仁：《苏联诗坛的第13交响曲——叶夫图申科及其诗歌创作》，叶夫图申科《叶夫图申科诗选》，王守仁译，湖南人民出版社，1988年。
　　③ 花城版的"流亡者译丛"除《提前撰写的自传》外，还出版《追寻——帕斯捷尔纳克回忆录》《见证——肖斯塔科维奇回忆录》《人·岁月·生活》（爱伦堡）等，由林贤治主编。

者译丛》》中对"流亡者"有这样的界定:"贡布罗维奇这样说:'我觉得任何一个尊重自己的艺术家都应该是,而且在每一种意义上都必然是名副其实的流亡者。'这里称之为'流亡者',除了这层意思之外,还因为他们并非一生平静,终老林下的顺民或逸士;其中几近一半流亡国外,余下的几乎都是遭受压制、监视、批判、疏远,而同时又坚持自我流亡的人物。在内心深处,他们同权势者保持了最大限度的距离。"[1] 按照贡布罗维奇[2]的说法,"流亡者"似乎过于宽泛,几乎所有的有个性,有严肃艺术追求的作家都包括在内。而按照后面的补充,即使不能说叶夫图申科"不是"("流亡者"),却也难以简单地说他"就是";尽管苏联解体之后,叶夫图申科移居美国,但并非因受到压制、迫害。显然,在对叶夫图申科的政治倾向描述上,中国60年代对他的批判,和90年代"流亡者译丛"的处理,采用的是两种视角、方式。前者将他看作与"权势者"一体,也就是赫鲁晓夫的反斯大林路线的积极追随者,而后者却突出,并夸大他与"权势者"(政治和文学)的对立与冲突。

没有疑问,当时的苏联对叶夫图申科的言行、创作有许多争议,他受过许多批评、攻击,也确实受到政权当局和文学界权力机构的压制,特别是1963年在法国《快报》刊登"自传"这一事件[3]。他被攻击为"叛

---

[1] 叶夫图申科:《提前撰写的自传》,花城出版社,1998年,第3页。

[2] 贡布罗维奇(1904—1969),波兰小说作家。第二次世界大战时流亡阿根廷(1939—1963),后居住在法国(1964—1969)。

[3] 1963年叶夫图申科在欧洲访问时,撰写了"自传",刊载于2—3月的法国《快报》。题目《苏维埃政权下一个时代儿的自白》为《快报》编辑部所加,后来以《早熟者的自传》题名在法国出版单行本。叶夫图申科回国后,受到严厉指责。据叶夫图申科的回忆,1962年到1963年期间,因为这一事件他受到围攻。自传的俄文版本迟至1989年5月才刊登在《真理报》上,题名改为《提前撰写的自传》。花城出版社的《提前撰写的自传》一书,收入这两个不同版本。其中的差别,不仅是篇幅上的,也有措辞、观点上一些重要的变化。

徒""蜕化变质分子",针对他发表许多挞伐文章,他在苏联作家协会特别会议和共青团中央全会上受到批判,他的朗诵会被禁止举行;也被迫做了检查。这样的压制持续相当一段时间;当时尚未被解职的苏共第一书记赫鲁晓夫在这一围攻中"起过不小的作用"①。

但也不是总遭受打压,他在苏联政治-文学界也有很高地位。《〈娘子谷〉及其它》中的简介曾有这样的叙述:

> 苏共二十大以后,他在1957年便发表了"反对个人迷信"的"诗"。……1960年1月赫鲁晓夫在最高苏维埃代表大会上做了裁军的报告,第二天在《文学报》上与赫鲁晓夫的报告同时发表了他的短诗《俄罗斯在裁军》,鼓吹"没有炸弹、没有不信任、没有仇恨、没有军队"的世界。……苏联文学界和读者中间对叶夫杜申科的诗一直是有争论的,……但他又受到很大的重视。他多次出国,访问过欧美、拉美、非洲等近二十个国家。《真理报》聘请他为自己的特派记者。1962年4月莫斯科作协分会改选时,他被选为莫斯科作协分会理事……

而且,在80年代,他还担任苏联作家协会理事和格鲁吉亚文学委员会主席,1984年因为《妈妈和中子弹》的长诗(中译收入湖南人民版"诗选")获得苏联国家文艺奖金。

---

① 参见叶夫图申科:《提前撰写的自传》,第48页。

"艺术摧毁了沉默"

  1961年的《娘子谷》是叶夫图申科最重要也影响最大的作品之一。娘子谷位于乌克兰基辅西北郊外，1941—1943年，在这里有几万到十万人——其中绝大部分是犹太人——遭到德国纳粹屠杀。这个事件，叶夫图申科说："我早就想就排犹主义写一首诗。但是，直到我去过基辅，亲眼目睹了娘子谷这个可怕的地方，这个题材才以诗的形式得以体现。"他震惊的不仅是屠杀本身，而且是当局对这一历史事件采取的态度。他目睹这个峡谷成为垃圾场，对于被杀害的无辜生命，不仅没有纪念碑，连一个说明的标牌也没有。他刊登于法国《快报》上的"自传"说，"我始终憎恶排犹主义"，"沙皇的专制制度想尽办法把排犹主义移植到俄罗斯，以便把群众的愤怒转移到犹太人身上。斯大林在他一生的某个阶段，曾恢复了这种狠毒的做法"。[①] 斯大林时代的反犹倾向，并未随着他的去世而终结。因此，造访娘子谷后回到莫斯科的当晚，他写了这首诗。真实性存在争议的《见证——肖斯塔科维奇回忆录》（伏尔科夫）书中，引述肖斯塔科维奇读《娘子谷》之后的感受：

  这首诗震撼了我。它震撼了成千成万的人。许多人听说过娘子谷大惨案，但是叶夫图申科使他们理解了这个事件。先是德国人，后是乌克兰政府，企图抹掉人们对娘子谷惨案的记忆，但是在叶夫图申科的诗出现后，这个事件显然永远也不会被忘记了……人们在叶夫图申科写诗之前就知道娘子谷事件。但是他们沉默不语，在读了这首诗以后，打破了沉默。艺

[①] 叶夫图申科：《提前撰写的自传》，第251页。

术摧毁了沉默。①

被震撼的肖斯塔科维奇加入了以艺术摧毁沉默,让历史不致湮灭的行动,为此,他在1962年谱写了《第十三交响曲(娘子谷),作品113》。与叶夫图申科一样,对这一事件的关切,是基于人道、和平、精神自由的道德立场。这部交响曲不是通常的奏鸣曲式,而是声乐和管弦乐的回旋、变奏。原本是单乐章,后来扩展为五个乐章,分别采用叶夫图申科的《娘子谷》《幽默》《在商店里》《恐怖》《功名利禄》五首诗②。其中第四乐章中的《恐怖》一首,是应肖斯塔科维奇之约,专为这部乐曲撰写。男低音独唱和男声合唱穿插交织。为了达到震撼的效果,采用三管的庞大编制,有近八十位弦乐手,大量的打击乐器,以及近百人的男声合唱团。慢板的第一乐章"娘子谷":

> 音乐以阴暗的b小调开始,宛如沉重的步履,之后合唱团唱出犹太民族的悲哀,有不详的第一主题不断重复,随后男低音接唱。象征法西斯暴行的第二主题以极快的速度冷酷地出现,合唱与独唱也交织进行。第三主题代表纯洁无辜的受害小女孩安娜,她遭遇的悲剧在此透过管弦乐悲伤地回忆着,音乐逐渐进行到强烈的高点,导入最后的挽歌。独唱者与合唱轮番为每一个在巴比雅被射杀的人抱屈、愤怒。……③

---

① 伏尔科夫:《肖斯塔科维奇回忆录》,叶琼芳译,卢珮文校,外文出版局《编译参考》编辑部,1981年,第225页。
② 这五首诗的中译,已分别收入苏杭、王守仁翻译的《叶夫图申科诗选》中。
③ 赖伟峰:《降b小调第十三交响曲(巴比雅),作品113》,见《发现:肖斯塔科维奇》,"国立"中正文化中心(台北),2005年,第107页。

巴比雅（Babi Yar）即娘子谷；安娜是二战期间躲避纳粹杀害，写《安娜·弗兰克日记》的德国犹太小女孩。无论是诗的《娘子谷》，还是交响乐的《娘子谷》，当年在苏联发表、演出的时候，都冒着风险，也确实引起很大风波，成为政治事件。《文学报》1961年9月19日刊登这首诗时，编辑已做好被解职的准备。叶夫图申科受到许多攻击，但是他收到的三万多封来信中，绝大多数站在他这一边。在乐曲首演问题上，政权当局施加压力，迫使原先应允参加首演的乐队指挥和几位独唱家相继退出。指挥家穆拉文斯基与肖斯塔科维奇是挚友，他们的友谊开始于在音乐学院学习时。1937年指挥列宁格勒爱乐交响乐团首演肖斯塔科维奇第五交响曲之后，肖氏的大部分作品首演指挥都由穆拉文斯基担任（交响曲第五，1937；第六，1939；第八，1943；第九，1945；第十，1953；第十二，1961）。这次原本也由他执棒，后来却也宣布退出，显然是受到当局的压力。自此，他们交恶，长期亲密、互相支持的友谊破裂①。这是20世纪无数因政治、意识形态问题导致友谊、爱情受损、破裂的一例。最终乐曲首演指挥由康德拉辛②担任。

　　基于音乐处理上的需要，《娘子谷》的"歌词"对"诗"有一些改动，尤其是独唱与合唱上的分配：这增强了对话、呼应的戏剧性。其中值得提出的重要不同是"犹大"和"犹太人"的问题。原诗是这样的：

---

　　① 穆拉文斯基（1903—1988），苏联杰出指挥家。30年代开始担任列宁格勒爱乐交响乐团（现在的圣彼得堡交响乐团）常任指挥四十多年，提升该乐团水准而跻身世界著名乐团之列。特别擅长指挥柴可夫斯基、肖斯塔科维奇的作品。DG出品的双张柴可夫斯基4、5、6交响曲（编号419 745—2），几乎是柴可夫斯基这三部交响曲的权威，难以超越的经典版本。

　　② 康德拉辛（1914—1981），苏联指挥家。1938—1943年任列宁格勒马林斯基剧院乐队的首席，1956年起成为莫斯科爱乐团首席指挥和艺术指导，1979年在荷兰巡回演出时寻求政治庇护，开始任职于荷兰皇家音乐厅乐团。

> 于是我觉得——
> 　　　　我仿佛是犹大，
> 我徘徊在古埃及。

歌词却是：

> 我觉得现在自己是个犹太人。
> 在这里我跋涉于古埃及。①

多种歌词译文，诗中的"犹大"都成了"犹太人"。我感到困惑，一个时间怀疑诗的中译是否有误，便请教汪剑钊②。他的解惑是：诗的原文就是犹大，犹大和犹太人在俄文中是不同的两个词，翻译不致出错。他认为，诗人既把抒情主人公当作受害者，同时认为在施害中他也负有责任，觉得"自己"就是犹大，被同胞唾弃，内心受到谴责，没有归宿感而游荡在古埃及土地上。

当然，现在我也还没有明白这个不同产生的原因。爱伦堡在听了肖斯塔科维奇的《第八交响曲》之后说："音乐有一个极大的优越性；它能说出所有的一切，但是尽在不言中。"的确，多层次的、复杂交织的情感思绪，它的强弱高低起伏，它的互相渗透的呈现，文字有时难以传递；

---

① 邹仲之译，见《爱乐》2005 年第 5 期，生活·读书·新知三联书店。台北《发现：肖斯塔科维奇》一书的歌词翻译是："我觉得现在——/ 我是犹太人 / 在这里 / 我横越过古埃及"（赖伟峰译）。

② 汪剑钊（1963— ），诗人、翻译家、俄苏文学和中国现代诗歌研究者。北京外国语大学外国文学研究所教授，中国社会科学院外国文学研究所研究员。著有《中俄文字之交——俄苏文学与二十世纪中国的新文学》《二十世纪中国的现代主义诗歌》，翻译《阿赫玛托娃传》。这里引述他来信大意，他还发来他新译的《娘子谷》，见附录。

但是深层思想的揭示能力,音乐也有稍逊的时候。也许难以表达这里"犹大"所包含的复杂思想情感,才有这样的改动?汪剑钊的解说是对的。叶夫图申科《娘子谷》的震撼力,既来自感同身受("我就是德莱福斯";"我是安娜·弗兰克";我是被枪杀在这里的每一个老人和婴孩)地对民族毁灭性暴行的批判,也来自这种不逃避应承担责任的勇敢自谴。

政治诗的命运

叶夫图申科多才多能,他不仅写诗,也写小说、电影剧本、诗歌评论,主演过电影。就诗而言,题材、形式也广泛多样。不过,说他的主要成就是"政治诗",他是20世纪的政治诗人,应该没有大错。这也是他的自觉选择。他曾说,斯大林逝世前他"一直隐蔽在抒情诗的领域里","解冻"之后"要离开这个避难所"了①。《提前撰写的自传》中也说过相似的话:"内心抒情诗在斯大林时代几乎是禁果",现在"开始冲破了堤坝,充满了几乎所有报刊的版面";不过,在"发生的巨大的历史进程面前,内心抒情诗看起来多少有点幼稚。长笛已经有了……如今需要的是冲锋的军号"。②因此,在当年苏联的诗歌界,他被归入着眼于重大政治题材,诗风强悍的"大声疾呼"派(相对的是"悄声细语"派。这两个"派别",中译有的作"响"派和"静"派)。

20世纪多灾多难,也曾经充满希望和期待。战争,革命,冷战,专制暴政,殖民解放运动……这一切在具有"公民性"意识的诗人那里,孕育、诞生了新型的政治诗体式。路易·阿拉贡将这种诗体的源头,上

---

① 叶夫图申科等:《〈娘子谷〉及其它》,第1—2页。
② 叶夫图申科:《提前撰写的自传》,第40页。

溯到 16 世纪意大利诗人彼特拉克，叶夫图申科则将它与普希金、莱蒙托夫、涅克拉索夫、惠特曼连接。但是他们也都认为，马雅可夫斯基是"当代"政治诗的创始人①。叶夫图申科也将自己纳入这个诗歌谱系。他赞赏这位开拓一代诗歌的"硕大无比"的诗人的伟力：

> 马雅可夫斯基比任何人都更痛切地认识到，"没有舌头的大街却在痛苦的痉挛——它没法子讲话，也没法子叫喊。"马雅可夫斯基从淫乱的内室，从漂亮的四轮马车中拉出来爱情，把它像一个疲倦的受骗的婴孩一样捧在那双因绷紧而青筋暴露的巨大的手上，走向他仇视而又可亲的大街。②

20 世纪政治诗的首要特征，是处理题材上敏锐而固执的政治视角，特别是直接面对、处理重要政治事件和问题。写作者有自觉的代言意识，抒情个体自信地将"自我"与民族、阶级、政党、人民、国家想象为一体。惠特曼那种"我"同时也就是"你们"的抒情方式（《自我之歌》："我所讲的一切，将对你们也一样适合，因为属于我的每一个原子，也同样属于你……"）在 20 世纪政治诗中得到延伸，并被无限放大。这种诗歌不单以文本的方式存在，诗人的姿态也成为重要组成部分。它的传播，也不仅限于室内的默读和沙龙、咖啡馆的朗诵，而是面向群众，走向广场、街头，体现了它的公共性。政治诗诗人常以自己的

---

① 路易·阿拉贡 1951 年说："对于我们来说，马雅可夫斯基首先是当代政治诗的创始人，这个事实是谁也不能从历史的篇章上抹掉的。"（《从彼特拉克到马雅可夫斯基》，《法国作家论文学》，生活·读书·新知三联书店，1984 年，第 363 页。）叶夫图申科的观点，见《彪形大汉却无力防卫》。

② 叶夫图申科：《彪形大汉却无力防卫》，《提前撰写的自传》，第 133 页。

声音、身体作为传播的载体,他们是演说家和朗诵者:这方面突出体现在马雅可夫斯基、叶夫图申科身上。马雅可夫斯基"希望诗歌能回荡在舞台上和体育场上,鸣响于无线电收音机中,呼叫于广告牌上,号召于标语口号,堂而皇之登在报纸上,甚至印在糖果包装纸上……"①这种政治诗不像象征主义那么"胆怯",不害怕在诗中说教,在政治诗人看来,害怕说教,可能会让道德变得模糊,并失去对群众动员的那种必需的质朴。

政治诗在当代中国,也曾经风光一时。三四十年代,特别是"当代"的前30年。它的最后辉煌,是"文革"后到80年代前期这段时间,几代诗人(艾青、白桦、公刘、邵燕祥、孙静轩、叶文福、雷抒雁、曲有源、张学梦、骆耕野、江河、杨炼……)合力支持这个繁盛的,让诗歌参与群众社会生活的局面。不过,诗人西川后来说,80年代诗人"错戴"了斗士、预言家、牧师、歌星的"面具"。其实也不全是错戴,那个时代的政治诗人就是斗士、预言家、牧师和"歌星"(就其与受众的关系而言)。

但这是落幕前的高潮,日沉时的最后一跃。舒婷1996年写道:"伟大题材伶仃着一只脚/在庸常生活的浅滩上/濒临绝境/救援和基金将在许多年后来到/伟大题材/必须学会苟且偷安"(《伟大题材》)。中国政治诗的式微,开始于80年代中后期,1988年公刘在《文学评论》第4期发表的《从四个角度谈诗和诗人》,以深切的忧虑揭示了政治诗消退、淡化的事实。

50年代初,法国诗人阿拉贡抱怨人们将16世纪的彼特拉克只看作爱情诗人,而忘记了他同时,甚至更主要是政治诗人,中国学者滕威抱怨90年代的中国只高度评价聂鲁达的爱情诗,而冷落了他重要的革命、

---

① 叶夫图申科:《提前撰写的自传》,第143页。

政治诗歌①——他们的抱怨虽然正确,却难以扭转这一趋势。在一个物质、消费主导的时代里,人们记忆的筛选机制不可避免发生重要改变;他们难以再热情呼应那种政治说教。况且在今天,诗人面对的政治、社会问题和事件,已不像革命、战争年代那样能够明晰地做出判断。复杂化的"政治",已经难以在诗中得到激情、质朴的明确表达,它更适宜置于学院的解剖台上,为训练有素、掌握精致技能的学者提供解剖对象。那些严肃、试图面对重要事件和问题的诗人,因此变得优柔寡断,犹豫不决。

> 讨论桌上,两个来自
> 极权国家的民主斗士在畅想
> 全球化如何能够像天真的种马一样
> 在他们的国土深处射出自由,而
> 一个来自民主国家的左派
> 却用他灵巧的理论手指,从
> 华尔街的坍塌声中,剥出了一个
> 源自1848年的幽灵。
> ……②

来自世界不同城市,有着不同世界想象的知识分子,聚集在1933年纳粹党人焚书的柏林百布广场,讨论着诸如"全球化经济有助于民主/还是更巩固了独裁?""在现今的世代里/勇气是什么意思?"诗人

---

① 滕威:《"边境"之南——拉丁美洲文学汉译与中国当代文学(1949—1990)》,北京大学出版社,2011年。

② 胡续冬:《IWP关于社会变迁的讨论会》,《旅行/诗》,海南出版社,2010年,第49页。

梁秉钧对此的回应是：

> 回答得了么，历史给我们提的问题？
> 对着录音的仪器说话，有人可会聆听？
> 太阳没有了，户外的空气冷了起来
> 能给我一张毛毡吗？
> 六个小时以后，觉出累积的疲劳
> 能给我一杯热咖啡？①

"累积的疲劳"是一种时代病，炽热的热情和内在的力量变得罕见。

政治诗衰落的原因也来自它自身。叶夫图申科在《彪形大汉却无力防卫》中，对马雅可夫斯基赞赏、辩护之外，也指出他"付出的代价是昂贵的"。"他经常为争取诗歌的整体功利性而战斗，为此他失去了许多东西——要知道，任何艺术功利性都注定结局不妙。"他情愿，或不得不牺牲某种他并非不拥有的"艺术"。另一方面，"瞬间性"是这种过度依赖时间的诗歌的特质。政治诗人对此应有预想，如马雅可夫斯基写下的，当他下决心进入这一政治诗的领域，就要同时宣布："死去吧，我的诗，像一名列兵，像我们的无名烈士在突击中死去吧。"当然，另一个可能也并非不存在，"瞬间性"也可以转化为"永恒"，如果诗人既能深刻触及现实的"瞬间"，又有足够的思想艺术力量超越的话。

今天，当我们重读叶夫图申科这样的诗人的作品，将会得到什么样的启示？20世纪马雅可夫斯基创始的政治诗是否还能给我们提供精神、艺术上借鉴的资源？我们是否也会如舒婷那样，期待着"救援和基金将

---

① 梁秉钧：《百布广场上的问答》，《东西——梁秉钧诗选》，中国戏剧出版社，2012年，第99页。

在许多年后来到"? 也和叶夫图申科在1978年那样,对这种政治激情的诗歌的未来充满信心?——

　　有时候觉得,根本不是从过去,而是从朦胧的未来……
传来冲我们开来的轮船发出低沉的汽笛轰鸣声:
　　请听听吧,后辈同志们……

2015年9月

附记一:

　　这篇文章完稿之后,读到孙晓娅主持的首师大中国诗歌中心2014年4月9日举办的讲座整理稿。演讲人是斯洛文尼亚诗人阿什莱·希德戈(1973—),他在题为《1945年以后的东欧诗歌创作——小气候、抗争、追寻超越》中,重要内容之一涉及诗歌和"政治"关系这一问题。他说,在欧洲,像芬兰、波兰、南斯拉夫、匈牙利等国家,"从19世纪末到20世纪初以及更晚近的历史时期",有许多诗人"自觉地为某种政治立场、民族主义等代言。……他们是当时文学圈子里的主流。但是从历史的角度上看,比起其他抗拒将自身作为民族主义以及政治工具的诗人来说,这些诗人在当代不再那么被欣赏"。他推举的是那些"试图提出更广阔的、复杂的问题"的诗,它们试图回答:"某种特定的政治倾向对人类来说意味着什么?社会机制是什么样的?为了政治的目的,压力以何种方式被施加到人类身上?……"他说,这些诗的作者采取了"旁观者的视角"。"如果你观察20世纪伟大诗人的地图,你可以看到在维持自身独立性的基础上继续写作有两种方式:一种是采取一个内在者的立场——你留在你的国家,但你永远不属于它机制的一部分,并且从侧面进行写作;另一种是自我放逐和走向流亡。"

这样的观点，在中国的读者和批评家那里，显然立刻会有反应。现场听讲者的驳诘是：

> 我认为一个写作者的责任是直面现实，如果事情确实发生了，就不能视而不见，而是要发出自救的声音。这与职业道德相关，诗人也要有其自身的职业道德，要有一颗拯救世界的善良的心。这与政治无关，与功利无关，与旁观无关。刚才您谈到了您周边国家的政治状况，包括乌克兰的动乱，一战二战的延续所带来的政治动荡。您是否觉得您在写作中对这些状况进行了刻意的回避？换言之，您写作的时候只看到了花朵和大海，却没有看到战争的、动乱的、伤害的碎片。

希德戈不大愿意接受这样的批评。他的回答是：

> 政治始终在简化现实。政治是一种非此即彼的思维方式，而儒家哲学则强调即此即彼。因此我认为艺术创作更为复杂，并且比起政治思考来有更弱的规定性。我不认为我为特定国家代言，无论是斯洛文尼亚还是欧洲。我开始写诗是缘于我对翻译过来的拉丁美洲诗歌的阅读——比如聂鲁达（Pablo Neruda），他们与我毫无关系。但从诗歌的角度来说他们改变了我的生活。我认为我作为一个人，应该自己决定我要表达什么，为谁表达。如果我认为我被任何战争、冲突所影响，它们直接对我发言并且需要我的回答，我已经做了很多。在南斯拉夫战争当中我进行诗歌创作，这是我自己的故事。如果我认为世界上所有的故事都是我的故事，这将会对我的语言，对我的审美表达产生很大的伤害。在所有的政治冲突中，有

太多的感受和太多人的故事，很难在诗歌或是其他表述方式中对这些复杂的成分进行到位的表达，很难避免被头脑简单的政客所炸毁，以便达到他们每日的目标。我不是任何政策的奴隶，我只是诗歌的谦卑的侍者。

附记二：

汪剑钊先生回答我的问题的同时，也传给我他新近翻译的《娘子谷》全文。对比以前张孟恢等的译文，有许多"细节"上的差异（语词、句式、节奏等）。这当然体现了翻译者的不同个性与风格，但译文发生的变化也与"时间"有关。汪剑钊的译文语词上偏于"书面化"，削弱了早先那种口语的朗诵风格，向着更具"阅读"的方向转化。这也可以看作"政治诗"式微的征象。

    娘子谷（汪剑钊翻译）
  娘子谷[①]上空没有纪念碑。
  陡峭的断崖，犹如粗陋的墓石。
  我感到恐惧。
      我今年有多大岁数，
  恰好与犹太民族同龄。
  此刻，我觉得——
      我就是犹太。
  我在古老的埃及游荡。

---

① 娘子谷，乌克兰首都基辅近郊的一处大峡谷。第二次世界大战期间，德国法西斯分子曾在此屠杀了大批的犹太人。

而我，也被钉上十字架，牺牲。
至今，我的身上存有钉子的痕迹。
我觉得，德莱福斯①——
                    就是我。
市侩的习气——
              是我的告密者和法官。
我在铁窗背后。
            我身陷囹圄。
遭受压迫、
        践踏、
              诽谤。
佩着布鲁塞尔彩带的贵夫人
高声尖叫，伞柄戳到我的脸上。
我仿佛觉得——
              我就是别洛斯托克②的小男孩。
血流成河，哀鸿遍野。
首领们放肆如同小酒馆的支架，
伏特加与洋葱的气味不相上下。
我被一只皮靴踩倒，衰弱不堪。
我徒然地恳求大屠杀的刽子手。
却迎来一阵哈哈狂笑：
            "揍死犹太鬼，拯救俄罗斯！"

---

① 德莱福斯（1859—1935），法国军官，犹太人。1894年，他曾被诬告为间谍，判处终身监禁。在进步知识分子左拉、法朗士等人的援救下，他最后被无罪释放。
② 别洛斯托克，波兰东北部的一座城市。

下流胚暴虐了我的母亲。
哦，我的俄罗斯人民！
　　　　　我知道——
　　　　　　　　你
在骨子里具有国际主义精神。
但那些手脚不干净的人们，
经常假借你圣洁的名义狐假虎威。
我知道你这块土地的善良。
多么卑鄙呵，
　　　　　反犹分子是冷血动物，
居然给自己取了一个华丽的
名字："俄罗斯各民族联盟"！
我仿佛觉得：
　　　　　我——就是那个安娜·弗兰克，
透明
　　　犹如四月里的一株嫩枝。
我陡生爱意。
　　　　　但我不需要词句。
我需要的是，
　　　　　我们能够相互对视。
可瞧、可嗅的东西，
　　　　　多么稀少！
我们触摸不到树枝，
　　　　　我们无法见到天空。
但可以做很多事情——
　　　　　例如温柔地

相互依偎在黑暗的房间。
有什么动静?
　　　　　别害怕——这是春天
自己的喧响——
　　　　　她向我们走来。
快来到我身边。
　　　　　快给我你的唇吻。
房门被毁损?
　　　　　不，——这是溶化的流冰……
野草在娘子谷上飒飒作响。
树木威严地盯视，
　　　　　像一个个法官。
这里的一切在沉默中呐喊，
　　　　　　于是，我摘下帽子，
我感觉，
　　　头发逐渐变得灰白。
而我本人，
　　　如同连成一片的无声呼喊，
萦绕在成千上万具枯骨的上空。
我——
　　　是被枪杀在此的每一个老人。
我——
　　　是被枪杀在此的每一个婴儿。
在我内心深处
　　　　　永远不会忘却！
让《国际歌》的歌声

　　　　　　　　雷鸣般轰响起来，
直到在地球上彻底埋葬
最后一名反犹分子。
我的脉管里没有一滴犹太血液。
但我胸怀粗砺的憎恶，
痛恨所有的反犹分子，
　　　　　　如同一名犹太人，
因为啊——
　　我是一名真正的俄罗斯人！

1961

附记三：

　　这篇文章刊出之后，诗人王家新说，大概70年代末或80年代初，他读到《〈娘子谷〉及其它》这个诗集，当时印象最深刻的是《戈雅》，还给我背诵了前面几行。但王家新把这首诗的作者误记为叶夫图申科，应该是沃兹涅先斯基。这首诗现在已有多种中文译本，有的中译题目为《我是戈雅》。下面是《〈娘子谷〉及其它》中张高泽先生的译文：

　　　　　　戈雅（**1959**）
我是戈雅！
敌人飞落在光秃秃的田野上
啄破我的眼窝。
我是痛苦，
我是战争的声音。
一些城市烧焦的木头

《〈娘子谷〉及其它》：政治诗的命运

在四一年的雪地上。

我是饥饿。

我是那

　　　身子像钟一般挂在空旷的广场上

　　　被敲打的，被吊死的女人的喉咙……

我是戈雅！

哦，复仇！

我使不速之客的灰烬

　　　像射击似的向西方卷去，

并在那作为纪念的天上像钉钉子一般

　　　　钉上了

结实的星星。

我是戈雅！

（张高泽译）

戈雅，西班牙18—19世纪画家，版画集《战争的灾难》表现与拿破仑战争，以及费迪南七世统治时代的苦难，共82幅。

《塔可夫斯基的树》:"逆时代"诗人

《塔可夫斯基的树:王家新集 1990—2013》,诗集,作家出版社 2013 年版,为"标准诗丛"中的一本。

一

这是王家新新出版的诗集,全名为《塔可夫斯基的树:王家新集 1990—2013》,作家出版社"标准诗丛"第一辑中的一本[①]。从诗集的性质看,它和 2001 年的《王家新的诗》(人民文学出版社"蓝星诗库")有相似之处。这两套诗选丛书,出版者都有为当代新诗确立"标准""经典"的抱负,因此,入选诗人集子,便非某一写作阶段的作品

[①] "标准诗丛"第一辑,除王家新这部诗集外,另有《我述说你所见:于坚集 1982—2012》《诺言:多多集》《我和我:西川集 1972—2012》《如此博学的饥饿:欧阳江河集 1983—2012》,2013 年版。第二辑有《周年之雪:杨炼集 1982—2014》《你见过大海:韩东集 1982—2014》《山水课:雷平阳集 1996—2014》《潜水艇的悲伤:翟永明集 1983—2014》《骑手和豆浆:臧棣集 1991—2014》,2015 年版。

集,而带有精选、"代表作"的意味。不过,王家新这两本诗集,也有重要不同。《王家新的诗》卷一收入80年代作品(1979—1989),而《塔可夫斯基的树》则只收1990年以来的诗和诗歌随笔。这应该是作者对自己创作道路的一个判断:1990年是重要年份,具有转折甚至重新出发的起点性质。

　　王家新在80年代有十年的诗歌写作、活动的生涯。80年代初大学时代,主持过《这一代》的校园诗刊,并开始发表作品。因为当年创作呈现的特征,一个时期还被归入"朦胧诗"①诗人行列。80年代后期在《诗刊》社工作,参与组织当年不少重要诗歌活动,和唐晓渡合编有很大影响的《中国当代实验诗选》。我读他的诗,要迟至1985年前后。还是北大中文系学生的老木(刘卫国),送我他编选的《新诗潮诗集》,在这部诗选的下册,收有王家新的一组诗。现在记忆较深的是《从石头开始》。那些年,"石头"这个词频繁出现在青年诗人的作品里:"我的身体里垒满了石头";"石头生长,梦没有方向";"长夜默默地进入石头";"水手从绝望的耐心里,体会到石头的幸福";"生命因孤寂而沉默……化为石头";"把灯点到石头里去"等等。在这些诗里,石头并不具"个体"的形态,它寄寓的是有关激情、沉重、凝固、坚韧等混杂交错的情感和精神意向。那时,大家热衷使用象征性的抽象意象,这是一个时期的诗歌风尚。后来,又陆续读到王家新的《中国画》(组诗),《触摸》《加里·施奈德》《蝎子》等。分别来看,即使以今天的眼光,它们中的一些也有较高的水准;但不得不说,那时的王家新还没有找到那条独创性的诗歌"暗道",写作带有多种尝试的性质,呈现了涣散的方向;这是一种我们熟悉的"练习期""成长期"(王家新自己的概括)的特征。

---

　　①"朦胧诗"这个概念一直遭到一些人的诟病和强烈质疑;作为有特定含义的概念,在谈及诗歌历史的时候,其实也有继续存在的必要。

二

尽管《塔可夫斯基的树》剔除他 80 年代的作品,但是 80 年代对王家新很重要。在一篇回顾文章里,他讲到一个细节:顾城曾转达他父亲顾工对王家新的印象,说他是"中国的别林斯基"。王家新说当时对此"并不怎么在意",他的兴趣已经转向现代主义①。在 80 年代,对别林斯基有所了解并存有感情的,大概只是"过气"的诗人(如顾工),和同样"过气"的文学爱好者(如我)。但顾工稍显"突兀"的说法,至少是在想象性类比中提示了某种相似的精神气质。在做出这个判断的时候,顾工脑子里可能会浮现这样一组词语:严肃;紧张峻切;道德和思想的理想主义;热烈信他所信,同样热烈疑他所疑的极端化;类乎宗教信仰的文学观;"不欲自限于伦理中立的分析,亦不愿自安于不带成见,不含批评的描述";将"观念"作为生命核心因素……

需要说明的是,这里的所谓"观念",不是指思想或理论层面的概念或教条,而是支撑人的思想、行为、情感、他全部生活方式的信念,犹如以赛亚·伯林在谈到别林斯基时所言:

> 这种意思的观念体现思想,也体现情绪,体现人对内在与外在世界的含蓄与明示态度。这种意思的观念,比意见或甚至原则更广义,更出于持有观念者的内在本质,而且构成、甚至就是一个人对他自己、对外在世界的核心关系综结。可能有深有浅,有真有伪,可能是封闭的,也可能是开放的,可能是盲目的,也可能具有洞识的力量。在有意识或无意识的行

---

① 王家新:《我的八十年代》,《塔可夫斯基的树》,第 243 页。

为、风格、姿势、行动以及细微的习惯作风里，正如明言的义理或信仰的告白里都可以发现这一点。^①

在80年代，我们都经历过自我认知的某种错位。说已转向"现代主义"的王家新，血管里流动的可能有更多19世纪"遗产"，一种混合古典精神和启蒙意识的浪漫、理想激情。依"历史进步论"的眼光，这个说法会被认为是对王家新的贬损，其实不然。如今，说一个人身上存在没能剥离的80年代"残留物"，可能暗含嘲讽、批评，但也可能是对变得稀少的精神品格的尊敬。虽然《塔可夫斯基的树》没有选入80年代作品，但王家新在处理不同历史时期的关系上，既不是刻意割断离弃，也警惕带有酸腐气息的怀旧。他维护着80年代作为一种"精神事物"的意义，看作蓬勃的诗歌精神和想象力的根基：

那是一个燃烧的向着诗歌所有的尺度敞开的年代，欧阳江河在那时就宣称"除了伟大别无选择"！而"伟大的诗人"，在他看来就是那种"在百万个钻石中总结我们"的人！^②

十多年前在北大课堂与学生一起读"九十年代诗歌"，我说过王家新有许多变化，但"'骨子里'还是有一些相通的东西延续下来，继续展开、加重"^③，也是在强调80年代对他来说的意义。在有些萎靡不振的当今，王家新不为80年代的这些话羞怯，不打算回收这些"伟大"；这让孱弱的我们意外，但也感动和尊敬。

---

① 以赛亚·伯林：《俄国思想家》，彭淮栋译，译林出版社，2001年，第187页。
② 王家新：《塔可夫斯基的树》，第249页。
③ 洪子诚主编：《在北大课堂读诗》（修订版），北京大学出版社，2014年，第39页。

三

但是，1990年对王家新（也对另外一些诗人）确实具有特殊的意义。"历史之手移开了他们在早年所借助的梯子，使他们不得不从自身的惨痛中重新开始"。我这里说的1990年，不是一个确定刻度的"自然时间"，可以替代的另一种说法是"80年代末至90年代初"。之所以特意标出1990年，是因为这一年他发表了《帕斯捷尔纳克》①。尽管王家新不大愿意人们总是谈论这一"代表作"而忽略他另外的作品，但它仍具有"指标"的性质。也就是说，他其后二十多年诗歌的一些要素，是在这首诗，也是这个期间确立。

2005年修订版的《中国当代新诗史》，对王家新的创作我曾写下这样一段话：

> 王家新诗的个人风格的确立……是在80年代末和90年

---

① 当时一些诗的发表情况，一直是我想弄清，却仍未能办到的事。这是一个重要时期的精神痕迹，需要加以清理。经查刘福春编著的《中国新诗编年史》下卷（人民文学出版社，2014年，第1293页），这首诗最早刊于诗歌民刊《九十年代》（油印本），同期还刊有孙文波《地图上的旅行》、西川的《远游》等。但我没有能看到这份刊物。《九十年代》是1989年创刊的，出版有1989年卷，由孙文波、萧开愚、张曙光、王家新等创办。但刘福春的"编年史"没有记录创刊的1989年卷的情况。最近，王家新提供了他当时一组诗的发表情况是："1989年秋冬，长夜读《古拉格群岛》《日瓦戈医生》、米沃什的作品等，写出《一个劈木柴过冬的人》《瓦雷金诺叙事曲》等诗，诗歌创作开始一个新阶段。《瓦雷金诺叙事曲》先是在几个民刊上发表并产生反响，但直到1992年11月，才在《花城》第6期正式发表（他们从民刊转载的，当时我已在英国）。1990年12月，写出《帕斯捷尔纳克》一诗。1991年3月，《帕斯捷尔纳克》等诗5首很快在《花城》第2期发表（但个别诗句经过编辑改动），并很快产生反响。"

代初。这个期间,他发表了《瓦雷金诺叙事曲》《帕斯捷尔纳克》等作品。他的家乡湖北丹江口地处陕、豫、鄂三省交界。据说,其"地域性格和语言,较多承传了秦汉文化的源流,而楚文化的空气极为淡薄","北方儒家深挚执着的文化人格较之楚文化的绚丽浪漫,更能深刻地左右他的思想行为"。虽然在《一个劈木柴过冬的人》《词语》中,王家新也表达了对诗歌技巧、对如"刀锋深入、到达、抵及"的词语的倾慕,但他并没有充分的耐心去精致琢磨。他不是一个"技巧性的诗人",靠"生命本色"写作,其基本特征是"朴拙、笨重、内向"。有不同的诗人,有的让读者记住的是劳作的成果,写作的人则在诗中弥散。有的通过语言的材料,不断塑造"写作者"的形象,其身影代替了个别的文本,王家新显然有些偏于后者。

命运、时代、灵魂、承担……这些词语是他的诗的情感、观念支架,他将自己的文学目标定位在对时代、历史的反思与批判的基点上。这个"时代主题",常以独白与倾诉的方式实现,在诗中形成一种来自内心的沉重、隐痛的讲述基调。写社会"转向"作用于个人的生命体验的诗作,大多以他与心仪的作家(叶芝、帕斯捷尔纳克、布罗茨基、卡夫卡……)的沟通、对话来展开。[1]

回过头读十年前的这些文字,有的话还能成立,有的则不大准确和失误。自然,不准确的出现有一点也和他诗艺追求的变化有关。比如说朴拙、笨重,说没有耐心琢磨,以及经常采用倾诉的方式,这就和他近十多年的诗歌艺术走向不大契合。他的抒情倾诉已变得节制,独白仍是

---

[1] 洪子诚、刘登翰:《中国当代新诗史》(修订版)第十三章,北京大学出版社,2005年。

诗歌方式的基调，但也朝向精炼、浓缩、暗示的方向发展。他已有足够的耐心，去等待那容纳更丰富体验和多层意义的词语的降临，他努力想将沉重和轻灵加以结合。

四

王家新 1990 年确立的诗歌"要素"，可以尝试采用关键词语的方法来提示；尽管这样的分析方法显得有点简单、机械。

北方、寒冷、雪 前面说到王家新写作"地域性格和语言"的那些话，引自程光炜的《王家新论》[①]。我们一般都会同意程光炜的看法，即王家新的诗歌气质，和他的出生地、他青少年生活、求学的地域，和那里的"楚文化"没有很明显的关联，这和舒婷、顾城、于坚、张曙光等都不同，他很少留下家乡风景民俗的痕迹，精神的家乡是"北方"。但实际情况可能不完全这样。他自己说过，他诗中一再出现的雪的意象最早来自童年记忆。他的家在鄂西北山区，冬天一片冰天雪地。况且因家庭出身不好，少年在压抑、屈辱中度过，所以早年的寒冷总在体内燃烧。当然，这种体验，在 80 年代后期的"北漂"（那时还没有这个词）生活中得到加强、提升：北方既是他的居住地，但更重要是一个抽象的文化地标。在这方面，他与卓越的写北方的诗人多多也不同。这让他获得生命、诗艺的地域的根基。冬日，寒冷，雪，还是雪，彻骨的寒气，比死更冰冷的爱……这些词语频繁出现在他的作品中。他对绿叶成荫、繁花似锦好像没有太多感觉；他见花并不落泪，见月也不大惊心；它们不是那么可靠。相反，北方冬日叶片落尽的黑而枯瘦的树木，感觉却"似乎

[①] 程光炜：《王家新论》，《程光炜诗歌时评》，河南大学出版社，2002 年。

都变得更真实"(《树》)。这一切也不能看作他刻意经营的意象,虽然也可以理解蕴含时代、精神气候和人的处境的寓意,但最主要的是环绕的感性氛围。地域、季节选择的这一倾向,是个人心性使然,从这里出发,便有助于和特定人物、历史事件链接,以增强在同质、线性时间中发现断裂点的需要。

"精神血脉" "我们只借那些可以加倍归还的东西"——王家新文章征引了勒内·夏尔的这句话。王家新不回避他的写作攀登"借助""梯子"的必要性。1990年说"历史之手移开"他们早期借重的梯子,并不是否定"梯子"的重要性,而是另有选择。近年来他反复强调(并积极参与)诗歌翻译,说明这一点。他的诗和文章,明白标示了"同一种精神血脉的循环"的线索;他一再"呼唤"的"那些高贵的名字",构成了清晰的家族谱系。这些名字,往往是20世纪重大历史事变中的那些"放逐、牺牲、见证"的作家、诗人,他们"无可阻止地,前来寻找我们,发掘我们";而"我们"也自觉地将他们的声音,化为"从心底升起的最高律令",成为诗歌写作的灵感发生的触媒和推进力量。由"寒冷"和"雪"所链接的诗人,在他的艺术和精神谱系中被综合、重写和改造。列入这个名单的有:叶芝、卡夫卡、阿赫玛托娃、茨维塔耶娃、曼德尔斯塔姆、帕斯捷尔纳克、布罗茨基、米沃什、阿甘本、策兰、凯尔泰斯·伊姆莱……尽管他也多次提到杜甫等人,但好像还拿不定主意将他安放在什么位置上;在这个家族中还无法占据那种"血脉循环"的位置。

"轰响泥泞" 我读《帕斯捷尔纳克》这首诗,距它的发表已好几年。经过程光炜的征引、阐释,"终于能按照自己的内心写作了/却不能按一个人的内心生活"成了概括时代征象的经典名句。[①] 但我最初读

[①] 参见程光炜:《不知所终的旅行》,诗选《岁月的遗照》(序言),社会科学文献出版社,2000年。

的时候，因为粗心却没有注意到它。当时印象更深的是"从雪到雪，我在北京的轰响泥泞的/公共汽车上读你的诗……"那时我正重读《日瓦戈医生》，就想起帕斯捷尔纳克的："大放悲声抒写二月/一直到轰响的泥泞/燃起黑色的春天"（《二月》，荀红军译），也想起日瓦戈猝死的那一时刻：他上了一辆有毛病的，开开停停的电车，因此，马路上那位穿淡紫色连衣裙的女士不断从他视线中消失又不断出现；接着就是雨和风卷起尘土和落叶……这是有关历史，有关日瓦戈这样的知识分子宿命的隐喻吗？从1990年的"轰响泥泞"开始，王家新总体单纯的诗，就不断增加"黑色"成分，悲剧性色彩。犹如《塔可夫斯基的树》的最后一首写的："……现在，在我的诗中/只有这一道道蒙霜的/带着发黑的庄稼茬的犁沟"（《在伟大的诗歌中》，2013，1）虽然继续拒绝"也许""似乎"这类模棱两可的措辞和生活态度，但他诗歌的构成增加了相异成分。这是对自然，对生命的新的体验，冰与火，新生与衰朽，生命与死亡，在他的诗里不再成为绝然分割的因素。

"另外的空气""命运、时代、灵魂、承担……这些词语是他的诗的情感、观念支架"，是他写作的主题。但是，他的诗通常没有直接处理现实事物和历史事件，这引发主张诗歌介入现实情境和问题的人的批评。1992年寄寓伦敦写的《对话》中，曾有这样的句子："你生活在我们这个时代，却呼吸着另外的空气。"以另一种空气，或另一种风景来回应"现实"，是他的处理方式。王家新引用阿甘本这样的话，很大成分有自我辩护的性质："……他自己的身影投向过去，结果为此阴影所触及的过去，也就获得了回应现在之黑暗的能力。"他要表明的是，他对历史的"凝视"，主要落实在"凝视者"的思想情感反应上，落实在通过呼吸所过滤的词语上，至于是否直接写到现实情境无关紧要。我想，出现这一情况，一方面与写作环境有关，"终于能按照自己的内心写作"并不完全属实。另方面，也要从诗艺的方向来肯定诗人选择的自主性。为作家、诗人规定题材选取,是当代文学并不值得赞赏的遗产,至今仍作为工具为不同甚至相反的历史、文学观的论者所操持。自然,如果说到王家新历史"凝视"的美学成效,那是需要另外展开的议题。

姿势 他的写作带有明显的自叙传的成分,不太认同"非个人化"的诗歌方式。他所有的作品(诗,诗歌随笔,翻译)都在构建自我的诗人形象。这与他采取的"征引历史"(既是一种无奈,但也是他设定的视野)的"退却"的方式有关。他笔下不是"历史"本身,而是凝视历史之后的心灵印记,凝视者本身。诗中的叙述者,很大程度可以看作诗人自身(当然是所要呈现的那个形象)。这种方式,强化了诗歌的叙述者的"姿势"。因为这个追求,他特别赞赏法国诗人勒内·夏尔作品背后确立的严峻、光辉的诗人形象,说这是"重铸了一种诗性人格"。

瞬间 "生命一瞬间的显现",长期情感、经验和语言能力积聚所出现的"一瞬间的召唤"——这些种主要是他近十多年的追求。对王家新来说,这确是新的因素,他说属于"晚期风格"。这体现为前面说过的对倾诉、抒情的节制,对雄辩的放弃,对日常性、细节的重视,和对瞬间发现、感悟、提升的等待。1990年的时候,他好像也不反对"中年写作"的说法,其实那时并没有这方面的准备。目前的这种改变,如他自己所说,一方面是生活的变化:生活的相对稳定,结婚,有了孩子,成为著名大学教授,"去国"身份由"漂泊者"转变为中国著名诗人,和国际诗人建立的联系……另外方面是阅读、翻译策兰这样的诗人,以及对他那一精神谱系上诗人的丰富性认知有关。毫无疑问,那些诗人(帕斯捷尔纳克、茨维塔耶娃、策兰等)在王家新那里,其形象和价值最主要是流放者、暴政批判者、历史见证者。他对匈牙利作家凯尔泰斯·伊姆莱的重视和好感,很大程度是他反复、不倦地让人们不要忘记奥斯威辛。但是对这些作家的丰富性更全面的发现,也为他开放体验感受空间创造条件。他在诗中要呈现"生命的质感",要"更接近'生物的神秘本性'"；这都是新的要素。他意识到诗人精神理念的扩张和收敛、突进和退却同样必要。这一变化已经出现让人惊异的诗作，而更多成果的整体评价仍值得继续观察。

五

前些日子与年轻诗人王东东聊天，他尊敬地说王家新是一位"逆时代诗人"①。当时没有让他仔细解释"逆时代"是什么意思。这里只好按照我的理解做些推衍和展开。"逆时代"，换一种说法就是"错位"，"老派"、不能"与时俱进"，或者"不合时宜"？譬如说，诗歌时尚是要增加语言嬉戏、快感，而王家新仍过分严肃；诗歌题材要向生活的更大空间开放，王家新在很大程度上恪守带有古典色彩的选题标准；在"时代英雄"转移到歌星影星的年代，却仍维护着诗人的也许不切实际的英雄姿态；许多人避免在诗中留下"自我"的痕迹，他却坚持古老的诗与人合一的原则；"启蒙"已经名声欠佳（不夸张地说声名狼藉吧），他仍想承担以艺术开启"民智"的责任；在解构、虚无成为有力武器也成为消费时尚的时候，却在悲剧的前提下继续讨论人类的希望……逆时代、错位可能是落伍和失误，但也可能是孤独者动人的坚守；在许多人（我也在内）争先恐后、急不可待适应、迎合潮流时尚的时候，不多的逆行者就特别珍贵，特别值得我们敬重。——王家新是坚信自己选择的合理、正确的，他引阿甘本的话，就是要说明时代的逆行者、疏离者，更有可能有力"感知和把握他们自己的时代"。

---

① 王东东在微信上读到这篇文章后，留言称："我印象中似乎说是'反时代'。"那么，"逆时代"是我误听了。王东东说的"反时代"可能另有深意。

塔可夫斯基的电影，我只看过他早期的《伊凡的童年》和后来的《乡愁》，没有看过《牺牲》，没有看到在瑞典哥特兰岛的那棵"大师的最后一部电影中出现的"的树，只是从《牺牲》的电影海报上、见识它的落叶后枝干线条清晰（这是王家新喜爱的冬日形象）的孤独。

> 一棵孤单的树，也许只存在于
> 那个倔犟的俄国人的想象里
>
> 一棵孤单的树
> 连它的影子也会背弃它
>
> 除非有一个孩子每天提着一桶
> 比他本身还要重的水来
>
> 除非它生根于
> 泪水的播种期

就王家新对他坚信的诗歌，和同样坚信的对历史未来的希望而言，要让"已然不再"成为"还在这里"（策兰语），让不可能成为可能（或想象中的可能），显然要有"每天"的持续坚韧，要有"比他本身还要重"的超负荷的付出；这大概就是"逆时代"者的愚钝和尊严吧。

2015 年 6 月

《见证》：真伪之间和之外

《见证：季米特里·肖斯塔科维奇回忆录》，肖斯塔科维奇口述，伏尔科夫记录并整理。中译版：北京，外文出版局 1981 年版；广州，花城出版社 1998 年版；北京，作家出版社 2015 年版。这三种版本中译者均为叶琼芳。

一点说明：本文曾以《真伪之间与之外：读〈见证〉随感》的题目，刊发于 2014 年 7 月 2 日《中华读书报》。因为报纸版面限制，文字压缩、删节几近一半。2015 年，作家出版社又出版了《见证》新的版本，高峰枫先生发表了他整理的《见证》争议史的文章。现在将旧文做较大修改、补充后发表。

《见证》的中译版本

我在《问题与方法》这本书里，谈到有的文学作品的阐释、评价，与特定的社会政治环境有关系的时候，曾以苏联作曲家肖斯塔科维奇（1905—1975）的音乐作为例子，并摘引了欧阳江河名为《肖斯塔科维

奇:等待枪杀》的诗①。这首诗收在欧阳江河诗集《谁去谁留》②里,摘引的几行是:

> 他的全部音乐都是一次自悼
> 数十万亡魂的悲泣响彻其间
> 一些人头落下来,像无望的果实
> 里面滚动着半个世纪的空虚和血
> 因此这些音乐听起来才那样遥远
> 那样低沉,像头上没有天空
> 那样紧张不安,像头骨在身上跳舞

欧阳江河写这首诗的时候,不知道是否读过所罗门·伏尔科夫(1944—)的《见证》,不清楚他对肖斯塔科维奇音乐的理解,是否受到这本标明为"口述回忆录"的书的影响。不过,《见证》中的"我的交响乐多数是墓碑。我国人民死在和葬在不知何处(即使是他们的亲属也不知道)的人太多了";"我愿意为每一个受害者写一首乐曲,但这是不可能的,因此我把我的音乐都献给他们全体";"等待处决是一个折磨了我一辈子的主题,我的音乐有许多是描述它的"……这些话,和欧阳江河诗题的"等待枪决",以及诗中"全部音乐""数十万亡魂"等语词之间,应该有着关联;这个推论相信不是妄测。

引录欧阳江河这首诗的当时,我是认可他的理解、感受的。我对肖斯塔科维奇的音乐其实了解不多。不错,50年代上学期间就知道他的名字;读中学时我曾是狂热的苏联电影迷,在南方一个小城,看过他

---

① 洪子诚:《问题与方法》(增订版),生活·读书·新知三联书店,2015年,第82页。
② 欧阳江河:《谁去谁留》,湖南文艺出版社,1997年,第10页。

30年代中期到50年代配乐的许多电影①。但是他大量的交响曲、室内乐等，即使到90年代也只听过有限的几部。另外，写《问题与方法》的时候，也不知道有《见证》这本书，不知道围绕这本书的真伪存在争议；虽然这在音乐史界，在音乐爱好者中，早已不是新鲜的话题。对于因无知导致的评述上的偏颇，《问题与方法》2015年出版增订版，我在这一页加上旁批做了修正的说明。

《见证》的英文版1979年由纽约哈珀与罗出版社（HARPER & ROW）出版，书名为《见证：季米特里·肖斯塔科维奇回忆录》，署肖斯塔科维奇口述，伏尔科夫记录并整理。中文版很快在两年后的1981年，由北京的外文出版局作为内部刊物《编译参考》②的增刊"内部发行"出版，书名是《季米特里·肖斯塔科维奇回忆录》（叶琼芳译，卢珮文校）。90年代之后，这个译本又在另外的出版社出版新版本：1998年花城出版社的"流亡者译丛"（林贤治主编）版，和2015年作家出版社版。这两个本子，均依循外文出版局的编排方式，没有调整更动，也都将英文版的"原版本封面介绍"置于书的最前端。封面介绍称：

《见证》的成书和问世过程极富戏剧性。俄国人把音乐巨

---

① 这些影片有《卓娅》《马克西姆三部曲》（《马克西姆的青年时代》《马克西姆的归来》《革命摇篮维堡区》）《带枪的人》《伟大的公民》《难忘的1919年》《青年近卫军》《易北河会师》《攻克柏林》《米丘林》《牛虻》等。

② 《编译参考》是当年外文出版局出版的介绍、翻译西方政治、文化和对中国事务评论的期刊，属内部发行性质。该刊物还以"国外作品选译""国外思潮""增刊"等名义，在1978—1981年间，陆续出版了赖·肖尔《日本人》，流亡国外的斯大林女儿阿利卢耶娃《仅仅一年》，哈莱《根：一个美国家族的历史》，阿瑟·黑利《最后诊断》，赫胥黎《奇妙新世界》，奥威尔《1984年》，麦德维杰夫、萨哈罗夫、索尔仁尼琴等《苏联持不同政见者论文选译》，贝特兰、伯顿《毛泽东逝世后的中国》，雷蒙·阿隆《为颓废的欧洲辩护》等。

人季米特里·肖斯塔科维奇作为他们文艺理想的化身介绍给世界，他在这些回忆录中揭示出他是一个深受苦难的人——对他自己和他所扮演的角色充满了深刻的矛盾心情。

在肖斯塔科维奇逝世前四年左右，先是在列宁格勒，后来在莫斯科，苏联富有才华的年轻的音乐学家所罗门·伏尔科夫，勾起了肖斯塔科维奇对往事的回忆，作曲家终于把发表这些回忆录视成自己的义务。他对伏尔科夫说，"我必须这样做，必须。"伏尔科夫记下了这些往事，然后加以整理、编辑，始终保留肖斯塔科维奇回忆时所特有的风格以及他跳跃式的语气。在伏尔科夫完成写作工作后，肖斯塔科维奇通读了全书，表示同意，并且逐章签了字，他同意将稿送到西方出版，唯一的条件是，到他逝世后才能公诸于世。

肖斯塔科维奇把这些回忆录称为**"一个目击者的见证"**，把目击者的自觉贯穿于这一系列互相联系的回忆，其范围包括他整个一生，从革命前一直到赫鲁晓夫谴责斯大林以后的不幸的解冻时期。一幕幕情景跃然纸上，使读者有身临其境之感：与斯大林的令人吃惊的勇气的谈话；喧嚣一时的创作新国歌的竞争（在其中肖斯塔科维奇与哈恰图良是合作者）；假天才的伪造；剽窃行为的普遍存在。他回想了他所认识的音乐家、艺术家和作家：普罗科菲耶夫、斯特拉文斯基、格拉祖诺夫、梅耶霍尔德、阿赫玛托娃和其他许多俄罗斯文化的中心人物。他愤懑地谈到在社会各阶层蔓延的反犹太主义。他辛辣地描写了随着掌权者的调子跳舞的人们，其中有达官贵人，也有无名之辈。

过去，这一切他从未向人公开过，如今，本书所揭示的一位富有创造力的艺术家在苏联如何度过一生的情景是动人的，而且往往令人黯然神伤。

在感情上，这是陀思妥耶夫斯基式的生活和艺术。这些回忆的语言朴素、坦率、辛辣、有力——介绍了一个世人从来没有看到过的肖斯塔科维奇和一个人的功成名就而又可悲可叹的一生。

虽然三个中文版本都重视这个"封面介绍"，但各版本的内容提要却有所不同。1981年外文出版局版的"内容提要"，有一个偏于"中性"的说明：

> 肖氏是享有世界声誉的作曲家。他在本书中回顾了自己一生的坎坷经历，对其音乐作品的创作背景做了深刻的说明，涉及苏联文艺界的若干内情，并生动地叙述了文坛乃至政界的许多名人轶事。本书可以作为了解苏联现代史尤其文艺界情况的参考读物。

这里没有如50年代处理《日瓦戈医生》事件那样，跟随苏联做出激烈反应。这既基于《编译参考》的提供国外资讯的性质，也基于"文革"后中国和美、苏之间的关系，已经和50年代发生很大变化。

"流亡者译丛"版（1998年）的内容简介，则直接摘录《见证》书中的一些段落，来表明编辑、出版人的观点：

> 这不是关于我自己的回忆录。这是关于他人的回忆录。别人会写到我们，而且自然会撒谎——但那是他们的事。关于往事，必须说真话，否则就什么也别说。追忆往事十分困难，只有说真话才值得追忆。

> 回头看，除了一片废墟，我什么也看不到；只有尸骨成山。我不想在这些废墟上建造新的波将金村。
>
> 我们要努力只讲真话。这是困难的。我是许多事件的目击者，而这些都是重要的事件。

2015年的作家版，是为了纪念肖斯塔科维奇逝世40周年，内容提要是：

> 《见证：肖斯塔科维奇回忆录》是肖斯塔科维奇口述，由伏尔科夫记录并整理。
>
> 肖斯塔科维奇是世界范围内知名的音乐家，他的"肖五""肖七"等名作早已享誉全球，他本人也成为符号化的传奇。但是，其个人经历却并不为世人所熟知。在肖氏晚年，他将自己一生的经历做了细致的梳理与回忆。而这本书的出版，改变了无数的指挥家与乐团对其作品演奏的方式。
>
> 在书中，他的回忆以灰色调为主：权力的阴影下造成的不可逆转的人格扭曲、面对人性的抉择时失去的珍贵友谊、忠于人格却最终被迫害的悲惨人祸——这些沉重的往事几乎占据了回忆录的大部分篇幅。书中也写到了人性的良善……书中还涉及不少前苏联重要人物：政治、音乐、文学等方面的大人物一一登场亮相。本书文风节制、准确、细致、平和。以一种娓娓道来的方式，带领读者回到那个特殊的年代去再次认识这位知名音乐家——在特殊年代里，为了像人一样活着，他付出的努力与饱受的煎熬。

这三个版本在处理上的共同点是，均认可"原版本封面介绍"对

《见证》的内容描述和评价；强调它的"目击者"回忆的真实性和"口述回忆录"的文体性质，认为是一部"讲真话"的书，重要性来自对被掩盖的真相，对集权国家中人的两面性和不幸处境的揭示；也均未正面涉及有关《见证》的真实性已存在多年的争议，对这一争议，可能不知情，或者认为不重要而无视？

另外，作家出版社版说《见证》的文风是"娓娓道来"、"细致、平和"，这不大合乎事实；在这一点上，英文版封面介绍的"辛辣、有力"的评价似乎更为准确。

《见证》的真伪之争

伏尔科夫（1944— ）是苏联音乐学者、评论家。据伏尔科夫说，结识肖氏之后，他一再建议肖斯塔科维奇写回忆录；肖氏后来同意这一建议，从1971年开始接受访谈。1975年肖斯塔科维奇逝世后，这些记录以秘密方式运到美国，经随后（1976年）移居美国的伏尔科夫编辑整理，由他人翻成英文后出版。这本标为"口述回忆录"的书一问世，就引发有关其真伪的争议。中文学界关于争议情况的资料整理性质文章，我读到的有：台湾音乐人徐昭宇的《假作真时真亦假——〈证言〉争议史》（2005年）[①]，和北大英语系高峰枫的《肖斯塔科维奇的"见证"》[②]，也还有其他零星材料。高峰枫的文章，综合"几种英文资料集"，对事情的来龙去脉有翔实清晰的综述，不少分析也中肯、发人深省。

[①] 徐昭宇：《假作真时真亦假——〈证言〉争议史》，《发现·肖斯塔科维奇》，国立中正文化中心（台北），2005年。《见证》书名台湾翻译为《证言》。

[②] 高峰枫：《肖斯塔科维奇的"见证"》，《东方早报·上海书评》2015年11月8日。

争议的大致情况是,肯定的一方认为,通过《见证》的"自述",让我们看到一个"真实的"肖斯塔科维奇的,而质疑一方则直指它是一部"伪书"。当时的西方文化界大多宁可信其有,乐见肖斯塔科维奇原来的形象被颠覆、替换。出版之后,西方不少重要媒体大幅报道这本书,《泰晤士报》把它列为该出版年度的"年度之书"。美国著名音乐评论家哈洛尔德·勋伯格在《纽约时报书评》上有这样的评语:"控诉俄罗斯的现在和过去,和一个显然生活在恐惧和绝望中的生命的回忆。"勋伯格著有《伟大作曲家的生活》(1970年初版)一书,我读到的修订第三版的中译本,在论及肖氏的部分,发现他就借助许多《见证》的材料,并直接摘引里面的多段文字,包括前面提到的"大部分的交响曲是为遭受迫害的亡魂所立的墓碑"等说法。勋伯格对肖斯塔科维奇做出这样的论述:他"是一个失去了自己的幻想的人,一个濒临崩溃和绝望的人……在悲惨的日子里过了一天又一天。他所能做的,就只能是在他的音乐中表达他的情感"。尽管勋伯格也有些微的疑惑(他在括号里补充了这样一句:"如果他的回忆录是真实的"),但基本上是将《见证》作为信而可征的资料来对待。①

不过,质疑《见证》真实性的声音也不断出现。在当年美苏冷战格局中,苏联迅速做出反制。英文版出版两周之后,苏联《真理报》就刊发社论予以驳斥,也发表了肖氏的六位朋友、学生署名的声明,指出这是"不足取的伪作",并于1981年出版《肖斯塔科维奇——谈他自己和他的时代》一书,搜录肖氏的手稿、文章,显现了与《见证》塑造的完

---

① 哈洛尔德·勋伯格:《伟大作曲家的生活》(第三版),冷杉、侯坤、王迪等译,生活·读书·新知三联书店,2007年,第575页。哈洛尔德·勋伯格在音乐评论上反对"文本中心"的观点,坚持认为:"音乐作品能够通过对作曲家的描述、剖析而得到解释;事实上,也必须通过对作曲家个人的挖掘而使其作品得到阐释。"

全不同的肖氏形象。西方也有不少质疑的意见发表，根据主要有这样几个方面。一是文体上的，认为《见证》文字和对整个过程的叙述，感觉不大像口述的实录，而是有条理的编撰。另一是，既没有口述者的授权书，也没有任何录音、手稿之类的原始材料（据伏尔科夫说，原始的速记草稿，藏在俄国的一个秘密地方暂时不能公开）；再有是，选择在肖斯塔科维奇逝世后发表，也有让事情"死无对证"的嫌疑。而据美国康奈尔大学音乐博士、苏俄音乐和肖氏研究专家劳芮·费伊（Laurel Fay，据徐昭宇，高峰枫译为劳莱尔·菲）的考证，《见证》中有些段落，与肖氏发表在杂志上的文章，不但一字不漏，连分段、引言、破折号和引号也完全一样，而伏尔科夫坚称他从未读过这些资料。2002年，肖氏的第三任妻子伊丽娜也以公开信的方式，列举《见证》许多悖离事实之处。当然，伏尔科夫对诸多质疑、指斥也有回应，并在2004年出版了名为《肖斯塔科维奇与斯大林》的著作，坚持《见证》作为"口述实录"的真实性；批评界也有为他辩护，对这部著作持坚定支持态度的人在。

在直到肖斯塔科维奇1975年在莫斯科逝世之前，在西方，他都被看作苏联音乐的杰出代表；是社会主义艺术创造力的标志。但《见证》颠覆了这个看法，它塑造了另一个肖斯塔科维奇的形象。在这本书里，肖氏对斯大林，对苏联专制体制，以及对包括普罗科菲耶夫等的同行，有严厉、轻蔑的抨击；对自己许多重要作品（如第五、第七、第十等交响曲）的创作动机和内涵，做出与过去一般理解截然不同的陈述。

对于《见证》的真伪，和对于不同的两个肖斯塔科维奇的选择，除了正反对立的态度之外，也有不愿做出绝然决断者。第三版《牛津简明音乐词典》（英文版，1985年）的肖氏词条就体现了这样的谨慎："肖斯塔科维奇后来是否对苏联社会制度感到失望，而他作品中表现强烈的阴暗与苦涩是否反映出一种与外部事件有关的精神痛苦，这一点谁也不知道（1979年在西方发表据说是他本人所写的回忆录，其中表明他原是如此,而情况也确实如此)。可以肯定的是,他内心的种种压力,不论是什么原因造成的,却使他创作出一系列杰作。"①

高峰枫在他的文章里,引了《见证》中几段读来让人惊心动魄的话:

> 一个人死了,别人就把他端上饭桌喂子孙后代。打个比方就是将他收拾整齐送上亲爱的后代的饭桌,让他们胸前系着餐巾,手上拿着刀、叉割死者的肉吃。
>
> 你知道,死人有个毛病,就是凉得太慢,他们太烫,所以给他们浇上纪念的汤汁——最好的胶质,把他们变成肉冻。
>
> 在回忆我所认识的人的时候,我要努力回忆没有裹上胶质的他们,我不想往他们身上浇肉冻,不想把他们变成美味的菜肴。②

高峰枫对此写道:劳芮·费伊等音乐家都在问:"伏尔科夫给肖斯塔科维奇的回忆浇上肉冻了吗?浇了多少?但可悲的是,即使这段非常毒舌的话,谁又能保证一定就是肖斯塔科维奇的原话呢?"高峰枫说的好:"辩伪、考证,这些听上去无比繁琐枯燥的学术工作,其实离我们并不遥远,有时会直接颠覆曾经塑成我们世界观的书籍。……历史学家陈垣在论考寻史源时,引用过两句《诗经》:'莫(无)信人之言,人实诳汝。'这实在是两句金言。"③

---

① 迈克尔·肯尼迪主编:《牛津简明音乐词典》第三版,人民音乐出版社,1991年,第896页。

② 肖斯塔科维奇:《肖斯塔科维奇回忆录》,外文出版局,1981年,第74—75页。高峰枫引用时,根据英文版对译文做了改动,这里依据叶琼芳的译文。

③ 高峰枫:《肖斯塔科维奇的"见证"》。

读 作 品 记

"伏尔科夫的书"

　　作为"口述实录"的《见证》疑点多多，当然它也不是一部平庸的书，没有任何价值，如果作为一种论述和解释的话。在这个问题上，肖斯塔科维奇儿子马克西姆的观点值得参考。1981年移居西方之后他多次被媒体问及对《见证》的态度。他虽然称赞了这本书，说它"扭转"了他父亲的形象，但从来不说这是他父亲的回忆录，而称它为"伏尔科夫的书"，是有关他父亲的书；说里面有太多传言，而"就像所有的传言，有的是真的，有的是假的"①。这也是移居美国的苏联音乐学家奥洛夫的观点：这是一部"基于肖斯塔科维奇的陈述和谈话、由伏尔科夫先生自己独创的文学作品"②。

　　如果将它看作"伏尔科夫的书"（或伏尔科夫"独创的文学作品"）的话，那么，它对认识肖斯塔科维奇及其音乐，了解特定时期苏联的政治文化制度和知识分子精神气候（"扭曲的人性"），相信能提供参考的价值。即使是其中以肖氏口吻来推翻对他的音乐的社会评价的说辞，所倾泻的情感，也是在呈现特定社会情境下的心理轨迹。例如，前面引述的那些有关"浇上肉汁"的话，如果有足够心理承受力，也可以从这"毒舌"的话中体味我们所故意无视的真相，推动我们思考如何定义"真相"，是否什么时候都需要"真相"这类问题。书中谈到战争"成了大家共同的悲哀，我们可以诉说悲哀了，可以当着人哭泣了"，"能够悲伤也是一种权利"——相信也会引发我们对特定年代、处境之中隐秘情感"寄存"和表达方式的共鸣。

---

　　① 1991年接受英国《留声机》杂志的采访，1998年接受《洛杉矶时报》的采访。《发现·肖斯塔科维奇》，第57页。

　　② 高峰枫：《肖斯塔科维奇的"见证"》。

作为"伏尔科夫的书",在我看来还有另一层的价值。比起另外的著作,它更能呈现以政治意识形态作为看待世界基本方法的时代,人怎样通过重构记忆来确立自身历史位置,和个人与"历史"紧张博弈中的焦虑感。这种历史位置确立的紧张、焦虑,在这本书中,与其说是关于肖斯塔科维奇的,不如说是有关伏尔科夫的。另外,《见证》也让我们见识一种单向的,以意识形态立场为起点和终点的思维逻辑和叙述方法,见识这种方法的典型形态是如何构造有效地深入历史复杂性的屏障的。《见证》显性的叙述动力,源自推翻肖氏的身份"共产主义和苏维埃政权的坚定信徒"(伦敦《泰晤士报》评语),而深层的动机,则在于塑造伏尔科夫自身由秘密到公开的"坚定的异见分子"的形象。

《见证》的阐释路径,以及在它影响下的肖氏研究,在分析过程中,表现出有意遗漏、遮蔽那些可能动摇目标的做法,对难以无视的部分,则依据目标做出臆想式的推断。例如,对于肖斯塔科维奇大量的电影配乐,《见证》以肖氏口吻表示对这种艺术形式的轻蔑,暗示从事电影配乐是不得已的行为。有研究者也接着说,这些电影配乐,是肖斯塔科维奇在巨大政治压力下用它们"来向当局进行赎罪悔过",以"适时地抱紧这根不让他在政治洪流中淹没的浮木";它们成为他"政治异议的避风港"[①]。这一分析不能说没有一点道理。桑塔格在谈论卢卡奇的时候说,卢卡奇"有一种能使自己在个人和政治两方面幸存下去的巨大才

[①] 赖伟峰:《生命底蕴的安全索,隐晦不障的旋律线——肖斯塔科维奇的电影音乐》,《发现·肖斯塔科维奇》,第62页。这个理解,部分也来自《见证》:在回答西方提问者的"怎么会参与像《攻克柏林》和《难忘的1919》之类的电影?甚至还为这些不像样的东西接受奖赏?"时,肖斯塔科维奇的回答是:电影不是艺术,是一种行业,"正是我参加了这个国家重要行业的工作,才救了我,不止一次两次救了我"。(《肖斯塔科维奇回忆录》,外文出版局,1981年,第214页。)

能","他在一个不能容忍知识分子处在边缘位置的社会里,完成一项难度颇大的业绩,即同时置身于边缘和中心。然而,要做到这一点,他不得不在这种或那种形式的放逐中消耗大量的生命"。桑塔格说,有"外部的放逐",也有"内部的放逐";后者是指他对"所要撰述的主题的选择"①。按照这样的理解,也可以说在一定时期,肖斯塔科维奇从饱受争议的交响乐等"移民"出去,选择电影配乐以便保护自己。不过,在指出这一点之后也不要忘记,他对包括爵士乐、舞台音乐和电影音乐的热衷始于20年代,并非总是基于权宜之计,更不是他受到批判后把电影配乐作为避风港。为那些歌颂革命、歌颂英雄主义和爱国精神的电影所谱写的音乐,其间显现的热情(艺术上的评价暂且不论),恐怕也不都能以抱紧救命浮木的心态所能解释。

"伏尔科夫的书"中的肖斯塔科维奇,是一个积极迎合当权者,骨子里却在进行反抗的,将"反叛包裹在顺从之中"的政治对抗者形象。这样的思路在小说家也是音乐行家余华那里得到呼应。1936年因歌剧《姆岑斯克县的麦克白夫人》受到批判之后:

> 肖斯塔科维奇立刻成熟了。他的命运像盾牌一样,似乎专门是为了对付打击而来。……在此后四十五年的岁月里,肖斯塔科维奇老谋深算,面对一次一次汹涌而来的批判,他都能够身心投入地加入到对自己的批判中去,他在批判自己的时候毫不留情如同火上加油,他似乎比别人更乐意置自己于死地,令那些批判者无话可说,只能给他一条悔过自新的生路。然而在心里,肖斯塔科维奇从来就没有悔过自新的时刻,

---

① 苏珊·桑塔格:《乔治·卢卡奇的文学批评》,《反对阐释》,上海译文出版社,2003年,第98页。

一旦化险为夷他就重蹈覆辙，似乎是好了伤疤就忘了疼痛，其实他根本就没有伤疤，他只是将颜料涂在自己身上，让虚构的伤痕惟妙惟肖……从而使他躲过一次又一次劫难，完成了命运赋予他的 147 首音乐作品。①

这个描述，呼应了在集权体制下人的双重生存状况，和"两面人"的人性特征的论述。双重生活状况和两面人的人性特征，其实是普遍存在的现象，但集权体制是它最容易滋生的土壤。肖斯塔科维奇的谨慎自保行为不难理解，但是，在他那里，"公开"的生活和"私密"的生活总构成对立的状况？"公开"的生活是否都是掩盖真实面目的表演？而"私密"生活和内心状况是否都与体制构成对抗关系？说到他的音乐作品，那也相当复杂。正如有的批评家指出的，我们既能听到宏大的英雄颂歌，也感受到尖刻讥讽和痛苦阴郁。

是的，肖斯塔科维奇所处的是无法预判、掌握自己命运的生活环境。他经受了当局发动的多次严厉批判：30 年代前卫实验歌剧《姆岑斯克县的麦克白夫人》，因斯大林的憎恶，导致《真理报》刊发专论和署名文章指斥它是借用爵士乐的"歇斯底里的，痉挛的，癫痫的音乐"，从头到尾充满令人窒息的噪音；40 年代末将他和普罗科菲耶夫、哈恰图良等捆绑一起施予"反人民的形式主义"的挞伐②，因此失去音乐家协会职务和音乐学院教职。加上人所周知的苏联曾发生的对许多文艺家的迫害，

---

① 余华：《高潮——肖斯塔科维奇和霍桑》，《灵魂饭》，南海出版公司，2002 年；远流出版社（台北），2002 年。

② 在 1948 年日丹诺夫对歌剧《伟大的友谊》的批判中，肖斯塔科维奇 30 年代的《姆岑斯克县的麦克白夫人》的错误又被重新提出。参见《苏联文学艺术问题》，人民文学出版社，1953 年，第 100—102 页。

让他恐惧疑虑，不得不处心积虑保护自己。这都是事实。但另一方面，他既曾被这个体制抛弃，也是这个体制的重要组成部分和"获利者"，并非总是被放逐（或自我放逐）。他获得的荣誉、风光，在30年代之后的苏联，恐怕很少有谁能和他相比。从40到70年代，他获得"社会主义劳动英雄"称号（1966），多次获得斯大林奖金（1941，1942，1946，1949，1952），多次得到国家最高奖的列宁勋章（1946，1956，1966），还有俄罗斯苏维埃联邦共和国国家奖，人民艺术家称号（1942，1948，1954，1962，1973，1974），以及红旗劳动勋章、十月革命勋章等等。这些荣耀，对一个外在行为和内心世界严重分裂者来说，纵然"老谋深算"，靠"高超技巧"地弥补裂痕，"惟妙惟肖"的面具式表演能够实现？他的一些作品，如某些交响乐、电影音乐，清唱剧中表现的对共产主义的热情，也很难全部用作假得到解释。说肖斯塔科维奇的内心没有伤疤，他的命运是专门承受打击的坚硬的盾牌，这自然是一种描述——这种平面的理解，其实是极大降低肖斯塔科维奇的人格和他的音乐的成就——只是对他的某个侧面的描述。因此，另外的解释也值得我们重视，比如齐泽克这样说：

> ……在伏尔科夫那有争议的肖斯塔科维奇回忆录出版之后，出现了一种时尚，即把肖斯塔科维奇称赞为最终的、勇敢的、秘密的持不同政见者，称赞他是活证人，能够证明，即使在斯大林主义巅峰时期最恐怖的条件下，激进的批评信息是怎样得以传递出去的。

齐泽克认为，这里"假定了一个不可能存在的歧义"；被看作对苏联政权和斯大林抨击、讥讽的音乐，当年的苏联掌权者、那些文化政治干部却完全看不出来，这些对于"平民百姓"来说的"透明的信息"，在他们那里却是"**绝对不透明的**"。而且,"秘密的持不同政见者"的释义是一种"矛盾修辞法":"持不同政见者的实质是,它是**公开的**,就像安徒生童话《皇帝的新装》中众所周知的小孩子,他对大他者公开说出了其他人只能悄悄耳语的话。"

此外,将肖斯塔科维奇颂扬为一个勇敢的、秘密的持不同政见者不仅是虚假的事实,而且甚至囚锢了他后期音乐的真实的伟大性。甚至连最不敏感的听众都明白,肖斯塔科维奇(理应著名的)弦乐四重奏并非藐视集权主义政权的英雄般的宣言,而是对他本人的懦弱和机会主义的绝望评论;肖斯塔科维奇的艺术人格在于,他在自己的音乐作品中完完全全地清晰地表达了他内心的躁动、混杂的绝望、忧郁无生气、徒劳的愤怒的爆发,甚至自我仇恨,而不是把自己表现为一个地下英雄。……这是一个精神崩溃的人创作的音乐,如果曾有这么一个人的话。①

退后一步,姑且承认《见证》就是肖斯塔科维奇的口述,承认这就是他对自己时代、生活环境的认识,对自己生活遭际、写作动机和过程,以及作品主题、艺术方法的讲述,那又该如何对待?按照勋伯格的观点,那么,作曲家出面来讲述自己的生活实情,对其作品做出解释,那肯定是重要、甚至权威的依据了。但就如对待任何作家、艺术家的自述一样,在重视的同时,我们也不必事事当真,将他的看法都当成定论。

---

① 齐泽克:《有人说过集权主义吗?》,江苏人民出版社,2005年,第94—95页。

读 作 品 记

艺术作品的阐释与影响

  十几年前,台北的"国家交响乐团"在继"发现贝多芬""发现马勒"的系列音乐会之后,举办了共十场的,以肖斯塔科维奇的交响乐和室内乐为主体的"发现肖斯塔科维奇"演出季。这自然就要面对如何理解肖斯塔科维奇其人、其作品的无法回避的问题。台湾艺术家杨忠衡说,有史而来,可能没有音乐家像肖斯塔科维奇那样,"身后留下那么多难解的谜团,以致作品出现两种截然不同的极端诠释。他到底是黑暗帝国帮凶,还是忍辱负重的'卧底'自由斗士,……就像《无间道》等惊悚悬疑的香港警匪电影一样,永远让世人反复推敲"。之所以会出现这样两极对立的阐释趋向,与肖斯塔科维奇所处时代的全球政治,和与此衍生的意识形态格局密切相关。杨忠衡说,1975 年肖斯塔科维奇逝世,

  当时西方对他的评价以伦敦的《泰晤士报》的说法为典型:"苏联音乐二十年来最伟大的音乐家,以苏联公民与作曲家自居。"流露对肖斯塔科维奇又爱又恨的矛盾情结,如同米格机和 AK-47 步枪的发明者一样,被视为"可敬的敌人"……当西方乐界面临繁华落尽的窘迫时,肖斯塔科维奇却坚定地推出一部部作品,质量均佳,创作路线完全独立于西方现代音乐潮流。他像中流砥柱一样,捍卫了苏联阵营的民族自信心。他所发挥的对阵定力,不逊于万颗核子弹头。[①]

[①] 杨忠衡:《研究我的音乐,就能了解真正的我》,《发现·肖斯塔科维奇》,第 13 页。

《见证》：真伪之间和之外

面对这一争议，台北的乐团倾向取较谨慎态度，他们更倾向让听众关注音乐本身，而不是一开始便将注意力放置在这个"高度政治化"的选择中。就如同《见证》中的一句话："从长远说，关于音乐的任何语言都不如音乐本身重要。""任何语言"，也包括作曲家自己的语言在内。不过，由于肖斯塔科维奇的音乐与这个时代，这个时代的政治紧密相关，有的甚至就是直接面对重要的历史政治事件，因此，要剥离这种选择，确实不是容易办到的事。

哈洛尔德·勋伯格在《伟大作曲家的生活》的第三版前言中说，许多音乐学者都认为，作品——而不是作曲家才是要紧的，"正确有效的'解释'，就是通过对曲式与和声的分析，除此以外的一切不过是些多愁善感的标题注脚，对音乐本身没有意义"。勋伯格反对这种"文本中心主义"，"坚决认为""音乐作品能够通过对作曲家的描述、剖析而得到解释；事实上也必须通过对作曲家个人的挖掘而使其作品得到解释"[①]；这也是他撰写《伟大作曲家的生活》这部鸿篇巨制的动机。

如果退后一步，姑且承认《见证》就是肖斯塔科维奇的口述，承认这就是他对自己时代、生活环境的认识，对自己生活遭际、写作动机和过程，以及作品主题、艺术方法的讲述，那又该如何对待？按照勋伯格的观点，那么，作曲家出面来讲述自己的生活实情，对其作品做出解释，那肯定是重要甚至权威的依据了。但就如对待任何作家、艺术家的自述一样，在重视的同时，我们也不必事事当真，将他的看法都当成定论。因此，当读到《见证》里面的肖斯塔科维奇说《第十交响曲》是描绘斯大林，第二乐章谐谑曲是斯大林音乐肖像的时候，不必就一定要以这个说法作为结论。其实，"将肖斯塔科维奇颂扬为一个勇敢的、秘密的持不同政见者不仅是虚假的事实，而且甚至囚锢了他后期音乐的真实的伟

[①] 哈洛尔德·勋伯格：《伟大作曲家的生活》（第三版）前言。

大性"。① 齐泽克这里说的"后期音乐",当指从《第十交响曲》之后的几部交响曲和多部弦乐四重奏。

肖斯塔科维奇影响最大的作品莫过于《第七交响曲》。二战列宁格勒被围城期间,肖斯塔科维奇自愿从军,因体弱被编入消防队,用一个月创作这部交响曲,于1942年3月在后方古比雪夫首演,随后在莫斯科、列宁格勒演出,有关它的排练、演出过程,有着许多曾激动人心的故事,《见证》中伏尔科夫的"引言"也讲述了这部交响曲当时在西方引起的轰动。在莫斯科演出时,通过无线电波向全世界广播,西方许多国家听众从收音机中,感受到苏联人民的那种顽强、坚毅的抵抗的心声。它的总谱还拍成缩微胶卷,用军舰偷运出来,送到美国,同年七月由著名指挥家托斯卡尼尼指挥演出,在这个演出季,就演奏了62场;肖斯塔科维奇战时从军穿着消防队员服装的照片,刊登在《时代》杂志的封面,他成为苏联英雄的象征。……但是,《证言》中的肖斯塔科维奇不喜欢他的这个象征,他要另一种象征。他说,这部乐曲"是战前设计的,所以,完全不能视为在希特勒进攻下有感而发。'侵略的主题'②与希特勒的进攻无关。我在创作这个主题时想到的是人类的另一些敌人"。又说,"它描写的不是被围困的列宁格勒,而是描写被斯大林所破坏、希特勒只是把它最后毁掉的列宁格勒"。③

伏尔科夫应该没能体会,或有意扭曲了不少苏联艺术家(包括现在通常被称为"异端"的帕斯捷尔纳克、阿赫玛托娃、茨维塔耶娃,也包

---

① 齐泽克:《有人说过集权主义吗?》,第94—95页。

② 指第一乐章中那个著名的不断反复、变奏的进行曲主题,长达十多分钟。这个主题,在解读中有众多解析。从音乐角度的评价也是好坏参半。据说,巴尔托克对此十分反感,在他的《管弦乐协奏曲》中加以嘲讽。

③ 肖斯塔科维奇:《肖斯塔科维奇回忆录》,第221页。

括肖斯塔科维奇在内)的那种"爱国者"的深刻精神素质(这自然有别于官方认定的"爱国"概念)。以赛亚·伯林对此有值得重视的分析。他在谈到帕斯捷尔纳克的时候说,他是"一位热爱俄罗斯的爱国者——他对自己与他的祖国之间的历史渊源的关系感受非常深。……真正的传统之链从'萨德阔传奇'[①]开始,传给斯特罗加诺夫家族和柯楚别依家族,接下来又传给杰尔查文、茹科夫斯基、邱特切夫、普希金、巴拉丁斯基、莱蒙托夫、费特和安年斯基,最后传到了阿克萨科夫家族、托尔斯泰和蒲宁那里——是斯拉夫传统,而不是自由知识分子传统,正如托尔斯泰所强调的,后者根本不知道人的生存依靠的是什么……"[②]

而且,发生在1942年的《第七交响曲》的演出——这一在音乐史甚至人类精神史上也不多见的崇高而激动人心的一页,已经成为历史的一部分,它产生的影响,在许多人心中留下的刻痕,不仅是属于肖斯塔科维奇自己,已经属于许多人。在这里,经过阅读、聆听、观看而传播的艺术作品,有它的不依存作者独立存在的权利。

2014年6月初稿,2016年1月改定

[①] 引者注:指流传下来的中世纪俄罗斯游吟诗人萨德阔讲述的传奇故事。作曲家里姆斯基–科萨科夫创作有大型歌剧《萨德阔》。

[②] 以赛亚·伯林:《苏联的心灵》,译林出版社,2010年,第60页。

革命样板戏：内部的困境①

1966年12月26日《人民日报》刊登的《贯彻执行毛主席文艺路线的光辉样板》中列出的样板戏为：京剧《红灯记》《智取威虎山》《沙家浜》《海港》《奇袭白虎团》，芭蕾舞剧《红色娘子军》《白毛女》，交响音乐《沙家浜》。后来列为"样板戏"的名单尚有增添。

近十几二十年来，尤其是近十年来，样板戏的研究成果很多，有许多论文发表，不少大学学位论文以它为研究对象，出版若干部研究专书，在评价上也仍然有激烈争论。其实，正是不断的争论，才引发持续的研究热潮。当然，由于时间、心理上的间隔，研究上"学术"的分量也有很大增强，不再只集中在政治意识形态对立的争议上。有多种角度的呈现：如文化史、文学史方面的，接受美学上的，戏曲艺术、音乐角度的，语言上的，性别上的，等等。近十多年出版的专书很可观。如戴嘉枋的

---

① 根据2013、2014年在台湾"交通大学"社文所、"清华大学"中文系、"中央大学"中文系讲座的录音整理，有增删修改。刊发于《文艺争鸣》2015年第4期时，题目为《内部的困境——也谈样板戏》。

《样板戏的风风雨雨——样板戏、江青及内幕》(1995),祝克懿的《语言学视野中的"样板戏"》(2004),师永刚、张凡的《样板戏史记》(2009),惠雁冰的《"样板戏"研究》(2010),李松的《"样板戏"编年及史实》(2012),《红舞台的政治美学》(2013),张丽军的《"样板戏"在乡土中国的接受美学研究》(2014)等。张炼红的《历练精魂——新中国戏曲改造论》(2013)虽然不是样板戏专论,但她将样板戏纳入"新中国戏改"的考察视野,有很深入精到的分析。至于不少有分量的论文,这里不能一一列举。我读到的论著其实也有限,肯定有重要的遗漏,特别是研究论文。对样板戏,在编写文学史的时候有一些了解,但谈不上专门研究。现在看我在1996年的论文《关于50—70年代的中国文学》,以及随后出版的《中国当代文学史》中谈到的部分,觉得过于简略,深度也不够。但是我的观点没有大的变化。下面,只是就几个问题讲一些看法,特别是样板戏自身的内部问题方面,作为对我以前分析的补充。

"样板"这个词

先来看"样板""样板戏"这些概念。我们都说样板戏,但涵盖的方面可能不完全相同。这里先提出两个说法,一个是"内外",一个是"前后"。"内外"指的是剧目(文本)的内和外。有的人说样板戏,基本上是指演出的某些剧目,或者是阅读的某些文本。但是在"文革"期间,样板戏是重要的政治文化事件。我们当然要关注这组剧目(文本)的意涵、结构、艺术形态,但它们制作、传播、评价的过程和方式,同样不能忽略。"前后",则是指样板戏诞生以来,在这几十年间出现的种种情况。也就是说,样板戏其实不是稳定、凝固的东西,它仍在不断"生长"。"生长"不仅仅是认识、评价的变化,自身的结构、成分也不断经历衰亡和生长。当年，八个"样板戏"在1967年正式演出后，经过进一步修改，到1972年前后相继公布了新的演出本，基本面貌才固定下来。不过这个"固定"并不可靠：舞台上的《红灯记》《红色娘子军》，和搬上银幕的《红灯记》《红色娘子军》就不会一样，而70年代初演出的《红灯记》《红色娘子军》，与它们在21世纪的演出，肯定不能看作同一个东西。

样板戏的"样板"，现在是习见的通用词，尤其是在房地产、住宅销售方面，"样板房""样板间"诸如此类。现代汉语这个词什么时候出现，最早用在哪个方面，我不大清楚。印象里，"典型""样板"和当代的政治、文化运作方式有值得思考的关联。最早知道这个词，是50年代读李国文的短篇《改选》，它发表在《人民文学》1957年第7期，"反右"时受到严厉批判。① 这是一篇类乎契诃夫《小公务员之死》的短篇。工厂的工会换届选举，官僚主义作风严重的工会主席为了争取连任，想把工作报告做得精彩生动，便要委员提供"两化一版"的材料："工作概况要条理化，成绩要数字化，特别需要的是生动的样版。"（当年写做"样版"。）小说的叙述者说，你"也许没有听过'样版'这个怪字眼吧？它是流行在工会干部口头的时髦名词，涵意和'典型'很相近，究竟典出何处？我请教过有四五十年工龄的老郝，他厌恶地皱起眉头：'谁知这屁字眼打哪儿来的！许是协和误吧？'"我当时不明白什么是"协和误"（这个俗语是否缘于1926年北京协和医院误切梁启超好肾的事件？），但从这里知道这是个新词，在政治工作中已开始流行，而小说作者对它持厌恶、嘲讽态度，所以称它是"怪字眼"和"屁字眼"。

一般认为，在公开报刊上正式使用"样板戏"概念，是1967年5月《人民日报》社论。不过，在1964、1965年举办戏剧观摩汇演的时候，

---

① "样板"自然不是50年代才出现的新词。北京大学出版社的胡双宝先生读过这篇文章之后说，《金瓶梅词话》第三十一回就有："我如今这个样板去""俺节级与了我这副样板"。另外，1955年版的《艾青诗选》自序，也有"不宜作为做人样板"的说法。

国家有些领导人的讲话、文章里就开始使用"样板"的说法。1966年江青主持的"部队文艺工作座谈会纪要"讲到"创造真正的无产阶级文艺"的时候,这个词被写进正式文件中。"纪要"说,文化革命领导人要亲自抓,"搞出好的样板","有了这样的样板,有了这方面成功的经验,才有说服力,才能巩固地占领阵地,才能打掉反动派的棍子"。这可见"样板"的重要性。

李国文《改选》里说,"样板"的"涵义和典型很相近",确实,我们也容易将这个"怪字眼"和文学史上的"经典""正典"联系起来;前些年有所谓"红色经典"的说法,也是将样板戏涵括在内。我的《中国当代文学史》(修订版)第十四章,谈当代文艺激进派的创作活动,标题就叫"重新构造'经典'"。样板和经典虽然意思相近,但是仔细比较,还是有许多不同,有重要的差异。不同有几个方面。首先,"样板"的产生过程和我们所说的文学经典的形成方式不大一样。通常讲的文艺"经典"的形成,是历史回溯性质的,是对已诞生的文本的文学史位置所做的排列,对它们价值的确认;位置排列和价值确认,通过不断的竞争来达到,是历史过程中读者(广义的,包括批评家、研究者和相关机构)的复杂反应的产物。同时,它的评定又难以封闭,是开放、经常变动的。但是,"纪要"里说的"样板",很大程度是在剧目生产之前和生产中就预设,就自我确认、自我验证,而且带有封闭、不容置疑的性质。我们知道,"文革"期间,哪怕些微质疑样板戏的言论,也是严重的政治问题,甚至会被打成"反革命"。这是形成方式、过程的重要区别。

第二,"样板"有某种可以仿效、复制的含义;可复制,是"文革"激进文艺创造的"大众文化"的特征之一。这里说的"复制",有两层意思。一个是某个作品要大量传播,也就需要大量复制,这样才能达到在大众中"普及",发挥它的政治能量。样板戏、样板式的绘画(《毛主席去安源》)、歌曲(大量"语录歌"、《大海航行靠舵手》等歌曲)、雕塑

（《收租院》）等，都曾在全国范围大量复制。"文革"期间，北大第一教学楼前面，就矗立着大幅的复制油画《毛主席去安源》。我70年代初在江西南昌县的五七干校，那里农村一个公社的"忆苦思甜教育展览馆"，也陈列着复制粗劣的《收租院》雕塑。另一个意思是相近于"模式"，"样板"的"创作原则"，甚至技法，可以，也应该为这一艺术门类，以至另外的艺术门类所依循。所以，"文革"期间，就有诗、小说、绘画、音乐都必须"学习样板戏"，都需要遵循"三突出"创作原则的很奇怪的规定。这和我们通常理解的文艺"经典"在原创性、独创性上的强调，有很大的不同。

第三，"经典"基本上是一种精英主义的选择，经典化实际上就是一个精英化的过程，即使文本当初带有大众流行的性质。这里的"精英化"，既指文本（剧目）的性质、等级，也指接受、阅读的情况。经典的阅读、欣赏，常带有更多精英的、个人化的、鉴赏的意味。经典的这种精英化过程，这种趋向，却正好是样板戏提倡者要反对、排除的。"样板"的目标，是加强文艺与大众（那时使用的是概念是"工农兵"）的广泛、紧密联系，动员大众的政治激情和政治参与。上面说的这些不同，根源于文艺激进派创造"真正无产阶级文艺"的理念。所以，"样板"其实不能等同于"经典"，这是这一文艺派别独特的，包含有特定内涵的概念。

"文本"之外的样板戏

如果是从文学艺术史、文化史的视角来看样板戏，那么就不应该只是把样板戏孤立地看成一组剧目，一组作品。从这个角度看，样板戏是"文革"的重要组成部分，对它的分析难以脱离这样的大的政治文化背景。当然，由于时间的流逝，肯定也会出现将它们从特定政治文化语境中剥离的接受、阐释趋向；这是所有"文本"都会经历的历史过程，也可以说是"命运"。

说样板戏是政治文化事件，自然也指"题材"处理的方面。我们从一些细节就能看到这一点。比如说《红灯记》的修改，《红灯记》原来故事发生的地点是东北，写的是与东北抗日联军有关的故事。后来在修改中，地点就改成了华北。在原来的京剧和电影里面，送情报的人是中共北满机关的交通员，后来都改为没有特定所指的共产党交通员，去掉了"北满"，东北抗联也改为八路军，地点从东北搬到了华北。之所以做这些改动，是因为刘少奇在抗日战争时期曾经担任过中共满洲省委书记，而刘少奇当时已经作为头号"走资派"被打倒，所以名称、地点都必须根据政治形势改动。即使是几部样板戏的次序排列，也包含着政治含义。刚开始的时候，《红灯记》是排在第一位的，现在也是这样。但是有一段时间是《智取威虎山》排在第一位。这是因为《智取威虎山》的故事发生在解放战争时期的东北，当时东北正好是林彪担任司令员的"四野"的根据地。在"林彪事件"发生之前，他是"副统帅"，所以《智取威虎山》排在第一位。"九·一三"事件发生之后，说是林彪叛逃，《智取威虎山》降到了第三位。在当代中国，排名是一门高深的学问，可能属于政府管理学院的一个专业。从这些情况可以看出，样板戏的创作、宣传、演出，都是和当时的国家／政党政治紧密相关。

但是，说是政治文化事件，主要还在于样板戏所设定的目标，和国家权力主导的运作方式，以及用"暴力"方式保证它的"唯一性"这些方面。样板戏的开端是在1964年在北京举行的全国京剧现代戏观摩演出大会前后。左翼文艺历来重视大众"喜闻乐见"的艺术形式，如戏剧、电影、说唱艺术；30年代左翼文艺运动和苏区文艺工作中就有明显体现。在当代中国，国家政治力量对电影、戏剧的创作、演出的介入，50年代开始就非常直接，全国性和地区性的戏剧观摩演出的举办，是措施之一。1964年这次观摩演出大会中,后来被命名为样板戏的许多剧目已经出现,包括《红灯记》《智取威虎山》《奇袭白虎团》《芦荡火种》,而江青等党和国家领导人也开始直接介入和完全控制。样板戏的设计者、推动者,主要是江青。不过其他的中央领导人,像担任国务院总理的周恩来,对很多剧目都提出了详细的意见(他还直接主持了"文革"前夕轰动一时的大型音乐舞蹈史诗《东方红》),也包括时任中央政治局常委的康生。我们都知道,毛泽东也直接干预诸如《沙家浜》的修改。而上海的张春桥,在《海港》的编剧和演出上也下了很大力气。从无产阶级文艺史上说,这也是空前的。

从样板戏参与人员在政治仕途上的升降沉浮的遭遇,也可以说明并非单纯的文艺事件。举例来说,在《红灯记》中扮演铁路扳道工李玉和的钱浩梁("文革"间改名"浩亮")是中国京剧院演员,因为演出成功,就当上剧团党委书记,成为中共九大的代表,1975年还当了几个月的国家文化部副部长。而"文革"一结束,就成为"四人帮"爪牙被投进监狱,后来免予起诉释放。另一位演员刘庆棠,在中央芭蕾舞剧《红色娘子军》中饰演党代表洪常青,资质、能力优秀。他60年代初曾是《天鹅湖》中的王子,也因为演出洪常青的成功,成为剧团团长,1976年经过江青、张春桥提名,担任文化部副部长。据材料说由于他作风霸道,参与迫害文艺界人士,"文革"结束后被判刑十七年。另一个例子是上海音乐学院的于会泳,很有才华的作曲家,京剧《智取威虎山》的音乐,唱腔设计、主旋律和伴奏音乐等都由他负责,还参加了其他样板戏的音乐设计。内行的评论认为,他最重要的功绩是把地方戏曲的旋律吸收到京剧中,当然也借鉴了西洋音乐的元素。他也是最早归纳样板戏所谓"三突出"理论的人。因为这些功劳,中共十大的时候成为了中央委员,1975年当了文化部部长。"文革"结束之后被隔离审查,国家新领导人(华国锋)在一次报告中点了他的名,几天之后就自杀身亡。演了一出戏就声名大噪,但顷刻间又陨落深渊:这样的遭遇都是因为政治风云突变。因此,作为运动和文化事件的样板戏,就不仅仅是舞台上的故事,也是舞台下面、外面的故事。

谈样板戏,离不开江青这个人。"文革"期间,她被誉为"文化革命旗手",陈伯达、姚文元说她"一贯坚持和保卫毛主席的文艺革命路线","是打头阵的",是"文艺革命披荆斩棘的人","所领导和发动的京剧革命、其他表演艺术的革命,攻克了资产阶级、封建阶级反动文艺的最顽固的堡垒,创造了一批崭新的革命京剧、革命芭蕾舞剧、革命交响音乐,为文艺革命树立了光辉的样板"(见1967年5月24日《人民日报》,5月25日《解放军报》)。当然,这些评价"文革"后就完全坍塌、翻转,顷刻之间她成了"白骨精""蛇蝎女人""吕后武则天"(参见郭沫若词《打倒四人帮》,公刘诗《乾陵秋风歌》等)。许多人对江青的憎恶是有理由的,她的颐指气使、骄横跋扈,特别是她的言行,与"文革"中许多无辜落难者的悲剧命运有关。另外,一个30年代的并不"入流"的"明星",却"爬到"国家政权高位,在我们这个环境里简直难以容忍。"文革"后一段时间,全盘否定样板戏成为主导潮流,但也存在为样板戏辩护者,他们当时要做的是,竭力把它与江青进行切割,说江青是"摘桃派",篡夺了广大文艺工作者的劳动成果,贪天之功以为己有。

这是没有疑问的:那些剧目在成为"样板"之前,演出就已经受到欢迎,有良好基础。更重要的是,京剧等传统艺术样式如何表现现代生活,从50年代初就已经列入"戏改"的议程,并进行了长达十多年的实验,积累了许多经验。这些剧目在纳入"样板"规划之后,又依靠政治权力,调集了当年京剧、芭蕾舞等领域的顶尖人才,包括编剧、导演、演员、音乐唱腔、灯光舞美,这是样板戏(主要指《红灯记》《智取威虎山》《红色娘子军》《白毛女》这几部)达到那样的水准的保证。现在文学界不是经常谈论汪曾祺在《沙家浜》编剧上的功绩吗?参与样板戏创作、演出的人员，可以开列长长的著名艺术家名单：汪曾祺之外，有编剧翁偶虹，导演阿甲，琴师李慕良，京剧演员杜近芳、李少春、袁世海、赵燕侠、周和桐、马长礼、刘长瑜、高玉倩、童祥苓、李鸣盛、李丽芳、谭元寿、钱浩梁、杨春霞、方荣翔、冯志孝，作曲家吴祖强、杜鸣心、于会泳，芭蕾舞演员白淑湘、薛菁华、刘庆棠，钢琴家殷承宗（"文革"间改名殷诚忠）等。在拍摄样板戏电影时，又集中了一批著名导演、摄影师、美工师，谢铁骊、成荫、李文化、钱江、石少华等。

但江青也并不就是"不学无术"的"摘桃派"。作为"文艺新纪元"的标志，样板戏的"新纪元"的思想艺术特征的鲜明确立，可以说离不开江青。在她还是"文艺旗手"的年代，我们就从红卫兵、造反派组织印发的大量江青讲话中知道，从 1964 年起，她对早期八个"样板戏"的创作、排练、演出，都有过"政治律令"式的"指示"，涉及剧的名称，人物安排，结构情节，音乐唱腔，台词，表演动作，舞蹈编排，道具，化妆，服装，舞台美术，灯光等等。1964 年 5 月到 7 月，江青观看京剧《红灯记》5 次彩排，1965 年到 1966 年，也多次观看《智取威虎山》的彩排和演出。对这些剧目，分别提出多达一百几十条的或大或小的修改意见。可以看到，她对于京剧、芭蕾舞、舞台设计布景、摄影等等，并非外行。在公开场合，她虽然对"资产阶级文艺"采取高调、决绝的批判姿态（甚至一度打算发动对无产阶级性不够彻底的高尔基的批判），心里却明白"真正无产阶级文艺"的实现离不开以"封建主义""资产阶级"已有的成果作为基础。所以她选择了"封建主义"的京剧，和十足"资产阶级"的芭蕾。她钟爱西洋乐器钢琴，别出心裁用钢琴来伴奏京剧。她秘密让"打倒在地"的天津京剧演员张世麟指导钱浩梁走碎步，提升李玉和受刑后亮相的英雄姿态。她推荐样板戏艺术家观摩、学习电影《红菱艳》(1948，英/法)、《鸽子号》(1974，美国派拉蒙)、《网》(1953，墨西哥)；这些电影无法和"无产阶级"挂上钩。如果对比样板戏修改前后的总体面貌，不难发现某种"质"的突变,风格、色彩、境界的显著提升。这里说的"提升",主要不关等级的高低,指的是所显示的思想艺术目标。也就是说,经过江青"介入"之后,这些剧目才焕发出当代文艺激进派所期望的那种艺术面貌;不管这种"面貌"你是否喜欢。我们当然不能说江青的艺术修养有多么高深,喜欢玛格丽特·米契尔的小说《飘》常被拿来作为她艺术品位不高的佐证。不过,比起90年代之后的不少文艺领导者来说,她的艺术修养,还不是高出一点两点。当代文学"前三十年"的问题,主要是制度、体制上的。文艺领导者的选择在艺术修养和影响力上,当时其实相当精英化,不是后来光靠"政治正确"这一个指标。

"样板"普及的难题

在文艺生产上,样板戏最主要的特征,是文艺生产与政治权力的关系。20世纪30年代初的苏区和40年代的延安,文艺就被作为政治权力机构实施社会变革、建立新的意义体系的重要手段,并建立相应的组织、制约文艺生产的体制。政治权力机构与文艺生产的这种关系,在"文革"时期表现得更为直接和严密。作家、艺术家那种个性化的意义生产者的角色认定被全面颠覆,文艺生产完全纳入政治运作轨道之中。样板戏的意义结构和艺术形态,则表现为政治乌托邦想象与大众艺术形式的结合。前面说到,样板戏选取的,大都是有较高知名度、已在大众中流传的文本。在朝着"样板"方向的制作过程中,一方面,删削、改动那些有可能模糊政治伦理观念的"纯粹性"的部分,另一方面,极大地利用了传统文艺样式(主要是京剧、舞剧)的程式化特征(有的研究者将样板戏与好莱坞电影联系起来,也是着眼于这种程式化),在人物和人物关系的设计中,将观念符号化。不过,这一设计的实施,在不同剧目那里，存在许多差异。一些作品更典型地表现了政治观念的图解（如京剧《海港》），另一些由于文化构成的复杂性，使作品的意义和艺术形态呈现多层、含混的状况（如京剧《红灯记》《沙家浜》《智取威虎山》、舞剧《白毛女》《红色娘子军》）——而这正是在政治意识形态发生变化的时空下，这些剧目能继续获得某种"审美魅力"的原因。对这个问题，陈思和（《民间的沉浮：从抗战到"文革"文学史的一个解释》）、黄子平（《革命·历史·小说》）、孟悦（《〈白毛女〉演变的启示——兼论延安文艺的历史多质性》）等都有很好的论述

　　前面说过，"样板"虽然带有某种确立经典的性质，但它不是精英化，而是"逆精英化"的过程，这是为建立作品与大众的广泛联系，起到教诲、宣传、动员所必需。这里面就存在裂痕和矛盾。有学者认为，样板戏的内在矛盾就体现在"革命样板戏"这个名称之中。这个说法很有道理。"革命"是质疑、颠覆、突破和变化，而"样板"在江青他们那里意味着封闭、固定的模式，带有标准化的含义。这种冲突在创作、接受过程中逐渐暴露。

　　1972年，江青宣布"十年磨一剑"的八个样板戏已经"定型"，不容更易改动。但又要向广大民众普及、传播，这就带来难题。开始的时候，号召各地的剧团，包括基层的文艺宣传队积极排演样板戏，但是各地的演出水平、剧场设备参差不齐，样板戏的"样板"事实上受到严重"损害"，可能发生反方向的作用，败坏样板戏的声誉。于是，下令规定地级以下的剧团都不许再排演样板戏，转而采取这样的措施：一是组织"样板团"离开北京、上海到全国各地去演出，二是在北京长年举行"样板戏学习班"，各地派文艺骨干来学习，目的是使地方在移植样板戏的时候能够做到"照搬"而一招一式"不变样"。三个是大量出版样板戏书刊。据统计，仅是中央层级的出版社（不包括地方的加印），在三四年间就出版了超过3200万册。这些书刊分类细致，有文字文本，有详

细的剧照,有唱腔和音乐的主旋律,主旋律曲谱还包括五线谱和简谱,另外还有表演动作的图样,道具(服饰、驳壳枪与红缨枪等武器、桌椅板凳……)设计图、舞台布景平面图……这些都是为了复制时候的"不走样"。不过,这些都无济于事。无计可施的时候就求助于电影,让胶片来加以封闭、固定。就这样,"革命"逐渐在"样板"中销蚀,"样板"让"革命"进入它原先要破坏、变革的"殿堂"。

"文本"之内:意义结构

这个问题,我在《中国当代文学史》里面有一些归纳,可能过于简单。我说,革命样板戏表达的是一种激进的政治乌托邦的想象,它借助与大众文艺结合的艺术形式。这些样板戏,涉及的题材基本上是两个方面,一部分是历史题材,包括抗日战争和40年代的解放战争,以及50年代初的朝鲜战争,这些在"样板戏"中占了大部分。另有少量的是现实题材,像《海港》《龙江颂》,后面一个讲的是抗旱救灾的故事。但不管是历史,还是现实题材,样板戏的总主题是表现、宣扬阶级斗争和阶级对立。阶级斗争当然是当代文学的一个中心主题,但在样板戏里面得到绝对化的强调和更尖锐的展示。样板戏构造的是一个两极化的世界,一个两极对立、黑白分明的世界。从样板戏表现的生活内容和意识形态中我们可以看到,不存在"中间"的色彩或"灰色"的地带,不存在游离于两极之外的复杂性的东西,而京剧这种脸谱化、程式化的艺术特点,也正好成为表现两极化世界的合适的形式。

我们拿《红灯记》作为例子。这个戏经常被看作样板戏的"代表作"之一,分析也已经很多。它是在讲"革命"的传承的问题。革命的传承,在60年代开始成为突出、引发强烈焦虑的问题。那个时候,许多作品,特别是戏剧,都表现这个主题,如话剧《千万不要忘记》(开始名为《祝你健康》,丛深)、《年青的一代》(陈耘)、《家庭问题》(胡万春),还有话剧和电影《霓虹灯下的哨兵》(沈西蒙、漠雁、吕兴臣)也是这个主题。上面这些剧目是从现实生活方面来表现,而《红灯记》则是从历史方面展现。最初的京剧和电影,名字是《自有后来人》或《革命自有后来人》;名字本身就是主题的提示。《红灯记》里的红灯,也是一个关于传承的象征符号。这个剧讲的是有关人与人之间,特别是上下代之间的关系问题。这个关系,靠什么来联结,什么能成为牢固关系的纽带,这是很多文艺作品常涉及的主题。

80年代初,我读过张汉良先生的《比较文学理论与实践》,里面从比较文学的视角,对比元代李行道的《灰阑记》和布莱希特的《高加索灰阑记》,后来在分析《红灯记》的时候,我把他的论述引入,这写在根据上课录音整理的《问题与方法》这本书里。李行道的《灰阑记》大家都熟悉,全名是《包待制智赚灰阑记》(也作《包待制智勘灰栏记》),这个故事讲的是一个孩子的归属问题。包公所要解决的难题,是谁是孩子的亲生母亲。在这里,血缘关系是判断归属的唯一依据;在李行道和包待制看来,爱、顾惜主要是建立在血缘关系上。《高加索灰阑记》就不同。这个剧的主要部分(它有一个序幕,但现在演出经常抽去)也是讲孩子的归属,故事发生在中世纪的格鲁吉亚。总督夫人在战乱逃亡时,孩子由女仆照顾抚养。这回,法官将孩子判给不是亲生母亲的女仆。布莱希特的理念是,人与人的关系里,血缘的维系不是唯一的,或者说并不是最重要的,在共同生活中建立的情感与责任才是最重要的。在戏剧上实践"间离效果"的布莱希特在剧本的末尾有这样一段议论:

> 观众们,你们已看完了《灰阑记》,请接受前人留下的教
> 益:一切归善于对待的,故此

> 孩子归于慈母心，以便长大成器；
> 车辆归于好车夫，以便顺利行驶；
> 山谷归于灌溉者，使它果实累累。

也就是说，归属的判断，主要依据不是血缘，不是原来的占有者，而是后来的抚养者、管理者；正是这样的共同的生活经历，包括劳动，才能确立与对象之间的密切关系和爱心。《红灯记》在故事形态上和《灰阑记》不同，这里没有发生孩子的归属问题。但其实有相通的地方，它要解决的也是"孩子"（下一代）的身份、思想感情的归属。《红灯记》强调的是阶级性，现代的阶级观念、划分是归属的主要甚至是唯一依据。虽然左派的布莱希特也重视阶级性的观念，但是不像《红灯记》里那样作绝对性的强调。"爹不是你的亲爹，奶奶也不是你的亲奶奶。咱们祖孙三代本不是一家人，你姓陈我姓李，你爹他姓张"——不是一家人而胜似一家人，原因在于共同的阶级目标。《红灯记》宣扬的革命的、民族的理想的合法性，不是靠血缘关系维系，甚至也不像布莱希特那样强调共同生活经验；在《红灯记》里，并没有强调不同姓的三代人"共同生活"的必要性。

自然，样板戏在处理阶级对立、阶级斗争上，不同剧目遇到的问题并不一致。历史题材方面看来似乎顺理成章，在六七十年代，人们对抗日战争、解放战争和朝鲜战争这些历史事件的理解，还没有出现后来发生的各种分裂。所以，《红灯记》《智取威虎山》等在表现阶级对立的主题时，结构安排看起来顺理成章。但是在现实题材方面，就遇到很大麻烦。拿《海港》为例，这是写上海港码头装卸工的故事，一个年轻工人因为理想（当远洋轮海员周游世界）和现实（被分配当码头装卸工）的落差不安心工作，导致搬运时将麦包摔破。样板戏制作者在如何将这个事件和激烈的阶级斗争联系起来，并发展到"暗藏阶级敌人"破坏中国的"国际形象"的巨大阴谋上,可以说是殚精竭虑,煞费苦心;但最终也没能缝合意义结构上显而易见的裂痕和漏洞。这并非编剧设计者的艺术功力,反映的是现实中怎样划分阶级,怎样构造敌我的难题。

这样,从样板戏(也包括"文革"前夕反响热烈的话剧)中,可以提出两个问题来讨论。一个是在表现革命传统承接问题上,"下一代"的声音,另一个是对于仇恨的渲染。前一个问题,还需要回过头来说"灰阑记"。在说过元杂剧和布莱希特的作品之后,还要引入香港作家西西的《肥土镇灰阑记》,这不是戏剧,是短篇小说;黄子平《革命·历史·小说》的书里曾出色地讨论到它。在诸如《红灯记》《年青的一代》《千万不要忘记》等在处理革命传统继承问题的时代性焦虑上,在涉及"下一代"("后来人""孩子")的身份、精神归属上,被"争夺"的"孩子"在戏剧结构中处于被动地位,或者说他们虽有名姓,有台词,但确实是"空位"。不是说他们没有声音,而是没有自己的声音,他们将被教诲为发出与教诲者完全相同的声音。《肥土镇灰阑记》有助于我们对这一点的了解。也是包公判案,那个孩子马寿郎也同样站在圆圈里等着争夺者来拉他,以决定他的归属。但这不是李行道、布莱希特的马寿郎,原先默默无言的他开口说话了:"案子已经断了很久了,还断不出什么头路来。为什么不来问问我呢?谁药杀了我父亲、谁是我的亲生母亲、二娘的衣服头面给了什么人,我都知道,我是一切事情的目击证人。只要问我,就什么都清楚了。可是没有人来问我。我站在这里,脚也站疼了,腿也站酸了。站在我旁边的人,一个个给叫了出去,好歹有一两句台词,只有我,一句对白也不分派,像布景板,光让人看。"

西西的观点是,对这个被争夺的孩子而言,"谁是我的亲生母亲"其实并不重要,重要的是"选择的权利"。在样板戏和那些戏剧中,继承者位置上的"后来者"往往不被赋予"选择的权利"。赵稀方在《西西小说与香港意识》(收入《小说香港》,生活·读书·新知三联书店,2003年)

里谈到这篇小说,说在中英关于香港问题的谈判中,香港的地位成为一个尴尬的处境;在谈判中没有人去问香港是怎么想的,香港"只能眼看中英角逐而自己却无能为力",西西的作品可能寄托着对香港的尴尬处境的感受。对这个理解我们暂且放在一边。联系到样板戏,则是让我们得以窥见样板戏等剧目在意义结构上掩盖的某些方面,质疑那些"理所当然"的逻辑。黄子平说,灰阑中被争夺的孩子开口说话意义重大,这是"对沉默的征服"和"对解释权的争夺",是对大人和权势所控制的世界"提出一个基本的质询"。这个质询,在样板戏中被抹去,它只是到了多多的《教诲——颓废的纪念》和北岛的《波动》那里才开始出现。

接下来的另一个问题,是某种社会心理、情绪的渲染。样板戏宣扬了"革命豪情"和为某种理想而献身的精神,这种宣扬,是通过对阶级斗争和仇恨的强调,把新/旧、善/恶、黑/白的对立绝对化来达到。"咬住仇,咬住恨,嚼碎仇恨强咽下,仇恨入心要发芽";"字字血,声声泪,激起我仇恨满腔";"要报仇,要申冤,血债要用血来偿";"多少仇来多少恨,桩桩件件记在心。满腔仇恨化烈火,来日奋力杀仇人";"千年的仇要报,万年的冤要申"……从某一具体剧目看,特别是历史题材的部分,这种仇恨的渲染看起来也许合情合理,但如果将它们一起放置在大的时代背景上衡量,这种社会心理、情绪在这个时候的集中强调、激扬,却透露了值得思考的信息。也就是说,这种渲染、激扬的现实依据是什么?这让我想起赵园在《明清之际士大夫研究》(1999年)中谈到的"戾气"。她认为,明代社会上残忍、苛刻、不宽容的"戾气"的形成,不仅和统治者有关,也缘于士人自身的表现。她引用王夫之的话:"主上刻核而臣下苛察,浮躁激切,少雍容,少坦易,少宏远规模恢弘气度";"君臣相激,士民相激,鼓励对抗,鼓励轻生"("文革"间在红卫兵中流传的林彪语录:"完蛋就完蛋""老子今天就死在战场上"也是这样的"鼓励对抗,鼓励轻生")。此外还"鼓励奇节","鼓励激烈之言伉直之论，轻视常度恒性"，以至"天地之和气销铄"。在语言上就风行"暴力"语言，"自虐和施虐"，就像钱谦益说的，"拈草树为刀兵（"文革"中的流行"拿起笔做刀枪"，原来出处是在这里），指骨肉为仇敌，虫以二口自啮，鸟以两首相残"，而且暴力的言和行成为了仪式和狂欢。这种"戾气""暴虐"的心理情绪，似乎并未随着"文革"结束而消散。

文本之内：艺术形态

"三突出"是谈样板戏不能不涉及的话题。最早是江青谈话的一些内容，由于会泳整理归纳，又经过姚文元的修改。突出主要人物，突出英雄人物等等①，本身难以确定对错、好坏。武侠小说，传统戏曲，好莱坞电影，许多都是这样的设计。创作中，特别是戏剧，大多有主角和配角，有主要人物和次要人物的分配；不少作品，主要人物、英雄人物也很高大。其实这是某种艺术门类的"成规"。样板戏"三突出"的问题，是在另外的两个方面。一个是把它作为所有文艺创作都必须遵守，不得违逆的律令，一种政治立法；也就是说，它不是某种艺术门类在创作、接受中形成的"契约"。另一是"三突出"不仅指作品内部的艺术结构，而且更关涉社会历史的方面。

我们知道，在电影《只有后来人》和沪剧《芦荡火种》中，李铁梅在剧中占有较大分量，而阿庆嫂则是主要人物。在成为样板戏过程中，铁梅的戏份减少以突出主要人物李玉和，而《沙家浜》，主要人物成了并未有机融入戏剧结构中的新四军指导员郭建光。为什么他们不能成

---

① "三突出"后来的标准化表达是："在所有的人物中突出正面人物；在正面人物中突出英雄人物；在英雄人物中突出主要英雄人物。"（上海京剧团《智取威虎山》剧组：《努力塑造无产阶级英雄人物的光辉形象》，《红旗》杂志 1969 年第 11 期）

为"主要英雄人物",一是铁梅是"成长的英雄";"成长"意味着没有成熟,还有弱点,仍处于被教诲的过程;而主要英雄人物不能有弱点,应该是推动历史的主角。《沙家浜》的理由则是,中共领导下的革命不是靠地下工作,而是靠武装斗争取得胜利,主要英雄人物就不能由地下工作者来承担。同样,《海港》中转变的工人韩小强没有资格,而必须是引导者方海珍才可以成为中心人物,而芭蕾舞《红色娘子军》就加大了引导者洪常青的戏码,而压缩了原本电影中主要人物吴琼花的地位。

这里可以看出,样板戏的"三突出"不只是文艺作品的结构、功能问题,不只是简单的人物设计和分配。文本中人物位置、分量和修辞强度的明确规定,其实折射了固定社会生活中等级的意图。这与当时流行的阶级出身论(红五类、黑五类的划分),驯服工具论,螺丝钉论等属于同一的社会思潮,只不过"三突出"是以艺术方法的形态展示。确实,革命曾经打破原来的社会格局,创造了各阶层重新流动的局面,特别是下层阶级流动的可能性。不过到60年代,似乎已经形成新的等级制度,在艺术作品中严格区分不容逾越的等级,正是现实中处于上层等级的权力者,企图固定这种等级制的"艺术的意识形态"。

样板戏表达对纯粹性的革命乌托邦理想的追求,所以,会删除有关日常生活细节,以及关于爱情、性等的暗示。这一点,许多研究者都已经指出。一个重要的例子是,原先李玉和偷喝酒的细节,在样板戏中转化为英雄气概的表现,而洪常青和吴琼花在双人舞中小心翼翼避免发生情爱的联想;在传统芭蕾舞中,双人舞正是表现爱情的重要手段。可是,如果样板戏要得到"大众"(即使"大众"在某一时期如何"革命化")的欢迎,不可避免就存在纯洁的革命意识形态表达和大众文艺娱乐性的冲突。文艺的消遣、娱乐性是文艺激进派激烈反对的,但是干枯的观念、情感表现肯定会被"大众"拒绝。况且,革命观念如果要用形象、场景来表现,就或多或少会有"不洁"的成分逸出,出现激进派们不愿意让"大众"知道、感受的事物、情感、欲望。我在《关于50—70年代的中国文学》里说，这种情况有点像中世纪的一个悖论，如果说宗教的、政治的教诲需要用形象和激情来烘托、表达的话，那么激情和形象本身就可能在无意间泄露某些原先试图掩盖、删除的东西，而且可能会转化为一种颠覆、破坏性的力量。

譬如《红色娘子军》里党代表洪常青伪装成从南洋归来的华侨富商进入南霸天府宅，身着一袭洁白、得体的西装，领口打着黑色蝴蝶结，一双锃亮的皮鞋。英雄人物却以英俊的富商面目出现，这就混淆了对立的范畴，让美化的"资本家"的穿着和气度合法化：这恐怕是革命的样板戏制作者不愿意看到的效果。又如，芭蕾是脚尖的艺术，腿、脚尖是芭蕾特殊的舞剧语言。因此，排练《红色娘子军》时，让人苦恼的问题是这些女战士们的服装。她们既不能穿着悬在腰部的短裙（《天鹅湖》），也不能使用半透明的、让腿部轮廓显现出来的纱质长裙（《吉赛尔》）；但如果将腿部严密封闭，芭蕾的艺术观赏性肯定受到严重损害。这个问题，对追求纯洁性、坚持"禁欲主义"理念的样板戏，肯定是严峻考验。解决这个难题的是"披荆斩棘人"江青，她让红军女战士们穿着短裤，打绑腿，把腿的修长呈现出来，而在短裤和绷带之间又露出部分大腿。江青的处理，禁锢了一部分，也解放了一部分。所以有的评论者（陈丹青）说这是奇妙的"革命"和"艺术"的结合。凤凰台"锵锵三人行"主持人窦文涛曾说，"文革"中他还是小孩的时候，最爱看的就是《红色娘子军》，每次都想去看这一截露出的大腿。这个半认真半调侃的话，透露了"禁忌"有可能以"革命"的名义泄漏出来。

其实，有些事情并不像我们想象的那么泾渭分明。样板戏原本就不是十分单一，而是有多层的成分，特别是那些现在仍有生命力的剧目。这些多层性，在不同的情境中会得到不同的展示。样板戏后来接受上的分化，重要原因当然是接收者所处不同时代、不同生活经历和艺术观，以及样板戏与当代历史、政治的紧密纠缠。但这种接受、评价上的分化，部分原因也在于自身的复杂构成上。这是不同的反应寄生的空隙。也就是说，人们对样板戏的喜爱或厌恶，可能基于很不相同的理由。喜爱者的根据，也不完全都是被激发出"无产阶级的豪情"。因此，现在我们听到对样板戏的各种相距甚远，甚至对立冲突的评价的时候，相信不会有太大的惊讶。我们熟悉一些人听到样板戏就"毛骨悚然"（巴金）、像"用鞭子抽我"（邓友梅），说样板戏"宣扬个人迷信的造神理论"（王元化），是"阴谋文艺"的反应，也理解有些人继续为其中的献身精神和革命豪情所激动："鲁迅和毛泽东复兴中华的宏伟计划中，有关文化这部分的最初实践，已由样板戏的革命而完成"（张广天）。我们听到这样的奚落："芭蕾舞都是非常优雅、浪漫的，忽然看见那群杀气腾腾的娘子军，扛着枪，绑着腿，横眉竖目的，一跳一跳的，滑稽得不得了。"（白先勇）我们也不会惊讶有的人在吴琼花受刑后仇恨的眼神中看到"性感"。美术家刘大鸿认为，吴琼花被洪常青从狱中救出后，捧起红旗贴在脸上热泪盈眶所表现的痴情，不亚于罗丹著名的男女拥抱的雕塑；他在纽约看到《红色娘子军》演出的海报有这样的感叹：欧洲宫廷的芭蕾舞姿、苏维埃红军军装（《红色娘子军》里面的军装的确不是中国式的，这也是江青出的主意），中国窈窕女子的腰身和大腿，这些元素组合在一起，"一枪在手，怒目圆睁，美、暴力、性感，在美国地面，'她'实在是前卫的"。这种拼贴性，来源于江青对古典芭蕾、西方电影，以及欧洲、美国的通俗音乐的了解，她把这些元素都移植到对革命的表达之中；因为这种拼贴性，有学者就认为它是十足的"后现代"。我们也几乎能够赞同这样的感受：原来等待着看这些作品的笑柄，结果却为《智取威虎山》中"大交响乐队的伴奏，现代舞蹈形式，现代舞台美术"这样的"现代的文本"而感到震撼，导致脑子里80年代"文学向现代化进军"的叙事完全坍塌（戴锦华）。

《晚霞消失的时候》：历史反思的文学方式

《晚霞消失的时候》，中篇小说，礼平著。初刊于《十月》（北京）1981年第1期。同年，中国青年出版社出版单行本。

"手抄本"说的更正

《晚霞消失的时候》（下文简称《晚霞》），中篇小说，刊于《十月》（北京）1981年第1期。中国青年出版社几乎同时出版单行本。80年代初曾引起轰动的小说，许多已经风光不再，不再被人提起，但《晚霞》在发表后的三十多年里，仍常受到褒贬不一的关注。这部小说在很长时间里，被诸多研究论文和当代文学史称为"文革"后期著名的手抄本小说。但现在证实，所谓"手抄本"的说法是子虚乌有。

我也是这一子虚乌有的信息的传播者之一。80年代末在北大，90年代初在东京大学讲当代文学，我都把它说成是手抄本小说。根据讲稿整理出版的《当代文学概说》（1997），说它是"曾以手抄本流传的三部中篇"①的一部。《中国当代文学史》②第二十章"历史创伤的记忆",也再次把它归入"'文革'后期以'手抄本'形式流传"的作品。有文学史著作和搜索网站词条,也有称之为"地下小说"的。

"地下小说"和"手抄本小说"说法的错误,2009年乔世华的文章已经提出③,但那个时候我没有读到。艾翔2012年的文章,进一步用翔实的材料指出将《晚霞》说成"地下小说"与"手抄本"的谬误,并梳理了多部论著在这个问题上出现的差错,包括杨鼎川的《1967:狂乱的文学年代》(1998),许子东的《为了忘却的集体记忆》(2000),也特别指出我的《中国当代文学史》(1999)。艾翔说:"大概由于这几部(篇)研究成果的一致认定,尤其是洪史的广泛传播,《晚霞》作为'手抄本'的'地下文学'特质在学界及高校师生的印象中已根深蒂固。"④

从我这方面,显然是研究工作缺乏严谨态度造成。当然,也正如艾翔等指出的,包括我在内的一些研究者,在一个时期存在这样的一种"文化心理":秘密流传的、"地下的"作品具有更值得重视的思想/美学价值;在布满裂痕的时代里,时间界限,以及特殊的写作、传播方式具有更高的等级,也更动人心魄。因此也就乐于去寻找、认定更多的这一类型作品。其实,在完成《中国当代文学史》写作之后,对这种心理我已有觉察,在1999年讲课录音整理的《问题与方法》(2002)中,就有将自己包括在内的反省:"对50—70年代,我们总有寻找'异端'的冲动,来支持我们关于这段文学并不单一、苍白的想象。"不过,这个觉

---

① 洪子诚:《中国当代文学概说》,香港青文书店,1997年,第107页;广西教育出版社,2000年,第157页;北京大学出版社,2010年,第104页。

② 北京大学出版社1998年初版,2006年修订版。

③ 乔世华:《关于〈晚霞消失的时候〉》,《粤海风》2009年第3期。

④ 艾翔:《被话语绑架的历史反思——重读〈晚霞消失的时候〉》,《上海文化》2012年第2期。

察，并没有落实到对《晚霞》的处理上。

2015年，针对有关"手抄本"的错误，已告知出版社更正《中国当代文学史》两处地方的表述，这里感谢艾翔等的批评，也向读者致歉。修改的文字有两处。之一是：

> 在"文革"后期的"手抄本小说"中，还有《波动》、《公开的情书》、《晚霞消失的时候》等作品。

更正为：

> 在"文革"后期的"手抄本小说"中，还有《波动》、《公开的情书》等作品。①

另一处是：

> ……除此之外，"文革"后期以"手抄本"小说流传的几个中、短篇小说，也是最初的反思性讲述的重要例证。

修改为：

> ……除此之外，"文革"后期和"文革"刚结束时的几个中、短篇小说（有的曾以"手抄本"方式流传），也是最初的反思性讲述的重要例证。②

---

① 洪子诚：《中国当代文学史》（修订版），北京大学出版社，2006年（2016年第21印修改），第183页。
② 同上书（2015年第19印修改），第260页。

所谓"三部手抄本中篇",还包括赵振开(北岛)的《波动》和靳凡(刘青峰)的《公开的情书》。《波动》说是1974年初稿,以手抄本形式流传,但具体情形仍有晦暗不明的地方。倒是《公开的情书》的作者提供了这方面的具体材料。靳凡60年代初在北大中文系上学时,本名刘莉莉,应该是"文革"期间改名刘青峰。除了这部中篇之外,在八九十年代影响最大的是她和金观涛的"中国社会超稳定结构"的论述[①]。2009年,刘青峰访谈中说到这部小说的写作经过[②]。她并非严格意义的红卫兵,"文革"开始已经是大学生。1968年分配到贵州的中学教书,丈夫金观涛(北大化学系毕业)则在杭州的塑料厂当工人。她说,1971年"林彪叛逃事件"后,许多人感到迷茫、压抑,"在公开场合,人的内心真实世界,思想,隐藏起来,而交流采取的特殊方式:读书交流、信件往还,来建构一种精神生活"。经历过那个时代的人,相信不少都有这样难以磨灭的精神记忆。刘青峰说,小说写成后以手抄本形式在清华、北大同学中流传,也通过她妹妹传给在内蒙古插队的知青。"文革"结束后有油印本,曾刊于杭州师范学院的学生刊物《我们》,然后才登载于《十月》1980年第1期。不过,这已经是1979年9月修改完成的第二稿,和"文革"间流传的手抄本肯定不同。因此,即使《公开的情书》曾是手抄本,"文革"后正式发表(即我们现在读到的版本)的已经过修改,难以再是严格意义的手抄本了。在文学史叙述层面上,要将文学史出版、传播方式的"手抄本现象",和文本意义上的"手抄本"加以区分。现在正式出版的,在文学史上被称为"手抄本"的那些作品,如《第二次握手》《波动》《公开的情书》等,在正式发表(出版)时都有情

[①] 这些论述,结集为《兴盛与危机——论中国封建社会的超稳定结构》(1984年长沙,1992年香港)、《开放中的变迁——再论中国社会超稳定结构》(1993年香港)、《中国现代思想的起源——超稳定结构与中国政治文化的演变》(2000年香港)等著作。

[②] 刘青峰:《〈公开的情书〉与七十年代》,《上海文化》2009年第1期。

况不很清楚的修改,便不再属于文本意义的手抄本。这个区分,相信不是咬文嚼字。

持续的关注

这些小说中,《晚霞》在80年代初影响最大。由43封信构成的《公开的情书》也一度有很多读者,在知识青年中反响热烈,但持续时间不是很长,主要是"新启蒙"思潮涌动的阶段。虽说是"情书",但难以发现通常意义上的情爱内容。它延续的是"当代",特别是"文革"写作上的那种"藐视"日常生活的精神崇拜的"传统",以至《十月》的编辑曾有在结尾安排爱情中的主人公见面的建议,但没有被接受。

相比而言,《晚霞》在关注度和关注的持续时间上都要强于《情书》。程光炜教授2005年在中国人民大学课堂上,讲到他二十多年后重读《班主任》和《晚霞》的情景。重读《班主任》感到枯燥无味,而"其实非常粗糙,技术也不好"的《晚霞》,他却控制不住情感:"我是不断擦着流到脸上的眼泪把《晚霞》读完的,心里的真实感受是'震撼'、'震惊',还有'难受'。那天我坐在自家的阳台上,读完小说已是黄昏,楼下道路上已陆陆续续有住户的汽车从城里返回,是下班回家,给人非常生活化的感受。但我还是陷入在小说的情绪里,拔不出来……"[①] 程光炜不是那种见花落泪、望月伤心的性格,也早已不是轻易掉泪的年龄。我们当然不好揣测有多少读者像他那样,事实上重读的读者中也有严厉批评的。但是,感动、批评都是基于作品能触发强烈情绪反应的

[①] 程光炜:《文学讲稿:"八十年代作为方法"》,北京大学出版社,2009年,第294—295页。

前提。这个情况,除了小说思想的某种复杂性和深度而外,程光炜归结的原因是,《班主任》写的是"问题",而《晚霞》写到人;后者不是"伤痕""揭露"小说,而是"救赎小说"。

《晚霞》发表当时,就有争议,受到批评;并为政治、思想文化界高层人物注意,如胡乔木、王元化、冯牧等。90年代之后,"高层人物"对具体作品再也不会那么关心,主要是文学在社会政治生活中地位的下降。据说,中国作协副主席、党组书记冯牧有"才华横溢,思想混乱"八字评语。当年对它的尖锐批评主要是两点,一是"美化罪恶累累的国民党战犯",二是宣扬了宗教。不过,有宗教界人士和信仰者并不认可里面写的是"宗教",无论是基督教还是佛教。中国佛教协会会长赵朴初就说它"写的不是宗教";大概信仰不能是那样理性的条分缕析,况且南珊在是否信仰基督教问题上犹豫不决;这大概是那个时候,公开正面写到宗教信仰,还是禁忌吧。

影响很大,现在仍被经常引述的批评文章,是王若水的《南珊的哲学》[①]。王若水当时任《人民日报》副总编辑,参与起草引起激烈争议的周扬纪念马克思逝世一百周年纪念会的报告,在人道主义论争中发表《为人道主义辩护》[②]的论著,被认为是80年代的思想解放运动推动者之一。按照"当代"思想文化界划界分派的逻辑,他似乎应该支持同样被看作属于"思想解放"潮流的《晚霞》,事实却不是这样。不过这也有助于我们了解80年代思想主流的错综复杂一面。在异化、人道主义问题上,当年对周扬、王若水的批评,从方法论层面,是指责他们将"人道主义"剥离具体历史情境的抽象化;这有点像60年代阿尔都塞的《保卫马克思》,批评当时以反思"斯大林主义"为主要动力而出现的

---

① 上海《文汇报》1983年9月27、28日连载,署名若水。
② 王若水(1926—2002)《为人道主义辩护》刊于1983年1月17日上海《文汇报》,生活·读书·新知三联书店1986年出版单行本。

"新马"将人道主义当作"意识形态火焰"。但令人深思的是，身陷"抽象化"指责的王若水，也同样以"抽象化"的理由批评《晚霞》，依据的也是相似的思想逻辑。他认为，《晚霞》的作者没有很好地学习马克思主义，在思考、处理文明与暴力、阶级性与个性、爱和恨（情与理）、人与神关系上，用固定不变、抽象的道德、人性尺子去衡量、判断①。从这看似矛盾的现象里面，可以看到80年代前期，"思想解放派"的思想主轴虽说是新启蒙的人道主义，但其内部的不同构成，在历史反思上也各有其不同出发点，也有不同的尺度。说起来，对周扬、王若水，还有《晚霞》的历史抽象化的批评，确实于理有据，不过，批评者也有同样的问题，也是将王若水的人道主义、将《晚霞》中的人性论述，从具体情境中剥离，而无视这些论述所由发生的"文革"的历史背景，无视点燃"意识形态火焰"的某种历史合理性。

《晚霞》的影响，除了"严肃"一面，还有"有趣"的另一面。小说虚构的楚轩吾这一人物，以及虚构的楚轩吾儿子被黄伯韬下令枪决，还有黄伯韬自杀"以身殉国"的悲壮场景，后来在诸多网站的历史网页中，以至在若干纪实性的历史书籍②中，被作为史实征引。如果在某一

---

① 陶东风在《一部发育不全的哲理小说》中指出了这一点："被批判的人道主义思潮的代表之一（这点很讽刺），王若水在驳斥南珊的抽象人性论和抽象人道主义的同时，不经意间也会滑进自己所否定的那个主义。"陶东风认为王若水在批评《晚霞》时只有历史视野而欠缺道德视野，其实，王若水在随后为人道主义辩护的时候，坚持的则主要是针对历史情境的道德视野。

② 陈冠任的《国民党十大王牌军》（中共党史出版社，2009年）第四章《攻守双料军——第25军》，梅世雄、黄庆华的《开国英雄的红色往事》（新华出版社，2009年）的"黄百韬自杀——老战士追忆淮海战役中歼灭黄百韬兵团"，都原封不动照搬《晚霞》中楚轩吾的绘声绘色的讲述，且都不注明材料的出处。事实是，1948年黄伯韬升任国民革命军扩编第七集团军司令之后，由陈士章担任25军军长。黄伯韬是自杀还是被击毙，也一直没有定论。

《晚霞消失的时候》：历史反思的文学方式

著名搜索网站输入"楚轩吾"的人物词条，可以看到这样的显示："原为国民党国防部高级专员，后任国民革命军第25军代理军长。其父楚元，原系军阀冯玉祥旧部。1944年洛阳陷落时阵亡"——这段话完全抄自《晚霞》。这个词条人物没有生卒年，没有籍贯，要是代为添加，那便是"生于1981年，籍贯北京《十月》杂志，卒年永远不详"了。历史为文学提供题材，文学转而参与历史的叙述，这在中外都不稀罕。不过，时间如此靠近，文学虚构就被作为史料征引，确实相当少见。

《晚霞》再次被一些人关注，是21世纪这十几年，并成为思想文化界有关历史记忆，有关当代史和"文革"评价的争论的组成部分。当然，关注《晚霞》本身，也由一些畅销的出版物——若干部知名人士回忆他们七八十年代经历的图书——引起。它们是：《八十年代访谈录》（查建英主编，生活·读书·新知三联书店，2006年），《七十年代》（北岛、李陀主编，香港牛津大学出版社，2008年；生活·读书·新知三联书店，2009年），《暴风雨的回忆：1965—1970北京四中》（北岛、曹一凡、维一编，香港牛津大学出版社，2011年；生活·读书·新知三联书店，2013年）。其中，《暴风雨的回忆》也收入刘辉宣（礼平）回忆"文革"红卫兵运动的文章；他和北岛当年都是北京四中的学生。这些图书的撰写者，曾以不同身份、（"正面"或"反面"）角色参与当年的政治／文化运动，也是后来思想文化领域的有影响的"成功者"。他们的追忆，涉及如何重现、评价"文革"和思想解放的80年代这一有争议的问题。由于《晚霞》既写到红卫兵在"文革"初期的活动，又写到对这一历史事件的反思，也就很自然被纳入"新世纪"这一当代史争议的潮流之中再次受到注意。

重评《晚霞》的文章、论著，我读到的主要有徐友渔的《人道主义支撑在哪里——对五种文学文本的解读》①《晚霞消失之后的正义》②，陶东风的《一部发育不全的哲理小说——重评〈晚霞消失的时候〉》③，艾翔的《被话语绑架的历史反思——重读〈晚霞消失的时候〉》④。这个时间，礼平也发表了长篇访谈《只是当时已惘然——〈晚霞消失的时候〉与红卫兵往事》⑤。另外，一些研究"文革"题材文学的著作，也涉及《晚霞》这部作品，如许子东的《为了忘却的集体记忆——解读50篇文革小说》（生活·读书·新知三联书店，2000年）、《重读"文革"》（人民文学出版社，2011年），张景兰《行走的历史——新时期以来"文革"题材小说研究》（台北秀威资讯科技，2008年）等。还有大量的论文，这里不一一列举。

  上面的论著，对《晚霞》评述的角度、方法互异，或侧重思想观念的提取，或借助叙事学、症候分析等方法揭示其中的矛盾、裂痕，它们对这个中篇的思想艺术评价也不尽相同。但有一点是一致的，这就是都聚焦于小说如何处理"文革"的历史记忆，如何看待这一"精神债务"的问题。这正如徐友渔所言："虽然时间已经过去了30年，但小说提出的问题，争论反映的问题，至今还没有解决，而且与今日中国充满矛盾的社会密切相关。"

---

① 《南方周末》2000年7月27日。

② 《信睿》2011年第7、8期。

③ 《文艺理论研究》2013年第4期。

④ 《上海文化》2012年第2期。

⑤ 《上海文化》2009年第3期、2010年第1期连载。

《晚霞》的几个特征

因为职业（上课和编写教材）的关系，我读这个中篇不只一次，也就积累了一些印象。《晚霞》在80年代虽然很有名，但一般读者，包括不少研究者对作者的情况所知不多；这是文学史上作品大于作家，或是"一本书（一篇作品）作家"的那种情形。"新时期文学"中，《公开的情书》《伤痕》《神圣的使命》等都有相似之处。当然，产生的原因不尽相同。靳凡是很快将注意力转到理论、历史研究方面，不再涉足文学创作，卢新华、礼平此后虽说仍有作品发表，却没有产生处女作那样的轰动效应，而被忽略不计。对于礼平，许多人是过了好多年才知道他刘辉宣的本名，知道"文革"发生时他就读北京四中，和北岛同学，是早期红卫兵的积极参加者，是流行一时的"老子英雄儿好汉，老子反动儿混蛋"歌曲的谱曲者，知道他80年代还发表有中篇《无风的山谷》、电影文学剧本《含风殿》，并一直在文学刊物和出版部门任职……这些传记材料，相当一部分来自他2012年接受访谈的披露。《只是当时已惘然》的访谈长文，可以为我们解读《晚霞》打开更大的空间，但并非《晚霞》的注释；事实上，在"文革"历史记忆的讲述上，两者存在值得辨析的、有趣的差异。

在80年代，批评家一般都被《晚霞》里面表达的观念吸引，艺术方面谈论不多。近十几二十年来的重评文章，对艺术方面就有较多涉及，总的说是评价一般偏低，不会出现冯牧那样的"才华横溢"的评语。陶东风说，"毋庸讳言，在今天看来，《晚霞》在艺术上讲乏善可陈"[1]——"乏善可陈"的评语显然过于苛刻严厉。《晚霞》艺术上确有粗糙、明显

---

[1] 陶东风：《一部发育不全的哲理小说——重评〈晚霞消失的时候〉》。

缺陷之处，有些纰漏不是只有"经验读者"才能发现。譬如说，节奏缓慢、拖沓；较善于叙述，而场景、对话描写上显得稚嫩，有唯恐读者弄不明白的急促和冗繁；还有就是情节上的过分构造性。虽是典型的"写实小说"模式，有的安排和细节描写，并不合乎"写实小说"的情理。第一人称叙事有助于观念表达和情感抒发，但限制性叙事在涉及叙事者未曾经历的事态的时候，就会带来阻碍。在这个矛盾上，《晚霞》采用的方法是让当事人出面做完整讲述（如抄家和插队出发火车上的长篇叙述），而这显然难以吻合具体情境。举个很小的例子吧，第二章写红卫兵晚上抄家，开始写借着门缝，"里面黑洞洞的，什么也看不清楚"，但进入院子，却描写了院子长宽各二十步，铺着平整方砖，中央摆着盆松和夹竹桃的精确状况。当然，这是小小的瑕疵，但有经验的作家大概不会出这样的差错。

陶东风的"在今天看来"的说法值得分析。这里提示的是，不仅思想认知，而且艺术感受，都会有时间的内涵和刻度。作品的有些特征，在发表的时候曾经激动人心，或者里面存在的问题没有被意识到，但时过境迁，看法可能会改变，一些当年未被意识到的问题会凸显出来，甚至成为败笔。当然，并不是说事情都以这样对立的方式转化，不是否认存在比较恒定的标准，把艺术标准的"历史化"推向极端。

《晚霞》艺术的时期特征，可以举两个方面来讨论。一是作品处理"知识"的态度，另一是在人物描写和叙述上的方式。小说借助李淮平、楚轩吾、泰山长老，触及众多重大话题，历史的，哲学的，宗教的……而提到的书籍、学派，历史和文学人物，也可以开列颇长的清单：黑格尔、马克思、恩格斯、杜威、罗素，魏晋玄学，宋明理学，印度婆罗门，日本禅宗，清代考据；普希金（《渔夫和金鱼的故事》），莎士比亚（《李尔王》），荷马史诗《伊利亚特》《奥德赛》中的特洛伊战争，希腊传说，《自然辩证法》《资治通鉴》《清史稿》《庄子》《淮南子》《吕氏春秋》

《章氏丛书》《胡适文存》《大藏经》……面对这样的有点大杂烩的,带有炫耀色彩的描述,无怪乎"今天"的批评家会有这样的感慨:"不少地方像是贩卖阅读'灰皮书'时获得的思想碎片,知识碎片,似是而非生吞活剥。这些'民间思想家'知识资源相当混杂,信仰宗教,又崇尚科学,可能相信不可知论,又懂点马克思主义","高谈阔论,自命不凡,不可一世,谈的都是惊人大题目,与日常生活隔着十万八千里"。① 这是有道理的。不过,放在80年代初,这种高谈阔论"惊人大题目",是城镇读书热的构成部分,是当年激动人心的潮流,也是对"知识无用论"时代的背离和批判;因而,相信当年不少读者对此有激情的呼应。《晚霞》罗列的确是思想碎片,知识碎片,饱读诗书者如王元化、王若水一眼看到其中的"错谬"("只能怪他读书不多"),却足以吓到我这样的读书不多者,让他们体味到书籍、知识的拥有在获得认知、言说、情感超越方面的权力,感知由此获得的精神富足,以及在面对"文革"债务上可能展开思考的思想、人生问题。

另一个印象,是存在一个强势的叙述者。"强势"不仅指拥有某种"全知"的视角,而且叙述者与作者,与人物经常重叠,对人物的干预显得"露骨"。《晚霞》的这一艺术征象,也普遍存在于"新时期"的小说中,因而也可以看作艺术的时期风尚。那个时候,闸门刚刚开启,对压抑已久的写作者来说,自我控制是一件痛苦的事,也就很难,就出现"感伤"(情感的,思想观念的,价值判断的)的艺术倾向。这样说只是印象,有研究者的分析就深入,也专业。譬如上面提到的艾翔的论文(《被话语绑架的历史反思》)和张景兰的著作(《行走的历史》)。如果从小说叙事学的角度分析,综合他们的观点并做一点延伸,那么,"强势叙述"的体现有二:一个是叙述者的自我介入,另一是对其他人物的干预。

---

① 陶东风:《一部发育不全的哲理小说——重评〈晚霞消失的时候〉》。

《晚霞》的特点和问题在于，作家、叙述者与对象、与素材缺乏距离，导致常常失去纤细透视的能力。它是第一人称叙事，叙述者又是作品的主要人物。这里就存在叙述者的李淮平与被叙述的李淮平之间的关系，这在张景兰的著作中采用了"叙述自我"与"经验自我"的概念。毫无疑问，"叙述自我"对"经验自我"的不同程度的介入、渗透，是这一叙事类型的写作普遍存在的，但《晚霞》这样的情况，也还是特例。叙述者成为"不安分力量"，常常自觉、不自觉化身为其他人物，借他们之口讲述自己的观点。而叙述者的自我介入，也自然产生对当年事态情状"修改"的结果。这种"修改"，既存在有的批评家指出的反思的削弱（许子东分析了抄家场景的对暴力的某种省略、掩饰），但也有可能增强反思的深度（火车上楚轩吾与南珊谈话的一幕）。

至于对其他人物，《晚霞》的干预就更明显。在一些地方，楚轩吾、泰山长老是李淮平（也是作者）的代言人。艾翔指出，楚轩吾对淮海战役的叙述，在心态、语调上具有双重性，一方面是失败者的，另方面则是胜利的历史书写者的；是"革命胜利者豪情万丈的大战略的表述方式，而不像一名被俘的国民党军人的记忆"，"正面人物的叙事功能被成功注入反面角色"。① 这就是掌握"革命""正面"的叙事话语的李淮平，与楚轩吾本应是"反动""反面"的叙述的置换、混淆。当然，比较起处理楚轩吾来，对其他人物的"干预"、投射的方式有所区别，特别是对南珊态度远较复杂，李淮平与南珊之间，这种重叠也同样存在，但同时也保护着距离。这个问题，下面还会谈到。

---

① 《被话语绑架的历史反思——重读〈晚霞消失的时候〉》。

历史反思的文学方式

礼平说,写这篇小说是为了反省当年红卫兵的行为,因此,作品在这一问题处理上的深度和局限,在不同时间就被一再提出。较早(2000年)时候,徐友渔在一篇文章中说到,"文革的积极分子"真实忏悔的也有,但稀少,不忏悔成为主流。他将《晚霞》与其他四个作品放在一起作为例证①。其实,无论是"文革积极分子",还是列举的这些文本情况都很复杂,之间差异也颇大。2011年,在另一篇文章中,他进一步以《晚霞》为例讨论忏悔②。他说,虽然已经过去30年,但小说提出的问题还没有解决,而且,"与今日中国充满矛盾的社会密切相关"。文章引述小说结尾的那个有名段落:李淮平问南珊:"你从前受过我那样的对待,难道你连一个歉意的表示都不想看到吗?……(抄家)对于我一直都是一个不小的折磨,你应该给我一个解脱的机会。"南珊回答是:"真想不到,你把那些微不足道的事情看得那么沉重。……毕竟,你是抛弃了自己的一切在为理想而奋斗,虽然它并不正确";她表示"并不需要任何的抱歉和悔恨的表示"。针对这个情节,徐友渔的批评是:"这是一个施虐者编造出来安慰自己良心的故事";虽然小说要表达一种忏悔意识,但认识的局限和缺乏足够反思,使忏悔像在做表面文章,宗教形而上学的层面,减轻受虐者的仇恨痛苦,也让善恶界限模糊,淡化恶行本身。——这个批评过于简单粗糙,也不完全符合作品的实际情况。

---

① 《人的道义的支撑在哪里——对五种文学文本的解读》。除《晚霞》外,另外的文本是《我不忏悔》(张抗抗)、《一个红卫兵的自白》(梁晓声)、《金牧场》(张承志)、《人啊,人》(戴厚英)。

② 《晚霞消失之后的正义》。

陶东风2013年对《晚霞》的重评，是重要文章[①]；他的分析深入，富启发性。重评是双向的，既面对《晚霞》，也面对《南珊的哲学》。他以作品中的几个人物的言论作为分析对象，从文明与野蛮、历史与道德、宽恕与仇恨、理性与宗教等方面，指出作品在这些方面存在的缺陷，更指出王若水围绕这些问题对《晚霞》的批评的失误。文章表达了这样的一层意思：《晚霞》的思想探索"尽管发育未成熟，却不乏深刻的思想因子"；而王若水的批评，反倒抑制了这些"思想因子"的"成熟"。这个判断值得重视，揭示了80年代"思想解放"思潮内部的差异。陶东风指出，其实在某些问题上，《晚霞》的反思、批判，要比王若水深刻。这个看法很有道理。

王若水、徐友渔、陶东风等对《晚霞》评论，基本上都聚焦于人物言论这一层面。这是自然的，因为这些议论是作品的核心，很大程度也是作家所要表达的观点。但既然是文学作品（如果不是很概念化），即使仅就历史反思的问题，人物的言论也不能全部说明一切。也就是说，还可以从文本构成的艺术角度，来观察这个作品被忽略的复杂、有时也矛盾的方面。譬如：

情感基调。作为叙述者的李淮平，因为重视观念，且描述聚焦上过于涣散，人物显得单薄，缺乏层次感。在涉及"文革"行为的反省（徐友渔使用"忏悔"）上，可能也没有达到人们期待的程度。但是，其叙述的基调，有着自省的诚恳，贯穿思考历史和人生的专注和激情；这一点有着同期许多作品未曾达到的深度。1981年，严文井写道："我们现在各种年纪的好心人，不正苦于没有一个强有力的思想在人们的内心深处作为推动历史迅速前进的动力吗？因此我们查阅经典，回溯过去，捕捉那些已失去的岁月……企图掌握那即将到来的每分每秒，重新布置自

[①] 陶东风：《一部发育不全的哲理小说——重评〈晚霞消失的时候〉》。

己的命运。"① 这种精神特征和焦虑探求的基调,在当年的"青年文学"中有最突出的表现。除《晚霞》之外,也体现在《波动》《公开的情书》,以及《南方的岸》《大林莽》《北方的河》中。这是一种"不知所终的旅行"(其实,"行走"也是《大林莽》《北方的河》的情节/主题模式)。相对于关注所给出的"答案",这样的叙述、情感基调同样值得重视。

人物关系。前面已有涉及,作为叙述者的李淮平与其他人物的距离过近,不少时候重叠,常常代替他们说话,导致将"革命回忆录"式的叙述方式、话语,移植在设定为"反面"角色的人物身上。不过,和批评者的感受有点不同,这既可以看作艺术上的缺失,思想上的错谬,也可以看作无意中对当代僵硬、需要反省的政治、意识形态尺度的超越。

在人物关系上,李淮平与南珊的部分有点例外。没有疑问,也存在重叠的情况,冰清玉洁式的理想化描写,读者、批评家也会有微词。但是,人物塑造上的这种干预性在南珊身上有很大减弱,叙述者出于"畏怯"而保护着距离,一定程度增强了人物的独立性(虽说仍是有限的)。优越的强势者意识到与曾经的社会地位卑微者之间的精神差距,这就是清醒的反思。它的深度,不比直接发言谴责当年的暴力行动差。人物这一精神位置的转换,南珊在人物价值位置上的"胜利",意味着对独断教条,对"动辄以改革社会为己任,自命可以操纵他人",以至实施暴力的理念和方案的拒绝。

结构。《晚霞》这方面显得很"古典"。四个"乐章"分别以季节的春、夏、冬、秋匀称安排。"夏"意味着暴烈,事实上"文革"的暴力也集中在这个季节(多多的诗句:"八月是一张残忍的弓")。礼平把明净的秋放在最后,看起来好像就要落入"有情人终成眷属"的俗套。所幸

---

① 严文井:《给孔捷生的信》,《当代》1981年第3期。这段话,我1991年的《作家姿态与自我意识》中曾征引过。

的是没有这样做。情爱固然落空，也未得到宽恕表示的期待。南珊的回答，以及叙述者的"她并不需要任何抱歉和悔恨的表示，因为她的心从来就不曾在那件事情上徘徊过"的议论，常被看作宣扬虚无主义，是对历史责任、对"文革"批判的回避。但我感动的则是，从这里见到当时文学较难一见的自尊，而作者也在保护这种尊严。没有疑问，尊严需要他人承认、给予，但同样要强调的是，也必须把轻蔑和侮辱交还给他人。她拒绝被哀怜、被同情，她不需要怜悯。她帮助李淮平认识到应超越那种肤浅、廉价的"赎罪"表达。南珊的态度，也在提示历史经历者的反思（不论是当年处于何种位置），首先要回到个人，回到自我，经过渗透于自身血肉的自我辨识、否定，以建立历史的主体。否则，只能是外在观念、姿态的戏法般的翻转。

经历过"文革"的巴金先生应该早于我们许多年就深切认识到这一点。这也许是这位早年的巴枯宁崇拜者，在生命即将结束的时候却把大量精力都付与《往事与随想》（赫尔岑）翻译的原因？

2016 年 1 月

《苔花集》到《古今集》：被迫"纯文学"

《苔花集》，文艺短论集，黄秋云著，作家出版社 1957 年版。《古今集》，文艺评论集，黄秋耘著，作家出版社 1962 年版。

批评家黄秋耘

在写当代文学史的时候，读了许多黄秋耘先生的文章，对他十分敬佩。不仅是才情学问，人格也是重要的理由。90 年代，不止一次有这样的念头，回老家揭阳路过广州，一定要去拜访、请教，表示我的敬意。但我是个想得多做得少的人，加上见名人面总有不自禁的恐惧，因而到他去世也没有实现。

作为当代作家，黄秋耘（1918—2001）[①]给读者留下记忆的，可能是他写于 60 年代初的短篇《杜子美还乡》和 80 年代的散文《丁香花下》。其实，《杜子美还家》和《丁香花下》，艺术都不算出色，在当代，黄秋耘

[①] 黄秋耘，本名黄超显，使用的笔名还有秋云、黄秋云、杜方明、昭彦等。

的功绩应该是批评方面。《苔花集》和《古今集》是五六十年代的两个文学评论集。前者出版于 1957 年，后者出版于 1962 年；但两个集子的面貌却有很大差异。这显示了以 1957 年为分界线黄秋耘的状况、写作发生的变化。

《苔花集》出版者是新文艺出版社，署名黄秋云，是只有 81 页的小 32 开本薄册子，朴素的灰白色封面；现在当然再不会有这样"寒碜"的出版物了。它收入黄秋耘 1956 到 1957 年近两年的 27 篇文艺短论。扉页引录清代郑板桥诗句"苔花如米小，也学牡丹开"，得以知道书名的来源。

黄秋耘 30 年代参加抗日学生运动，加入中国共产党，40 年代从事地下工作和文化方面的活动，在 50 年代也算是"老革命"了。50 年代初任职广州、福建等地的报刊和通讯社。1954 年，中国作协副主席邵荃麟提议，将他调至刚创办的《文艺学习》任编委。在 1956 至 1957 年的文学革新潮流中，黄秋耘是"积极分子"。他给人印象最深的，一是他与主编韦君宜①等一起，主持《文艺学习》在 56 年底到 57 年初王蒙小说《组织部新来的青年人》的讨论；这一讨论，是"十七年"中为数不多的有深度，也较能容纳不同意见的一次；除了读者来稿外，先后组织、刊发李长之、彭慧、刘绍棠、丛维熙、邵燕祥、马寒冰、秦兆阳、唐挚、刘宾雁、康濯、艾芜等作家、批评家的文章。《文艺学习》原是面向青年作者和文学爱好者的普及性刊物，但这次讨论，显然超越这一定位。

这个时期黄秋耘的另一突出表现，是发表了针对文艺现状的系列短

---

① 韦君宜 30 年代在清华大学哲学系读书时参加学生运动，1939 年到延安。1957 年她在《文艺报》发表的文章有这样一段话，当时给我留下颇深的印象："我们许多人确实是从战火里成长起来的，书读得少，看见过的少，目前确有不少东西是我们没有看惯的。这不是我们的错，'我们看不惯'，'我们不知道'，这决不能当作一条知人论世与衡文的标准。"《文艺报》1957 年第 1 号（4 月 14 日出版）《珍惜我们的阶级感情》

论，如收入《苔花集》中的《启示》《肯定生活与批判生活》《锈损了灵魂的悲剧》等。《肯定生活与批判生活》登载于《人民文学》1956年第9期①，原来题目是《不要在人民的疾苦面前闭上眼睛》，可能是过于刺眼，收入集子改了题名，个别文字也有改动。《苔花集》出版后，他还写了《犬儒的刺》(《文艺学习》1957年第5期)和《刺在哪里？》(《文艺学习》1957年第6期)，这是当年影响很大的两篇文章。下面，摘引他的几段文字，可以见识他当年的一些主要言论：

> 缺少对人民命运的深切关心，缺少对生活的高度热情，缺少"己饥己溺，民胞物与"的人道主义精神，缺少"死守真理，以据庸愚"的大勇主义精神，就没有崇高的人格，也没有崇高的艺术，剩下来的只不过是美丽的谎言和空虚的偶像。(《启示》)

> 庄子说，"哀莫大于心死。"对于一个艺术家来说，冷淡和麻木就是犯罪的行为。没有"横眉冷对千夫指，俯首甘为孺子牛"那样的坚韧革命斗志和伟大的人道主义精神，则不足与语人生，更不足与语艺术。(《启示》)

> 对于一个艺术家来说，病态的悲观主义是可怕的、危险的，但是廉价的乐观主义也同样有害。……今天在我们的土地上，还有灾荒，还有饥馑，还有传染病在流行，还有官僚主义在肆虐……作为一个有高度政治责任感的艺术家，是不应

---

① 《人民文学》1956年第9期，刊发了何直(秦兆阳)的论文《现实主义——广阔的道路》和刘宾雁的特写《在桥梁工地上》。

该在现实生活面前,在人民的困难和痛苦面前心安理得地保持缄默的。(《肯定生活与批判生活》)[①]

(文艺界存在随声附和、推波助澜现象,有些人"善于见风使舵,毫无特操"。是什么东西使得他像蜥蜴那样善于变色?)是对于"舆论的压力"和"传统的权威"的畏惧,是利害之心重于是非之心……鲁迅先生说得好:"蜜蜂的刺,一用即丧失了自己的生命;犬儒的刺,一用则苟延了他自己的生命。他们就是如此的不同。"(《犬儒的刺》)

西蒙诺夫在谈论苏联文学界的现状时曾说过这样的一段话:"不管木刺埋在肉里多么深,为了不致使它溃烂,就必须把它拔出来……"[②]我们的肉里也埋着一根刺,这根刺埋得那么久,那么深,有些人甚至习以为常,不觉得痛苦了。这刺,就是教条主义、宗派主义给我们带来的害处。

在讨论我们文学界的现状时,许多同志都为目前文学作品的思想水平和艺术水平的低落担忧,这是无可争辩的事实,我们的文坛充斥着不少平庸的、灰色的、公式化、概念化的作品。……我以为,教条主义理论指导思想对于创作的桎梏,强

[①] 黄秋耘的这段话直接针对1956年《文艺报》第3期戈阳的文章《向新的高潮前进》。这篇文章称:实施12年农业发展纲要之后,"在这片土地上,没有荒地,没有水灾、旱灾,没有害虫、害鸟,没有伤人的野兽……到处是桃红柳绿和金黄的庄稼……谁都不会有忧愁,除非他送给爱人的礼物没有被接受;谁的脸上都不会有眼泪,除非他在看一个动人的古典剧或是笑得太过分"。

[②] 西蒙诺夫,苏联当代作家。黄秋耘摘引的这段话,见他的《谈谈文学》,中译刊于《学习译丛》1957年第3期。

> 使作家接受一种认为文学作品只应歌颂光明面，不应揭露阴暗面……仍是问题的症结所在。(《刺在哪里？》)

黄秋耘还没有明说地批评那个时期文艺界的"思想斗争"（如1955年中国作协秘密批判丁玲、陈企霞"反党集团"事件）：说"是结束这一切与人生毫无价值的痛苦的时候了，是除去这一切'制造并赏玩痛苦的昏迷和强暴'的时候了……"它们体现了黄秋耘所坚持的启蒙主义文学观：文学的社会承担，人道主义理念的作家介入现实社会问题，而为了实现这一承担，作家需要警惕因对权力的畏惧，因"苟延自己的名声和地位"而发生的"灵魂的锈蚀"。[①]

《苔花集》之后隔了五年，黄秋耘第二个评论集《古今集》[②]出版。我们发现，两个集子的内容、文字风格，显现很大的反差。除了若干当代作家作品的评论外，多数文章以"古典"为对象（《聊斋》《封神演义》、杜甫、《人间词话》《永州八记》、高尔基、托尔斯泰……），讨论诸如细节真实，开端和结尾，节奏的张弛相间，诗与音乐、绘画之间的"触类旁通"等艺术问题。在《苔花集》里，黄秋耘像契诃夫那样，劝作家要坐"三等火车"，要住住北京前门的鸡毛店，逛逛德胜门外的晓市（鬼市），以便了解普通、下层民众生活[③]。到了《古今集》，转而希望作家应"多识于鸟兽草木之名"，应加强自身的艺术修养，强调文艺批评"万不要忘记它是艺术"……按照当年的观念，强势"干预生活"的黄秋耘，变化得很是"纯文学"了。而《苔花集》里那种忧愤急切的情

[①] 这些文字，相信当时在文艺界有不小的影响。韦君宜说："我读了刘宾雁的《本报内部消息》，读了黄秋耘的《锈损灵魂的悲剧》，真使我的灵魂震动。"（《思痛录》，北京十月文艺出版社，1998年，第40页。）

[②] 作家出版社1962年版。

[③] 《从契诃夫劝人要坐三等火车说起》。

绪,也被舒缓平稳的抒情所取代。不过,仔细辨析这个变化,却能看到黄秋耘,在可以被允许的范围内仍有他的坚持。在1958年后的现实政治和文学的激进年代,并未看到他主动呼应、推波助澜那种浮夸虚假的"浪漫主义"。对于当代作家作品,也只选择与他的艺术观相符的部分:孙犁的小说,周立波的《山乡巨变》,秦牧的散文,陈翔鹤的《陶渊明写〈挽歌〉》。我想他有点那种知识分子的"洁身自好",警惕着在形势压力下"锈损灵魂的悲剧"在自己身上的发生。因而,这种"移民"到"纯文学"里的退却,其实也包含着某种"政治"内涵。

修正主义文艺思想"一例"

被迫选择"纯文学"的直接原因,自然就是"反右"运动的突然来袭。黄秋耘那两年的言论,今天的人看来也许稀松平常,放在当年的环境中,却是相当激烈、尖锐。80年代我读他的这些文章,也读当年京城被划为"右派"的文艺界人士,如陈涌、唐祈、王蒙、刘绍棠、邵燕祥、公刘、丛维熙等的言论,自然就有这样的疑问浮现:比他们更激烈的黄秋耘,是如何逃过这一劫的?也曾猜想可能和邵荃麟有关。这一猜想后来得到多方面材料的证实。比如韦君宜在《思痛录》里就有这样的回顾:

> 黄秋耘同志的《不要在人民的疾苦面前闭上眼睛》①《锈损灵魂的悲剧》,都被中宣部点名批判。……但是,他还是比较侥幸的,由于邵荃麟同志的力保竟然免划右派,只弄了个留党察看了事。还有许多人,虽然有人设法保护,也没能保下来。

---

① 即《苔花集》中的《肯定生活与批判生活》。

例如陈涌,据说对他就在中宣部的会议上展开了争论。何其芳说:"不能划陈涌。如果陈涌该划,那黄秋耘也该划。"……

韦君宜还举了王蒙的例子,说杨述[①]告诉她,中宣部讨论时,杨述和许立群力主不要划王蒙,而北京市团委则坚持,最后,中宣部"平衡"了一下,还是划上了。韦君宜对此感慨道:"天!这已经到了人和人互相用嘴咬以维持生存的程度!……许多人二十几年的命运就是靠这样'平衡'决定的。……你并不太坏,但是他的坏也并不超过你多少,他已经划成右派,你怎么好不划呢?"当时她"牢骚满腹"地对黄秋耘说,"如果在'一二·九'的时候就知道是这样,我是不会来的。"[②]

留党察看的黄秋耘在作协党组扩大会上作了检查,写了《批判我自己》的检讨文章[③]。随后,《文艺报》也刊登了邵荃麟的《修正主义文艺思想一例——论〈苔花集〉及其作者的思想》[④]。黄秋耘说他自己作为资产阶级、小资产阶级分子,"勇于除旧,却惰于布新,善于破坏,却拙于建设;执着于小者近者,而忘记了大者远者"。和几个月前相反,他不再认为教条主义的"寒流"在全国造成可怕的气氛,转而认为"右的倾向毕竟要比'左'的倾向危险得多";不再唾弃文艺界的那些争斗是"昏迷和强暴",转而检讨自己软弱厌战是"不可饶恕的错误";还说自己在"良心""同情""怜悯"等资产阶级意识形态的迷梦中"昏睡了相当长的时间"……

[①] 杨述(1913—1980),1955年期任中共北京市委宣传部长,韦君宜的丈夫,30年代同在北平参加"一二·九"学生运动。

[②] 韦君宜:《思痛录》,第44—45页。

[③]《批判我自己》,刊于《文艺学习》1957年第9期。

[④] 署名荃麟,刊于《文艺报》1958年第1期。下面引述的邵荃麟文字,除特别注明外,均引自这篇文章。

邵荃麟的批判文章，则把黄秋耘的《苔花集》和《刺在哪里？》作为那两年间修正主义文艺思想"相当普遍影响"的一个典型"案例"来解剖。文章回答了像黄秋耘这样的追求进步、参加革命的知识分子为何会陷入"修正主义"泥淖的问题。他认为（这也是当年对这一问题的统一口径，其更充分表述可见周扬《文艺战线上的一场大辩论》），黄秋耘的修正主义，根源于"资产阶级人道主义思想"：

> 十年以前，我和秋耘在香港一起工作①，我们曾对他进行过一次思想批判。那时秋耘的言论中即流露出浓重的资产阶级人道主义思想。他很欣赏爱伦堡在《巴黎的陷落》中的一句话："十磅怜悯与一磅信心"。这本来是一句带批判性质的话，指某些知识分子的参加革命，与其说是由于对革命的信心，毋宁说是由于一种人道主义的怜悯心。秋耘欣赏这句话，正是因为他自己就是这样一种知识分子。
> ……秋耘在作家协会党组扩大会议上的检讨发言中说，他曾经看到在寒风凛冽中衣服不够的人，就不禁想起了前代诗人的"满街参天英雄树，万井啼寒未有衣"的诗句。这是他那种人道主义意识很自然的流露，然而不正好说明这种意识的反现实的性质吗？

这里的"反现实"，邵荃麟的解释是，把我们生活中某些匮乏现象，和封建社会"朱门酒肉臭，路有冻死骨"联系起来，荒谬地混淆了两个时代的区别——"不是从客观实际出发，而只是从个人的主观感受出发

---

① 邵荃麟40年代后期任中共香港工委文委委员、南方局文委书记时候，黄秋耘在他手下工作。

去认识生活，因而使他陷入唯心主义的泥沼"。这个批评，从"执着于小者近者，而忘记了大者远者"的局限性看，也许是有道理的。不过，90 年代写《1956：百花时代》这本书的时候，我还是在黄秋耘的这一部分停留了一些时间；有点同情地觉得，在当代中国做一个作家，有时候真的很辛苦，像是身处"十面埋伏"之境，就想找点理由为他辩护：所有作家的写作，难道不都基于他们个体的、经验性的感受吗？甚至想征引 50 年代后期受到苏联也受到中国批判（中国的批判尤其猛烈）为修正主义的南斯拉夫作家维德马尔的回应来支援——但觉得不妥最终放弃了。打算引述的这段回应是：

> ……高尔基曾试图将过去的两个潮流：批判现实主义和革命的浪漫主义汇合成一个新的社会主义风格。他的理论并没能说服我，特别因为在他的综合中现实主义失去了批判方面的概念，也因为他的新风格太使人想起赞美诗。……很明显，社会批判对我说来根本不是文学的基本目的。然而假如我们已经在谈论一种要提供社会真相的文学的话，我不能不重复我自己的意见：文学应该仍然是批判性的，因为任何一个人类社会都有它的缺点。①

经历被批判和自我批判，黄秋耘应该是从"资产阶级迷雾"的昏睡中醒觉过来，和个人主义、资产阶级人道主义决裂了。但事情不完全是这样。1962 年，在短篇《杜子美还家》中，风尘仆仆，牵着瘦骨嶙峋的

---

① 维德马尔 1958 年 11 月在南斯拉夫第五次作家代表大会上的报告。见《世界文学参考资料（内部刊物）》1959 年第 1 期，《世界文学》编辑部编。维德马尔当时任南斯拉夫作家协会主席。

老马，沿着荆棘丛生的古道，五步一跌地走向鄜州郊外羌村的旅人，沿途所见是人烟稀少的原野，十室九空的荒村，还有呻吟憔悴的难民和遍体疮痍的伤兵，这个"旅人"，为着自己命途多舛和民不聊生，那种"满街参天英雄树，万井啼寒未有衣"般的"郁抑悲凉的感情"，禁不住又翻腾起来……① 黄秋耘这个写杜甫的小说，不久就被批判是借古讽今，攻击社会主义现实——这个指责大概没有什么道理；但"十磅怜悯与一磅信心"的情怀再次呈现倒是真确的。黄秋耘的"批判自己"，使用50年代知识分子思想改造的"话语"，就是"洗澡""割尾巴"。但杨绛在《洗澡》的前言中对这一思想运动的成效表示疑惑。她说："假如尾巴只生在知识上或思想上，经过漂洗，该是能够清除的。假如生在人身尾部，那就连着背脊和皮肉呢，洗澡即使用酽酽的碱水，能把尾巴洗掉吗？当众洗澡当然得当众脱衣，尾巴却未必有目共睹，洗掉与否，究竟谁有谁无，却不得而知。"②

道路阶段论——一种分析方法

　　黄秋耘的人道主义，据他自己说，是受了庄子、孟子、屈原、鲁迅等人的影响。但邵荃麟认为，这其实是黄秋耘以资产阶级人道主义立场去接受这些人的思想，也即将屈原、鲁迅看成人道主义、大勇主义的化身。除此之外，邵荃麟在批判文章中特别指出，黄秋耘也接受过罗曼·罗兰前期思想，特别是《约翰·克利斯朵夫》很深的影响。

------

　　① 黄秋耘写于1962年4月的短篇小说:《杜子美还家》,《北京文学》1962年第4期。期间，还发表另一短篇历史小说:《鲁亮侪摘印》。
　　② 杨绛:《洗澡》,生活·读书·新知三联书店,1988年。

在40年代中国，有两位法国作家曾为许多知识青年热烈追慕，一是安德烈·纪德，另一是罗曼·罗兰。这种影响与当时中国的社会情势相关。40年代初，战争处于胶着状态，国家和个人前景未明，许多青年被迫流浪迁徙，生活动荡，精神陷于苦闷压抑之中……这个背景因素，和寻求生活、精神出路的焦渴，可以用《地粮》（纪德）翻译者盛澄华的一段话来说明。他在1942年11月写于陕西城固（抗战期间，西北大学从西安搬迁至陕西汉中的城固）的《A·纪德〈地粮〉译序》结尾中说：

> ……流浪，流浪，年青的读者，我知道你已开始感到精神上的饥饿，精神上的焦渴，精神上的疲累，你苦闷，你颓丧，你那一度狂热的心，由于不得慰藉，行将转作悲哀。但你还在怀念，还在等待，你怀念千里外的家乡，怀念千里外的故亲戚友。但你不曾设想到你所等待的正就是你眼前的一切。……时代需要你一个更坚强的灵魂。如果你的消化力还不太疲弱，拿走吧！这儿是粮食，地上的粮食！①

与盛澄华翻译《地粮》相仿，三四十年代中国罗曼·罗兰的翻译，也多少有着为这个时代的青年获得精神力量、勇气，提供"兴奋剂"的动机。相比起纪德来，罗曼·罗兰，特别是他早期的《约翰·克利斯朵夫》影响更为广泛。不过，邵荃麟认为，不少青年，包括黄秋耘在内，对罗曼·罗兰，对《约翰·克利斯朵夫》的认识是片面的，不正确的。

---

① 盛澄华中译的《地粮》，初版于1943年，1945、1948、1949年多次重版。这里根据文化生活出版社（上海）1949年版第8页。盛澄华（1912—1970）30年代就读复旦、清华大学外文系，1935年就读法国巴黎大学文学院。1940年回国在西北大学（城固）、复旦、清华大学任教，五六十年代为北京大学西语系教授。是中国公认的翻译、研究纪德的权威学者。1970年在北大江西五七干校（南昌县鲤鱼洲）劳动时心脏病突发猝死。

"不正确"表现在两个方面,一是将罗曼·罗兰的个人主义、人道主义抽象化,"抽掉这些思想的具体内容和时代背景";更重要的是,黄秋耘等没有看到,或不重视罗曼·罗兰生活、思想道路发生的重大变化:经历了离开"个人主义盲巷","斩断身后的桥梁",通过"彻底、率直的自我批判"走向新生,也就是"到了晚年,终于彻底地批判了自己那种个人主义思想,成为一个坚强的社会主义的战士"。邵荃麟说,中国知识分子在精神资源的接受上存在误区:他们对 20 世纪初那些杰出的作家,如罗曼·罗兰、鲁迅、阿·托尔斯泰等,"总是从相反的方向去接受他们的思想,把他们曾经批判过的东西,当作最圣洁的东西,而对他们后来所肯定的东西则不感兴趣"。[①]

邵荃麟的分析,使用的是现代思想文学界普遍使用的作家道路阶段论的方法。这种分析方法,自 30 年代开始,就在左翼文学理论界确立其不容置疑的权威地位。对于 20 世纪某些重要的,有影响力的作家,对其思想艺术演变过程做了"前期"和"后期"的划分,将复杂、丰富的对象,通过分割、简化的处理方式,来厘清正负,确定等级,规范需要丢弃或值得取法的不同方面。这种方法最初的"奠基性"成果,是瞿秋白《鲁迅杂感选集序言》(1933 年)对鲁迅发展道路的分析;在现代文学界,它已经成为耳熟能详的经典论述:

> 从进化论进到阶级论,从绅士阶级的逆子贰臣进到无产阶级和劳动群众的真正的友人,以至于战士。他是经历了辛亥革命以前直到现在的四分之一世纪的战斗,从痛苦的经验

[①] 50 年代,中国文学界很重视对"转变"之后的罗曼·罗兰思想、文学材料的译介。1948 年出版的《欣悦的灵魂》中的《搏斗》(黄秋耘译,邵荃麟写的《代序——从个人主义到集体主义的道路》),1955 年《译文》杂志先后刊发高尔基《论罗曼·罗兰》、罗曼·罗兰《我走向革命道路》《我为谁写作》等文章。

和深刻的观察之中,带着可贵的革命传统到新的革命阵营中来的。

这一方法,后来还频繁地应用在对许多中外作家的分析中,如马雅可夫斯基、阿·托尔斯泰、艾吕雅、阿拉贡、何其芳、戴望舒等。

这一道路阶段论的方法,显然不是一般的批评方法。首先,有关前后期"转变"的性质。不是指作家思想艺术的发展变化,它具有"彻底"断裂的性质。邵荃麟说,1951年黄秋耘曾写过介绍罗曼·罗兰的小册子,也承认罗曼·罗兰的变化;但他把从个人主义到集体主义的过程,看作一般的思想发展过程,而不是那种"与过去告别""斩断身后的桥梁"的断裂。其次,以"转变"为界的前后期的思想艺术的等级,是一种"进步",甚至是错谬与正确的关系。再次,这一分析显然超出文学阐释的目标、范围,也不仅关涉具体作家思想艺术历程的理解;就如瞿秋白在《鲁迅杂感选集序言》中说的,鲁迅的发展阶段,让"贫民小资产阶级和革命的智识阶层,终于发现了他们反对剥削制度的朦胧的理想,只有同着新兴的社会主义的先进阶级前进,才能够实现"。因而,在三四十年代,对于鲁迅、罗曼·罗兰等的道路分析,具有明确的政治支持目标。这也可以理解,胡风一派对这一方法提出质疑,为什么会成为一个严重的政治问题。

质疑的声音

但是,在三四十年代,这一被视为"正确"、典范的方法,也不都为所有人所承认,即使左翼文学界内部也是如此。黄秋耘对罗曼·罗兰的理解,便是间接表现疑惑的"一例"。对这一方法的质疑或明确批评,一是认为像鲁迅、罗曼·罗兰等的思想艺术虽然发生变化,但不存在那种断裂式的转变,不存在前后两个被对立起来的阶段的区分;另一是,即使承认变化,也不意味着"后期"的思想艺术就优于"前期"的等级判断。

以罗曼·罗兰为例。在三四十年代,中国左翼文学界高举的是"左转"了的罗曼·罗兰,这体现在戈宝权、茅盾、邵荃麟等的文章中①。30年代也有"微弱"的不同见解的提出,如1936年罗曼·罗兰七十寿辰的时候,黄源的纪念文章就认为,他与纪德一样"无所谓转变",一生都是在为正义、人道、和平、自由,为众人的幸福"向前奔跑"②。40年代,胡风一派也对前后期的"转变"说明确表示不同意见。舒芜认为,罗曼·罗兰的个人、自我和民众之间,并不是对立的关系,追求"积极的民众"是他的个人主义的支撑点,因此不能说他是个人主义者,也不能说他的走向集体主义是"转变";相反,如果没有"自我"和"个人"存在,即使移植到黑土(民众)里,那岂非"活理"?③

1944年12月罗曼·罗兰去世,胡风先后写了两篇文章,《向罗曼·罗兰致敬》(1945年3月)和《罗曼·罗兰断片》(1945年7月)④。

---

① 参见30年代戈宝权《罗曼·罗兰的七十诞辰》(1936),茅盾《永远的纪念和敬仰》(1945),戈宝权《罗曼·罗兰的生活与思想之路》(1946)、邵荃麟(力夫)《罗曼·罗兰的〈搏斗〉——从个人主义到集体主义的道路》(1948)等文。

②《罗曼·罗兰七十诞辰》,刊于《作家》(上海)1936年第1卷第1期。黄源(1905—2003),浙江海盐人。30年代曾担任《译文》杂志编辑。50年代后,曾任浙江省委宣传部副部长、浙江省文化局局长、浙江省文联主席、中国作家协会浙江分会主席等职。有屠格涅夫、高尔基和日本短篇的翻译作品出版。

③ 舒芜《罗曼·罗兰的"转变"》(1945)与胡风论罗曼·罗兰的文章,均收入胡风等著《罗曼·罗兰》,新新出版社(上海)1946年版。

④ 这两篇文章均收入《逆流的日子》,希望社(上海)1947年初版。

在胡风这里，罗曼·罗兰基本上是一个整体。他称罗兰为"现代史上争取人类解放的，精神战线上的伟大英雄"，并从胡风信仰的"主观战斗精神"出发，强调他"忍受苦难，从苦难里面追求"，在黑暗的包围中"沉默的作战，孤独的作战"的"大无畏的英雄主义"（这也就是黄秋耘说的"大勇主义"了）。胡风不否认存在着个人与集体关系的变化，但它们之间并非对立，而是"递进"的。与舒芜的看法相似，他认为组成罗曼·罗兰的理想主义的两个柱石是"战士和民众"，说他在《革命底戏剧》里面①，从法国大革命"搜捕"出了积极的民众，但同时也"搜捕"出了坚强的战士；那些战士是雪底下的火山，是人类的"原子"。人道主义、英雄主义不是阻挡与群众斗争的结合，正相反，是可能作为通到民众的战斗的桥梁的精神力量。胡风也并未与左翼主流批评家那样，将《约翰·克利斯朵夫》与罗兰后期创作对比，指认前者的思想局限；他高度赞赏的评语是："这部英雄的史诗，是资产阶级社会和它底堕落文化底法庭，是为了给新人类开辟的人道主义和国际主义底福音。"关于罗曼·罗兰的"斩断身后的桥而与过去告别"，胡风的理解是，那是从早期的精神要求、精神号召，而"走进物质力量底要求里面去形成，去实现"——他并以嘲讽口吻针对左翼主流批评家说：

> 那么，我们不难理解罗兰底斩断了身后的桥而与过去告别的意义罢。而且，有了这样的理解以后，罗兰底斗争经历俱在，现世界底斗争形势俱在，还用得着我们后来居上的幸运儿们玩弄什么"蚍蜉撼大树"式的"批判"么？

---

① 指罗曼·罗兰早期创作的"革命戏剧集"，包括《群狼》《丹东》《七月十四日》等八部戏剧。

"后来居上的幸运儿们"的"蚍蜉撼大树"式的"批判"[①],就是明确反对对《约翰·克利斯朵夫》的贬抑,不承认罗曼·罗兰后期创作优于前期。这一观点,后来有些学者讲得更为明确,比如法国文学研究者柳鸣九[②];胡风不同之处是,柳鸣九是以"艺术"作为尺度。1992 年,漓江出版社重印傅雷译本的《约翰·克利斯朵夫》(收入"获诺贝尔文学奖作家丛书")。柳鸣九撰写的译本前言——《永恒的不朽的〈约翰·克利斯朵夫〉》——中谈到当代中国"竭力贬低"这部长篇在罗曼·罗兰创作中的地位,而把他"后期"的《欣悦的灵魂》[③]说是他的"代表作和最高成就"这一评价现象。《欣悦的灵魂》写安乃德、玛克母子思想的发展,从个人主义发展到集体主义,从自由民主主义投向了社会主义浪潮。柳鸣九说,有的研究者因此就认为它是法国"社会主义现实主义的第一部杰作,是法国当代文学的里程碑","其重要性超过了《约翰·克利斯朵夫》,超过同时期一般的资产阶级小说"——这是一种"唯政治思想内容"的评论;《欣悦的灵魂》是缺乏艺术魅力、缺乏丰满的现实生活形象而流于概念化的作品,其中一些人物只不过是作者主观构想的产物。柳

---

① 这一"批判",在 50 年代中后期发展到大概胡风所未预想到的激烈程度。在有关《约翰·克利斯朵夫》的讨论中,这部作品被说成是宣扬个人主义的小说,是资产阶级右派分子窃取的攻击集体主义、社会主义的"武器"。当时对这部小说的讨论、批评,在《中国青年》《读书月报》《文学研究》等刊物进行。重要文章有冯至的《从右派分子窃取的一种"武器"谈起》《略论欧洲资产阶级文学里的人道主义和个人主义》《对于〈约翰·克利斯朵夫〉的一些意见》,罗大冈的《〈约翰·克利斯朵夫〉及其时代》《约翰·克利斯朵夫这个人物——给青年的一封公开信》《罗曼·罗兰在创作〈约翰·克利斯朵夫〉时期的思想情况》等。

② 柳鸣九,1934 年生于湖南长沙,毕业于北京大学西语系,中国社会科学院外文所研究员,法国文学研究、翻译家。撰有《法国文学史》,编选雨果、萨特、马尔罗、法国新小说等研究丛书等。

③ 《欣悦的灵魂》,又译为《母与子》,中译本有四川人民出版社 1997 年版,杨晓明译。

鸣九以瞻前顾后的缠绕口气（这种文体产生于思想探索受到诸多限制的背景）说：

> 如果不是着眼于罗曼·罗兰思想激进的程度，不是着眼于罗曼·罗兰在创作倾向上与已经成为现实的社会主义合拍的程度，而是着眼于创作本身的分量与水平；如果不是把罗曼·罗兰当作一个思想家、社会活动家、政论家，而是把他当作一个文学家、艺术家；如果不是从社会主义政治与思想影响的角度来看罗曼·罗兰，而是从文学史的角度来看罗曼·罗兰，那么，应该客观地承认，罗曼·罗兰前期的文学成就要比他的后期为高。①

是的，今天的中国，也许还是有读者在读《约翰·克利斯朵夫》，但是，除了文学史家和研究者，有多少人会去读《欣悦的灵魂》呢？

2016年3月

---

① 柳鸣九：《约翰·克利斯朵夫》上卷译本前言，漓江出版社，1992年，第5页。

《司汤达的教训》：在 19 世纪
"做一个被 1935 年的人阅读的作家"

《司汤达的教训》，文学论文，[苏] 爱伦堡著。衷维昭译，刊于《世界文学》1959 年第 5 期。收入《爱伦堡论文集》，《世界文学》编辑部 1962 年编辑出版，内部读物。

爱伦堡与当代文学

《司汤达的教训》，爱伦堡 1957 年写的论文，中译刊登于《世界文学》（北京）1959 年第 5 期①。1962 年 2 月，《世界文学》编辑部编印的"内部读物"《爱伦堡论文集》，收入这篇文章。1980—1981 年，北京大学俄语系俄罗斯苏联文学研究室，编辑"俄罗斯苏联文学研究资料丛书"，《爱伦堡论文集》一书在篇目做少量调整之后，改书名为《必要的解释（1948—1959 年文艺论文选）》（[苏] 爱伦堡著）出版，《司汤达的

---

① 译者衷维昭。原文刊登在苏联《外国文学》杂志 1957 年 7 月号。

《司汤达的教训》：在 19 世纪"做一个被 1935 年的人阅读的作家"

教训》这篇文章仍被收录。①

北大俄语系的这套丛书，原来有颇大规模的设想，后来只出版了《现阶段的苏联文学》（［苏］诺维科夫）、《50—60 年代的苏联文学》（［苏］维霍采夫）、《关于〈解冻〉及其思潮》《西方论苏联当代文学》《叶赛宁评价及诗选》和《必要的解释（1948—1959 年文艺论文选）》几种，后续就没有下文。预告的"对车尔尼雪夫斯基评价的前前后后""西蒙诺夫等苏联当代作家谈自己的创作思想"等也未见踪影。已出版的部分，总的影响好像不大。究其原因，是当年中国文学思潮的走向，文学界对外国文学的关注点，已经转移到西方现代文学，尤其是现代派方面；而对俄苏 20 世纪"异端"作家（阿赫玛托娃、茨维塔耶娃、曼德尔施塔姆、别雷、布尔加科夫……）的关注热潮尚未开启。丛书计划中断和影响不符预期，也是时势使然。

丛书编辑者的动机，其实和当年中国文学正在发生的变革有关。从出版的几种看，聚焦的是 50 年代中期以后苏联文学的"解冻"现象；编辑者可能认为，"新时期"文学继续的，正是这一发生于苏联，也曾在 50 年代的中国一度发生的"解冻"潮流。中国当年的"百花时代"短暂，很快夭折，苏联则在此后的二三十年间，仍在曲折、充满争议中行进。基于这样的理解，苏联这些"正反面资料"，包括像爱伦堡这样的"内部"质疑者，有可能成为"新时期"中国文学历史反思和未来设计的切近参照。

有点可惜的是，相对于从"外部"的来质疑当代文学，当时从"内部"所作的反思被忽略。这里说的内部、外部，不是严谨的区分，区别只在是否承认当代"社会主义文学"观念和实践的某种有限合理性；从文学史上，也就是"十七年"文学经验、问题和内部争辩，是否仍可成

---

① 丛书由北京大学出版社出版，李明滨、李毓榛、杜奉真主编。《出版说明》称，丛书选题包括俄苏文学史专著、教科书，俄苏重要作家研究资料，苏联当代有影响作家研究资料，重要文艺思潮和论争资料，重要作家代表作以及西方研究俄苏文学资料等。

为反思的基础的一部分。这种忽略，导致近年文学界有人试图发掘"社会主义文学"遗产的时候，很大程度离开了它的语境，离开了对当年已经存在的争论、冲突的认真总结这一前提。

　　说爱伦堡是"内部"质疑者，是因为从二战到60年代去世，他都是社会主义文化的捍卫者。冷战时期，他与西方左翼知识分子一起，参与反对帝国主义政治和资产阶级文化的运动。但他自40年代末开始，也对苏联实施的文化政策和社会主义现实主义教条，持续发出质疑、修正的声音，在苏联五六十年代思想、文学"解冻"潮流中，扮演了重要角色。正如陈冰夷①在《必要的解释》"编者的话"中说的，如果要全面了解和研究1953—1964年间苏联文学的错综复杂现象，爱伦堡这个时期的著作、活动"是不可忽视的"。他的《谈作家的工作》这篇对中国当代文学有直接影响的长文，写于1948年，但在斯大林1953年3月去世后才刊发于苏联《旗》杂志（1953年10月号），是较早批评苏联正统文艺观点、政策的文章。此后，他的小说、诗、论文、回忆录源源不断，在苏联内部不断引发争论。著名的中篇《解冻》（第一部）发表于1954年5月（第二部出版于苏共二十大召开的1956年）。《解冻》并未直接写到当年苏联重要政治事件，但其中表达的情绪、观念，明白宣告一个"新的时代"的到来，"解冻"也成为苏联这一时期思想、文化的隐喻意象②。1957—1958年间，他发表十几篇文学论文，如《必要的解释》《重读契

---

　　① 陈冰夷（1916—2008），上海嘉定人，俄苏文学翻译家。1940年代在上海时代出版社担任《时代》《苏联文艺》等刊物和图书的编译出版工作，60年代任中国科学院外国文学研究所副所长，《译文》副主编和《世界文学》主编。

　　②"解冻"作为一种政治符号，在其后的文艺作品中反复出现，如丘赫莱依电影《晴朗的天空》中斯大林死去后出现的江河解冻的场景，叶夫图申科长诗《娘子谷》中的句子："有什么动静？/别害怕——这是春天/自己的喧响——/她向我们走来。/……房门被损毁？/不，这是融化的流冰……"（汪剑钊译）。

诃夫》《司汤达的教训》,为茨维塔耶娃、巴别尔、莫拉维亚、艾吕雅的小说集、诗集撰写的序言。其中,《必要的解释》和《司汤达的教训》在苏联文学界有更大反响,招致许多批评,但爱伦堡没有理睬。1960—1965年间,他持续写作了《人·岁月·生活》的六卷回忆录。

爱伦堡和我国当代文学的关系,主要是在"十七年",但也延伸到"文革"和"新时期"。50年代初,对中国作家和文学爱好者来说,爱伦堡不是陌生的名字。从40年代后期开始,他的著作就有多种中译本。当年翻译最多的,一是他的政论性著作,书名均与当年国际政治相关,如《保卫和平》《保卫文化》《人民的呼声》《人民的意志》等。另一是他的三部长篇:《巴黎的陷落》《暴风雨》《第九个浪头》,每种均有多种中译①。1954年《解冻》发表,虽然《文艺报》综述苏联文艺动态的文章提到它(篇名译为《融雪天》),但中译本面世要迟至1963年(作家出版社的"内部发行"版)。同年,他的回忆录《人、岁月、生活》也作为"内部书"同由作家出版社出版。②

爱伦堡对于中国当代文学,开始是作为反法西斯战争、保卫世界和平和捍卫社会主义文化的斗士产生的影响力。随后,是以19世纪传统和"世界文学"的视野,从"内部"对苏联主流文艺观念和政策质疑、批评,而受到50年代中期中国文学革新者的关注。《人·岁月·生活》这部回忆录,则在70年代以后中国青年作家,特别是青年诗人的心智、

---

① 《巴黎的陷落》有1945年独立出版社的刘宗怡译本,1947年(上海)云海出版社徐迟、袁水拍译本。《暴风雨》50年代初分别有罗稷南、王佐良译本,《第九个浪头》50年代初有施蛰存、王仲年合译本,和侍珩译本(书名为《巨浪》)。

② 1963年的这个版本并非全书,当时爱伦堡回忆录的写作还没有结束。关于这部回忆录中文译本的情况,参见冯南江、秦顺新:《人·岁月·生活》"译后记",海南出版社,1999年。

情感活动的启发上,留下有迹可寻的痕迹。这些是探讨中国当代文学文化资源时需要顾及的一个方面。

不同的司汤达图像

　　爱伦堡发表《司汤达的教训》是 1957 年,这期间,中国的文学界对这位 19 世纪作家也感兴趣,在 1959 到 1960 年开展了对《红与黑》的讨论①。"反右"之后的 50 年代后期到 60 年代初,有两部西方小说在中国文学界引发热烈讨论,一是《约翰·克利斯朵夫》,另一就是《红与黑》:这是"反右派运动"思想批判的继续。爱伦堡和中国的批判者都认为像司汤达这样的古典作家在当代有很大影响力,但他们对影响力性质的理解,以及描画出的司汤达图像,却大相径庭。

　　在总结"反右派运动"的时候,邵荃麟、冯至、周扬等的多篇文章认为,一些青年知识分子"堕落"为"右派"的原因,受西方资产阶级作品宣扬的人道主义、个人主义影响是一个方面②,因此,便有意识开展对这两部西方作品的讨论。《红与黑》在 50 年代,中译只有赵瑞蕻的节译本和罗玉君的全译本。当年的《红与黑》热,也是法、意 1954 年合拍的电影的推动,影片于连的扮演者是也风靡中国的法国英俊小生

---

　　① 这一讨论,主要在《文学知识》《文学评论》等刊物进行,从 1959 年年初开始,持续到 1960 年夏天,共发表了二十多篇文章。

　　② 参见冯至《略论欧洲资产阶级文学里的人道主义和个人主义》(《北京大学学报》1958 年第 1 期)、邵荃麟《修正主义文艺思想一例——论〈苔花集〉及其作者的思想》(《文艺报》1958 年第 1 期),周扬《文艺思想战线上的一场大辩论》(《文艺报》1958 年第 4 期)。

杰拉·菲利普①。《红与黑》讨论的时候,也刊登肯定小说积极意义的文章,但那是为了提供反驳对象,讨论是按照事先设定的方向推进。最后的"结论"是,《红与黑》等19世纪作品,在它产生的时代有社会批判意义,当前也有一定的认识作用,但在社会主义时代,更会产生破坏性的消极效果;作品中这些个人主义"英雄","他们或者像《红与黑》中的于连,由于个人的野心得不到发展而对社会进行报复性的绝望反抗;或者像约翰·克利斯朵夫,信仰个人的人格力量,以自己的孤独为最大的骄傲",在今天"不但不可能培养新的集体主义的个性,相反地,只会破坏这种个性"②;"就像宋朝理学家'坐在禅床上骂禅'一样,司汤达是站在资产阶级上反对资产阶级,因而他不得不终于又肯定他曾经否定了的东西,使于连的实际上是非常丑恶的性格涂上了一层反抗、勇敢、进步的保护色,输送给青年"③。讨论中,高尔基关于"批判现实主义"文学的论述,被众多文章征引:"他们都是自己阶级的叛逆者,自己阶级的'浪子',被资产阶级毁灭了的贵族,或者是从自己阶级窒人的氛围里突破出来的小资产阶级子弟"④;巴尔扎克代表前者,司汤达则代表后者。

同属社会主义阵营作家,爱伦堡的司汤达,和中国批评家的司汤达显然不同。爱伦堡既没有谈及《红与黑》的历史、阶级局限,大概也没

---

① 《红与黑》即使在上世纪八九十年代以来的中国,也拥有众多读者,译本更多至十几二十种之多。这一方面表现了翻译界的"乱象",另方面也说明这部小说的热度未减。

② 周扬1960年在全国第三次文代会上的报告:《我国社会主义文学的道路》。

③ 唐弢:《司汤达和他的于连——读小说〈红与黑〉的讨论有感》,《文学知识》(北京)1960年第7期。

④ 如李健吾《〈红与黑〉里的于连及其他》(《文学知识》1959年4月号)、唐弢《司汤达和他的于连——读小说〈红与黑〉的讨论有感》、柳鸣九《正确评价欧洲19世纪资产阶级文学中的个人反抗形象》(《文学评论》1965年第6期)等的文章。

有于连·索黑尔破坏当代青年集体主义个性的焦虑；相反，说"我们谈到它时，要比谈我们同代人的作品觉得更有信心"；"《红与黑》是一篇关于我们今天的故事，司汤达是古典作家，也是我们的同时代人"，他还说，

> 如果说莎士比亚的悲剧还能够使共青团员们深深感动，那么，今天没有极端保皇分子的密谋不轨，没有耶稣会神学校，没有驿车，于连·索黑尔的内心感受在1957年的人们看来仍然很好理解……

爱伦堡对《红与黑》"长久不朽"生命力的信心，来自两个方面。一个方面是，虽然《红与黑》是"法国1830年记事"，却表现了超越特定时代的"基本主题"：憎恶资产阶级专制、轻视阿谀奉承，憎恶"用强力、伪善、小恩小惠和威胁来扭曲人的心灵"；不仅揭示假面具本身，而且揭穿了对伪善的癖好。这一主题并未因时间流逝而减少光彩，《红与黑》告诉我们，虚伪、假冒为善在生活，在艺术上，都是"不可想象"，也难以容忍的。《红与黑》持久生命力的另一面，爱伦堡认为是对今天（他指的是当时的苏联）文学提供的经验，这个经验，或"教训"，"在我看来，首先就在于他那格外的真实性"。

"真实性"是当代不断引起争议，却也似乎无法弄明白的问题。之所以50年代以后在苏联和中国成为"超级"文学问题，应该是和社会主义现实主义的理论和实践暴露出的失误有关。爱伦堡当然是社会主义作家，他重视的是"介入"的，"不从旁边去看生活"的"倾向性"文学，因此对司汤达"不希望对人类的喜剧作壁上观，他自己就演出了这种喜剧"的写作姿态赞赏有加，而对福楼拜的那种"工匠"的写作方式（"把一页稿子翻来覆去写上百十来次，好像一个珠宝商或微生物学

《司汤达的教训》:在19世纪"做一个被1935年的人阅读的作家"

家")颇有微词。虽然在文学态度、写作方式上他试图将司汤达与20世纪左翼作家"同构",却也借助司汤达表达对"从革命发展"看待、描写生活,强调表现理想化"远景"的要求——这是社会主义现实主义的核心——提出质疑。爱伦堡说,当年对司汤达有"歪曲了现实"的指责,说他的作品"诬蔑了法国社会";"行为端庄的外省妇女不会像瑞那夫人那样,贝尚松神学校是一幅拙劣的讽刺画,德·拉·木尔侯爵和维丽叶拉夫人是寻求廉价效果的作者的幻想"。爱伦堡征引了《红与黑》的一段话为这位19世纪作家,同时也为20世纪某些提倡"写真实"的作家辩护:

> 小说是路上的一面镜子,这里面时而反映出蔚蓝的天空,时而反映出泥泞、水洼和沟辙。一个人有一面镜子,你们就责备他离经叛道镜子反映了泥泞,你们就连镜子也骂在一起,最好还是去责备那满是沟壑的路,或是路上的检查哨吧。

这些话,连同它的语气我们并不陌生。在50年代中国为"干预生活"、80年代为"伤痕文学"辩护的批评家那里都听到过。爱伦堡对此的补充是,司汤达的"镜子"不是磨得光光的那种,而是一面观察,一面想象和改造,"司汤达所创造的那个世界,因为是现实的,所以无论如何不是1830或1840年的世界的复本"。他从司汤达那里引出的"教训"是:"艺术上具有倾向性……决不是说要任意地改换比例";"作家改换比例、变动远景的时候,要服从艺术真实的严格法则"。在这个问题上,五六十年代理论上提出"真实性"的现实指向,在阿拉贡的一篇文章中有更清晰的表达:"在探索现实遭到重重阻碍的地方是不可能认识、理解和善于道出真理的。而在艺术上,公式、教条、埃皮纳泥人以及在某种形式下对现实认识的抽象性是与现实主义最为格格不入的……"①

左右两舷都遭到斧劈的船

在 20 世纪,现实主义在具有左翼倾向的作家那里,不只是文学创作方法,而且也是"政治"问题,是与革命、战争、社会主义实践联结在一起的"文学方式"。这犹如路易·阿拉贡 60 年代对法国现代文学的描述:"在我国,在阿尔及利亚战争的影响下,现实主义的魅力吸引了大部分青年作家。这是以不同的方式重复了在德国占领下的抵抗运动文学,那时的文学,即使在从超现实主义海盗船上逃出来的艾吕雅、戴斯诺和敝人的笔下也只能是现实主义的文学。"②

但是,现实主义在 20 世纪遭遇"危机",危机来自两个不同方面。阿拉贡在 1962 年 9 月接受捷克查理大学授予荣誉博士学位的演说中这样说:

> 现实主义是一只左右两舷都遭到斧劈的船。右面的海盗喊叫:消灭现实主义!左面的海盗喊叫:现实主义,就是我!

---

① 阿拉贡:《在有梦的地方做梦,或敌人……》,原载《法兰西文学报》1962 年 12 月 14 日,中译刊于《现代文艺理论译丛》1963 年第 1 期,人民文学出版社,1963 年。埃皮纳,法国地名,以产泥人著称。

② 路易·阿拉贡:《布拉格演说》,原载《法兰西文学报》1962 年 9 月 20 日,中译刊于《现代文艺理论译丛》1963 年第 1 期,人民文学出版社,1963 年。阿拉贡(1897—1982),法国诗人、小说家、政治活动家。毕业于巴黎大学,20 年代和布勒东、戴斯诺等参加超现实主义文学运动。30 年代从苏联归来后政治倾向"左转",参加共产党,转向社会主义现实主义,是法国共产党主办的《法兰西文艺报》主编。二战期间参与地下抵抗活动。50 年代是法国共产党中央委员。主要作品有诗集《断肠集》《法兰西的晓角》,长篇小说《现实世界》《共产党人》《受难周》等。

《司汤达的教训》：在19世纪"做一个被1935年的人阅读的作家"

"右面"的斧劈，阿拉贡说有两种情形。一种是"政治性"的，他们着眼、抗拒的，"与其说是现实主义，不如说是一种社会制度"；另一种是"打着反现实主义的旗号，时而热心于某种操练"，当年的法国"新小说"被阿拉贡列入这一种：他们以"为描写而描写，实际上就是自然主义的现代形式"，来抗拒、诅咒现实主义。相比起"右面"的斧劈，阿拉贡认为，当前的主要危险，是"来自左面的海盗"。这指的30年代在苏联诞生，并扩大到社会主义阵营和西方左翼文学界的教条化的社会主义现实主义——它已演化为僵硬的绝对性戒律。阿拉贡说，"现实主义所面临的最大的损害信誉危机，在于把谄媚当作现实，在于使文学具有煽惑性"，让现实主义"像装饰教堂一样用窗花来装饰生活"；而他的现实主义，是"开明的"，不花许多时间进行去皮、磨光、消化等程序的现实主义，这种现实主义的存在，不是为了使事件回复到既定的秩序，而是善于引导事物的发展，它是"一种不求使我们安心，但求使我们清醒的现实主义"。①

爱伦堡借助司汤达引出的"教训"，他对"真实性"的强调，针对的就是阿拉贡所说的"左面的海盗"。1953年斯大林的去世，和1956年苏共二十大的召开，在社会主义阵营和西方左翼思想/文化界引起巨大震荡，文艺上对社会主义现实主义的质疑、批评，在左翼内部发展为世界性思潮②。他们认为，在现实主义前面加上"社会主义"这样的社会制

---

① 路易·阿拉贡：《布拉格演说》。

② 这种"震动"的性质，罗杰·加洛蒂在60年代这样描述："我们曾自豪地把自己关闭在里面的水晶球被砸碎了。神奇的戒指断裂了。……我们知道从今以后，马克思主义的优越性不能再靠宣布，而是要在每日的斗争中、在和其他人……的接触中去赢得了。""我们不再相信一切占有绝对真理的人，我们对其他人不能再抱着一种教育的态度。应该进行对话。逐渐重新发现马克思……"(《论无边的现实主义》，百花文艺出版社，1998年，第277页)

度、政治思想定语，完全没有必要的。爱伦堡在遭遇阿拉贡他们之前，就挑战关于批判现实主义（旧现实主义）与社会主义现实主义方法的分类，讥讽地说，即使他"终生绞尽脑汁"，也难以弄明白司汤达的方法，与当今进步作家的艺术方法有什么区别。在当时的中国，胡风、冯雪峰、秦兆阳们说的也是同样的话：在现实主义的创作方法之上，不需外加另外的要求、限制："在科学的意义上说，犹如没有'无论怎样的'或'各种不同的'反映论一样，不能有'无论怎样的'或'各种不同的'现实主义"，"想从现实主义文学的内容特点上将新旧两个时代的文学划分出一条绝对的不同的界线来，是有困难的"①。在这些抵抗"左面"斧劈的作家看来，现实主义的规律是一贯的，恒定的；以真实反映生活作为根本性特征的现实主义，"经过长期的文学上的连续的、相互的影响和经验的积累"，"已经成为美学上的具有客观规律性的一种传统"②。这一传统是开放的。这种开放性，在西方左翼作家那里称为"无边"的现实主义（罗兰·加洛蒂），在中国这边是"广阔道路"的现实主义（秦兆阳）；加洛蒂的"无边"是向"现代主义"开放、对话，而胡风、秦兆阳们的"广阔道路"则是向 19 世纪"回归"；爱伦堡在《司汤达的教训》中的倾向，也属于后者。③

---

① 当年被苏联和中国批判为修正主义的维德马尔（南斯拉夫作家协会主席），在 1958 年南斯拉夫作家代表大会上说过类似的话：如果服务于某种利益就有不同的现实主义，那么，岂不是就有"天主教的现实主义，正教、回教的现实主义，然后又是各种国家、民族的现实主义"？

② 参见冯雪峰《题外的话》《中国文学从古典现实主义到无产阶级现实主义发展的一个轮廓》，胡风《意见书》，何直（秦兆阳）《现实主义——广阔的道路》等文。

③ 参见秦兆阳《现实主义——广阔的道路》（《人民文学》1956 年第 9 期），罗杰·加洛蒂《论无边的现实主义》。法国左翼作家加洛蒂这本著作出版于 1963 年，收入评论毕加索、圣琼·佩斯和卡夫卡三篇文章和代后记，阿拉贡写的序言。中译本初版于 1986 年，吴岳添译，上海文艺出版社出版。后来有百花文艺出版社 1998 年版。

《司汤达的教训》：在19世纪"做一个被1935年的人阅读的作家"

时间与永恒

《世界文学》刊载《司汤达的教训》中译的同时，也刊登苏联批评家对爱伦堡的批评文章[①]。文章认为："反动派在思想战线上向文学这个阵地展开攻势，过去和现在都不是所有的时候从正面攻击开始，而往往是从攻击当代的这一或那一作家开始的。外国反动派还有另一种惯用的手法，用比喻来说，就是往后方的井里下毒药。""往后方的井里下毒药"，指的是借讨论某一古典作家（如雨果、左拉）来对社会主义文学进行攻击。这位批判者并没有将爱伦堡明确归并入下毒药的"反动派"行列，但也暗示他对司汤达的谈论具有相似的性质。然后，批判文章指出，爱伦堡文章中引述于连被判处死刑后牢狱中的那段独白，一次次提到蜉蝣的形象，是扭曲了小说的真实意图。于连的这段独白是：

> 一个猎人在树林里开了一枪，猎物腾空而坠，他急忙跑过去捡，不意鞋碰到一个高可两尺的蚁窠，窠毁，蚂蚁和蚂蚁蛋被踢出老远。蚂蚁中连最有学问的那几只也不明白这黑糊糊的庞然大物是什么东西。猎人的靴子以难以置信的速度突然冲进它们的住所，先是听见一声巨响，接着又喷出红色的火花……
>
> ……
>
> 在长长的夏日中，一只早上九点出生的蜉蝣到傍晚五点就死去了，它又怎能理解**黑夜**是怎么回事呢？[②]

[①] E. 克尼波维奇：《也谈司汤达的教训》，原刊苏联《旗》1957年第10期。
[②] 据张冠尧译本，人民文学出版社，1999年。

批判者认为，爱伦堡自己，而且也让读者以为于连和司汤达是"宇宙悲观主义"的拥护者，这割断了司汤达作品中的"政治"和"历史"，"贬低'时间'在'永恒'面前的意义"。

这是冤枉了爱伦堡。从爱伦堡那里，难以发现丝毫的"悲观主义"世界观、历史观。他既不曾从于连和司汤达那里看到"宇宙悲观主义"，自己更不是这种主义的信奉者。批判者引用布莱克的"永恒爱上时间现象"①的诗句，指出对"历史""未来""不朽"，只能通过体现它们的时间来了解。但爱伦堡在《司汤达的教训》中也引用同一诗句（只是没有点出布莱克的名字），说司汤达："描写热情、野心和犯罪的时候，从来不曾忘掉过政治。他善于眺望的是，他竭力要理解夜对于蜉蝣来说是怎么回事，但是，他同时也……从经常中去发现迫切问题，从瞬息中去发现恒久事物，或者像诗人所说的那样，去发现永恒。"

《司汤达的教训》作者并非不重视"瞬息""时间"，忽视现实的紧迫问题。分歧在于，爱伦堡认为，瞬间、现实并不就天然具有"永恒"的价值，瞬间的"永恒性"要由历史赋予，要放到历史的整体中衡量才能做出判断。也就是说，需要知道"黑夜"，才能理解所经历的"白天"；而只生活在白天的蜉蝣无法了解这一点。爱伦堡强调这一点，从文学方面说，是对文学史的等级秩序的怀疑，也就是对将社会主义现实主义（他使用"革命现实主义"的说法）置于文学史最高级别的那种"进化"的"目的论"的挑战。他的"潜台词"是，古今各个时期的优秀作品具有思想艺术的连续性，其"本质"并不因时间、流派的分野而不

---

① 这里布莱克的诗句，据 E. 克尼波维奇《也谈司汤达的教训》一文的中译。布莱克《天真的预言》有多达十几种中译，这一句的译文有："一时间里便是永远"（周作人），"刹那含永劫"（李叔同），"刹那成永恒"（徐志摩），"永恒在刹那里收藏"（梁宗岱），"将永恒纳进一个时辰"（王佐良）等。

《司汤达的教训》：在19世纪"做一个被1935年的人阅读的作家"

同。不管是19世纪的现实主义，还是当代的社会主义文学，它们都处于同一平面，"时间"并不能区分出等级。这种"古典主义"文学观，类乎艾略特在《传统与个人才能》中说的："假如我们研究一个诗人，撇开他的偏见，我们却常常会看出，他的作品，不仅最好的部分，就是最个人的部分也是他前辈诗人最有力地表明他们不朽的地方。"

　　这样，我们就能了解，爱伦堡为什么在多篇文章中反复讨论作家、作品生命力问题。显然，他看到苏联当代文学在热闹喧嚣表面下不真实的脆弱，看到风光一时的作品寿命可能转瞬即逝。对于作家的"生命"，他区分几种不同情况：有的作家被同时代人喜爱，也经受时间考验；有的"符合同时代人暂时的趣味情绪"，后来却被忘却，只有文学史家才对他们有兴趣；有的是生前不被重视，或默默无闻，死后才得到承认。他把司汤达归入后者名单（在给茨维塔耶娃诗集写的序中，也讨论了这位诗人生前不被承认的问题）。他说，当时只有极少数作家、批评家（歌德和巴尔扎克）承认司汤达的价值，死的时候只有三个朋友给他送葬，其中有梅里美。司汤达的33部作品，生前只出版了14部，即使出版，也大多躺在书店的书架上，出版商很勉强才同意把《红与黑》印行750册。俄国批评家别林斯基关注法国文学，他的文章提到乔治·桑29次，大仲马18次，"可是不曾有一次提到司汤达"。爱伦堡转引司汤达给巴尔扎克信的这些话："死亡会让我们和他们调换角色，在生前，他们可以对我们为所欲为，但只要一死，他们就将永远被人忘记……"自信的司汤达想的是另一场赌注：在19世纪"做一个被1935年的人阅读的作家"。

　　这自然不是文学社会学的一般描述，爱伦堡不厌其烦的这些议论的"当代性"，在下面这段话中可见端倪：

　　　　司汤达在专心于政治斗争的人们身上表现了人的特征，

从而挽救了他们免于迅速消亡,这就是小说不同于报纸的地方,就是司汤达不同于过去和现在许多写政治小说(这种小说还等不及排字工人将滔滔雄辩排好版,往往就成为明日黄花了)的作者的地方,也就是艺术家不同于蜉蝣的地方。司汤达给我们指出了,只要作者善于以艺术所固有的深度来体会、观察和思维,就无论政治性或倾向都不能贬低小说的价值。

"十九世纪的幽灵"

将所有作家、作品置于一个平面之上,这里提出的是一种"共时性"观念。正如韦勒克在《文学史上进化的概念》中引用蒂尼亚洛夫和雅各布森的话:"每个共时性体系,都有着自己的过去和未来,作为这个体系不可分割的一部分。"韦勒克说,这就是每个共时性的结构,都是"一种价值的选择,而选择又构成了他自己个人的价值等级体系",并有可能"影响一个既定时代的价值等级体系"。①

对于爱伦堡来说,这一文学共时性结构所隐含的价值等级,由19世纪的现实主义支持。在《人·岁月·生活》的最后,爱伦堡写道:

> 我是在十九世纪的传统、思想和道德标准的熏陶下成长起来的。如今连我自己也觉得有许多东西已是古老的历史。而在1909年,当我在日记本上写满了歪诗的时候,托尔斯泰、柯罗连科、法郎士、斯特林堡、马克·吐温、杰克·伦敦、布鲁阿、勃朗兑斯、辛格、饶勒斯、克鲁泡特金、倍倍尔、拉法

---

① 韦勒克:《批评的诸种概念》,丁泓、徐徵译,四川文艺出版社,1988年,第56—57页。

格、贝蒂、维尔哈伦、罗丹、德加、密奇尼加夫、郭霍……都还健在。

经历了半个世纪的时代和个人生活的曲折之后,爱伦堡的19世纪"情结"并没有解开,反而赋予新的经验内涵;由是他接着说,

> 如今教育在各处都超过了修养,物理学把艺术甩在自己后面,而人们在即将掌握原子发动机的同时却没有被装上真正的道德的制动器。良心绝非宗教的概念,契诃夫虽非信徒,却具有(十九世纪俄罗斯文学的其他代表人物亦是如此)敏锐的良心。[①]

这不仅是爱伦堡个人的选择,而是体现了一个既定时代的价值选择。这种选择,在中国现代文学里,也存在于胡风、冯雪峰、秦兆阳,甚至周扬这些人身上。不要说五四新文学,就是在当代文学的"结构"中,19世纪现实主义也是其中的重要构成。50—60年代,19世纪欧美、俄国的文学作品(也包括思想、理论论著),得到系统的、有很高质量的翻译。这些文化产品中传达的批判精神,人道情怀,对下层社会和"小人物"的同情、关切,被组织进当代中国的社会主义文化中。19世纪欧洲文化、现实主义在"当代"中国是一把双刃剑。它既成为反帝、反封建革命话语的组成部分,以支持、证实社会主义制度的平等、公正,但也被看作可能动摇社会主义制度、思想的"武器",因而对其爱恨交错。其中,也夹杂着在庞大、拥有巨大影响力的19世纪欧洲文化面前

[①] 爱伦堡:《人·岁月·生活》(下),冯南江、秦顺新译,海南出版社,1999年,第491—492页。

难以明说的恐惧：这是可以借用的资源，也是一种威胁：这在有关《约翰·克利斯朵夫》和《红与黑》的讨论中可见一斑。

"新时期"的80年代一段时间，曾出现现代派热，现实主义被认为已经"过时"。戴锦华说，1979年大学校园里曾有"狄更斯已经死了"的震惊说法，事实上，狄更斯们（巴尔扎克、雨果、托尔斯泰、陀思妥耶夫斯基、契诃夫等等，当然也包括司汤达、福楼拜）"正在被宣布死亡的时候复活"。她称这种现象为"无法告别的十九世纪"，并模仿《共产党宣言》，说是在我们头顶游荡的"十九世纪的幽灵"①。戴锦华说，80年代宣告的"死亡"，"死去的，是狄更斯们的社会主义中国版，而复活的则是他们在欧洲文化主流中的原版"。但也可以说，不仅这些文化中的批判精神得以继承，而且在当代中国被批判的部分（人道主义、个体的社会位置和思想、情感价值）的负面价值也被一定程度转化。

"文革"之后80年代出现的"现代派热"，其实存在时间相当短暂，而80年代中期出现的先锋派们也很快"转向"，以致李陀有"昔日顽童今何在"的感慨②。这些现象，相信并非完全是外力干预导致。《红与黑》中的于连在狱中诅咒说："该死的十九世纪！"可是19世纪在爱伦堡和中国许多现当代作家那里，却经常被眷恋，经常被作为思想、艺术创造的驱动力。

2016年4月

---

① 戴锦华：《涉渡之舟——新时期中国女性写作与女性文化》，陕西人民教育出版社，2002年，第35—40页；北京大学出版社2007年再版。对于中国当代文化中的19世纪欧洲文化问题的深入讨论，还可参见贺桂梅《"新启蒙"知识档案——80年代中国文化研究》（北京大学出版社，2010年）。

② 李陀：《昔日顽童今何在？》，《文艺报》1988年10月29日。

《在有梦的地方做梦，或敌人……》：教义之外的精神经验承担者

《在有梦的地方做梦，或敌人……》，文学论文，[法]路易·阿拉贡著，张英伦译，丁世中校，刊于《现代文艺理论译丛》1963年第1期。

路易·阿拉贡在当代中国

《在有梦的地方做梦，或敌人……》：这是路易·阿拉贡写于1962年的文章，发表在《法兰西文学报》1962年12月14—20日（第596期），中译刊于《现代文艺理论译丛》1963年第1期（张英伦译，丁世中校）①。《现代文艺理论译丛》是上世纪60年代由中国科学院文学研究

---

① 《现代文艺理论译丛》为中国科学院文学研究所现代文艺理论译丛编辑部编辑，于1961年至1965年出版的"内部发行"刊物，双月刊，人民文学出版社出版。2010年，中国社会科学院文学研究所选择该刊部分文章，汇编为《现代文艺理论译丛》分上、中、下三卷，由知识产权出版社出版。本文讨论的阿拉贡的这篇文章，以及阿拉贡的《布拉格演说》等，均未收入这一汇编。

· 151 ·

所主办的双月刊，内部发行①。

当代文学的"十七年"时期，就与中国文学关系，除俄苏文学之外，法国文学——被看作"现实主义"的那个部分，以 20 世纪文学而言，自然不会有瓦雷里、普鲁斯特、阿波利奈尔等②——应该是比较密切的了。在五六十年代，巴尔扎克、左拉、雨果、司汤达、福楼拜、莫泊桑、梅里美等作家的作品得到系统翻译，而《红与黑》《九三年》《约翰·克利斯朵夫》《悲惨世界》、歌剧《茶花女》、电影《巴黎圣母院》等，在当代各个时期均曾产生不同性质影响，有的且联系着中国当代思想文学问题，引发过热烈争议③。

1949 年新中国成立时，罗曼·罗兰已经去世，一度左倾的纪德虽然还在世（1951 年离世），但基于他的政治倾向和文学主张，显然已为中国左翼文学界所不待见，几乎销声匿迹，作品在五六十年代不再重印或新译。提倡"介入文学"的萨特（连同波伏娃）1955 年造访中国，待了一个多月，发表了歌颂新中国的文章，但他和当时中国政治/文学界的关系尴尬，他的存在主义理论和创作，只能在 60 年代被置于供批判的"内部发行"的箩筐里出版。至于加缪，他在那个时候，被认为是"右翼作家"而被排斥冷落。70 年代"文革"期间（1974 年），罗兰·巴尔特和茱莉亚·克里斯蒂娃曾经有过中国行。当时的中国思想文艺的

---

① 下面引用阿拉贡的文字，除注明出处的之外，均引自《在有梦的地方做梦，或敌人……》。

② 罗大冈在出版于 1954 年的《艾吕雅诗钞》译者序中，将艾吕雅概括为将自己诗歌献给法国人民，作为争取独立、和平、自由的武器的诗人；而认为瓦雷里、阿波利奈尔等则"有的干脆背叛人民，与人民为敌，有的对人民漠不关怀"。（罗大冈：《艾吕雅诗钞》译者序，人民文学出版社，1954 年，第 1 页。）

③ 如 50 年代开展的《红与黑》《约翰·克利斯朵夫》的讨论，以及"文革"后期雨果等作品的阅读、影响。

领导者，大概试图让这些带有左翼倾向的国际知名作家、艺术家，在访问中国之后发表积极观感，但有的事与愿违。从2012年翻译为中文的罗兰·巴尔特的《中国行日记》①中可以看到，他的观察角度、方法，是类乎"现象学"的，类乎安东尼奥尼式的：这是罗兰·巴尔特自己的原话："在重读我的这些日记以便制定索引的时候，我认为，如果我就这样发表它们，那正是属于安东尼奥尼式的。但是，不这样，又怎么做呢？"②——1972年，中国当局邀请意大利导演安东尼奥尼来华拍摄纪录片，意图自然是要获得赞美，结果却是他的纪录片《中国》，获得"恶毒的用心，卑劣的手法"的"反华影片"的宣判。这些有左翼色彩的理论家、艺术家，在走马观花地看过当时的中国之后，大概会十分困惑，他们"不可能取'内在于'的话语方式进行赞同，也不可能取'外在于'的话语方式去进行批评"③。

但也有若干现代作家与当代中国有另外性质的关系，路易·阿拉贡、艾吕雅是其中的两位。50年代前期，在提到20世纪人民的、战斗的诗人的时候，马雅可夫斯基、洛尔加、阿拉贡、艾吕雅、希克梅特、聂鲁达是一组相对固定的名单。罗大冈在《艾吕雅诗钞》的译者序言中认为，在法国当代，艾吕雅和阿拉贡是"毫无保留地"将心交给人民，"忠于革命事业"的诗人、作家④；虽是个人署名文章，却是当年中国文艺界的权威评价。他们当时都是法共党员，都是苏联主导的"保卫世界和平运动"的积极参与者。50年代初的《译文》《人民文学》刊载过他们的论文和诗作，1953年12月艾吕雅去世，翌年出版了《艾吕雅诗钞》。对

---

① 罗兰·巴尔特：《中国行日记》，怀宇译，中国人民大学出版社，2012年。
② 同上书，第5页。
③ 同上书，第334页。
④ 罗大冈：《艾吕雅诗钞》译者序，第1页。

阿拉贡的译介要更多。《共产党人》50年代有三种不同中文译本①，出版过《阿拉贡文艺论文选集》《阿拉贡诗文钞》；《法国进步作家论社会主义现实主义》也收入他的论文②。

当然，当代"十七年"对阿拉贡和艾吕雅的介绍和作品翻译，都略去了他们早期超现实主义的时期，或将这个时期看作政治和艺术"不正确"的阶段。因此，在阿拉贡和艾吕雅的名字前面，有时会加上"觉悟的"这顶帽子③。这与五六十年代海峡彼岸台湾诗坛现代派运动的处理方式正好相反，他们截取、推崇的是阿拉贡、艾吕雅的超现实主义的阶段。④

不过，当代文学与阿拉贡的"蜜月期"时间并不长。1956年苏共二十大赫鲁晓夫发表揭露斯大林的报告之后，阿拉贡的政治/文学观点发生很大变化。我们在他写于1957年的波特莱尔《恶之花》出版百年

---

① 平明书店1952年版，叶汝琏译；作家出版社1956年版，郑煌等译；人民文学出版社1959年版，冯俊岳译。

② 《阿拉贡文艺论文选集》，盛澄华等译，人民文学出版社，1958年；《阿拉贡诗文钞》，罗大冈译，作家出版社，1956年；《法国作家论社会主义现实主义》，盛澄华等译，作家出版社，1958年。《法国作家论社会主义现实主义》收入阿拉贡的三篇和斯梯的一篇论文，只有52页。阿拉贡的3篇文章，也同时收入《阿拉贡文艺论文选集》。"出版说明"称："这个集子里收集的是法国两位卓越的共产党员作家——阿拉贡和斯梯——的有关社会主义现实主义的讨论的四篇论文。"

③ "作为觉悟的诗人，艾吕雅不但在当代法国文学上是重要的范例，在整个法国文学史上也很突出。"（罗大冈：《艾吕雅诗钞》译者序，第1页。）

④ 阿拉贡、艾吕雅的超现实主义，与台湾五六十年代的超现实主义不同。60年代，台湾的《创世纪》《笠》等诗刊，都译介过法国超现实主义的理论和作品，包括《超现实主义第一宣言》，艾吕雅等的诗作等。有一种略嫌简单化的观点认为，他们的不同主要表现在"介入现实"的问题上。说第二次世界大战期间，纳粹德国入侵法国，超现实主义诗人在抵抗运动中写了许多积极的抵抗诗，更早之前，超现实主义的诗人们、画家，许多参加西班牙内战。而台湾的一些超现实主义诗人却在戒严时期采取无视、无关的态度。

的纪念文章中，见到这一变化。从此之后，阿拉贡的晚期著作在中国不再翻译出版，包括历史题材小说《受难周》，评论集《我摊牌》，和另外的诗集、戏剧集。只有不多的几篇评论译成中文，而且置于刊发面目可疑，或将受到批判的文章的"内部刊物"上。

"比冰和铁更刺人心肠的快乐"

波特莱尔（波德莱尔旧译）的《恶之花》出版百年的 1957 年，阿拉贡撰写了《比冰和铁更刺人心肠的快乐——〈恶之花〉百年纪念》①，沈宝基翻译为中文，刊登于《译文》1957 年第 7 期。文章收入《阿拉贡文艺论文选集》时题目改为《论波特莱尔》。

以中国当代主流文学观衡量，阿拉贡这篇文章的观点当属"异端"一类。之所以能够在中国作协主办的刊物刊载，与当时中国处于反教条主义的短暂"鸣放"阶段有关。反右派运动虽然在 1957 年五六月间就已经开始，但从 1957 年前半年的主要"反左"倾向，到"反右"成为主导潮流，尚需一个过渡阶段，而且刊物编辑出版也有一个周期。因此，已经"反右"的 7 月，不少文学刊物还呈现着反教条主义的"开放"姿态：不仅是《译文》，《人民文学》《诗刊》等也是这样②。7 月号的《译文》，设置了波特莱尔专辑，除发表阿拉贡和苏联批评家的评论文章之外，还刊发了陈敬容翻译的《恶之花》中的九首诗。当代文学的前三十

---

① 刊于法共主办的文学周报《法兰西文学报》，1953 年至 1972 年路易·阿拉贡担任该报主编。

② 《人民文学》1957 年 7 月号，刊发了丰村的《美丽》，李国文的《改选》，宗璞的《红豆》等小说，和李白凤论诗歌写作的文章，它们随后就受到批判。

年，波特莱尔这样的诗人，总是被作为颓废派归入另册的，在正面意义上加以推介，这得益于当年特殊的政治气候。"反右"运动如火如荼开展之后，《译文》显然意识到这一"错误"，便在10月号刊登阿拉贡的《关于苏联文学》（王振基译）作为补过。《关于苏联文学》写于1956年，当年阿拉贡主编苏联文学丛书在法国出版；这篇文章是其中"小说故事集"的序言。文章坚定维护苏联社会主义现实主义文学路线，回答西方一些作家对苏联文学脱离传统，"消灭了流派"，"革命时代不利于艺术，特别不利于文学"的指责。从这两篇文章写作和中译发表的时序，我们可以看到一种逆向的运动：阿拉贡是自正统偏离，而中国的同行则从偏离重归正统。

阿拉贡自己也意识到这种变化。作为法共党员，他明白可能受到背离"马克思主义"的指摘。因此，文章的结尾便预留了回应：

> 我的脾气有些古怪，总爱把写好的文章念给同志们听。有一位同志听我念这篇文章，他等了很久，等我说出一些他在文章里找不到的东西，最后他问我："马克思主义呢？"
>
> 我没有回答他说：马克思主义并不像一般浮夸的人所设想的那样。

1949年，他在《论约翰·克利斯朵夫》中说，"约翰·克利斯朵夫以他的心获得到胜利。它的王国是被艺术的把持者们放逐了的善，这些把持者为精细的人说话，不是为千千万万人，不是为纯朴的人，不是为最贫贱的人说话。就这个意义说，这部小说打开了二十世纪的门户"；说"《约翰·克利斯朵夫》受过波特莱尔的影响更少的再没有了"。[①] 但到

[①]《阿拉贡文艺论文选集》，第75—76页。

《在有梦的地方做梦，或敌人……》：教义之外的精神经验承担者

了1957年，他对这位19世纪末的诗人的评价发生重要改变。

文章中他引了波特莱尔这样的诗行：

我能不能从严寒的冬季里，
取得一些比冰和铁更刺人心肠的快乐？
……
它让最微贱的事物具有高贵的命运。

之后阿拉贡写道："这就是波特莱尔给他同时代人的回答"；"这就是整个现代诗歌的定义"。对于把波特莱尔看作"喜爱粪土和败坏世道的狂夫"的人，阿拉贡的回答是：

真正的诗人就是那些在腐烂和蠢动中显出太阳的人，那从垃圾中看出生命的丰富多彩的人，那觉得诗歌能在
一块满是蜗牛的肥土……
上生长出来的人。

无论是诗的取材、功用、美感性质，还是诗人的社会位置，对波特莱尔的赞美都与社会主义现实主义的诗学原则不合拍，甚至也可以说是背道而驰了。就在两年前的1955年，阿拉贡还不是这样的观点，他出席莫斯科的第二次全苏作家代表大会时，在发言中说，现代诗歌的定义是马雅可夫斯基给出的，"有了马雅可夫斯基，我们可以重新估价我们的财富……看到了我们面前展开的全世界一切诗人的共同道路"[①]。自然，纪念波特莱尔的这篇文章也没有忘记马雅可夫斯基：这两位诗人都

[①]《阿拉贡文艺论文选集》，第198—199页。

写到诗人和太阳之间的关系。阿拉贡说,波特莱尔的《太阳》是用诗写的"诗学"(关于诗的诗,"元诗");波特莱尔把诗人当作太阳,"太阳把蜡烛的火燃照黑了"——

> 当它像诗人一样降临到城中,
> 它让最微贱的事物具有高贵的命运,
> 它好像一个国王,没有声响,也没有仆从,
> 走进所有的病院和所有的王宫。

阿拉贡说这让他想起马雅可夫斯基写太阳降临诗人家里的诗:

> 你以为发亮
> 对于我是简单的事?
> 你试一试?

诗的结尾是:"永远发亮/到处发亮……/这是给我自己的,/也是/给太阳的口号"。但用来和波特莱尔相连的马雅可夫斯基,倒是离未来派更近,而离社会主义现实主义有点远。正如1957年的阿拉贡所言:"未来派才这样狂妄,把诗人和太阳捏在一起",甚至还把诗人与太阳的位置颠倒过来("当它像诗人一样降临到城中")。这种狂妄的痕迹,也留存在已经走向革命,但"未来派"尾巴还没有完全割断的,同样"狂妄"的艾青那里:"若火轮飞旋于沙滩之上/太阳向我滚来……";"人类通过诗人的眼睛凝望世界";"普罗米修斯盗取了火,交给人类,诗人盗取了那些使宙斯震怒的语言"……

《在有梦的地方做梦，或敌人……》：教义之外的精神经验承担者

"是什么，就是什么！"

对于那些将自己的命运与革命、战争，与人民事业联结在一起的20世纪知识分子来说，"转向""觉悟""发展阶段""从巴黎到莫斯科""回归"等，是一组用来描述他们思想轨迹的词语。阿拉贡一生联系着20世纪法国、欧洲的历史，伴随着历史的急剧变动，也经历过思想艺术的多次转变。一般认为，他1919年和布勒东、苏波等创办《文学》杂志到1928年，是思想、文学活动的第一阶段，即达达主义、超现实主义阶段。但从30年代初开始，便与超现实主义决裂，参加法国共产党，接受苏联的社会主义现实主义的文学理念，宣称作家虽然有不同的才华和不同的创作方法，"但是，只有这一条是新的道路，此外都是旧的路了"[①]。他支持作家是"人类灵魂工程师"的说法：这是为作家身份，为这一职业的地位的重新定义，坚信作家要在改造社会的规划中承担促使"新人类"诞生的责任。

对发生在20年代末到30年代的"转向"，阿拉贡当年有过这样的自我陈述。他说，在20年代，——

> 有五年之久，我被夹在矛盾中间：一边是各种琐碎烦厌的情绪和对我的朋友们所建立起来的诗歌天地（指超现实主义——引者注）的极度崇拜，另一边是我已经准备要投进去的大漩涡。……也正是在这充满疑惧和顾虑的日子快到尽头的时候，一个机遇使我的生命发生了变化。
>
> 那是在一个秋夜，在蒙巴纳斯[②]的一家咖啡馆里，我跟一

[①]《阿拉贡文艺论文选集》，第7页。
[②] 巴黎著名的文化艺术街区。

般人那样，正在那里闲蹓。……忽然有人叫我的名字说："诗人马雅可夫斯基请你坐到他桌上来……"诗人就在那里，他向我作一个手势，因为他不会说法文。

就是这一瞬间，改变了我的生命。这位知道用诗歌来作武器，知道不超然站在革命之外的诗人，就成了我跟一个世界之间的联系。这就是我自愿接受的一条锁链的一环……①

马雅可夫斯基——在20世纪上半期的苏联、中国和社会主义国家，以及在西欧左派诗人中曾经"红极一时"，成为标志性的榜样诗人。今天似乎已经无人提起。不过，不少诗人都讲在他那里得到的震撼性记忆。这种影响自然属于那个已逝的时代。阿拉贡是接受过这种强烈影响的一位，他也写过不止一篇的赞颂文章。阿拉贡在回忆"改变生命"的瞬间之后接着说，"1930年下半年，超现实主义者阿拉贡，脑袋里塞满了抒情诗意的想象，对俄国的革命却是一知半解，他就这样来到了莫斯科"，而在回到法国之后，他"就不再是从前的那个人"，"感到自己完全是一个新人"，虽然他的超现实主义的"老朋友们""用叫嚣，用谩骂，想尽办法要把我拉住"，但是都无法阻挡这一转变，觉得自己拥有了"欣悦的灵魂"，因为他认识到"作为一个人和诗人最值得去做的唯一的事情，就是高声宣扬新世界的光彩"。

思想立场前后矛盾，发生分裂、转向，有时候会被看作人的精神、道德的缺陷。因此，阿拉贡经过"挣扎"作出这一选择之后，为这个转向作了辩护。一方面，他将严肃关心自己转变的总方向，和那些"朝三暮四，一转眼就可以从法西斯主义转向共产主义，再又摇身一变而为保皇党，却自以为永远是'无所偏袒'"的人加以区分；另一方面，指出人

---

① 阿拉贡：《明日的文学》(1935)，《阿拉贡文艺论文选集》，第25页。

们在观念和事实之间,关心的不应该是观念,"而是面对根本的,一目了然的事实","让思想去认识这些事实,这才是保持人的尊严"。

20年后的50年代中后期开始,阿拉贡又经历了另一次思想转变。有研究者认为,他晚年是向"超现实主义回归",也就是转而否定30年代所做的选择。这种判断有一定道理,但也嫌过于简单、绝对。他自己可能更愿意用"调整"或"修正"的词来概括这种变化。出版于1959年的《我摊牌》一书中,有一章的题目叫"是什么,就是什么",是回应一些批评家将他的《受难周》和《共产党人》"对立起来",将《受难周》看成体现他创作"新方向"的评论。他认为他的现实主义理念和方法是一贯的,并没有变化:"我向你们起誓,正是因为创作了《共产党人》,我才写成了《受难周》,这难道不是显而易见的吗?"又说:"可能有些评论家,尽管对《受难周》和《埃尔莎》大加赞扬,也不认为这两部作品是典型的现实主义作品。不过在这方面,对于什么是现实主义的本质,诚如对于什么是共产党员的本质一样,我同他们的理解是很不相同的。"①

阿拉贡也不是那么"诚实"(符合事实的意思,与道德无关)。《受难周》与过去创作不能加以"对立",但带有本质性的变化也是事实。他也许确实未曾意识到这一变化的性质。不过,就在为自己的"一贯性"作出说明的时候,还是泄露了并不"一贯"的信息。他说,

> 我们对别人的创造、发现总不能无动于衷,我们应该对这些发现作出说明。保证**文学和艺术**的不停顿运动,千方百计地保证它的发展,使之与人类的历史进程步调一致……②

---

① 这是《我摊牌》一书的一章,《我摊牌》没有全部的中译本出版。在《法国作家论文学》中,摘录的这一章题目是《是什么,就叫什么!》。《法国作家论文学》,生活·读书·新知三联书店,1984年,第459页。

② 《法国作家论文学》,第465页。

这个带有叛逆性的说明，在 60 年代为罗杰·加洛蒂的书写序言的时候，得到进一步的发挥。

　　如果谈到已经成为"美学的宗教律令"的社会主义现实主义，那应该是"叫什么，就是什么"的。当阿拉贡说"是什么，就是什么"的时候，本身就包含了某些"背叛"的意味。阿拉贡的意思是，古典主义、浪漫主义、现实主义、超现实主义、新现实主义等等名目，在说明、描述文学史现象的时候也许是必要的，而衡量某一作家的成就、价值，也许是在摘掉这许多帽子之后，才能真正发现。对存在争议的阿拉贡的遗产，大概也是这样。

"仔细检查"我们的信仰

　　到了 60 年代初，阿拉贡开始正面回应他的变化的问题。1963 年，罗杰·加洛蒂出版了《论无边的现实主义》，阿拉贡为这本书撰写了序言[1]。加洛蒂的论述和阿拉贡的序言，当时在国际文坛产生很大的影

---

[1] 上海文艺出版社 1986 年版；百花文艺出版社（天津）1998 年新版，吴岳添译。这本书中译的《译者前言》称，加洛蒂 1933 年参加法国共产党，二战中参加抵抗运动被捕，战后曾当选法国参议院议员，法国共产党中央政治局委员。1972 年反对苏联入侵捷克而被开除出党。加洛蒂的著作，"文革"前的 60 年代北京的生活·读书·新知三联书店曾出版几种（著者译为加罗蒂）：《马克思主义的人道主义》（1963，刘若水、惊蛰译）、《共产党人哲学家的任务和对斯大林的哲学错误的批判》（1963，徐懋庸、陈莎译）和《人的远景：存在主义，天主教思想，马克思主义》（1965，徐懋庸、陆达成译），均属"内部发行"的"黄皮书"。加洛蒂在《论无边的现实主义·代后记》中说：

　　从斯丹达尔和巴尔扎克，库尔贝和列宾，托尔斯泰和马丁·拉·加尔，高尔基和马雅可夫斯基的作品里，可以得出一种伟大的现实主义的标准，但是如果卡夫卡、圣琼·佩斯

响①。在序言中,对加洛蒂著作和他自己观点发生的变化的背景,有这样的说明:

> 这场错误(指揭发出来的斯大林,以及苏联社会主义实践出现的问题——引者注)势必导致一切相信马克思主义的人仔细检查**他们的信仰**。……走入歧途和犯罪,没有,也不可能在马克思主义中得到正常的位置,他们是对马克思主义的歪曲、背叛和脱离。②

加洛蒂的一些著作在 60 年代有中文译本,但《论无边的现实主义》(当然也连同阿拉贡的序言)却没有翻译,大陆中文译本要等到二十年后的 1986 年才诞生;它错过了在中国文艺界能引起"震动"的时机,不过在 80 年代中期出现,仍支持了当时文艺界对教条、"禁令"的冲击,还不至于只剩下"学术史"的价值。

虽然没能在 60 年代读到这篇序言,但是阿拉贡写于 1963 年前后的两篇文章,当时却有翻译。它们是《布拉格演说》和《在有梦的地方做梦,或敌人……》,同时刊登于《现代文学理论译丛》1963 年第 1 期。

1962 年 9 月,阿拉贡接受布拉格查理大学荣誉哲学博士学位(在

或者毕加索的作品不符合这些标准,我们怎么办呢?应该把他们排斥于现实主义亦即艺术之外吗?还是相反,应该开放和扩大现实主义的定义、根据这些当代特有的作品,赋予现实主义以新的尺度,从而使我们能够把这一切新的贡献同过去的遗产融为一起?

这些论述,与秦兆阳 1956 年的"广阔"的现实主义,和苏联 70 年代的现实主义"开放体系",属于同一体系了。不同之处是,秦兆阳要把"旧"现实主义"广阔"进来,加洛蒂则要扩大边界以容纳"现代主义"。

①《论无边的现实主义》译者前言称:"出版后很快被翻译成 14 种语言,从东方到西方引起了激烈的争论。"

②《论无边的现实主义》,百花文艺出版社,1998 年,第 3 页。黑体字为原文所有。

此前后,莫斯科大学也授予他荣誉博士学位),《布拉格演说》是他在授予仪式上的演讲。演讲尖锐批评了在苏联产生,并推广到世界各处的社会主义现实主义教条。他说,现实主义这艘船在20世纪受到来自两个方面的攻击,而最主要的危险是"左面的海盗",来自"内部"的威胁,使它面临信誉的危险。这种危险"在于把谄媚当作现实,在于使文学具有煽惑性",将文学降低到"初等教育的作用",让它"像装饰教堂一样用窗花来装饰生活"。阿拉贡呼应了加洛蒂的"无边"、"开放"的观点,他用的是"开明的"说法,说这是一种"非学院式的,不僵硬的、能够演进的现实主义","它关心新事物,不满足于那些花了许多时间进行去皮、磨光、消化等程序的事物";这种现实主义,"它的存在不是为了使事件回复到既定的秩序,而是善于引导事物的发展,这是一种有助于改造世界的现实主义,一种不求我们安心、但求我们清醒的现实主义……"这个时候,阿拉贡摆出了强硬的与"具有绝对的、一成不变的性质",宗教"经文"式的教条决裂的姿态。

比较而言,《在有梦……》一篇更值得重视。它和《布拉格演说》《〈论无边的现实主义〉序言》的主题是一样的,对他所说的"被歪曲""玷污"的社会主义现实主义做了更激烈批评(在这篇文章中,他仍认为自己是"社会主义现实主义者")。文章提出,无论是历史撰述,文学写作,还是观察世界,都不应该为范围设限,设立禁区,颁布各种清规戒律的禁令:

> 在马克思主义的科学思想范围以外进行思想研究,曾一度被指控为危险的做法,而实际上这同真正的马克思主义毫无共同之处。敌人的照片(指在博物馆中展出"敌人"照片——引者注)不构成反对社会罪。在探索现实遭到重重阻碍的地方是不可能认识、理解和善于道出真理的。而在艺术上,公式、教

条、埃皮纳① 泥人以及在某种形式下对现实认识的抽象性是与现实主义最为格格不入的。为了洞察一个时期的现实，为了理解它，神秘主义者或银行家的观点，工人或熟读经过审定的教科书的好学生的观点，对我来说是同样必要的。……

也就是说，现实主义者也有必要"钻进神秘主义者的沙堆"——文章的开头，就解释他这个马克思主义者为什么对俄国宗教神秘主义的别尔嘉耶夫感兴趣的原因。阿拉贡当然没有放弃他的信念、追求，因此他说，"有梦的地方还是要做梦"，但也要知道"敌人"，正视、研究"敌人"。而且，有时候"梦"与"敌人"的界限并不是那么清晰、绝对，况且随着时间推移，它们也可能发生重叠和转移。他说，人们常常认为："我们过了一定时间来看历史事件，仿佛它们一直是那样的清晰……即便一个反布尔什维克分子，今天也会嘲笑一个 1917 年的人——不管他是立宪民主党人、孟什维克或社会革命党人——可能有的想法。他以为自己现在更懂得一切了，因为经过岁月的洗滤，历史在他看来要简化些了。"可是，阿拉贡觉得事情并非如此。《在有梦……》这篇文章中，20 世纪初俄国别尔嘉耶夫② 的情况，作为历史巨大画布中的一个"细节"，被他用作讨论历史复杂性的例证。

1922 年，别尔嘉耶夫被革命政权驱逐出境，开始流亡生涯。从这个角度说，他自然是"异端分子"，革命的"敌人"了。可是，与 20 世纪初俄国革命的关系上，他的情况却相当复杂。基辅大学读书期间就为

---

① 译者原注：法国地名，以产泥人著称。

② 别尔嘉耶夫（1874—1948），生于基辅，20 世纪俄国重要思想家。1922 年起流亡德国、法国，在法国去世。著有《俄罗斯的命运》《俄罗斯思想》《俄罗斯思想的宗教阐释》《人的奴役与自由》《陀思妥耶夫斯基的世界观》《自我认识　哲学思想》等大量著作。在上世纪 60 年代，他的著作很少被译成中文，而 90 年代以来，在中国则被大量译介。

正在发展的革命所吸引,以致"竟自认为是马克思主义者,并且在1898年和1901年两度被捕,被当作社会民主党人而流放到沃洛格达①"。但是,他又有神秘主义思想,"内心冒险已经凌驾于社会事业之上",这与社会民主党人的革命相冲突。阿拉贡写道,在1905年革命之后,

> 在这个人的头脑中,有一种奇怪的辩证法:因为在抛弃马克思主义而追求神秘奇遇的同时,他又趋向于把即将脱离社会民主党的那一派人,即布尔什维克,看成革命的唯一希望,但他的观点又使他与布尔什维克分道扬镳。……
> 这是由他内心的双重运动所决定的,即既承认革命行动是合理的,但在意识形态上,又主张神秘主义,而反对革命行动。他和马克思主义的奠基者走了相反的道路,开头信的是他们,后来却回到费尔巴哈的立场上。

阿拉贡还引述了吕西安娜·于连-凯茵在《别尔嘉耶夫在俄国》一书中的描述:40年代二战期间他在法国经历的"巨大感伤":

> ……在那些残酷的岁月里,尽管交通困难(他从克拉玛来),别尔嘉耶夫还是定期到蒙骚公园近旁我的住宅来访问我。我们总是立刻谈到战局,虽然没有地图,但看到他微眯着眼睛,我也懂得他在聆听祖国的士兵沿着河流为解放祖国而向基辅进军;有时,他为某一次的行动迟缓,某一次的踏步不

---

① 沃洛格达在莫斯科东北方,距莫斯科500公里,19世纪末到20世纪初,这里曾是革命者的流放地,卢那察尔斯基、斯大林、莫洛托夫等,都曾被流放到这里,因此被称为首都旁边的西伯利亚。

前而惊讶,他不明白是什么原因;然后,他又沉入冥想。他生活在一个神圣的梦幻之中。

这是一个"敌人"的"神圣的梦幻"。在法国,与诗人茨维塔耶娃的处境有些相似,苏联当局把他们看作异端,或敌对分子,而国外的流亡者团体则看他们是"布尔什维克",他们处于夹缝之间。阿拉贡说,无论1922年的别尔嘉耶夫,还是60年代写《别尔嘉耶夫在俄国》的凯茵,看来都难以理解将他驱逐出境的"1922年夏天的那个'奇怪的'措施"。但"过了一段时间来看历史事件"的阿拉贡,也对当年审讯别尔嘉耶夫的情景感到"奇怪":1920年冬天,在授予别尔嘉耶夫科学院院士不久,他第一次被逮捕。凯茵的书里是这样叙述的:

> 一个目光忧郁的金发的年青人,穿着一套带有红星的军装……他的举止中透着些亲切的温柔:他让别尔嘉耶夫坐下,作为开场白,只是对他说了一句:"我名叫捷尔任斯基。"他后来才知道,他是这位全俄罗斯都畏惧的"契卡"创始人愿意亲自主持参加审讯的唯一的被告,作为"契卡"副主席,加米涅夫也参加了这次审讯……
>
> "我作为思想家和作家而有的尊严,要求我准确地按照自己的思想来说话。"被告向审讯他的大人物简洁地说,捷尔任斯基答道:"我们所要求你的,也正是这样。"接着,审讯就像一种独白一样进行下去……别尔嘉耶夫竭力向对方解释说,如果说他在哲学、道德和宗教方面看来像是一个共产主义的敌对分子,他要强调指出这一事实,即在政治方面他对共产主义没有采取任何立场,无论是什么样的立场。捷尔任斯基插话很少然而都是恰如其分的,像是这一类的插话:"在理论上

是唯物主义者,而在实际生活里是唯心主义,或者反过来,这难道是可能的吗?"……

三个小时审讯后,捷尔任斯基命令释放别尔嘉耶夫。此后,他又过了两年的自由生活,并在莫斯科大学讲授唯灵论课程。1922年夏天重新被捕。人们勒令他和另一些学者、作家、政治家离开俄国,

作为这一审讯情景的佐证,阿拉贡还引了捷尔任斯基审讯白军军官维尔霍夫斯基的材料;这些材料来自维尔霍夫斯基的回忆录。捷尔任斯基试图说服维尔霍夫斯基投向红军而没有成功,回忆录写道:"在我面前的不是一个当政的敌人,而是一个竭力使我走上正路的年长的同志。他说道:'好吧,还是呆在监狱里吧,考虑一下!然后你就会感谢我把您逮捕起来,使您避免了您以后也无法为之辩护的蠢事。'"

"教义之外的精神经验承担者"

作为长时间(从30年代到50年代初)支持苏联的政治实践和文学意识形态的共产党员,阿拉贡60年代对历史有这样的解释:苏联革命政权成立初期,曾经存在着"列宁主义准则";在他看来这个准则相对合理,甚至可以说"人性化"。但是后来被扭曲、玷污和抛弃。他是在做"追本溯源"的工作,而这样做,又肯定会被那些"修正列宁主义的人"说成是修正主义。

对于1922年苏联驱逐多达七十余名知识界知名人士和政治精英的做法,现在的历史阐释者看法其实很不同。与阿拉贡相反的观点是,这是为控制意识形态领域实施的"净化",是严酷管制和后来残酷镇压、清洗的开端。

《在有梦的地方做梦，或敌人……》：教义之外的精神经验承担者

但是阿拉贡文章中还隐约地提供对这些事件观察的另一视角，这就是有关信仰的社会化问题。在谈到别尔嘉耶夫的神秘主义思想，谈到他的政治态度与精神信仰之间的矛盾时，文章写道：

> ……我在马拉加城的苏飞教长伊本·阿拉比[①]的一位注释者的著作中（亨利·柯尔宾：《伊本·阿拉比的苏飞教义中的创造性想象》），发现了关于宗教的这句话："不幸在于当宗教信条一旦被社会化，'体现'于教会现实中以后，精神和灵魂的叛逆注定要行动起来反对这种宗教信条……"这句话说明必须有一些人——不管是法老或长老——来作为这种"社会化"了的教义之外的精神经验的承担者……（而）反抗"社会化"了的教会的尼古拉·亚历山大洛维奇（指别尔嘉耶夫——引者注）的情况也是如此，他一面赞成马克思主义者的做法，一面又以为在他们的做法中也有一种教会，因为这种做法中也有它的"教义问答"，他以神秘的无政府主义的名义来反对这个"教会"。

别尔嘉耶夫是在1908年之后皈依基督教的，但他并非一般意义上的基督教徒，他的信仰是在教会、教堂、祭神集会之外。在基督教的神秘主义上，在信仰和教会之间关系的处理上，这可以联想到西蒙娜·薇依（1909—1943）。她去世前一年（1942）在写给修道院院长贝兰神父的信中这样说：

> 迄今为止，人们所说的和写成文字的任何东西，都比不上

[①] 苏飞，伊斯兰神秘主义派别，通译"苏菲"。伊本·阿拉比（1165—1240），伊斯兰教神秘主义哲学家。

圣人路加在谈到尘世王朝时提到的，魔鬼对基督所说的那些话深刻。"我把全部强权以及与之俱来的荣耀统统给你，因为它被赐予我和我欲与之分享它的每个人。"因此，结果必是社会成为魔鬼的领域。肉体让人以"我"（moi）来说话，而魔鬼则说"我们"（mous）；或者如独裁者那样，用"我"（ji）① 来说话，却带有集体的意义……②

在宗教信条被社会化的时候，"精神和灵魂的叛逆注定要行动起来反对这种宗教信条"。阿拉贡说，"反抗'社会化'了的教会的尼古拉·亚历山大洛维奇的情况也是如此"。

说起来，共产主义这一信仰的社会化也至少有一百多年的历史。社会化是历史行动的必然，否则它就没有存在的必要。谈到信仰，信仰者大多被成功地纳入"教会"的组织中，但也总会有一些信仰者，深刻感受到如别尔嘉耶夫、薇依式的内在矛盾，遭遇他们的那种精神困境和困境中的挣扎。他们都意识到这种"社会化"的不可避免；而"反对"也只能以类乎"神秘主义"的方法；因为对社会化制度的抗拒，无法以制度的形式来实行。他们如薇依所言，这样的人"必须而命定要独身一人"，对任何人际环境来说，"都是局外人，游离在外"；他们的精神影响，也只是发生在极有限的个体之中。

但是不管怎样孤独、无助，也必须要有这样的人，"来作为这种'社会化'了的教义之外的精神经验的承担者"。

2016 年 9 月

---

① 译者注：法语中 moi（我）是独立人称代词；而 ji（我）是非独立人称代词。
② 西蒙娜·薇依：《在期待之中》，杜小真、顾嘉琛译，生活·读书·新知三联书店，1994 年，第 11—12 页。

《绿化树》：前辈，强悍然而孱弱

《绿化树》，中篇小说，张贤亮著，初刊于《十月》（北京）1984年第2期。

文学史上的"坏小子"？

2014年9月27日张贤亮去世之后的第三天，批评家杨早在微信上发表了题为《张贤亮：文学史上的坏小子》的文章，讲了他对这位在80年代曾多次引发文坛轰动的作家的"心情有些复杂"的反应[①]。文章写得漂亮，简洁而又有深度。不过，称他为"坏小子"，并和郁达夫、王朔置于同一谱系，总觉得不是很妥帖，有说不明白的别扭感觉。

当代文学史一般的描述是，张贤亮1957年因为发表诗作《大风歌》

[①] 杨早（1973— ），生于四川富顺，毕业于北京大学，文学博士，现任职于中国社会科学院文学所。著有《野史记（新史记系列）》《民国了》《清末民初北京舆论环境与新文化的登场》《野史记：传说中的近代中国》《纸墨勾当》等，与萨支山编有《话题》年度系列。

成为"右派"。这首有一百一十多行的诗,登载于《延河》(西安)1957年第7期①。9月1日,《人民日报》刊登了《斥〈大风歌〉》的批判文章,指它是"怀疑和诅咒社会主义社会,充满了敌意的作品",跟着,西北地区的报刊也展开批判。作为"充满了敌意"的证据摘引的是下面这些句子:

> 我把贫穷象老树似的拔起
> 我把阴暗象流云似的吹飞
> 我正以我所带的沙石黄土
> 把一切腐朽的东西埋进坟墓
> 我把昏睡的动物吹醒
> 我把呆滞的东西吹动
> 啊!这衰老的大地本是一片枯黄
> 却被我吹的到处碧绿、生气洋洋
> ……
> 我向一切呼唤、我向神明挑战
> 我永无止境、我永不消停
> 我是无敌的、我是所向披靡的、我是一切!

这是郭沫若早期自由体(《天狗》之类)的不高明的模仿。但在一个"自我"不再可以膨胀的时间,再说什么"所向披靡""我是一切",显然是犯了时代错误。不过,凭这些句子就说作者是"怀疑和诅咒社会

---

① 虽然"反右派运动"1957年6月已经开展,但由于刊物发稿、印制的周期,以及当年突发的转折需要调整时间,不少7月号的文学刊物,仍延续了"鸣放"时期的风貌。最典型的是7月号的《人民文学》刊登的《美丽》(丰村)、《改选》(李国文)、《红豆》(宗璞)、《诗七首》(穆旦)、《"蝉噪居"漫笔》(回春,即徐懋庸)、《写给诗人们底公开信》(李白凤)等,在"反右"期间都受到批判。

主义社会",即使在当年也需要相当的想象力,何况这首诗还有"献给在创造物质和文化的人"的副标题。我们难以清楚张贤亮遭难的准确原因。也许得罪了某个领导?或者所在的单位需要一个"右派"?将这些文字和他的出身、家庭问题挂钩也许有更大的可能——这犹如指流沙河写《草木篇》是为报"杀父之仇"。《大风歌》事件可以引出一些问题来讨论。一个是当代文学的"影射"问题。比附、影射在中国大概有悠久传统,这既是隐晦的表达方式,也是深挖微言大义的阐释方法。在"当代",一个时期被批判为影射的作品,大多以自然景物或历史人物、事件为题材。较著名的有前面提到的《草木篇》(流沙河),还有《景山古槐》(公刘),《陶渊明写"挽歌"》(陈翔鹤),《杜子美还乡》(黄秋耘),《海瑞罢官》(吴晗)等,但后来又都认为影射的指控没有根据,属于捕风捉影。当代使用影射、比附的并不限于"文人",政客们出于我们不明究底的原因也会使用,如"文革"后期的"评法批儒",孔丘、少正卯、吕后、武则天等,都成为当代政治人物的代号。

可以讨论的另一问题是,敌我、被批判者和批判者之间的界限并不稳固,变换转化的情形经常发生。革命需要制造它的对象,什么人成为对象有的时候纯属偶然。前边提到的批判《大风歌》的文章,出自诗人公刘(1927—2003)之手,公刘当年供职于解放军总政文化部的文学美术创作室[①],但他不久也成了"右派":批判者与被批判者顷刻间就转换身份。

公刘是当代优秀的、受到广泛敬重的诗人。50年代众多青年诗人

[①] 据创作室成员黎白《回顾总政创作室反右始末》(《炎黄春秋》1998年第5期),创作室成立于1956年,文学组主任是虞棘,副主任魏巍,创作员有蔺柳杞、丁毅、胡可、杜烽、徐光耀、西虹、周洁夫、史超、寒风、郭光、韩希梁、张佳、沈默君、黄宗江、陆柱国、白桦、公刘、黎白,均是"十七年"中军队中作家、诗人、戏剧家的佼佼者。

中,他脱颖而出,《佧佤山组诗》《西双版纳组诗》《西盟的早晨》,民间长诗《阿诗玛》的整理(与黄铁、杨智勇、刘绮合作),诗集《在北方》,给平庸的诗坛带来清新之风;眼界甚高的艾青1956年在《文艺报》撰文《公刘的诗》给予褒奖。80年代,公刘那些深切忧愤的历史反思的政治诗,也获得很高评价。50年代那样的政治氛围,公刘批判《大风歌》真的是以为它充满敌意,还是被授意、指派无奈而为,抑或意识到处境岌岌可危出于自保……这是无法辨明的心理轨迹。公刘"右派"罹难后的22年,经历的也是"被驱赶于流沙之中,生命为大饥渴所折磨"的惨苦①。但公刘和张贤亮不同,"复出"后除少量文字,并未对遭受的苦难喋喋不休,也不将这些作为写作题材不断咀嚼;相近经历的作家对这样的遭际其实有很不同的理解和处理方式。

现实主义?还要细节的真实

《绿化树》这个中篇,初刊于《十月》(北京)1984年第2期,标明是"唯物论者启示录"的系列中篇之一。后续被标志为"启示录"系列的,还有《男人的一半是女人》等。张贤亮的小说也有写到六七十年代的农村(《河的子孙》),改革开放时期的经济活动(《龙种》《男人的风格》),但大多数作品,都以自身的经历为素材,这一直延续到《习惯死亡》《我的菩提树》。这种不倦的"自恋式"写作,在文学"感伤"的名声不再那么美好的20世纪,确实不再多见。张贤亮也是个现实介入

---

① 公刘:《离离原上草·自序》,人民文学出版社,1980年。在《自序》中公刘说,成为"右派"之后,妻子离他而去,留下不满一岁的女儿,又被遣送到山西等地"劳动改造",只好将女儿托付老母抚养,"文革"中再次受到批斗折磨。

很深的作家①,作品自然要触及当代敏感的政治问题。他自己说因为读过《资本论》,很有经营的眼光(他生命的后期,商人、董事长、镇北堡影城堡主等其实已盖过了小说家的声誉),政治上则自称是"务实派"——在复杂环境下,知道怎样去"讨好",也知道如何以有限的方式去"抗议"。在一篇创作谈中,他说到"文革"中一个农村干部,学着当代电影中日本兵口吻说:"我们中国农民啦,都'大大的狡猾狡猾的!'""狡猾"(换一个说法就是机智),是张贤亮人生、创作不断演绎的主题,一种有关生存并获得成功的智慧和行为哲学。

《绿化树》发表后,好评如潮,但也存在很大争议。邵燕祥说,"很惭愧"他印象最深的是对饥饿的描写;这是他和很多人的体验,却在强调反映现实的当代小说中没有留下什么痕迹。哲学家李泽厚的评价,则重视它呈现了某种"思想史的真实"②。这里的意思大概是,从对章永璘生活和心理的描写中,可以了解阿·托尔斯泰写在《苦难的历程》(也被张贤亮写在《绿化树》)上的题记的具体含义,见识知识分子"在清水里泡三次,在血水里浴三次,在碱水里煮三次"在中国当代是怎样的情景。

从文学史的角度,邵燕祥和李泽厚说的是当代小说"真实细节"的问题;这应该是《绿化树》的最大贡献。"现实主义的意思是,除细节的真实外,还要真实地再现典型环境中的典型人物"——恩格斯1888年致哈克奈斯信中的这段话,在中国当代被看作"现实主义"的经典定义。"当代"主流文学理念是,对典型、观念、主题构思的极度强调,认

---

① 张贤亮在《当代中国作家首先应该是社会主义改革者》中说:"对你(指李国文——引者注)我这样经历坎坷、命运多蹇的人来说,即使你在贵州的'群专队'里,我在宁夏的劳改农场里,也都在思考着国家的命运……就是看到两条狗打架,我们也会联想到社会问题上去。"(《百花洲》[南昌]1984年第2期)这种品格和感受思维趋势,既是当代作家的骄傲,也是他们的悲哀。

② 李泽厚:《两点祝愿》,《文艺报》1985年7月27日。

为"提炼主题"是写作的"中心环节,中心神经";有了这个中心,所有生活现象、一切细节,便经改造、向中心聚拢而重新编排①。这种认识的极端化,便是"细节"为"主题"而设计,细节的"清洁化",一切差异性的,无法明确定义的便被忽视,遭到摒弃。我们当代人确实无法了解哈姆莱特对他的朋友霍拉旭说的,"天地之间有许多事情,是你们的哲学里所没有梦想的呢"②的意义。《绿化树》等在当年的"革命性"意义是,在中国当代的某个时候,提醒恩格斯的"定义"需要改写,才能挽救教条、概念化的文学;也就是需要将"除细节的真实外,还要真实地再现典型环境中的典型人物",倒置为"除真实地再现典型环境中的典型人物外,还要细节的真实"!

《绿化树》引发的争议,则集中在知识分子思想改造的描写上。当代施行的知识分子改造理论和政策,在"文革"结束后反思的80年代,普遍认为需要检讨,以至否定。伤痕、反思作品也纷纷为受难的知识者辩诬平反,塑造想让人尊敬,也让人哀怜的正面形象。可是,《绿化树》没有着力表现思想改造的那种强制、暴力压迫性质,精神自主剥夺的虚妄也未得到有力揭示,相反,倒是试图证明当代知识分子改造的文化逻辑的合理:"章永璘等并不是历史的牺牲品和被动的受害者,而是主动经受苦难并在磨难中最终成长为成熟的'唯物主义战士'的炼狱者。可怕的历史梦魇,在这些小说中,闪耀着神圣的,近乎崇高的受难色彩",张贤亮"以一个挺身接受考验的成长者、受难者形象",说明"尽管历史曾经带给知识分子灾难,但一切并不那么可怕,因为这仅仅是一个过程,一个更为成功的社会自我,将在灾难的尽头等待,并将给予受难者

---

① 王汶石:《漫谈构思》,原载《延河》1961年第1期,后由《人民日报》转载。
② 《哈姆莱特》第一幕,见《莎士比亚全集》第9卷,朱生豪译,人民文学出版社,1978年,第33页。

丰厚的报酬"。①

不过还是要感谢张贤亮,在"新时期"文学众多苦难英雄的知识者形象中,他补充了这样的自得,然而矫情、猥琐的图像,这使历史不那么条理化,或许能让文学叙述与"历史真实"之间不致离得太远。

"叔叔":强悍然而孱弱

《绿化树》中有这样著名的情景:饥饿的年代,章永璘接过马缨花"宝贵的馍馍",心中便升起威尔第《安魂曲》的宏大规律,尤其是《拯救我吧》那部分更是回旋不已;而当章永璘情欲蠢动时,马缨花的劝阻是:"……干这个伤身子骨,你还是好好地念你的书吧!"接着便有下面的细节:

> 我每晚吃完伙房打来的饭,就夹着《资本论》到她那里去读……我偶尔侧过头去,她会抬起美丽的眼睛给我一个会意的、娇媚的微笑。那容光焕发的脸,表明了她在这种气氛里得到了一种精神上的享受;她享受着一个女人的权利。后来,我才渐渐感觉到,她把有一个男人在她旁边正正经经地念书,当作由童年时的印象形成的一个憧憬,一个美丽的梦,也是中国妇女的一个古老的传统的幻想。

这确是"古老传统"。批评家在小说发表后不久就指出,中国传

---

① 贺桂梅:《人文学的想象力》,河南大学出版社,2005年,第219—220页。

统文人习惯于在"落难"时,将自己的命运与女性类比,塑造一个"拯救者"形象,通过美丽、温柔、妩媚的女性来肯定自身的价值;在这一文学"母题"链条上,古代有杂剧《青衫泪》,现代有《春风沉醉的晚上》①。马缨花说的那些话,和烟厂女工陈二妹说的源于同一个模子:"你若能好好地用功,岂不是很好么?"……受了批评家论述的启发,我在文学史上写下这样的文字:"不论是启蒙思潮的对于'原始性'的崇拜,还是阅读《资本论》以洗清西方'人道主义'的影响,都不能改变男性'读书人'叙事中以贬抑方式呈现的优越感,那种凭借知识以求闻达的根深蒂固的欲望。"②

这个"古老"的图景,几年后也出现在王安忆的《叔叔的故事》③中:

> 读书的时候,叔叔的心境是平静和愉快的。当他在灯下静静读书的时候,他妻子的心境也是平静和愉快的,一针针唑唑啦啦地纳着鞋底,看着他魁伟的背影猫似的伏在桌上,感到彻心的安慰。她想她降住了一条龙,喜气洋洋的。她温柔地想:我要待你好,我要一辈子,一辈子,一辈子地待你好!这样的夜晚总是很缠绵,直到东方欲晓。

不同的是,王安忆接着就拆解了这个温馨、缠绵的古老"谎言",不让前辈的"叔叔"继续编织梦境:

---

① 黄子平:《同是天涯沦落人——一个"叙事模式"的抽样分析》,《沉思的老树的精灵》,浙江文艺出版社,1986年。
② 洪子诚:《中国当代文学史》(修订版),北京大学出版社,2007年,第266页。
③ 刊于《收获》(上海)1990年第6期。

……会有那么一天,当叔叔的妻子对他说:看书吧!叔叔突然地勃然大怒。他抬起胳膊将桌子上的书扫到地上,又一脚将桌前的椅子踢翻,咬牙切齿道:看书,看书,看你妈的书!……开始,叔叔的妻子惊呆了,吓坏了,因为她没有想到叔叔还会有这么大的火气,……可是她仅仅只怔了一会儿工夫,就镇定下来。她不由得怒从中来,她将大宝朝床上一推,站到叔叔跟前,说:"你有什么话尽管直接说,用不着这样指着桑树骂槐树;这个家有什么亏待你的地方,你如不满意尽可以走;烧给你吃,做给你穿,我兄弟借书给你看,我妈这么大岁数给你带孩子,你有什么不满意的?你摆什么款儿?你拿上你的东西走好了,现在就!"

强悍的"叔叔"这就暴露了性格上孱弱的底子:

叔叔没有说话,像一头累苦了的牛似的呼哧呼哧喘着,两只手捏成了拳,关节捏得发白。叔叔是个敏感的人,他从这话里一定听出了两重意思:一重是他是这个家庭的受惠者,这个家庭收容了他;二是如他要离开这个家,他所能带走的仅是他自己的东西,也就是说,这个家里没有一点属他所有的东西。这一刻里,叔叔所受的震动是极大的……

其实,章永璘(也就是"叔叔")不是不知道,将马缨花想象成塔吉雅娜(《欧根·奥涅金》中的女性)是自我欺骗,结局终究不会完满,他的"孱弱"更表现在为自己脱尽一切干系,把类乎"始乱终弃"的包袱抛给女性"拯救者",让她主动背上:"我不能让你跟别人家男人一样'老婆孩子热炕头',那最是个没起色的货!你是念书人,就得念书。只要你念书,哪怕我苦得头上长草也心甘情愿……"

　　杨早的文章说,王安忆《叔叔的故事》的主人公是以张贤亮为"蓝本";张贤亮也曾为此事诘问过王安忆①。确实,小说写到的事件和许多细节,都不免让读者联想起张贤亮的人与文。但如果将"叔叔"看作"单数",看作在写张三李四,发掘"隐私",并作索隐性的阅读,王安忆肯定不乐意,也不符作品的实际。毕竟如王安忆说的,这是她本人"对一个时代的总结和检讨",包含了"最饱满的情感与思想"。虽然王安忆常常对写作的"历史"概括、承担表示怀疑,她的小说观的第一条是"不要特殊环境特殊人物",但也从不把对话语、文本的"拆解"当作解脱焦虑的快乐"游戏";因此,小说的叙述者说,讲完叔叔的故事之后,他也不可能再讲快乐的故事,叔叔不是幸运者,而叙述者的他,"其实也不是"快乐的孩子。

　　不过,要是将"叔叔"从单数转化为复数,"它不只是有关张三的故事,更是关于'父兄'辈作家,也即'叔叔'一代人的故事"②;"尽管小说中一切都要指涉叔叔(一个类似精神领袖的著名作家)这个人物,但其实他也正是时代人格化的形式,叔叔的悲剧及其精神丑陋与虚妄即

---

　　① 王安忆在《自强悍的前辈而下》中写道,在一次文学评奖活动上,张贤亮"走到我们这堆人里,对我说:据说你的《叔叔的故事》里的'叔叔'是我,那么我就告诉你,我可不像'叔叔'那么软弱,你还不知道我的厉害!他的话里携带了一股子威吓的狠劲,令人骇怕和生气,可如今想起来,那景象确实有一种象征,象征什么?前辈!前辈就是叫你们骇怕和生气,然后企图反抗,这反抗挺艰巨,难有胜算,不定能打个平手。有强悍的前辈是我们的好运气!"《文汇报》(上海)2014 年 12 月 29 日。这是王安忆为《〈收获〉年度经典作品精编(1957—2013)》所写序言,可惜的是这本书后来没有出版。

　　② 王纪人:《读王安忆〈叔叔的故事〉》,2006 年 11 月 25 日。新浪博客 http://blog.sina.com.cn/s/blog_4a78abb6010007fh.html。

是时代的可悲之处"①——那又会怎样？在"对一个时代的总结和检讨"的前提下，是否会在"对知识分子关于'反右运动'和'文革'时期公共性的苦难叙事的解构"之后，"造成了新的遮蔽，造成了一种强迫性的历史遗忘"？会不会将"'反右'和'文革'时期'叔叔的故事'……简化为风流韵事，知识分子广遭迫害的历史，也被简单地、本质化地置换为'个人品性'遭受羞辱的历史"？② 如何在"叔叔"对自己故事的改写，和"孩子"对"叔叔"讲述的故事的改写之间，寻找到修正、平衡的联结点，这是小说读后留下的思想的和心理上的纠结。

苦难的补偿和救赎

80 年代文学中，苦难是一个普遍性的主题，特别表现在描写干部和知识分子的作品中，伤痕、反思文学换一个说法，也可以说就是苦难叙述的文学，这包括物质的、肉体的、精神的。如果否认这种叙述的合理和必要，某些布满阴霾的年代就会变成"阳光灿烂的日子"。况且，"诉苦是受害人的正当权利，每一个生命都弥足珍贵"③。

但是 80 年代文学的苦难叙述情形并不一律，表现为不同的形态。有些作家会努力呈现苦难的程度，以博得同情和哀怜。有的作家会认为，"人并非无辜也并非无罪"，"如何从中摆脱出来？……就是要治疗一切能够治疗的东西——同时等待着得知或是观察"④。另一些作家并不

---

① 宋明炜：《〈叔叔的故事〉与小说艺术》，《文艺争鸣》（长春）1999 年第 5 期。
② 何言宏：《王安忆的精神局限》，《钟山》（南京）2007 年第 5 期。
③ 韩少功：《革命后记》，牛津大学出版社（香港），2012 年，第 27 页。
④ 阿尔贝·加缪《鼠疫》中里厄医生的话。着重点为原有。参见加缪：《局外人·鼠疫》，郭宏安、顾方济、徐志仁译，漓江出版社，1990 年。

想挖掘社会病症的根源，关心的是苦难中个体的存在方式，生命尊严的维护是否可能。张贤亮写作的着力点则是另外一种，他关心的是苦难经历者事后如何获得最大限度的补偿。

在《绿化树》中，这一点在艺术层面上表现为两点。一是叙事姿态和基调。张贤亮有相当的艺术才能，特别是处理细节的能力。虽然是一样的收集不幸，但有时间距离的"自反式"调侃、嘲讽语调，既削弱了自怜可能引起的阅读反感，也有助于提升叙事者"苦难"遭遇、经验的价值。另一点则表现在叙事结构上。心理上的平衡和满足感的"封闭式结构"（借用卢卡奇的概念）虽然是众多"复出作家"这个时期作品的共同点，但《绿化树》有它的特别之处，这就是当年引发争议的结尾。小说最后章永璘苦尽甘来地叙述道：

> 1983年6月，我出席在首都北京召开的一次共和国重要会议。军乐队奏起庄严的国歌，我同国家和党的领导人，同来自全国各地各界有影响的人士一齐肃然起立，这时，我脑海里蓦然掠过了一个个我熟悉的形象。我想，这庄严的国歌不只是为近百年来为民族生存、国家兴盛而奋斗的仁人志士演奏的，不只是为缔造共和国而奋斗的革命先辈演奏的，不只是为保卫国家领土和尊严而牺牲的烈士演奏的……这庄严的乐曲，还为了在共和国成立以后，始终自觉和不自觉地紧紧地和我们共和国、我们党在一起，用自己的耐力和刻苦精神支持我们党，终于探索到这样一条正确道路的普通劳动者而演奏的吧！他们，正是在祖国遍地生长着的"绿化树"呀！那树皮虽然粗糙、枝叶却郁郁葱葱的"绿化树"，才把祖国点缀得更加美丽！啊，我的遍布于大江南北的、美丽而圣洁的"绿化树"啊！

也就在章永璘在北京和国家领导人一起出席重要会议的1983年，张贤亮被委任为全国政协委员；章永璘和他的创造者同时踏上红地毯。

《绿化树》80年代翻译为外文时，译者（如英文译者杨宪益先生）建议删去这个结尾，这为张贤亮所拒绝[①]。为什么必须有这个结尾，在距小说发表二十年后张贤亮做了解释。他的理由是，从50年代开始，中国就编织一套"身份识别系统"和"身份识别制度"，人被分成三六九等，他作为一个"不可接触的贱民"在这样的制度中生活了二十多年。而"文革"后为"右派"，为冤假错案平反，是"身份识别系统"和"身份识别制度"取消、终结的标志，这些举措"超过人类历史上任何一次奴隶解放"。他说，我们这些人"从各自的灰头土脸的世俗生活中走出来，第一次步入壮丽的人民大会堂'参政议政'，怎能不感慨万千"[②]？

说80年代以后"身份识别系统"和"身份识别制度"已经终结，这个幻觉让人讶异，尤其是发生在熟读《资本论》（第一卷）的"唯物主义者"身上，更是难以理解。但是，张贤亮坚持保留这个结尾却值得称道，否则，主动接受苦难，通过炼狱以求闻达的读书人心理轨迹不会表现得这样清晰，李泽厚说的小说的"思想史意义"将受到很大削弱。

贺桂梅认为，在80年代，"实际上，没有任何一个受益者敢于明确承认，他们所获得的一切只是体制的一种威慑性的补偿"；这种补偿，"在社会体制中甚至超出50年代的地位和声誉"[③]。但张贤亮可能是个例外，他在《绿化树》中明确地承认体制给予补偿的荣耀，但看不到，或

[①] 台湾新地出版社1987年出版的《绿化树》，这个结尾被删去。是否为作者本人授权不得而知。

[②] 张贤亮：《一个启蒙小说家的八十年代》，马国川编：《我与八十年代》，生活·读书·新知三联书店，2011年，第99—101页。

[③] 贺桂梅：《人文学的想象力》，第218—219页。

有意掩盖补偿同时也就是"威慑"的事实。基督教神学的阐释学家特雷西在谈论"恩典"的问题时说,"我们只有面对上帝的恩典的力量,才能明白罪是什么。恩典既是赐予或馈赠(gift),又是威胁"①——把这个宗教表达,借用来理解"世俗生活"的实际,大概也是合适的,虽然在"恩典"与"威胁"问题上,特雷西和我这里说的并不是同一个意思。

出生于保加利亚的法国批评家兹维坦·托多罗夫(1939—2017)在北京的一次演讲中,谈到个人/民族的记忆、历史回顾与身份认同的关系。他指出,失去记忆,也就迷失身份(张贤亮也通过章永璘之口说了同样的话:"人不应该失去记忆,失去了记忆也就失去了自己");对"过去"的讲述,是以叙事的方式来确认身份的手段。托多罗夫从叙事学的角度分析指出,"历史建构"有两大类型——"歌颂我方胜利的英雄叙事和报告他们受难的遇难叙事"——而"任何与价值相关的历史叙事中",可以区分四种主要角色:乐善好施者和受益者,作恶者和受害者。他说,表面看来,只有行善者和作恶者具有明显的道德标记,但是,处于道德中性状态的受益者和受害者,因为与前两者的关系而注入了道德价值。受害者没有任何惬意之处,这毋庸置疑;然而,"如果说没有任何人愿意成为受害者,反之,却有许多人希望以前曾是、以后不再是受害者:他们渴望受害者的**地位**。"不再是受害者,但"渴望受害者的地位":不论是个人,还是群体(党派、阶层、族群……)都是这样,

> 曾经是受害者赋予你申诉、抗争和索求的权利;除非与您断绝一切关系,其他人不得不回应您的要求。保留受害者角色比接受对受害者(假设伤害是真实的)的修好更有利,与短

---

① 特雷西:《诠释学、宗教、希望——多元性与含混性》,冯川译,汉语基督教文化研究所(香港),1987年,第129页。

暂的满足不同，您保留着长期的优势，其他人对您的关注和承认得到保证。……过去的伤害愈大，现在的权利愈大。①

长期保留，并不断提醒他人自己的受害者身份，也就是试图长期保留"申诉、抗争和索求的权利"，获取更大补偿的权利。我想，这也许就是张贤亮写作的主要驱动力和心理机制。

2016年6月

---

① 托多罗夫2007年10月24日在北京大学世界文学研究所的题为《恶的记忆，善的向往》的演讲，记录稿刊于《跨文化对话》第23辑，引文见第167页，江苏人民出版社，2008年。

与音乐相遇

一些乐曲在心中留下记忆,有时候是不期而遇的结果;而且,它常常和音乐之外的事情联系在一起。

拉赫玛尼诺夫《c小调第二钢琴协奏曲》

1977或1978年,那时"文革"刚结束。知道北大经济系陆卓明教授(他的父亲是陆志韦,曾是燕京大学校长)有很多原版的古典音乐磁带,便拿着一些空白带,到他在北大中关园的寓所请他转录。问我有什么要求,我说由您来决定吧。几天之后,拿到手里的除了肖邦的钢琴曲外,是拉赫玛尼诺夫的第二交响曲和第二钢琴协奏曲。这是我第一次听到这位作曲家的名字。陆先生说,他十月革命后离开苏联,长期生活在美国。我当时想,那就是"流亡者"了,怪不得在"冷战"时期的五六十年代,我不知道。不过这是想当然,后来才知道,60年代才华横溢的上海女钢琴家顾圣婴,就曾排练、演奏过这部协奏曲。顾圣婴在那个时代,其才情不在刘诗昆、殷承宗之下。她"文革"中受到迫害,批斗,1967年2月1日凌晨,和她妈妈、弟弟一起自杀身亡,年仅30岁;

她死时,因为潘汉年案蒙冤的父亲还在狱中。

  交给我的第二交响曲,是美国圣路易斯交响乐团的,指挥却没有记住。第二钢琴协奏曲是什么版本一点没有印象。听说那时在大陆乐迷中流行的是里赫特的演奏。陆卓明先生对这两部乐曲没有说什么,只说他听协奏曲的时候,禁不住流下眼泪(后来,我知道不止他一人是这样的表现)。那时候我还住在北大未名湖北岸的健斋,只有一架便携式的录放音机;音效什么的谈不上。但是,第一乐章开端钢琴的低沉和弦,和在它导引下弦乐演奏的歌唱性的、迷人的旋律,立刻抓住了我。它对我来说不是绝对陌生的,因为多次听过柴可夫斯基的第五、第六交响曲;它们之间似乎有着某种内在的关联。但是,相对于柴可夫斯基的哀戚,甚至近乎绝望、破碎来,它的忧郁、悲苦中有着有更多的甜蜜、温暖以至辉煌。我当时就想,复杂情感的互渗与交融,语言大概无法和音乐相比。当然,后来多次重听(大多数是阿什肯纳吉 60 年代的录音),会认同有的乐评家的看法,"结尾处的处理不该那么辉煌,那么煽情",会更着迷第二乐章柔版那如雨滴或如流水的钢琴弹奏。

  这个协奏曲写于 1901 年。同时代画家列宾谈及拉赫玛尼诺夫的音乐,说旋律酷似俄罗斯春汛不断泛出地面的湖水。不约而同,六七十年后中国的乐评家也有相近的描述:"想象一下冰河的解冻,一点点的融化和侵蚀,慢慢涌动的暗流……冰河的大面积坍塌"(曹利群:《拉赫玛尼诺夫:没有门牌的地址》,《爱乐》2011 年第 7 期)。这种相近的思绪、感受的传递、延伸,是很奇妙的事情。它类乎爱伦堡 1953 年写作小说《解冻》时浮现的心境:在俄罗斯的四月,"有的地方还可以看到灰色的雪堆,但是……一株株的草儿、未来的蒲公英的娇嫩的星形芽儿正在穿透地面"(《人·岁月·生活》)。说里赫特 60 年代弹奏的第二钢琴协奏曲,"给整个 80 年代初的中国知识分子'思想启蒙'"——那显然过于夸张,不过,这种思绪、情感经验,却真实地存在于那个转折年代许多

人的心中；这是一种不限于单个人的"精神气候"。这是

> 一种情绪，一种由微小的触动所引起的无止境的崩
> 溃……仿佛一座大山由于地下河的流动而慢慢地陷落……
> （北岛《波动》）

这是

> 我还不知道有这样的忧伤，
> 当我们在春夜里靠着舷窗（舒婷《春夜》）

的个体的苏醒；这是

> 绿了，绿了，柳枝在颤抖，
> 是早春透明的薄翅，掠过枝头（郑敏《由你在我身边》）

的欣喜；这是在走出长长的走廊之后的，

> 啊，阳光原来是这样强烈，
> 暖得人凝住了脚步，
> 亮得人憋住了呼吸（王小妮《我感到了阳光》）

的惊觉；……这就是李泽厚对这个时期的"思想情感方式"所做的概括：感性血肉的个体的解放，呈现了"回到五四期的感伤、憧憬、迷茫、叹惜和欢乐"（《二十世纪中国文艺一瞥》）。也正因为这样，拍摄于

1981年的电影《苏醒》(滕文骥导演,王酩音乐,西安电影制片厂)的部分配乐,就选用了拉氏的这部协奏曲。

一个时代的印记,似乎更多保留在观念、口号之中,而感性的体验、情绪无法收拢而随风飘散。这是我们的历史遗产,最需要留存却又最难留存的部分。这便成为回顾过去时的感伤。是的,那个年头的迷茫、忧伤但满怀着美丽憧憬的"创世纪"心情,这样的集体性的"精神气候",如今已经不能复现;包围我们的更多是一种末世式的颓废。

布里顿《安魂交响曲》

这是千真万确的邂逅。具体情形,我在《90年代文学书系》(社会科学文献出版社,1998年)的"总序"中,有这样的记述:

> 1990年初的春节前后,我正写那本《作家的姿态与自我意识》的谈"新时期文学"的小书。在我的印象里,那年春节有些冷寂。大年三十晚上,我照例摊开稿子,重抄改得紊乱的部分,并翻开《朱自清文集》,校正引述的资料。大约在九点半钟的光景,一直打开着的收音机里,预告将要播放一支交响曲,说是有关战争的,由布里顿写于40年代初。对布里顿,我当时没有多少了解,只知道他是英国现代作曲家,在此之前,只听过他的《青少年管弦乐队指南》。我纳闷的是,为什么在这样的时刻播放这样的曲子。但是,当乐声响起之后,我不得不放下笔,觉得被充满在这狭窄空间的声响所包围,所压迫。……

1990年初的农历大年三十,是1月26日。那个时候我住在北大西门对面的蔚秀园。也住在蔚秀园的一位同事春节举家回南方省亲,我主动提出为他看家。因为羡慕他有一套很不错的音响组合;那样的音响当时还比较少见。那年,北京还没有禁放鞭炮,却好像没有多少鞭炮声,暖气也烧得不大好,那个住宅小区确实"冷寂"。不是太清楚当时收听的是哪个广播电台,较有可能的是北京台的立体声音乐频道。一开始就是沉重的定音鼓的敲击,这种敲击持续不断。同样持续不断的是或低沉,或锐利的哀吟和叹息。这样造成的压抑感,和这个传统团聚的节日需要的温暖、欢乐构成的对比,在当时给我诡异的冲击。将这首追悼亡灵的乐曲安置在除夕夜,产生这样念头的人,是个什么样的人?……我发现自己已经离开乐曲本身,转而和那个不知名姓的节目制作人的对话。

生活里这样的零碎细节当然不会得到记载,也很快就会销声匿迹;连同当时的情绪。这是需要细心保护的,因为在人的意识中,它们属于"最微妙和最不明确"的部分,而且往往寄存于心中的,自己有时也容易忽略的角落。当时听的时候,并没有准确记住乐曲的名字,以为就是《战争安魂曲》。过了一些时间,就买了Decca的二碟装的CD,有着著名的没有任何图案装饰的纯黑封面。到这个时候,才明白我是真正的乐盲。这部由布里顿自己指挥的大型乐曲,并不是除夕夜我听到的。它作于60年代初,是管弦乐与人声(独唱、合唱、童声合唱)的大型作品;为毁于二战战火而重建的考文垂大教堂而作。除夕夜的那首名为《安魂交响曲》,作于、首演于二战进行中的40年代初。它的名气、成就当然远不如前者,好像现在也不是交响乐团常备曲目。但因为这些和音乐本身没有直接关联的因素,却留给我更深的印象。

后来有朋友告诉我,90年代初的那些年,北京乐迷中流行的另一首曲子,是肖斯塔科维奇的《第十一交响曲》,内容与1905年彼得堡工人示威游行和受到镇压的事件有关。因为作品的戏剧性情节,第二乐章冬宫广场上号声和军鼓交织的音响,使这部作品为乐迷追捧。据说最有名的是贝尔格伦德指挥伯恩茅斯乐团的录音。但我没有听过,也没有想过一定要去寻找它,我有的只是海汀克指挥的那款;音响的确让人震撼。

马勒《大地之歌》

准确地说,我并不是第一次听《大地之歌》就受感动的。80年代后期,北京广播电台的音乐频道就系统介绍过马勒的音乐,并播放过这个曲子。当时没有留下什么印象。80年代后期中国大陆音乐界开始关注马勒,应该是接续西方已持续一段时间的马勒热。《大地之歌》在当时又不限于音乐界的关注,这有另外的原因。中国文学界80年代有着西方现代派热,普遍认为西方文学是中国当代文学拯救之道。作为重塑自信心的反拨,在中国文化对西方的影响的谈论中,美国诗人庞德从中国古诗中得到的启示,和马勒《大地之歌》对唐诗的借重,就成为经常被引述的史实。汉斯·贝特格的《中国之笛》收入的中国古代诗的德译,为马勒提供了表达他有关自然、生命和痛苦的体验的依凭。

但当时听《大地之歌》,确实没有留下什么印象;感觉和中国古诗也没有多少关联。能够出神地听这个曲子,是1992年冬天在东京大学工作的时候。我在一篇短文里写到这个情景:当校园里高大银杏树金黄叶片飘落的时候,我在那里已经快一年半了。新年前的最后一堂课上,读日本文学专业,也来听我讲中国当代文学的学生根岸交给我他转录的《大地之歌》的磁带,是送我的新年礼物。里面附的信有一段是:"这录音是西洋音乐，可是也许能向您提供理解现在日本文化的参考。Mahler 是我最喜欢的作曲家。他的音乐，是从 19 世纪后期浪漫派到 20 世纪现代音乐的过渡。他活着的时候，没有得到很高的评价。60 年代以后，欧美和日本对他的评价非常高。"对于《大地之歌》，他的感受是："……借古代中国诗歌所描写的风景世界，来表现他的悲哀。这里有无法用语言表达的美，美丽的风景，在大自然中的悲哀的人的风景。第六乐章，最长的乐章，特别悲哀，寂寞，美丽。人生如梦，而自然永远不变。"

他的这个录音，是费舍尔·狄斯考的演唱（伯恩斯坦指挥维也纳爱乐乐团）。后来，又听了瓦尔特与女中音费丽亚尔的 1952 年的录音。狄斯考是男中音，以演唱艺术歌曲著名。舒伯特的《冬之旅》好像成为他的"名片"。针对一般认为《冬之旅》是他的"代表作"，他的回应是："我不希望用《冬之旅》来代表我自己。我是一个音乐家，唱歌是为了表现一部作品。我没有必要在生活中成为忍受着冬日寒冷的主人公。"这个回答，提示我们了解他在《大地之歌》中的表现。他的歌唱舒放、深厚而高贵，与费丽亚尔相比，那种"艺术"上的细致雕琢更为鲜明。从费丽亚尔那里，在第六乐章"告别"中，我们可能更多体验到那来自生命深处的悲哀和超越悲哀的清澈。相信这样的判断，不是因为我们在倾听之前就知道这样的事实：她在录制这个唱片的时候，已经明白自己身患绝症。除了她的歌声之外，乐队的许多段落也打动我；比如第六乐章开头在锣和低音提琴之后双簧管的"叠句"。

马勒的作品常常具有个人性的"传记"色彩。但是，也不必苦苦追索《大地之歌》与爱女夭折，他一生与死亡之间的纠缠，以及和妻子阿尔玛的关系。它毫无疑问地会伸展到其他人的生命体验之中，并获得呼应。日本学生根岸用悲哀、美丽、风景这几个朴素的词，来讲他的感受，虽然简单，但我当时也想不出有其他的合适词语。这几个词不是分别单独存在的。也就是说，不单是悲哀，而且美丽；而且，这种悲哀和美丽，为具有强大想象力和艺术构型力量的作者和演唱（演奏）者，塑造为美学意义上的"风景"。我要补充一点的是，《大地之歌》的抒情、悲哀，不是那种浪漫主义式、自我表现的感伤，也不是末世式的悲剧。有作家说过，"悲哀才是一种美妙的快感，因为悲哀的纤维，是特别的精细，它无论是触于怎样温柔的玫瑰花上，也能明切的感觉到"（庐隐《寄燕北故人》）。但马勒在这里，不是那种自怜和自恋，不是感伤式的自我玩味。尽管我不可能说清楚，但总觉得里面蕴涵有对感伤的挣脱和对自我的反观。当然，他也不让悲哀没有节制，用"美丽"平衡了悲切的成分。一本马勒的传记引了马勒这样的诗行：

我在梦中见到自己可怜的、沉默的一生
——一个大胆地从熔炉中逃脱的火星，
它必将（我看到）在宇宙中漂浮，直至消亡

（彼得·富兰克林《马勒传》）

"逃脱的火星"这个意象奇妙而恰当；正是在这样的意义上，我们说他连接了"20世纪现代音乐"。

对于以前与《大地之歌》的隔膜，我在1992年有了这样的反省。一个是80年代那个时候全静不下心来倾听，心中有众多嘈杂的欲望，嘈杂的声音。更重要原因是，我在"当代"的生活，基本上是一个生命"缩减"的过程。体验、情感、感受力，不断缩减为某种观念、教条：这让我难以接纳超乎这些僵化的观念和教条之外的事物。在这个时候，我也才能理解台湾诗人林亨泰这样的诗句："不必是一个特别理由来生活／活下去本来就是不用借口。"（《生活》）

读 作 品 记

《霍洛维茨在莫斯科》

　　2009年上半年，我在台湾的一所大学上课。在这之前结识淡江大学教授吕正惠，知道他有丰富的西方古典音乐唱片收藏，就总想去他家看看。7月的一天，他的学生开车驶过曲里拐弯的街道之后，来到一条小巷。进门后，看到的是堆满书籍的所谓客厅：可以落脚的地方不多，最大的空间就是既是茶几也是饭桌的那个位置。晚饭过后，便下到地下室。几十米的地下室四周沿墙壁的书架，从天花板到底层，都是前后两层摆放的CD。关于他购买、搜集唱片的情况，他的《CD流浪记》（台湾九歌版，大陆生活·读书·新知三联书店版）有详细讲述。在匆匆看过他的收藏之后，他问："我们听点什么呢？"三万多片CD，且百分之九十九我都没有听过的情形下，你还有选择的可能吗？看我为难，他便从堆放在茶几上的唱片中拿出一张。那是80年代出版的影像光盘：《霍洛维茨在莫斯科》。吕正惠说，他原来不大喜欢霍洛维茨（为什么不喜欢他没有说，好像是说他有点冷），看过这个纪录片，改变了对他的印象。

　　这是记录霍洛维茨1986年在莫斯科的情况，出版于1986年。除了这个纪录片之外，DG还出版了唱片，也是同样的题名。很惭愧，这些我以前都没有看（听）过。这个纪录片除了音乐会现场外，还有霍洛维茨在莫斯科活动的一些细节：搬运为音乐会准备的施坦威钢琴；与侄女以及斯克里亚宾的女儿会面；张贴在莫斯科音乐学院礼堂门外的小小海报；观众排队购票和入场；……那也是春天的4月，莫斯科街头还能见到残存的积雪。在这个纪录片里，我看到礼堂座无虚席，后面还挤满了站立的听众。看到朴素的、没有任何装饰的舞台。看到步履有些蹒跚的老头（那年他82岁），没有任何报幕人地独自走向钢琴。看到他那双典型老年人的，但仍充满灵气的手。看到面对热情的听众，他微笑，又耸耸肩、摆摆手，然后就坐了下来开始弹奏……这些细节让我感到特别亲切，突然发觉已经好久好久没有见到这样自然、简单的神情和"仪式"了。他弹奏的曲目广泛，有斯卡拉蒂、莫扎特、舒伯特、李斯特、肖邦、舒曼、莫什科夫斯基的曲子；当然还有拉赫玛尼诺夫、斯克里亚宾。他弹琴的姿态也很特别，既没有现在常见的那种或沉迷、或痛苦的咬牙切齿的表情，身体、手势也没有俯仰起伏的夸张摇晃（也许这些神态姿势，对另外的艺术家来说是必要的）。他平静，就是微低着头和眼睑，身躯一动不动。他的手掌始终平放在琴键上面，似乎不是在"弹"，而是在抚摸……像是水鸟掠过平静的湖面引起的涟漪，那样的自然温情。我不知道他年轻的时候是不是也这样弹奏？但现在他似乎是在说，我的理解、体验，我的激情，全部在我的指尖之中。

这个纪录片最触动我的，其实是钢琴家与他的听众之间的关系。镜头几次显现了霍洛维茨眼角的泪花，也多次给了一位女性含泪的微笑。我也看过一些影音资料，偶尔也到过音乐会现场，但这样的情景却很少见到。我们熟悉那种大音量的持续很长时间的叫好声，也熟悉有礼貌的鼓掌——礼貌地等待谢幕结束好退场。莫斯科的这场音乐会，倾听者全然不需要在他人面前装模作样。他们对霍洛维茨的爱、尊敬，对他的演奏的领悟，来自心灵深处，没有勉强的成分。我因此知道，钢琴家和他的听众之间的交流，也可以不需要高声喊叫，不需要拼命拍掌。霍洛维茨和他们之间会心的微笑和泪花，就是很好的说明。

自然，这种情形出现的原因，又不仅仅是音乐本身的。这里积压着长达六十年的历史感受和等待。这位出生于基辅的钢琴家，1925年离开祖国流亡国外，和拉赫玛尼诺夫一样，后来定居美国，并加入美国国籍。他在莫斯科演出的海报就标明为"美国钢琴家"。而80年代中期他这次莫斯科之行的策划、安排过程，也在在留着冷战角力的痕迹。在

20世纪，因为战争，因为各种性质的革命，"流亡"成为这个世纪的突出事件，给这个世纪的思想文化、文学艺术带来深刻影响。苏联十月革命之后几十年间，仅以音乐家而言先后自动或被迫离开的，除霍洛维茨之外，还有拉赫玛尼诺夫、普罗科菲耶夫、斯特拉文斯基、夏里亚宾、格拉祖诺夫、米尔斯坦、罗斯特罗波维奇、阿什肯纳吉、麦斯基等。虽然霍洛维茨多次说过他不再回到俄国，但在晚年他还是"回来"了。而拉赫玛尼诺夫却没有再踏上他出生的国土，他的墓就在纽约郊外。流亡、漂泊、乡愁、文化、语言上的矛盾，这些在他们生命中曾有的困扰、挣扎、抵抗，究竟给他们分别留下什么样的印痕呢？在20世纪，"流亡""流亡者"有时候可能被认为是政治、道德污点而受到谴责、鄙视，在另一时空中，它又可能成为荣耀桂冠，虽然布满荆棘。但霍洛维茨在莫斯科的神情给我的感受是，他有某种不愿被归类的，试图追求生命独立性的尊严。他随意而高傲，这是一种"抵抗"。他也许知道，我们的活动和创造无法摆脱时势和现实政治，但反过来，艺术的创造也可能具有超越这一切的潜能。

　　莫斯科之行的三年后，也就是1989年，霍洛维茨离开了这个世界。他死的时候，柏林墙好像还没有倒塌，而苏联好像也还没有解体。

2012 年 5 月

《〈玛琳娜·茨维塔耶娃诗集〉序》：当代诗中的茨维塔耶娃及其他

> 《〈玛琳娜·茨维塔耶娃诗集〉序》，文学论文，[苏]爱伦堡写于1956年，中译收入"世界文学参考资料"之一的《爱伦堡论文集》，张孟恢译，世界文学编辑部1962年编辑出版，内部发行。

阿赫玛托娃在 1950 年代的中国

现在被高度评价的俄国20世纪初的一些作家、诗人，在中国当代的五六十年代却很受冷落，他们的作品没有得到介绍，大多数人连他们的名字也没有听说过。不过，阿赫玛托娃可能是个例外。原因是1946年，苏联作协机关刊物《星》和《列宁格勒》，刊登了左琴科的小说和阿赫玛托娃的诗①，它们被认为是"无思想性"和"思想有害"的作品。这引起苏共中央的愤怒，联共（布）中央于1946年8月14日发布《关于

---

① 除《星》和《列宁格勒》刊登阿赫玛托娃的诗作外，苏联《文学报》1945年11月还刊登阿赫玛托娃的访问记和照片，苏联作家协会当时还批准阿赫玛托娃在莫斯科的演说。

· 197 ·

《星》和《列宁格勒》两杂志》的决议,苏联作家协会主席团紧接着检查自己的错误,开除左琴科和阿赫玛托娃出作家协会,解除吉洪诺夫的作协主席职务,并改组苏联作协。随后,苏共掌管意识形态的书记日丹诺夫,9月在列宁格勒"党积极分子会议和作家会议"上作了长篇的批判报告①。这些报告和文件的中译,连同30年代的苏联作家会议章程,以及日丹诺夫在第一次苏联作家代表大会上的讲话等,收入《苏联文学艺术问题》②一书:这本书50年代初学习社会主义现实主义时,被中国作协列为重要参考文件,所以文学界许多人知道阿赫玛托娃的名字。

联共(布)中央的决议中,对阿赫玛托娃的创作定下的基调是:

……她的文学的和社会政治的面貌是早为苏联公众所知道的。阿赫玛托娃是与我国人民背道而驰的空洞的无思想的诗歌的典型代表。她的诗歌渗透着悲观和失望的情绪,表现着那停滞在资产阶级贵族的唯美主义和颓废主义……

日丹诺夫的报告对这一思想艺术倾向有具体的描述。与现在中国(俄国那边大概也是这样)对"白银时代"文学的主流看法相反,日丹诺夫的评价是:

高尔基在当年曾经说过,1907到1917这十年,够得上称为俄国知识界历史上最可耻和最无才能的十年,从1905年革

---

① 上述报告、决议的中文译者为曹葆华。曹葆华(1906—1978),四川乐山人。1935年毕业于清华大学研究院,诗人、翻译家,译有梵乐希(瓦雷里)、瑞恰慈的诗论。1939年去延安,在鲁艺和中共中央宣传部翻译处工作,50年代后主要从事苏联政治、文学论著,以及斯大林、普列汉诺夫等的著作的翻译工作。

② 人民文学出版社1953年版。

命之后,知识界大部分都背叛了革命,滚到了反动的神秘主义和淫秽的泥坑里,把无思想作为自己的旗帜高举起来,用下列"美丽的"词句掩盖自己的叛变:"我焚毁了自己所崇拜的一切,我崇拜过我所焚毁了的一切。"……社会上出现了象征派、意象派、各种各样的颓废派,他们离弃了人民,宣布"为艺术而艺术"的提纲,宣传文学的无思想性,以追求没有内容的美丽形式来掩盖自己思想和道德的腐朽。

这个描述,经历那个年代的人相信并不陌生;而阿赫玛托娃,日丹诺夫说,她是"这种无思想的反动的文学泥坑的代表之一"——

> (她的诗的)题材是彻头彻尾个人主义的。她的诗歌是奔跑在闺房和礼拜堂之间的贵妇人的诗歌,它的范围是狭小得可怜的。她的基本情调是恋爱和色情,并且同悲哀、忧郁、死亡、神秘和宿命的情调交织着。宿命的情感,——在垂死集团的社会意识中,这种情感是可以理解的,——死前绝望的悲惨调子,一半色情的神秘体验——这就是阿赫玛托娃的精神世界,她是一去不复返的"美好的旧喀萨琳时代"①古老贵族文化世界的残渣之一。并不完全是尼姑,并不完全是荡妇,说得确切些,而是混合着淫秽和祷告的荡妇和尼姑。

因为涉及 20 世纪初俄国思想界和诗歌界的状况,日丹诺夫报告中也提到曼德尔施塔姆。他的名字当年译为"欧西普·曼杰里希唐"。译

---

① 指叶卡捷琳娜二世(1729—1796)时代,她 1762—1796 年在位,是俄国唯一的女沙皇。50 年代曹葆华依德语的英语转写,翻译为喀萨琳。现在台湾、香港等华语译界仍译为凯瑟琳二世或凯瑟琳大帝。

者曹葆华所加的注释是:"俄国阿克梅派的代表诗人,其作品十分晦涩难懂。"日丹诺夫说,阿克梅派的社会政治和文学理想,在这个集团"著名代表之一——欧西普·曼杰里希唐在革命前不久"的言论中得到体现,这就是对中世纪的迷恋,"回到中世纪":"……中世纪对于我们之所以可贵,是因为它具有着高度的界限之感。""……理性与神秘性的高贵混合,世界之被当作活的平衡来感受,使我们和这个时代发生血统关系,而且鼓舞我们从大约1200年在罗马文化的基础上产生的作品中吸取力量。"日丹诺夫认为,阿赫玛托娃和西普·曼杰里希唐的诗,是迷恋旧时代的俄国几万古老贵族、上层人物的诗,

> 这些人是注定要灭亡的,他们除了怀念"美好的旧时代",就什么也没有了。喀萨琳时代的大地主庄园,以及几百年的菩提树林荫路、喷水池、雕像、石拱门、温室、供人畅叙幽情的花亭、大门上的古纹章。贵族的彼得堡、沙皇村、巴甫洛夫斯克车站与其他贵族文化遗迹。这一切都沉入永不复返的过去了!这种离弃和背叛人民的文化渣滓,当作某种奇迹保存到了我们的时代,除了闭门深居和生活在空想中之外,已没有什么事情可做了。"一切都被夺去了,被背叛了,被出卖了"。……

日丹诺夫对阿赫玛托娃和20世纪初俄国文学的描述,也就是中国当代"前三十年"对这段历史的基本看法。不过,80年代开始到现在,中国学界和诗歌界占主流位置的评价出现翻转,基本上被另一种观点取代。这种观点,回顾历史,或许可以追溯到时代亲历者别尔嘉耶夫[①]的

[①] 别尔嘉耶夫(1874—1948),生于基辅,20世纪俄国重要思想家。1922年被驱逐出境,流亡德国、法国,在法国去世。

《〈玛琳娜·茨维塔耶娃诗集〉序》：当代诗中的茨维塔耶娃及其他

描述。按照法国作家路易·阿拉贡的说法，俄国思想家别尔嘉耶夫颇为复杂：在20世纪初，他"既承认革命行动是合理的，但在意识形态上，又主张神秘主义，而反对革命行动。他和马克思主义的奠基者走了相反的道路，开头信的是他们，后来却回到费尔巴哈的立场上"①。这位矛盾的神秘主义者的描述，显然与日丹诺夫大相径庭，包括所谓唯美主义、颓废主义等等：

> 20世纪初俄罗斯文学没有创作与19世纪长篇小说类似的大部头长篇小说，但是却创作了非常出色的诗歌。这些诗歌对于俄罗斯意识，对于俄罗斯思潮史都有非常重要的意义。那是个象征主义的时代……（象征主义作家）他们意识到自己是新的潮流并且处在与旧文学的代表的冲突之中。索洛维约夫的影响对于象征主义的作家起了主要作用。他在自己的一首诗中这样表达象征主义的实质：
>
> 　　我们所看到的一切，
> 　　只是反光，只是阴影，
> 　　来自肉眼看不见的东西。
>
> 象征主义在所看到的这种现实的背后看到了精神的现实。……象征主义者的诗歌超出了艺术的范围之外，这也是纯粹的俄罗斯特征。在我们这里，所谓"颓废派"和唯美主义时期很快就结束了，转变为那种以为着对精神方面寻求的修正象征主义，转变为神秘主义。……世纪初的俄罗斯文学和

---

① 路易·阿拉贡：《在有梦的地方做梦，或敌人……》，译文刊于《现代文艺理论译丛》1963年第1期。中国科学院文学研究所主编，人民文学出版社1963年版，内部发行。

诗歌具有精神崇拜性。诗人—象征主义作家以他们特有的敏感感觉到,俄罗斯正在跌向深渊,古老的俄罗斯终结了,应该出现一个没有过的新的俄罗斯。①

20世纪的历史最不缺乏的是裂痕,是断层的沟壑,情感、观念的急剧翻覆是家常便饭。不能预见今后是否还会出现如此泾渭分明的阐释转换。值得庆幸的是,阐释所需要的材料、资讯将会较容易获取,不像中国当代"前三十年"那样,在日丹诺夫指引下曾"恶毒地"想象阿赫玛托娃,而她的诗我们读到的,只有日丹诺夫报告中所引的那三行:

> 可是我对着天使的乐园向你起誓
> 对着神奇的神像和我们的
> 热情的夜的陶醉向你起誓……
>
> (阿赫玛托娃:《Anno Domini》)

爱伦堡带来的茨维塔耶娃

到了60年代,中国少数读者知道了茨维塔耶娃,以及曼德尔斯塔姆的名字,并非翻译、出版了他们的作品,他们是爱伦堡给带来的。1962年,《世界文学》编辑部编选了作为"世界文学参考资料"的《爱伦堡论文集》。集中收入爱伦堡写于1956年的《〈玛琳娜·茨维塔耶娃

---

① 别尔嘉耶夫:《俄罗斯思想》,雷永生、丘守娟译,生活·读书·新知三联书店,1995年,第223—225页。

诗集〉序》。1963年,作家出版社出版了爱伦堡回忆录《人、岁月、生活》①,其中谈到茨维塔耶娃等人的生活和创作。这两种书,都属于当年内部发行的"内部读物":也就是政治和艺术"不正确",供参考、批判的资料性读物。

爱伦堡1967年去世,晚年主要精力是撰写他的回忆录。《人,岁月,生活》1960年开始在苏联的《新世界》杂志连载,很快在苏联和国外引起强烈反响和争论。据中译者说:"当时的中宣部领导十分关注这一情况,要求人民文学出版社尽快将这部世人瞩目的作品译出,以内部发行的方式出版。"这就是1963年的"黄皮书"版。因为当时爱伦堡回忆录写作尚在进行(1964年《新世界》才全部刊登完毕),因此这个版本只是它的前四部,待到1999年中译本全六部才补齐,并根据苏联的《爱伦堡文集》重新修订。②爱伦堡是个"奇人",与20世纪的许多苏联政治、文化界的重要人物,以及西方著名左翼作家、艺术家多有交往。对于中国当代文化界来说,这部回忆录的重要价值,正如蓝英年先生说的③,把不熟悉和从未听说的名字介绍给读者(曼德尔斯塔姆、古米廖夫、阿赫玛托娃、别雷、巴别尔……),对听说过或熟知的人物则提供他们的另一面相(列宁、托洛茨基、布哈林、毕加索、斯大林、马雅可夫斯基、梅耶荷德、叶赛宁、帕斯捷尔纳克、纪德、聂鲁达、法捷耶夫……)。

讲到玛琳娜·茨维塔耶娃的部分(《人·岁月·生活》译为马琳

---

① 冯南江、秦顺新翻译。1979年之后不同出版社出版的这部回忆录,翻译也均署他们的名字。

② 冯南江、秦顺新当年在人民文学出版社外国文学编辑室工作。在五六十年代,人民文学出版社和作家出版社虽是两个牌子,实际上是同一机构。参见1999年海南出版社版的《译后记》。

③ 蓝英年:《人·岁月·生活》序,海南出版社,1999年。

娜·茨韦塔耶娃）在回忆录的第二部；这一部写到的作家、诗人还有勃留索夫、勃洛克、马雅可夫斯基、帕斯捷尔纳克、曼德尔施塔姆、梅耶荷德、叶赛宁。爱伦堡对他们，不仅提供了他们的许多生活细节，更可贵的是引用了他们的诗行：在那个匮乏的年代，即便是一鳞片爪也弥足珍贵。

从中外文化交流史角度来考察爱伦堡回忆录在中国当代文化（特别是诗歌）变革上发生的影响，80 年代以来已经有不少论著涉及。就对茨维塔耶娃的介绍而言，除回忆录之外，他的《〈玛琳娜·茨维塔耶娃诗集〉序》[①] 也发生一定影响。它的基本观点与回忆录是一致的，有的文字且有重叠，但更充分地讲了茨维塔耶娃的性格、诗歌的情况。现在翻成中文的外国作家有关茨维塔耶娃的评论，我读到的几篇中，爱伦堡的序言是出色者之一——另外的是约瑟夫·布罗茨基的《一首诗的脚注》（黄灿然译），伊利亚·卡明斯基为他和吉恩·瓦伦汀合作翻译的《黑暗的接骨木树枝：茨维塔耶娃的诗》所写的后记（王家新译）。这三篇文章的作者都是，或曾是俄国（苏联）人：爱伦堡、卡明斯基出生于乌克兰，茨维塔耶娃和布罗茨基出生于圣彼得堡（列宁格勒），而爱伦堡和茨维塔耶娃是同时代人，也见过面。

在 50 年代的苏联，如爱伦堡说的，知道茨维塔耶娃的也不多。"她死于 1941 年，只有少数热爱诗歌的人，才知道她的名字。"斯大林去世后的"解冻"，1956 年她的诗集才得以出版。爱伦堡的序言，精彩之处是对茨维塔耶娃思想情感、诗艺的矛盾性，和对她的"极端的孤独"性

[①] 张孟恢译，收入 1962 年的《爱伦堡论文集》，也收入北京大学俄语系编译的爱伦堡论文集《必要的解释》，北京大学出版社 1982 年版。张孟恢（1922—1998），四川成都人。40 年代任重庆《国民公报》编辑，重庆《商务日报》记者，上海时代出版社编译，50 年代在中国作家协会主办的《译文》（后改名《世界文学》）编辑部任编辑、苏联文学组组长。

格的论述。爱伦堡写道:

　　……茨维塔耶娃没有向光荣表示向往,她写道:"俄罗斯人认为向往生前的光荣是可鄙或可笑的"。……孤独,说得更准确一些,剥夺,好像诅咒似的,在她的头上悬了一生,但她不仅努力把这诅咒交还给别人,而且自己还把它当作最高的幸福。她在任何环境都觉得自己是亡命者,是失去往日荣华的人。她回想着种族主义的傲慢时写道:"以前和现在的诗人中哪一位不是黑人?"①

爱伦堡接着这样写:

　　茨维塔耶娃在一首诗里提到自己的两个女人,一个是淳朴的俄罗斯妇女,乡间牧师之妻,另一个是傲慢的波兰地主太太,旧式的礼貌与叛逆性格,对和谐的谦敬与对精神混乱的爱,极度的傲慢与极度的朴实,玛琳娜·茨维塔耶娃都兼而有之。她的一生是彻悟与错误所打成的团结。她写道:"我爱自己生活中的一切事物,但是以永别,不是以相会,是以决裂,不是以结合而爱的。"这不是纲领,不是厌世哲学,不过是自白。②
　　……

接着是读过后让我难忘的这几句:

---

① 爱伦堡:《必要的解释》,第74页。
② 同上书,第75页。

她爱得多，正是因为她"不能"。她不在有她邻人的地方鼓掌，她独自看着放下的帷幕，在戏正演着的时候从大厅里走出去，在空寞无人的走廊里哭泣。

　　她的整个爱好与迷恋的历史，就是一张长长的决裂的清单……①

　　茨维塔耶娃的这种性格，《人·岁月·生活》中也有继续的描述②：仪态高傲，桀骜不驯，但眼神迷惘；狂妄自大又羞涩腼腆。她送给爱伦堡诗集的题词是："您的友谊对于我比任何仇恨更珍贵，您的仇恨对于我比任何友谊更珍贵。"爱伦堡说："她从少年时代直到去世始终是孤独的，她的这种被人遗弃同她经常脱离周围的事物有关。"这种孤独，自然与她的生活处境，与革命和政治相关，但爱伦堡指出，深层之处来自于俄国文化传统，以及个人的心理、性格。

　　序言和回忆录里，爱伦堡还触及生活和艺术的关系——这一在19到20世纪的俄国，和20世纪中国纠缠众多诗人、作家的"毒蛇怨鬼"的"永恒主题"。"当我说俄国和艺术的题材在玛琳娜·茨维塔耶娃的创作中密切交织的时候，我首先想到的是一个最为复杂的、差不多从普希金和果戈理直到今天的一切俄国作家曾经苦心钻研的问题，——关于职责与灵感之间、生活与创作之间、艺术家的思想与他的良心之间的相互关系问题。"爱伦堡认为，"极端孤独"的茨维塔耶娃并非遁入"象牙之塔"。这种关系在她那里，不是表现为寻找终极性的答案，而是呈现为对矛盾的处理过程：

---

　　① 爱伦堡：《必要的解释》，第76页。
　　② 由于手头没有1963年作家出版社版的《人、岁月、生活》，下面引文均据1999年海南出版社版《人·岁月·生活》。

《〈玛琳娜·茨维塔耶娃诗集〉序》：当代诗中的茨维塔耶娃及其他

……有时候为了辩过时代她就把自己诗歌之屋的门窗关闭起来。但是，把这看作唯美主义，蔑视生活，那也不对。1939年法西斯分子焚烧西班牙，入侵捷克斯洛伐克的时候，茨维塔耶娃第一次抛弃了生存的快乐：

我拒绝在别德拉姆①
作非人的蠢物
我拒绝生存。
我拒绝同广场上的狼
一同嚎叫。

孤岛没有了，茨维塔耶娃的生活突然悲惨地停止了。

茨维塔耶娃曾这样说到马雅可夫斯基，"作为一个人而活，作为一个诗人而死"。爱伦堡说，对茨维塔耶娃可以换一个说法："作为一个诗人而活，作为一个人而死。"事实上，生活和诗在她那里的位置始终挣扎较量，她以自身的方式处理这个难题；对这一难题的处理所呈现的"张力"，其实是茨维塔耶娃诗歌动人的一个方面。爱伦堡说，"一个艺术家要为自己对艺术的酷爱付出多大的代价；但是在我的记忆中似乎还没有一个比玛琳娜更为悲惨的形象"，对于她来说，生活悲惨地毁掉了，

她生平的一切，政治思想，批评意见，个人的悲剧——除了诗歌以外，一切都是模糊的、虚妄的。认识茨维塔耶娃的人已所存无几，但是她的诗作现在才刚刚开始为许多人所知晓。

---

① 序言译者原注：别德拉姆是伦敦一所疯人院的名字。此处指疯人的国家。

不过,她信奉的不是我们通常理解的那种"唯美主义"。她离不开艺术,为此付出巨大代价;只是,她同时"对艺术的权力始终保持怀疑":

> 当她还使得诗和时代的暴风雨对立的那些年代,她违背自己而赞赏马雅可夫斯基。她曾经自问,诗和现实生活中的创造,哪一样重要,并回答说:"除去形形式式的寄生虫以外,一切都比我们(诗人——引者①)重要。"

今天我们读爱伦堡写于20世纪五六十年代的序言和回忆录的时候,会遗憾没有讲到茨维塔耶娃更具体的生活情景,她的死亡。爱伦堡的解释是,"现在讲她那艰难的生活还不是时候,因为这生活对我们太近了。"是的,即使已经"解冻"的50年代苏联,也还不是可以无禁忌讲述这些的年代——

> 但是我想说,茨维塔耶娃是富有良心的人,她生活得纯洁而高尚,由于鄙视生存的表面幸福,差不多经常处于穷困,她在日常生活中很有灵感,她在眷恋和不爱上很有激情,她非常敏感。我们能责备她这种敏锐异常的感觉吗?心的甲胄对于一个作家,正如目盲对于画家或者耳聋对于作曲家一样。也许,许许多多的作家的悲惨命运,正在于这种心的袒露,这种弱点……

---

① 序言译文原注,"引者"指爱伦堡。

《我的诗……》和多多的《手艺》

爱伦堡的这篇序言的开头,引了茨维塔耶娃1913年20岁时写的《我的诗……》(题目据谷羽译本):

我写青春和死亡的诗,
——没有人读的诗!——
散乱在商店尘埃中的诗
(谁也不来拿走它们),
我那像贵重的酒一样的诗,
它的时候已经到临。

爱伦堡只是摘引诗的后面部分。这首诗现在多种中文译本都会收入,译文自然也会不同。如:汪剑钊(也只摘引后面部分):

我那青春与死亡的诗歌,
"不曾有人读过的诗行!"

被废弃在书店里,覆满尘埃,
不论过去和现在,都无人问津,
我的诗行啊,是珍贵的美酒,
自有鸿运高照的时辰。

苏杭:

我那抒写青春和死亡的诗,——
那诗啊一直不曾有人歌吟!

> 我的诗覆满灰尘摆在书肆里，
> 从前和现在都不曾有人问津！
> 我那像琼浆玉液醉人的诗啊——
> 总有一天会交上好运。

谷羽：

> 我的诗赞美青春与死亡——
> 无人问津，无人吟唱；
>
> 散落在各家书店积满灰尘，
> 过去和现在都无人购买，
> 我的诗像珍贵的陈年佳酿，
> 总有一天会受人青睐。

与后来诸多译本最大的不同是，爱伦堡序言是"我写……诗"（张孟恢翻译），而其他的译文则为"我的……诗"。前者是一个动作，另外的是静态的陈述。不是要比较之间的高低或哪种更忠实于原文，而是提示中国当代诗人与爱伦堡带来的茨维塔耶娃曾有的联系。

距茨维塔耶娃写这首诗的60年后，多多写了《手艺——和玛琳娜·茨维塔耶娃》：

> 我写青春沦落的诗
> （写不贞的诗）
> 写在窄长的房间中
> 被诗人奸污

被咖啡馆辞退街头的诗
我那冷漠的
再无怨恨的诗
（本身就是一个故事）
我那没有人读的诗
正如一个故事的历史
我那失去骄傲
失去爱情的
（我那贵族的诗）
她，终会被农民娶走
她，就是我荒废的时日……

  显然，多多对话的不是谷羽、汪剑钊、苏杭的，而是爱伦堡／张孟恢的茨维塔耶娃。可以推测他70年代不仅读过"黄皮书"的《人，岁月，生活》，也读过内部读物的《爱伦堡论文集》。假设当年多多读到的不是这篇序言，而是另一种译法，《手艺》可能会是不同的样子。这里也说明这样的事实：茨维塔耶娃影响了多多，但多多同样影响读者对茨维塔耶娃的阅读，以致我偏爱张孟恢翻译的这个片段。

  多多早期诗的意象，抒情方式，可能更多来自他那个时间的阅读，而非他的"生活"；这在"白洋淀诗群"诗人中有普遍性。多多、芒克等的早期作品带有某种"异国情调"，也就是"中国诗"里的"异国性"现象，柯雷（荷兰）和李宪瑜在90年代的研究中已经提出[①]。"异国"在他们那里其实主要是俄国。多多诗里的一些细节，显然从阅读中得到：白

[①] 参见李宪瑜：《中国新诗发展的一个环节——"白洋淀诗群"研究》，《北京大学学报》1999年第2期。其中有"异国情调"一节。

桦林，干酪，咖啡馆，开采硫黄的流放地，亚麻色的农妇①，无声行进的雪橇，白房子上的孤烟……更不要说作品中的那种忧郁和孤独感。都说多多是当代诗人中写"北方"的优秀者之一；但这个"北方"，可能是北纬50度以上的。"生活"是创作的源泉，没错，但书籍（广义上的，还有音乐、绘画……）也是。这有点像孤独的大岛寺信辅的"从书到现实"："他在果地耶②、巴尔扎克及托尔斯泰书中学到了映透阳光的耳朵及落于脸颊的睫毛影子。"③

在当代那个精神产品匮乏的年代，可能不是完整的诗集，只是散落在著作文章里的片断诗行，也能起到如化学反应的触媒作用。张孟恢在爱伦堡的这篇文章中，就投下了释放诗人创造能量的催化剂。除这个例子之外，还可以举1957年刊于《译文》上的路易·阿拉贡论波特莱尔的文章。沈宝基翻译，题为《比冰和铁更刺人心肠的快乐——〈恶之花〉百年纪念》④，也出现若干波特莱尔诗的片断。如：

　　我们在路上偷来暗藏的快乐，
　　把它用力压挤得像只干了的橙子……

---

① 亚麻色是当今少女头发流行色，在多多写作的当时并没有许多人知道。推测多多的"亚麻色"，可能来自德彪西钢琴曲、雷诺阿油画《亚麻色头发的少女》，但也许是来自苏联小说对人物头发肤色的描节。

② 通译为戈蒂耶，法国19世纪诗人、小说家。

③ 芥川龙之介：《大岛寺信辅的半生——一幅精神的风景画》，《河童·某阿呆的一生》，许朝栋译，星光出版社（台北），1986年，第13页。

④ 刊于《译文》1957年第7期，同期还刊登陈敬容选译的《恶之花》9首。文章副题的"百年"误为"百周"。沈宝基（1908—2002），浙江平湖人，曾用名金锋，笔名沈琪，翻译家、法国文学研究专家、诗人。毕业于中法大学服尔德学院，1934年获法国里昂大学文学博士学位。曾任中法大学、北平艺术专科学校教授。1951年后，历任解放军总参谋部干部学校、北京大学、长沙铁道学院教授，译有《贝朗瑞歌曲选》《巴黎公社诗选》《罗丹艺术论》《雨果诗选》等。

如:

> 太阳把蜡烛的火燃照黑了……

如:

> 啊,危险的女人,看,诱惑人的气候!
> 我是不是也爱你们的霜雪和浓雾?
> 我能不能从严寒的冬季里,
> 取得一些比冰和铁更刺人的快乐?

以及:

> 我独自一人锻炼奇异的剑术,
> 在各个角落里寻找偶然的韵脚,

陈敬容译的九首波特莱尔和阿拉贡论文中沈宝基翻译的《恶之花》的零星诗行,根据相关的回忆文字,70年代在北岛、柏桦、多多、陈建华等青年诗人那里都曾引起惊喜,产生震动。在各种各样资讯泛滥的当今,这种震动变得稀罕;我们在蜂群的包围、刺蛰下,感官已经趋于麻木。

诗选如何塑造诗人形象

茨维塔耶娃诗的中译者很多,单独、而非合集的诗选也已经出版多部,如汪剑钊的《茨维塔耶娃文集·诗歌》(东方出版社,2003年;2011年版改名《茨维塔耶娃诗集》)、苏杭的《致一百年以后的你——茨维塔耶娃诗选》(广西师范大学出版社,2012年)、谷羽的《我是凤凰,只在烈火中歌唱——茨维塔耶娃诗选》(上海译文出版社,2014年)等。

谷羽[①]译本在大陆出版之前的2013年,有台湾的繁体字版,书名是《接骨木与花楸树——茨维塔耶娃诗选》(台北,人间出版社)。由于大陆这边出版环节的繁冗,虽然台版在前,估计也不是编了台湾版,才编大陆版。这两个本子出自同一译者之手,收入的诗数量大体相同,都是180余首(大陆版略多几首),不过编排方式却有很大差异。

大陆版是以写作时间先后来处理诗作,划分为"早期创作(1909—1915)""动荡岁月(1916—1918)""超越苦难(1919—1922.5)""捷克乡间(1922.5—1925.11)""巴黎郊外(1926—1939.6)""重陷绝境(1939.6—1941.8)"。这个分类法虽然不很"科学",也是勉为其难吧。书后有《茨维塔耶娃生平与创作年表》的附录,以及译者的《艰难跋涉,苦中有乐》的"代后记"和江弱水的《那接骨木,那花楸树》的"代跋"。

台湾的人间版则是另一种编法;推测主要不是谷羽先生的创意。它打乱写作时间,分别以"爱情篇""恋情篇""亲情篇""友情篇""乡亲篇""诗情篇""悲情篇""愁情篇""风情篇"来分配。在每一部分之前有导读。借助这一编排,诗选显示茨维塔耶娃生活、性格、诗歌的几个重要方面,引领着读者对诗人的把握的方向。"恋情篇:我是大海瞬息万变的浪花"的导读是:

> 有人说,茨维塔耶娃"丈夫只有一个,情人遍地开花",
> 诗人并不忌讳这一点,她承认:自己"是大海瞬息万变的浪

[①] 谷羽,1940年生,河北宁晋人。南开大学外国语学院教授,俄罗斯文学翻译家。翻译有普希金、莱蒙托夫、克雷洛夫、契诃夫等俄国诗人、小说家的作品,主持编写《俄罗斯白银时代文学史》。

花!"她说道:"我能够同时跟十个人保持关系(良好的'关系'!),发自内心地对每个人说,他是我唯一钟爱的人。"她有同性恋女友,爱老年人,爱同龄人,更喜欢爱比她年轻的人。情人当中有演员、画家、编辑、大学生、评论家、作家,但是更多的是诗人,其中最著名的是帕斯捷尔纳克和里尔克,三个诗人之间的通信成了诗坛佳话。她跟罗泽维奇的恋爱痴迷而疯狂。值得指出的是,很多时候她跟心目中的恋人并未见面,只是情书来往,可谓纸上风流。恋爱经历都成了她创作诗歌的素材。欧洲很多大诗人,情感丰富,极其浪漫,歌德、普希金都有许多情人,他们的浪漫史为后世读者津津乐道。因此,茨维塔耶娃的情诗也会拥有自己的读者。这里选译了她50首恋情诗供读者欣赏。

这里提及的"本事"大概都是真的。不过,将茨维塔耶娃塑造为风情万种的浪漫诗人,不能让人信服。即使是"爱",那也如茨维塔耶娃的自白,"贯穿着爱,因爱而受惩罚"。还是爱伦堡的评论比较靠谱:

> 有一些诗人,受到不是作为一种文学派别,而是作为一种思潮的19世纪前半叶的浪漫主义的引诱,他们模仿查尔德·哈罗尔德甚于模仿拜伦,模仿毕乔林甚于模仿莱蒙托夫。玛琳娜·茨维塔耶娃从来没有把自己打扮成浪漫主义时代的英雄,由于自己的孤独,自己的矛盾,自己的迷茫,她成了他们的亲戚。……茨维塔耶娃不是生于1792年,像雪莱那样,而是整整一百年以后……

读作品记

茨维塔耶娃与多多、张枣

说到"亲戚",多多、张枣和茨维塔耶娃也许可以说是"远亲";尽管他们之间的不同比相似要多得多。

多多、张枣都写过关于这位俄国诗人的诗。张枣这样单向的、情深意切的"对话",这样"无论隔着多远"的寻求情感、精神上的联系,读罢让人感慨:

> 东方既白,经典的一幕正收场:
> 俩知音正一左一右,亦人亦鬼,
> 谈心的橘子荡漾着言说的芬芳,
> 深处是爱,恬静和肉体的玫瑰。
> 手艺是触摸,无论你隔着多远;
> 你的住址名叫不可能的可能——
> 你轻轻说着这些,当我祈愿
> 在晨风中送你到你焚烧的家门;
> ……①

他们年纪轻轻,就爱谈论死亡②。都高傲,也都有不同性质、程度的怯懦③。诗艺桀骜不驯,一意孤行,将相异甚至对立的经验在语言"暴力"的方式中链接,但有坚实的内在温情平衡、支撑。诗中有心灵,也

---

① 张枣:《跟茨维塔耶娃的对话》(十四行组诗),写于1994年。
② 茨维塔耶娃说:"我爱十字架、丝绸、盔形帽,/ 我的心倍加珍惜瞬间的遗迹……/ 你赐给我童年,美好的童话,/ 就让我死去吧,死在十七!"(谷羽译《祈祷》。张枣说,"死亡猜你的年纪 / 认为你这时还年轻"(《死亡的比喻》)。
③ 茨维塔耶娃:"高傲与怯懦——是对亲姐妹,她们在摇篮边友好地相会。"

有肉体的"情色"意象。都否认词语能代替思想，韵律能取代感情，却看重"手艺"的地位。如爱伦堡所说，茨维塔耶娃"鄙视写诗匠，但她深知没有技巧就没有灵感"，把手艺看得很高，"以苛求的艺术家的不信任来检验灵感"。他们相信诗、语言的力量，也清醒于它的限度（多多："语言开始／而生命离去")①。茨维塔耶娃写道：

> 为自己找寻轻信的，
> 不能改正数字奇迹的侣伴。
> 我知道维纳斯是手的作品，
> 一个匠人，我知道手艺。②

多多和张枣也接续了这一"话题"。

> 要是语言的制作来自厨房，
> 内心就是卧室，
> 要是内心是卧室，
> 妄想，就是卧室的主人
>
> （多多：《语言的制作来自厨房》）

> 诗，干着活儿，如手艺，其结果

---

① 这个问题，相信是许多杰出的诗人都感受到的。布罗茨基在谈到阿赫玛托娃的时候说："面对她的被囚禁的儿子，她的痛苦是真诚的。而在写作时，她却感到虚假，就因为她不得不将她的感情塑造成型。形式利用情感的状态达到它自己的目的，并使情感寄生于它，就像是它的一部分。"见切斯拉夫·米沃什：《关于布罗茨基的笔记》，程一身译，《上海文化》2011年第5期。

② 根据张孟恢中译的爱伦堡序言的译文。

是一件件静物，对称于人之境

或许可用？但其分寸不会超过

两端影子恋爱的括弧……

（张枣：《与茨维塔耶娃的对话》）

　　他们都一定程度"游离"于社会/诗歌界的派别、潮流之外。虽说对多多、张枣有"朦胧诗派""四川五君子""新生代"分类，那也只是批评家和诗歌史写作者（我也算一个）因为智慧有限，也为了省力制造的名目。他们基于性格，或许是基于某种诗歌目标，都习惯或费力地拒绝"纳入公转"，而保持"强烈的自转"（多多）的孤独状态；"不群居，不侣行，清风飘远"（张枣）。因各自不同的原因，一度或长期移居国外（或侨居，如果用"流亡"这个词，就需要多费口舌来解释）时，写了他们动人的怀恋"故土"的诗章，诗里便布满记忆中的物件和情调：卡鲁加的白桦树、接骨木树林中凄凉的灯火、教堂的钟声、巨大眼睛的马、笑歪了脸的梨子、丝绸锦缎，绣花荷包、"桐影多姿，青凤啄食吐香的珠粒"……但也因此遭遇到那难以摆脱的困境：

我们的睫毛，为何在异乡跳跃？
慌惑，溃散，难以投入形象。
母语之舟撇弃在汪洋的边界，
登岸，我徒步在我之外，信箱
打开如特洛伊木马，空白之词
蜂拥，给清晨蒙上萧杀的寒霜；
……①

---

① 张枣：《跟茨维塔耶娃的对话（十四行组诗）》。

多多更为愤激、悲哀：

> 是我的翅膀使我出名，是英格兰
> 使我到达我被失去的地点
> 记忆，但不再留下犁沟
>
> 耻辱，那是我的地址
> 整个英格兰，没有一个女人不会亲嘴
> 整个英格兰，容不下我的骄傲①

茨维塔耶娃虽然能用德语和法文写作，但在异邦，同样会遇到这样的困境：

> 远方像与生俱来的疼痛，
> ……
> 难怪会梦见蓝色的河
> 我让远方紧贴着前额
> 你，砍掉这只手甚至双臂，
> 砍不掉我与故土的联系。②

而且，他们的写作理想——如果用中国传统诗学的概念，是近似于那种寻找少数人的"知音诗学"。写"没有人读的"，但陈年佳酿的贵重的诗——这是茨维塔耶娃的自白。张枣的自述则是："我将被几个佼佼者阅读。"多多也是相似的意向。佼佼者的知音能否在当世出现？他们

---

① 多多：《在英格兰》。
② 茨维塔耶娃：《祖国》，谷羽译。

对此犹豫狐疑。茨维塔耶娃这才写了《寄一百年后的你》：

> 今晚，
> 尾随西沉的太阳，长途跋涉，
> 就为了终于能够跟你相见——
> 我穿越了整整一百年。①

而张枣却将时间推至一千年后，甚至更长：

> 一百年后我又等待一千年；几千年
> 过去了，海面仍漂泛我无力的诺言。②

但是，这样的估计显然过于悲观。正如爱伦堡在《〈玛琳娜·茨维塔耶娃诗集〉序》的最后，引了茨维塔耶娃喜欢的俄国诗人诺肯其·安宁斯基的诗说的：

> 琴弓理解一切，他已静息，
> 而这一切还留在提琴上……
> 对于他是苦难，对人们却成了音乐。

自然，倾心于他们的读者不会很多，但他们原本也无意做一个"大众诗人"。

2016 年 10 月

---

① 据谷羽译本。
② 张枣：《海底被囚的魔王》。

《人歌人哭大旗前》：同时代人的关怀①

> 《人歌人哭大旗前——毛泽东时代的旧体诗》，[日]木山英雄著，赵京华译，生活·读书·新知三联书店2016年版。

虽然读过木山英雄②先生的书、文章，但是直到前天晚上，才第一次见面，陈平原在颐和园听鹂馆宴请的席上。并不是没有机会，木山先生多次到北大，而我90年代初在东京大学教养学部任教有两年时间。前些年我在写丸山升先生的一篇文章里（《批评的尊严》），也讲到类似的事情。丸山先生当时任东京大学中文科主任，我除了开始的礼节性拜访之外，就再也没有主动向他请教，也没有拜访过木山英雄、伊藤虎丸等研究中国现代文学的这些著名学者。这是有点"扭曲"的性格，它的

---

① 2016年10月15日下午，北京大学社会人文研究院召开木山英雄研究著作《人歌人哭大旗前》研讨会。根据我在会上的发言稿修改。

② 木山英雄，1934年生于东京。日本中国文学、鲁迅研究学者。毕业于东京大学，先后担任国立一桥大学、神奈川大学教授。主要著作有《北京苦住庵记——日中战争时代的周作人》《读鲁迅〈野草〉》等。

读作品记

缺陷总是事后才能后悔地认识到。

　　读过木山先生的《人歌人哭大旗前》,既感动,也亲切。很大程度上是因为他关注的方面,和我这二三十年研究的对象相近,还有就是研究方法上得到的启示。印象里,日本 50 年代开始研究中国文学的优秀学者大多有这样的特点,用木山先生的话来说,就是他们对于中国革命紧密关联的文学的研究、撰述,其动机"乃是先于学术专业的、与同时代人之关怀直接联系在一起的"。这本书通过对若干热情参加、追随革命,却遭受难以想象的磨难的知识分子写的旧体诗的分析,来探索他们的独特命运,他们不同的应对方式和精神、心灵轨迹,并扩大引发至对中国革命经验的思考。木山说他写这些文字,预想的日本读者是:"不至于完全忘记自古以来就成为日本文学素养之一部分的古典汉文'训读'法所特有的文体和对毛泽东革命的深刻印象的,也便是如我自己一样即将走向消灭的那一代同胞。"木山先生是 1934 年生人;这么看来,著者、书中评述的人物和预设的读者群之间,便构成了一种同一时代人的关系——这是一个颇为奇妙,但细想起来也有些悲哀的圈子。作为中文读者,我也属于"即将走向消灭的那一代"。我的触动在于,为了对抗历史的遗忘、流失,中国革命于他是"身外之物"的木山,执着地"以文字记录下那'无数人们'于'无穷远方'所践行的那段革命历史"(赵京华《人歌人哭大旗前·译后记》),而我这样的"置身其中"者,则对历史正在迅速遗忘、流失的趋向,表现得有些麻木,已经缺乏惊觉的意识。不过,木山先生的这种关怀,并不是过分投入的感伤。这是他的生活和文字的一贯风格。我深知,实现这种与潮流,与研究对象保持既关切又间隔、游离的方式,不是一件容易的事情。这里面有学识与智慧,有从变动不居的历史的某些地方去寻找"不变的东西"的追求,也体现了重视自己的睿识,也承认存在"不见"的这种清醒意识。

木山说他的研究"多是通过把读书经验语言化这样一些极平凡的方法产生的"。当今的中国学界，崇尚的是宏大的论述，这种平凡、朴实的方法，因为规模不够雄伟而被渐渐遗弃。《人歌人哭大旗前》没有设置中国革命与知识分子之类的框架，讨论的是杨宪益、郑超麟、启功、聂绀弩等的个案；对这些人物，也没有选取多方面材料做综论式的评述，只是着眼于他们遭到囚禁或获得自由之后写的旧体诗词作为分析对象。从表面看来，这种限制在研究上似乎较易驾驭，其实不然。我之所以说木山的分析论述有很大的难度，在于著者解读时需要综合处理三方面的关系。一是"定型化"的旧体诗词在词语、意象、句法结构上联结的久远的历史文化积累，二是文本涉及的历史和当事人生活背景的材料，三是诗词中情志意态的幽曲表达。可以看到，书中的解读，在在显现著者由智慧、学识、感悟所形成的功力。这些年，中国文学研究界对现代人的旧体诗写作的研究，已经出现一个小潮流，也有不少成果问世；但是，像《人歌人哭大旗前》这样的优秀论著其实并不很多见。究其原因，就在于欠缺综合处理这些关系的学术的、感性体验的功力吧。

不错，只借助旧体诗写作来看这些革命知识分子的生命历程，思考中国革命的经验，肯定有它的限制，难以承担这样的"重任"。但这其实是木山自觉的选择，正如他说的："我是将原本与政治和文学之二元论无缘的旧诗传统作为绝好的一条通道，试图由此进入到与革命建国以来种种运动和事件相关的，而且我一直关注却无从看清楚的，涉及具体个人的细微部分，以重新思考其中的意义。"（《人歌人哭大旗前·致中国读者》）这段话提出两个问题。一个是我们在历史／文学研究中并不罕见的"简化历史"的偏向，即在热衷于总体论述的情况下，相当程度忽略细部、忽略个体细微的部分，特别是那些不容易看清楚，有时甚至难以被总体概括所包容的部分，包括情感状态。一方面我们委实不能计较、厮守于细枝末节，另一方面耽于空洞议论也危害极大，如木山指出的，"在权力支配下空洞的议论越多，人们的本性便越发暴露出来"。在这部书中，对与大的历史事件相关的个人细微部分的考察所显示的差异性，以及由个体经验提出的值得思考的问题，相比那些笼统的叙述，实在更能引起我们的深思。举个例子吧，同是那种对"政治"的难以割舍，"虽说一生的经历被政治弄得一塌糊涂，但此人（们）的政治喜好实在是病入膏肓"，"反复经历了激烈的'幻灭'，其诗的语言与政治仍彼此相连而不肯有所分离"的黄苗子，与他的"狱中吟""始终以近于'刚毅木讷'之仁（《论语》）的秉性，得以拒绝走向'愁思'的文人式的颓败的诱惑"的郑超麟，他们之间的差异，应该不只是应对方式上的。

木山这段话提出的另一个问题，是旧体诗的现代地位，以及有着深厚文化传统濡染的知识分子的道路取舍与"传统"之间的关系。虽然这部书并没有专门讨论旧体诗问题，但是，正如木山说的，"这些可谓'教养'的诗作，以及几乎是身怀旧诗教养的最后一代的书中主角们对20世纪亲身体验的诗化表现，作为诗歌本身的问题，也同样意义重大"。

杨宪益他们在写这些旧体诗的时候，就明白它们不可能发表，不可能进入公共传播的渠道。原因一是旧体诗在现代文坛，特别是"新中国成立"之后并没有获得合法地位。在上世纪的50—70年代，正式报刊上刊登旧体诗，几乎只是国家层级的政治人物和知识分子的"特权"（查阅当年的《诗刊》等报刊可以知道）。另一个原因是，潘汉年、胡风、聂绀弩们当年的"问题人物"的身份、处境。因此，写作就基本上属于寄情抒怀，或小圈子的答赠、应酬，这在题材、艺术方式、预设读者对象效应上，不同于被赋予启蒙意义的公共性的新诗。正因此，从这些与个人日常偶然性体验相连的表达中,就较有可能得知那些大叙事所遮蔽的部分,这也是木山对它们格外看重的方面。而事实上,旧诗在它的演变过程中,也不断积累了处理私人生活情境,和在朋友圈里的交流功能。通过木山对这些作品的分析,从中或许可以认识到,旧体诗在我们生活的时代,应该还有可以发挥其作用的地方;但又可以认识到,这个作用也相当有限,并非那么广阔。

在这本书的附录《当代中国旧体诗词问题》中,木山指出,"在杨宪益及黄苗子的打油诗,乃至启功那种穿越打油几乎达到自我漫画化程度的奇异的自嘲热情中,还有荒芜的讽刺之使命感里,可以窥见当时深知旧诗机微的人们对作旧诗这一行为的清醒意识,或者说自我批评的意识。而比起任何人来都更知其深刻的矛盾"。这也是为什么杨宪益他们虽然热衷旧体诗写作,却对"出现了'中华诗词学会'这种有模有样的全国性组织(1987)","基本上是冷眼旁观"的原因。在现代作旧诗的"深刻矛盾"的表现之一,是木山分析黄苗子《过香溪》提出的"异常境遇的寻常化"。旧体诗正是为"浸润到旧诗韵律里"的文人提供"寻常化"的理想表达方式。黄苗子路过秭归的香溪,在诗里便很自然联想起昭君的故事,联系起杜甫的《咏怀古迹》,以及唐末李振有关清流浊流的险恶说辞。木山写道:"'反右'和'文化大革命'中的大量知识分子受难之'怨',则在此'游记'诗里以与历史中的阴暗恶意相重叠的方式得到了'寻常'化。"这样,这些歌咏者"对生涯的咏叹也与其诗一起属于传统延长线"。这是"幸",但也是"不幸"。他们的不得志、失意,他们无奈的自嘲,怀才不遇的忧愤和怨怼,乱世的流离漂泊……得以找到绵长,且成熟的"寻常化",而且也是"定型化"的表达。他们因有这样的心态情志而选择了这样的"形式",而"形式"也规范、制约了他们的想象、心智的方向,有可能引领他们走到旧式文人的"颓败的诱惑"的路上，而削弱、降低了现实境遇感触的锐利锋芒。因此，借助这些旧体诗写作来"复原"写作者的境遇和心态固然是一条"便道"，但也正如木山所言，"从另一面看也可以说境遇归境遇，诗归诗，即便是旧诗也应该这样的分离开来"——虽然旧诗确实能更有利地表达个人性的慰藉。

《跨域与越界》：得知自身的位置

《跨域与越界》，论文集，刘登翰著，人民出版社 2016 年版。

"绕着圈子转"与"跨域越界"

1991 年，刘登翰①在和我合作编写的《中国当代新诗史》"后记"里，谈到 1958 年参与写作《新诗发展概况》的感慨："回顾这段往事，我们不免会有一种宿命的感觉。人的一生看似很长，实际上相当短促，能做的事很少，而且往往绕着一个圈子打转。"②

---

① 刘登翰，1937 年生，福建厦门人。1961 年毕业于北京大学中文系。曾任福建社会科学院文学研究所所长，福建台湾文化研究中心主任、研究员，福建师范大学中文系及华侨大学中文系兼职教授，福建作家协会副主席，福建省海外华文文学研究会会长。著有《台湾文学隔海观》《文学薪火的传承与变异》《彼岸的缪斯》《中华文化与闽台社会》，主编《台湾文学史》《香港文学史》等。

② 《中国当代新诗史》由人民文学出版社于 1993 年出版，但这本书的"后记"则写于 1990—1991 年。

1991年到现在,二十多年过去了,"绕着一个圈子打转"对我来说依然有效,对刘登翰则早已不符事实:他不仅继续深化对中国新诗的研究,且学术范围扩大到台湾、香港,以及海外华文文学,成绩斐然;正如有学者指出的,他是世界华文文学研究的拓荒者之一,在世界华文文学史概念、范畴与阐释框架的建立上,在诸多复杂文学现象和作家作品的阐释上,其影响已经从大陆扩展到台港澳和海外的汉语文化圈,并在20世纪中国文学史的整合研究中引发关注。文学史研究之外,刘登翰也涉足闽南等的地域文化研究,他也写诗,写散文随笔、报告文学。新世纪以来,更致力于书法,将中国传统水墨画融入书法而自成一格。综观他的业绩,用他最近新著的书名"跨域与越界"来概括正好合适。

刘登翰一表人才,风度翩翩,勤奋活跃而情感饱满,待人亲切体贴,上苍因此对他也乐于眷顾。他所说的"宿命"云云,对他来说自然无效。尽管新诗研究于他并非成就的主要标志,我还是认为他这方面的工作值得重视:不仅是学术的开端,而且借此而确立的理念、方法,形成的情感结构,作为有效的资源在他身上延续伸展;"诗意"的精神气质,流淌在他全部生活和事业之中。

80年代的新诗研究

1979年底,刘登翰从生活了20年的闽西北山区来到福州,掀开生活新的一页。那个时候他的心境,相信和许多人一样,就如他在《瞬间》这首诗里写的:

> 所有丢失的春天
> 都在这一瞬间归来

>   所有花盛开,果实熟落
>   所有大地都海潮澎湃
>
>   生命像是一盆温吞的炭火
>   突然喷发神异的光彩

　　从自身的气质和条件的基础考虑,刘登翰选择新诗研究作为起点。70年代末到80年代中期,是后来大家津津乐道的诗歌"黄金时代",以年轻诗人为主体的新诗潮风起云涌。依刘登翰的性格,他不可能不投身这一潮流,不可能不为"新的生命"的到来鼓吹。他发表的文章,有综合性论述,更多是以舒婷为个案——他们都是厦门人,这个城市说不清楚的独特的声色灵氛,让他们有很多的默契——来阐述新诗潮出现的现实的和历史的依据。[①] 他使用了"不可遏制"这一不容置疑的短语论断这一趋势,并指出"人的价值观念的重新确立",是诗歌思想、艺术革新的核心和推动力。他加入了他的同学谢冕、孙绍振为"朦胧诗"辩护、提供诗歌史和诗学理论支援的"阵营",虽说风头稍逊谢、孙二氏的两个"崛起",但对年轻诗人那些"不易被理解和接受的部分,恰恰正是最有光彩和预示着发展的部分"[②] 的宣告,令人印象深刻。

　　接着是80年代后半期,刘登翰和我一起编写当代新诗史。这件事由他发起,是他向人民文学出版社提出编写的设想,获得认可后征求我

---

①　80年代刘登翰发表的讨论新诗潮和论述舒婷创作的文章,主要有《一股不可遏制的新诗潮——从舒婷的创作和争论谈起》(《福建文学》1980年第12期)、《从已有的突破上再前进》(《诗探索》1984年第1期)、《通往心灵的歌——记诗人舒婷》(《文汇月刊》1981年第1期)、《会唱歌的鸢尾花——论舒婷》(《文学评论》1985年第6期)、《"朦胧诗":昨天和今天》(《文学自由谈》1986年第5期)等。

②　《一股不可遏制的新诗潮——从舒婷的创作和争论谈起》。

的意见。我那时在学校除了上课，正为研究上找不到北发愁，因此便如久旱遇甘霖欣然接受。作为这部著作的最初基础，是我在北大上课的几万字讲稿。从 1985－1987 年的三年中，刘登翰除独立完成台湾诗歌部分外，大陆当代新诗部分他写了总计三四十万字的初稿。我们便在上面多次交换修改，1988 年又在北京修改一次。文稿处理过程中，到了 1989 年，出版社要我们删去北岛等将近六七千字的篇幅。可是，正如刘登翰说的，鉴于我们的某些历史教训，"觉得必须尊重历史，无法接受删改的意见"①。这样书稿便一搁几年。期间，一度瞒着人文社，偷偷转投北大出版社，更惨的是被告知"存在严重思想政治问题，需做重大修改"，只好又将稿子索回。1991－1993 年，我在日本工作，虽然对它仍有记挂，不过，我是既没有耐性也不是那么认真的人，就想随它去吧。要不是刘登翰这期间持续争取、坚持和妥协，这部书 1993 年也不可能面世。②

80 年代刘登翰的新诗研究，需要着重提起的，还有他的《台湾现代诗选》的编选。虽然 1980 年人民文学出版社出版了《台湾诗选》，1983 年重庆出版社出版流沙河的《台湾诗人十二家》，1989 年人民文学出版社出版了非马编选的《台湾现代诗四十家》，不过，刘登翰 1987 年编选的《台湾现代诗选》，应该是大陆八九十年代最重要的台湾现代诗选集之一。它的价值、特色，正如他在《前言》中说的，"着眼于比较系统地对台湾三十几年来的诗歌创作情况进行介绍，希望在为广大读者和诗歌爱好者提供一份可资鉴赏的诗美读物的同时，也能让研究者们多少看到

---

① 《回顾一次写作——"新诗发展概况"的前前后后》，北京大学出版社，2007 年。
② 自然，我们也难以"固执己见"。刘登翰转达出版社意见，说我们"也太较真了"。最后的处理是，将北岛等的章节删去，但在有关新诗潮的概述部分，提到他的名字。2005 年在北京大学出版社出版修订版时，相关章节得到恢复。

一点台湾诗歌发展的脉络和状况"①。这部诗选,收40位诗人的387首(组)作品。在编选的体例上,将艺术成就、影响,以及社团流派风格的多样性的"兼顾"作为考虑条件,在类型上更偏于"研究型"的选本。每位诗人前面都有生平、创作道路和艺术特点的"导读"文字,书后又附《论台湾的"现代诗"运动——一个粗略的历史的考察》的长文,都显示选本的诗歌史意识。我们知道,在80年代搜求台湾文学资料、作品集是怎样的不容易(古继堂先生由于长期供职于中央对台湾情况有充分了解的部门,另当别论),可以想见刘登翰的艰辛付出。虽然存在难以避免的缺陷,但这部选集所体现的选家视野、艺术鉴赏力和文学史观念,即使今天,对把握台湾50年代到70年代后期诗歌创作的面貌,仍具有很高的参考价值。

得知自身的位置

严格说来,刘登翰的新诗研究起点并非80年代,而应该上溯至他大学二年级的1958年。1958年底到1959年初,在当时《诗刊》副主编徐迟先生的倡议、主持下,他参加了北大中文系六个学生(谢冕、孙绍振、刘登翰、孙玉石、殷晋培、洪子诚)共同编写《新诗发展概况》(下面简称《概况》)的项目,并执笔撰写第一章《女神再生的时代》,这一章刊发于1959年《诗刊》第6期②。对于这次编写工作,五十多年后刘登翰有这样的反省:它遵循的是当年的评价标准和研究方法,"以'两

---

① 刘登翰编选:《台湾现代诗选》前言,春风文艺出版社,1987年。
② 关于这次编写活动的具体情形,以及五十多年后参与者对它的反思,详见《回顾一次写作——〈新诗发展概况〉的前前后后》,北京大学出版社,2007年。

条战线斗争'为纲,在哲学思想上是唯物主义与唯心主义的对立,在阶级关系上是无产阶级和资产阶级的分野,而在创作方法上是现实主义和反现实主义的斗争","几十年中国新诗的历史"在我们手下"左右对立,泾渭分明"。对《概况》这一产生于"大跃进"狂热年代的文字,刘登翰指出:"今天读来,除了为当时的勇气吃惊和幼稚汗颜之外,已无多大价值。但它却意外地影响了我们这些人此后的道路,使我们后来的大半人生里,几乎都和诗,和中国新诗史研究结下不解之缘。"[①]"影响此后人生道路"是确实的。不要说谢冕、孙玉石将生命的大部分都献给中国新诗,刘登翰、孙绍振和我,这几十年与新诗也有撕扯不开的,苦乐难言的纠葛。

编写《概况》对参与者后来的影响,还在于当年的经历,形成的观念,不管是否愿意,在他们后来的研究中发酵。也就是说,不管情况发生怎样的变化,那种"50年代人"的身份"胎记"难以擦抹、漂白。较其他人,刘登翰更早,也更清楚地感知这一位置。80年代末在"当代新诗史"尚未出版的时候,他就用"夹生""过渡地带"这样的说法,来形容这个状态,概括这个研究成果的特征,并预知它诞生后的效应:"我们自知,这部带着'夹生'的书稿很难获得不同方面的人的共识和支持。"——对此,他没有奢望,也不曾有跻身另一"世代"的非分之想。都说刘登翰激情,浪漫,想象力丰沛,这一点上他绝对"现实主义"。

所谓"夹生"和"过渡",在刘登翰看来,就是得知不管你如何企望"飞跃",艺术观念和情感结构总会有所属时代的"残留物",制约看待事物的角度和方法。另一层意思则是,你与所要处理的对象"同行",研究、写作过程同时也是文学观念转换、变更的过程:写作者"对于当代诗歌发展的审思,是伴随着近十年诗坛的诸多争论才逐渐深入的";"某些诗歌观念的形成,也几乎是在与这部书稿的撰写中同步逐渐清晰

[①] 刘登翰:《中国当代新诗史·后记》(初版),人民文学出版社,1993年。

起来的"。可以摘录《中国当代新诗史》"引言"中的一段叙述,来看看"过渡""夹生"在观念以及文体上的形态特征:

> ……虽然(我们)并不赞赏让诗变作政治(或伦理道德,或"文化"……)的附庸和工具,但都肯定,政治对诗人和诗有无法回避的影响,……诗同样应当表现现实人生中所包含的政治;……我们肯定一些诗人加强诗的知性深度的努力,但也并不认为因此诗就必须"放逐抒情"。在尊重诗的艺术特质的范畴内,繁复矛盾与单纯和谐是可以并存的美学风格;向社会性方面的倾斜与向人的内心世界的深入,可以构成互补的关系;浪漫主义、现实主义、现代主义,作为不同的艺术把握方式,都可以丰富诗人对世界不同层次和侧面的体验、认知和掌握。当然这并不意味着放弃对诗进行基本的、必要的价值判断。①

以这样的转折句式,在矛盾项之间兼顾两头以取得"平衡"。这样辛苦的努力,设若80年代的先锋派读过,肯定不是眉头紧皱,就是面露讥讽,暗地里会说,"时代残留物"竟然这样的弄得他们瞻前顾后,步履蹒跚;真是可怜兮兮!

这也可以说就是"宿命"了。可贵的是刘登翰却从中看到某些积极意义,不纯然将这看作负累,因此并不自卑。他甚至自信地说:"或许也正由于此,才是它存在的理由"②——他为处于时间夹缝的这些"过渡者"争取到存在的理由。

---

① 刘登翰:《中国当代新诗史》(初版),第3页。
② 同上书,第548页。

读 作 品 记

现实性与历史感

因此,80年代刘登翰的新诗史研究,呈现另一"世代"的研究者所没有的特色,也就是基于体贴、同情的细致体验和观察,和分析评述上的历史感。

全面分析这一特征在我是困难的事情,还是从他参与写作的《中国当代新诗史》中举几个具体的例子吧。

譬如,指出跨时代诗人冯至50年代的创作呈现衰落趋势。但他也敏锐发现在《半坡村》等作品中,《十四行集》中那种"关照世界和体验人生"的视角和艺术方式仍有痕迹留存;诗人归靠现实政治的急切中,也泄露他那种"逆向"的对原初单纯朴素生命的向往。刘登翰发现,从"旧时代"跨入"新生活"的"转向"者,常有不自觉的,更深层的藕断丝连。①

譬如,尽管"当代"前三十年的诗歌整体上乏善可陈,"当代新诗史"对这种状况产生的原因也有详细讨论。但刘登翰并不认为这个时期的诗歌现象和诗人创作,就可以无视,可以匆忙删除。他细心地分离出仍值得我们珍惜,具有时代特征的诗情。他指出邵燕祥当年诗情的热烈、纯真,带着那个时代青春期的梦幻以至幼稚的素质,指出他塑造了"拓荒者"的动人形象,以及诗中"远方"意象的象征性质。他又以动情的笔触,这样来描述公刘在50年代初云南时期的写作:

>……他写红色的圭山,写到处都感觉到音乐,感觉到辉煌的太阳和生命的呐喊的勐罕平原,写蓝玻璃一样的澜沧江。他的诗里有撒尼人的军号声和佧佤人的木鼓声,有民族的仇杀的血泪所灌满的池塘,也有岩可、岩角的舞蹈和赞哈的诵诗……②

---

① 刘登翰:《中国当代新诗史》(初版),第46—47页。
② 同上书,第127页。

又譬如，在面对"新时期"诗歌时，对于"新诗潮"和"复出"诗人的思想艺术，刘登翰都有独到的分析。特别是对于五六十年代遭受各种挫折而后重新写作的诗人，他的评述更带有历史感。"青春历劫，壮岁归来的一群"是他独特的概括性描述[①]。他写道："他们带着无法抹去的历史痕迹，重新走上诗坛。历史的断裂和重续，凝定在个人的生命里，并且在他们重续自己的曾被阻断了的社会理想、美学理想和歌唱方式中表现出来。……在他们有关个人曲折的生活经历和人生体验的表现中，凝聚着历史的沧桑。"

由于这种"过渡"的处境和思想性格特征，在80年代中国大陆的诗歌变革浪潮中，刘登翰的某些见解看来不够"前卫"。他虽然认为新诗潮"不可遏制"，但对这一诗人群艺术革新的评价却显得保守。他说，他们的创作"既使一些人惊喜，也让一些人恼怒"，但是"无论对他们持肯定态度还是持批评态度，对他们变革的幅度的估计，显然都有些过分。这也从一个方面反映了人们对中国当代诗歌艺术的停滞和单一，期望突破的心情的迫切，和其造成的艺术定势的根深蒂固……"他将他们的革新贡献，称为"初步"的。这些谨慎、显得迟滞的说法，当年认同者不会很多，今天重读，也许能发现更多的真知灼见。

无情皱纹上的春天

我在前面说过，新诗研究对刘登翰来说，并非他学术成就的最主要部分。之所以写这些文字，一方面固然是私心以为这方面不容忽略，另一方面是对他的其他领域，由于无知而不敢贸然置喙。80年代后期，刘登

[①] 这成为《中国当代新诗史》（初版）第8章第二节的标题。

翰曾经有点感伤地说:"从青年时代迄今,三十多载岁月悄悄流失……我们年青过,曾切近地感受过发生在我们周围的许多诗的事件。我们也渐渐告别青春,虽然在心灵上……企望永葆那份童真,但在生理和心理上却不能不承受岁月所赋予的无情的皱纹。"① 其实,按照当年有关"青年"的标准,如果趁人不备,我们也是可以偷偷混迹"青年"(或"老青年")的行列的。如今,又二十多年过去,奇迹的是刘登翰似乎不再,或很少有这样沧桑的感叹。2015 年岁末,他在《跨域与越界》一书的结尾这样写道:

> 从小我就怀有一个文学梦。从北京回到福建,原因种种,但初衷之一是为了文学创作。不过,现实很快让我从"梦"中醒来,只是心有不甘,特别在趋于困境时,唯有文学可以安慰和支持自己。这些年来,在学术之余,陆续写了一点诗、散文、纪实文学,出了几本书;后来又喜欢写字,偶有展览和出版,亦非本业,只是一种快乐的游戏。这些年偶尔也应朋友之邀,写了一点艺术评论,同样纯属"玩票"。这些不登大雅之堂的东西,聊算自己在文学和文化研究之外,另辟的一块小小的"自留地"。

这样的健全、平和,但又积极的心态,真的是虽相似年岁,却时刻处于烦躁焦虑的我的榜样。

2016 年 6 月

---

① 《中国当代新诗史·后记》。

《冬夜繁星》：
"这世界真好，不让你只活在现在"[1]

> 《冬夜繁星——古典音乐与唱片札记》，散文随笔集，周志文著。台湾INK印刻出版社2014年版，北京大学出版社2017年简体版。

周志文先生[2]的《冬夜繁星——古典音乐与唱片札记》，2014年10月由台湾INK印刻出版社出版。现在，经作者做少量修订后，由北大出版社出版简体字版。

2014年下半年，我正好在台湾的"清华大学"中文系上课，收到周先生托黄文倩转交的赠书。我很喜欢这本书，有几次旅行都带上它。去

---

[1] 本文为《冬夜寒星——古典音乐与唱片札记》北京大学出版社版的序言，待出。
[2] 周志文，祖籍浙江天台，1942年生于湖南辰溪。台湾东吴大学中文系毕业，台湾大学中文研究所硕士、博士。曾任淡江大学中文系教授，捷克查理大学东亚研究所客座教授，台湾大学中文系教授，北京师范大学客座教授。担任过台湾《中国时报》《中时晚报》主笔。著有《晚明学术与知识分子论丛》等学术专著，小说、散文集有：《日升之城》《三个贝多芬》《冷热》《布拉格黄金》《寻找光源》《风从树林走过》《时光倒影》《家族合照》等。

年在东北一所大学演讲,还向学生读了里面谈施纳贝尔(Artur Schnabel)的段落。施纳贝尔是出生于波兰的犹太裔钢琴家,因为活跃在20世纪上半叶,他的贝多芬、舒伯特奏鸣曲唱片几乎都是单声道。周先生说,这"丝毫不减损它的庄严伟大",并举例英国著名学者以赛亚·伯林对施纳贝尔的盛赞作为例证。伯林说,施纳贝尔30年代在伦敦演出的音乐会,他和他的朋友场场必到;"是他培养了我们对音乐的欣赏力……他对贝多芬和舒伯特的诠释改变了我们对古典音乐的看法"。周志文接着写道:

> 施纳贝尔早死了,以赛亚·伯林也刚过去。这世界真好,不让你只活在现在,总有些已逝的人,已过的往事让你想起。想起以赛亚·伯林,他的书就在案头,随时可以翻开来看,想起施纳贝尔,我抽出一张他演奏的唱片来听……

"这世界真好,不让你只活在现在"——我跟学生说,这说出了我们在读一本好书,听一段动人的乐曲,看一幅喜欢的绘画时,那种温暖,那种幸福感的真谛:意识到生命不是无根的浮萍,生活和精神因为获得深厚的历史关联而充实、稳定。

《冬夜繁星》是谈音乐的,但音乐不是周志文的专业。周先生先后在淡江大学和台湾大学任教达25年,讲授明清文学、明清学术史和现代文学。在此之前,当过中学教师,兼职几家报纸的主笔,出版过小说集,也是台湾知名的散文家。古典音乐对他来说,只是一种爱好;当然,这个"爱好"不是一般性的,有很多的投入,很长的"资历"。他积累了丰厚的体验,愿意将他的感受、见解跟我们分享。他无意写有关音乐史的论著,这本书也不是有关古典音乐的知识性读物。他以随笔的方式,谈他感兴趣,有独特见解,同时在音乐史上有意义的题目,如贝多芬的交响曲和弦乐四重奏,巴赫的宗教音乐和键盘"俗曲",大提琴的希伯来哀歌,慢板,帕格尼尼主题,理查德·施特劳斯的最后四首歌,指挥家阿巴多……它们之间并没有"体系性"的结构安排。

周先生在书里用了"外行看热闹,内行看门道"的俗语。我想,资深的爱乐"内行"相信能从《冬夜繁星》获得对话、切磋的乐趣,而对我这样的,虽喜欢却仍"外行"的人来说,这本书就有引领你靠近"门道"的"导读"性质。你曾有的感受可能在这里找到印证;你对一些作曲家和曲子的认识,因它的解说得到提升;最多的情况则是,从里面得知你原先不知道,或没有留意的方面。譬如,你会赶紧去找原先不在意的,李斯特的贝多芬第32钢琴奏鸣曲1991年现场版CD来听,因为周先生说,"很少人能够把握这首曲子的神髓",像他"那样婉约、那样浩荡、那样淋漓尽致"地表现那种高雅和超凡入圣。

《冬夜繁星》的好处,又不仅是对谈到的音乐家、乐团,和录制的唱片的见解,还在如何亲近音乐的态度和方法上给我们的启发。这一点,书的序言有怎样一段话:

> ……其实有关艺术的事,直觉很重要,有时候外缘知识越多,越不能得到艺术的真髓。所以我听音乐,尽量少查数据,少去管人家怎么说,只图音乐与我心灵相对。但讨论一人的创作,有些客观的材料,也不能完全回避,好在音乐听多了,知识闻见也跟着进来,会在心中形成一种线条,变成一种秩序,因此书中所写,也不致全是无凭无据的。

比起文学、绘画作品,音乐的形制和接受方式远为复杂,如果想有比较深入的了解,就需要在知识等方面有更多的准备。因此,"外缘性"知识不是可有可无。这包括音乐史,作曲家传记、时代背景、音乐观念变迁、乐器的变化、各种乐曲体裁的形态结构、现代乐团组织和演奏家的风格、唱片的音效和评鉴标准……哪怕是气候：柴可夫斯基的孤独绝望，相信也与他生活的圣彼得堡的阴冷有关。因此，周先生说，"那些出身阳光之国的人"，在演绎他的作品的时候，"老是拿捏不准，不是过于兴奋，就是哀伤过度，能真正把握准确的，我以为只有穆拉文斯基（Yevgeny Mravinsky, 1903—1988）了"。外缘知识，还包括广泛的人文素养。在《冬夜繁星》中，可以清楚地看到作者这方面的专深研习，如何影响、深化他对乐曲的解读。

不过，确实有时候"外缘知识越多，越不能得到艺术的真髓"。对于爱乐者来说，周先生的提醒是重视"直觉"，要"与心灵相对"。这自然不是否认知识，只不过是"知识"要由心灵去组织，融会贯通，让它们在"心中形成一种线条，变成一种秩序"。不然的话，就只是一些碎片，人成为这些"知识"碎片，以及试听器材的奴隶。这里提出了阅读者、视听者与对象建立怎样的关系的问题，也就是知识等如何参与推动爱乐者"自主意识"的确立。"与心灵相对"，在《冬夜繁星》的音乐解析中，既指聆听者以心灵去感受，也指感受乐曲（也是作曲家与演奏者）中心的搏动，生命的气息，而后，这种感受、发现，也就"不知觉中已渗入我肌肤骨髓，变成我整体生命的一部分"，影响着看待事物的方式，影响到人的气质、情感、思想境界，如同在听了孟许指挥的柏辽兹《安魂曲》之后，

> （我）深受震动，才知道孔子在齐闻《韶》之后说："不图为乐之至于斯也。"《韶》给孔子的感应不只是快乐，所以文中的"乐"字要念成音乐的乐，是指生命必须与艺术结合后，才觉察出它的丰博与深厚。

由于个体心性的差异,爱乐者和音乐建立的关系自然也千差万别,对乐曲,同一乐曲的不同演绎的选择和评价也不会一律。在周志文先生的爱乐词典里,人文精神内涵、旺盛生命力、灵性光辉,自我探索的沉思、内省深度等这些词语,占据重要位置,成为衡鉴的首要标准。他不是很在意外表的妍媸,看重的是"强烈的内在动机"。也就是"借着乐音的提示",让我们思考、体会"世界之广之深,了解人性之丰富多变";艺术的伟大,往往在提供这种可能,音乐也如是。由是,周先生认为,称贝多芬为"乐圣","应该不是他创作了第九号交响曲《合唱》,也不是他的《D大调庄严弥撒》,而是他有最后五首钢琴奏鸣曲"。显然,他对"伟大"一词有自己的见解,以至在给作曲家颁发这一头衔上相当苛刻、吝啬:"伟大"的贝多芬之后,谁可以跻身这一行列?在犹豫地举出舒伯特、舒曼、门德尔松、肖邦、李斯特而又放弃之后,才选择了勃拉姆斯。而像勋伯格(Harold C. Schonberg)这样的批评家,进入"伟大"行列的,就有自蒙特威尔第、巴赫,到20世纪的勋伯格、梅西安等几十名(《伟大作曲家的生活》)。对在大陆昵称为"老柴"的俄国人柴可夫斯基,周先生多少也有些不敬(虽然也称道他的小提琴和钢琴协奏曲)——也是,他的一些曲目,"偶尔听听觉得很好,听多了,或放在一块儿听,便让人受不了,总有些腻的感觉。"至于"对比强烈"的古尔德的巴赫,虽说风靡一时,却持有保留态度,"古尔德的几次录音抢尽风头,不代表巴赫在键盘音乐的表现仅在于此",他"音乐中严谨的秩序、对称与和谐,往往要从别的录音中寻找"……但是,这些大多不属于"对""错"的范畴。

《冬夜繁星》对音乐的个性鲜明的评述,可能会让我们忽略另一出色的方面,就是它在散文写作上的成就。燕舞先生在一次访谈中,提及台湾《印刻文学生活杂志》总编辑初安民对朱天文说,周志文的散文集《同学少年》,是十年来所见最好(不是最好之一)的文章(《见解》,重庆大学出版社，2012年）。我对台湾这些年的散文创作缺乏全面了解，无法做出比较。但《冬夜繁星》的文字确实是好；借用周先生的话，这"好"不是外表的妍媸，而是深挚的内涵。"知性"往往是学者散文的特征。《冬夜繁星》的"知性"表现，却是朴素平易。没有居高临下，也不以"高深"来吓唬人。书面语和日常口语的没有芥蒂的结合，也极有韵味；"该平实之处平实，该绚烂之处绚烂"。有时候会没有顾忌地盛赞所喜欢的，如说卡尔·伯姆1971年指挥维也纳爱乐乐团的贝多芬第九交响曲，最终合唱之前的"如歌的慢板"是"好到令人灵魂出窍的无懈可击的地步"；但又知道节制。将他评议李斯特的钢琴演奏的话——"将他的热情把握得恰如其分，他不会伸展不开，也从来不会'滥情'"——转用来说周先生的文字，也应该妥当。"节制""克制"这些词，总意涵着自我压抑的意志成分。而最高的境界是出于自然，没有勉强和刻意。这是语文修养，也是人生态度的体现：明白事情的发生和事物的情状，总与一定的条件相联系；也明白，"自我"之外，还有他人，还有广大的世界。周先生在另一处地方说过，天文学知识和大量的文学艺术，"让我知道人在宇宙中的位置，既是渺小而微不足道，又伟大得前无古人后无来者"。

　　与其这样唠叨下去，不如读读周先生的文字。请看他是怎样写莫扎特的吧：

　　　　他的风和日丽是天生的，他的气度不是靠磨炼或奋斗得来……既没有外在的敌人，也没有内心的敌人，所以可以放松心情，无须作任何防备，对中国人而言，这是多么难得的经验啊。孟子说内则无法家拂士、出则无敌国外患者，国恒亡；《中庸》说君子戒慎乎其所不睹，恐惧乎其所未闻。中国人习惯过内外交迫、戒慎恐惧的生活。莫扎特告诉我们无须如此紧张，他悠闲得有点像归隐田园的陶渊明，但陶渊明在辞官归里的时候，还是不免有点火气，"误落尘网中，一去三十年"……不像莫扎特，他的音乐云淡风轻，快乐中充满个人的自信与自由。

　　他的艺术是把一切最好的可能表现出来，没有不及，更没有任何夸张，好像那是所有乐器的本来面目，圆号（Horn）本来就该那么亮丽，长笛（Flute）就是那么婉转，巴松管（Bassoon）就该那么低沉，竖琴（Harp）就该那么多情，双簧管（Oboe）就该那么多辩，……莫扎特的世界阳光温暖，惠风和畅，天空覆盖着大地，大地承载着万物，自古以来就是这样，不仔细听，好像没有任何声音，而所有声音其实都在里面，没有压抑，没有抗拒，声音像苏东坡所谓的万斛泉源，不择地皆可出，因为不择地皆可出，所以十分自由。

这样说来，莫扎特无疑就是"神人"了。怪不得神学家卡尔·巴特说："当我有朝一日升上天堂，我将首先去见莫扎特，然后才打听奥古斯丁和托马斯，马丁路德、加尔文和施莱格尔的所在。"（《莫扎特音乐的神性与超验的踪迹》）

2017 年 2 月，北京

《回顾一次写作》：前言·事情的次要方面

《回顾一次写作》，谢冕、刘登翰、孙玉石、孙绍振、殷晋培、洪子诚著，北京大学出版社 2007 年版。"一次写作"指这六人在 1959 年合作编写的《新诗发展概况》。四十余年之后，他们对这次写作做了反思性的回顾，其成果收在这本书中。下面是我为这本书撰写的《前言》和书出版后我写的读后感：《事情的次要方面》。

前　言[①]

1958 年底到 1959 年初，当时就读于北京大学中文系的谢冕、孙绍振、孙玉石、殷晋培、刘登翰、洪子诚，在《诗刊》社和徐迟先生的建议、组织下，利用不到一个月的寒假时间，编写了《新诗发展概况》。

[①] 谢冕、孙绍振、刘登翰、孙玉石、殷晋培、洪子诚：《回顾一次写作——〈新诗发展概况〉的前前后后》，北京大学出版社，2007 年。

《概况》是"当代"最初出现的具有新诗简史性质的文稿之一。全文约十余万字，分为七章：一、女神再生的时代；二、无产阶级革命诗歌的高潮；三、暴风雨的前奏；四、民族抗战的号角；五、唱向新中国；六、百花争艳的春晨；七、唱得长江水倒流。在集体讨论的基础上，各章依次分别由刘登翰、殷晋培、洪子诚、孙玉石、孙绍振、谢冕、殷晋培执笔。前四章分别刊登于《诗刊》（北京）1959年6、7、10、12月号。由于不明究竟，但可以推测的原因，后三章没能在《诗刊》继续刊载，仅存当时的油印打字稿（第五章）和手稿（第六、七章）。随后，《诗刊》社向天津的百花文艺出版社推荐，拟出版单行本，没有被接受。"文革"结束的时候，他们曾经打算对《概况》进行修改扩充，成为一部完整的新诗史。当时虽然修改、重写了一些章节①，但由于时势更易，他们各自的兴趣也不可避免地发生转移，这件事也就不了了之，无疾而终了。

近来，一些年轻的从事新诗研究的朋友，建议将《概况》整理出版，作为了解50年代诗歌观念，诗歌史叙述方式，大学教育和学术体制的资料。这个提议重新引起他们对这件事的关注。当然，他们明白，这些特定时代催生的文字并没有什么学术价值；事实上，他们的诗歌观念和对新诗史的看法，80年代以来已发生了很大改变。因此，在重新刊行《概况》的同时，他们觉得更需要对这一文本，连同这一文本产生的过程，进行清理和反思。"反思"主要不是做简单的自我指责，不是站在对立位置上的意识形态批判，而是在参照思考的基础上，尽可能地呈现推动这一事情产生的历史条件，和这些条件如何塑造写作者自身。这既涉

---

① 1978—1979年间，重写的章节有：《年青的觉醒者的歌唱——〈中国新诗发展史〉之一节》，孙玉石撰写，刊于《山西大学学报》1980年第1期；《颂歌的时代 时代的颂歌（1949—1957）——〈中国新诗发展史〉第六章第一节》，孙绍振、刘登翰撰写，刊于《中国当代文学研究丛刊》。这两篇改写稿发表时，仍署谢冕、孙绍振、刘登翰、孙玉石、殷晋培、洪子诚六人名字。

及整体性的政治、文化气候,也与个人的生活经验、思想情绪相关。因此,拟定了若干问题,由各人分别以书面方式独立作答。由于之前和之后他们对此并未有过沟通,回答时也没有看到其他人的文字,因此,记忆中的细节,对事情的描述和评价既有相近的部分,也不可避免会有差异;相对于众口一词,这种差异其实倒是更值得重视。

出版这本书的理由,除了上面说到的以外,也还有他们"私心"的方面。1958年他们的合作,距今已将近五十年。这六个人中,年龄最大的是谢冕,出生于1932年,其他诸人、孙玉石、孙绍振、刘登翰、殷晋培、洪子诚,分别出生于1935、1936、1937、1938和1939年。按照现在的说法,在50年代他们是属于"30后"。当初这些或风度翩翩,或其貌不扬,或才华横溢,或木讷迟钝的二十岁左右的年轻人,现在已经是头童齿豁,垂垂老矣(殷晋培1992年初因病辞世)。因此,他们想借这本书的出版,作为他们五十年前开始的合作,和在合作中产生并延续的友谊的自我纪念。学生时代形成的友情,经年历岁,似乎没有受到时空分割、世事纷扰的严重磨损,想起来他们真的感到有点不可思议。虽然并不是说没有任何摩擦、矛盾,最终却总能互相取自省、宽容、信任的态度。这种友情,确实是他们平凡生命中值得珍惜,令他们时时感到温暖的财富。

本书除前言外,分四个部分。第一部分是各人对50年代编写《概况》时情景的回忆。这些回忆文字汇总之后,由洪子诚加以编辑整理,并加上了注释。尊重各位作者的原意,整理仅限于某些文字方面,如笔误,对重复的事实、细节的压缩等。第二部分是《新诗发展概况》的全文。第一至第四章依据1959年《诗刊》发表稿编入,第五至第七章依据油印打字稿和手稿录入。除了个别错、漏字之外,一律不做任何改动,以保持其原来面貌。本来还打算将1978—1979年对"概况"所做的修改也作为一个部分编入,限于篇幅,只好放弃。第三部分是"文革"结束时,对部分章节所做的改写和重写。第三、第四部分,是各人回顾自己学术道路的自述文章,以及他们的主要编著目录。这些文章选自他们已发表的论著,从中可以看到他们上世纪60年代,特别是"新时期"以来,在学术、生活上的足迹,看到他们的文学观念、观察视野、研究方法上的变化和取得的进展。简历和主要编著目录,除已去世的殷晋培外,均由本人提供。殷晋培不能参加这一对自己道路的回顾,他的资料也搜求不易,这都是让我们感到遗憾和愧疚的。

　　本书的署名,按《新诗发展概况》首次在《诗刊》1959年6月号发表时的顺序排列。本书的设计、编辑,主要由洪子诚、张雅秋承担。张雅秋细致的工作,和她不少有创意的建议,对提高本书的质量起到重要作用。感谢朱竞、李云雷的支持,使"关于《新诗发展概况》答问"的部分文字,能先期在《文艺争鸣》杂志和"左岸文化"网站发表。

2007年10月

事情的次要方面①

　　从有了做《回顾一次写作》这本书的念头,到终于拿到印出的书,经过了一年多的时间。在和朋友沟通,和自己写作的过程中,情绪曾有过多次起伏,想法也发生不少变化。有时候也会猜测书出来之后会有什么反应。这些猜测,有的后来得到证实,也有不少出乎意料。

　　比如,一些读者,特别是与作者认识,有过交往的,会首先对其中的老照片感兴趣。这不需要很高的智力就能料到;虽说怀旧"老照片"

---

　　① 《回顾一次写作》出版后,曾召开这本书的研讨会。其中涉及历史反思的态度、方法等当代普遍关注的问题。在研讨会基础上,多位学人写了文章。这是我写的一篇。

的热潮已经降温。不过,南方一位比我们年轻许多的批评家翻读之后的感叹——"先生还年轻过呵?"——还是让我骤然有一丝悲凉的情绪掠过。他大概一时间无法将我们现在呈现给他的目不忍睹的衰老,与书中那有点傻相,却还算有生命光泽的面容联系起来。

在《回顾》的前言里,我说到编写这本书的两点理由:有关于学术、道德责任"反思"方面的,和关于"私心""自我纪念"方面的。排列次序当然是在显示它们的重要性程度。别的先生不知道,"私心"方面其实在我这里分量要更重。有时候会觉得将《概况》和所谓"历史"等庄严语词放在一起,显得有点勉强,也透着一点自作多情。我常想起一位外国诗人的题为《礼物》的诗,它是这么说的:

> 如此幸福的一天。
> 雾一早就散了,我在花园里干活。
> 蜂鸟停在忍冬花上。
> 这世上没有一样东西我想占有。
> 我知道没有一个人值得我羡慕。
> 任何我曾遭受的不幸,我都已经忘记。
> 想到故我今我同为一个人并不使我难为情。
> 在我身上没有痛苦。
> 直起腰来,我望见蓝色大海和帆影。

这是西川的翻译。诗中的"没有一个人值得我羡慕"的"羡慕",在沈睿的译文那里是"嫉妒";我不知道哪个词更贴近"原意",但倾向于接受后者。我当然既没有《礼物》作者的磨难、痛苦的经历,没有与此相应的沧桑感,也不可能达到在解脱"紧张感"折磨后的平静、安详、单纯的一天。不过,对每一个回顾来路的人而言,如何将记忆、将生活中曾有的不安、痛苦、愧疚安排妥当，让"故我"和"今我"同是一个人不再难为情，都是共同面临的问题。但是我知道，这种"私人"性的心迹，大抵只与个人相通，不大可能由他人的阅读复现和真切感知。因而，"记得倒是一位女士来访，……她的到来给我们寂寞的生活带来了温暖"（《回顾》，第44页）这些话，搅动的只能是当事人在那个时代或甜蜜，或苦涩的情感经验。相对于"历史"发生的无数重大事件，这些事情自然是极为次要的方面。

我不是说五十多年前编写的《概况》一无是处，更不是说编写本身就是罪过。但是，我和朋友们现在都看到它的幼稚、粗暴。具体论述的失误倒在其次，那种描述事物、看待世界、评骘诗人诗作所秉持的尺度，那种"本质主义"的、真理在握的姿态，那种"严于疾恶"，是非了了分明的独断，重读时更让我惊讶。这个文本，好像是从一个侧面，勾勒了那个"苛刻的时代"的缺乏余裕和缺乏包容；多多少少体现了"人主用重典，士人为苛论，儒者苛于责己，清议苛于论人"（赵园：《明清之际士大夫研究》，第19页）的时代征象。这样的风气流俗，其实并未随着历史翻转至"新的一页"而逝去，仍在我们之中继续蔓延。区别可能在于，一些人大抵将它看作需要偿还的"债务"，另一些人则偏向于看作能够获取能量的"遗产"。有年轻学人从《概况》中发掘的，便是这种"指点江山"，不顾一切地做出明晰、不容置疑的判断的"勇气"。他们可能反而赞赏"旧日"的先生们的"风华正茂""慨当以慷"，而对于"今日"的先生们的反省、忏悔，觉得没有必要而有微词。我想，这大概是因为他们不知道那个时代在这些当事人心中究竟留下了什么。不是有这样的诗句吗，"开花是灿烂的；可是我们要成熟；/这就叫甘居幽暗而努力不懈"——大概他们也不大能理解这种对"成熟"的渴望。不过，他们的看法也可能有不容轻忽的深意在：我们这种否定过去，又否定过去的否定的断裂和反复，是否就是我们正常的生命过程？我又一次遭遇了这样的难题,"当代"的那些经历、信念、情感,"将其作为异质性元素剔除,或将其改写为同质化的连续,都无疑意味着新的遮蔽与压抑机制的形成"(戴锦华:《疑窦丛生的"当代"》)。

　　这个难题,其实在这次回顾的写作中已构成难以突破的困扰。开始我确是信心十足,自认为有足够的能力来处理这些经历。但是,随着记忆的搜寻和写作的展开,信心也在不断下降。许多事情已经模糊尚且不去说它,留存的碎片、残迹,哪些值得提取,又如何修补、串联,用什么东西来照亮,更是令人困惑。那种不事先沟通,由各人"独立作答"的写作方式(参见《回顾》前言),目的是为了显现个体感受、经验的独特,显现进入、阐释历史的差异;这个愿望不是说一点都没有实现,但与当初的预想相去甚远。这不仅指当年感受的形态、性质,而且更指"反思"时视野、方式、阐释向度的方面。"多元"语境中视野、心灵的"规范化"状况,并不比"一体化"时代经验的"同质化"情景有重大的改善。这是让人沮丧的结果:我们的记忆、经验,对记忆的提取、使用、安顿,在很大程度上只有借助已经被"雕刻"过的"时光",依靠集体记忆形成的标志性事件和阐释框架,才能有效。本想通过"返回"而发现新的意义,在"大叙述"之外提供一些"次要"的参照、补充,到头来却发现已不自觉地落入到现成的"圈套"之中。

　　"回顾"的信心的受损,还和另一件事有关。大学的一个同班的叫廖东凡的同学,让我读他的回忆录初稿。我上大学的那几年里,他是中文系学生会的体育部长。他的热情、善良、无私,让中文系学生没有一个不对他有好感。1961年毕业分配时,他、刘登翰和我,都把去西藏填在第一志愿。现在想起来,我和刘也不能说是虚情假意,但的确只有廖对这个选择有认真的准备。他于是从家乡长沙只身一人动身,在火车汽车走了二十多天之后到达拉萨,自此在高原生活了24年。不是在上层机关、报社任职,而是让他带领一支由年龄十几岁的小乞丐、小喇嘛、流浪无业少年组成的业余文工队。一年到头多数时间,骑马住帐篷地奔走在林周、尼木、拉萨河谷、直贡山沟、当雄草原的山间野外。"文革"期间,因为出身不好和毕业于资产阶级堡垒的大学而被批判,下放到堆隆德庆县农村。但他学会了藏语,也完全融入了这片土地。藏族乡亲亲切地称呼他"廖啦";甚至殷切期望他终老此地,说他们就好随时到陵园里看望他。后来,他又走遍西藏各个地区,包括翻越海拔五千三百多米的多雄拉大山,不避艰险到了被称为"人间绝境"的墨脱,搜集着藏族、门巴族、喀巴族民间故事、传说、诗歌达一两百万字。

  读着他的回忆录,我多次流下眼泪。让我震惊的是,经历了这几十年的时势翻覆变迁,却始终自然地保持着他那种稳定的心境。没有激烈地、断裂式地否定过去,当然也没有否定过去的否定。对当初的选择,对走过的路并未表示后悔之意。他没有诅咒他曾经历的艰苦和受到的屈辱,也没有因为觉得损失、付出过多而病态地索求补偿。在"苦难"成为光荣标志,并转化为论述"历史"的资格和权力的年代,却没有在这上面做自恋式的停留和渲染;生活中的艰苦、折磨在叙述中总是轻轻带过。事实上,长期高原艰苦生活,心脏已受到严重损害(90年代后期突发中风差点丧命);至于精神上遭遇的磨难和陷入的困境,也不是我所能够想象。他在写到1985年因身体无法坚持而回到北京之后,长期分居的妻子、女儿终得以团聚的时候,一句看似平淡的"有一个家真好"的感叹,还是不经意中泄露了其中说不尽的艰辛况味。当初他去西藏,年级党支部书记对他说,很多人都要求去,经过反复考虑"组织"把这个光荣的任务交给了你,这是对你的信任。廖当时也相信了这些话。实际情形是在此之前,已经找过两个同学,但都坚决拒绝,最后才落到他的头上。廖得知这一真实情况已在入藏16年之后,这对他是个重大打击,几乎摧毁了支持他信念的那种尊严和荣誉感。不过他没有崩溃。原因正如他所说,我已经无法与那片被称为西藏的土地分开;"这是我心甘情愿的活法，也可以说是前世修来的福分"。他的回忆录以西藏家喻户晓的民歌作结：

> 我们在这里相聚，
> 但愿长聚不散；
> 长聚不散的人们，
> 永无疾病和灾难！

"他本不是惊雷，不是闪电，从没有过惊人之举。可这人间需要温暖，……他就做了一粒爝火，温暖着人们"（马丽华：《一个人在西藏的经历》）。他既不是那个已逝去时代的叱咤风云者，也不是这个时代由受难者转化成的英雄。人们对于"历史"的考察、叙述，在通常的情况下，不会关注这样的人的生命；他们因此被遗漏，他们的感受也无声地流失。在1961年他离京赴藏的时候，同学纷纷在他的纪念册上留言。我比他小一岁，却自认为比他高明，写下了什么"理想要坚定，思想要复杂"的"教导式"的话。"新时期"的80年代，我也自以为摆脱、反省了曾经有过的"愚昧"，觉得自己变得"深刻"起来，反过来总不满廖的思想包括语言的停滞不前，埋怨他对过去时代、对自我历史的缺乏反思。这一次，当我把自己的回顾和他的回忆录摆在一起的时候，惭愧之余发现了自己的肤浅，以及可笑的思想上的傲慢。我对自己提出的问题是：究竟谁是聪明人，谁是傻子？谁更有资格讲述那段"历史"？谁的叙述更能令人信服？在谁的讲述中更能感受到生命的热度和精神的光辉？

附记：

廖东凡，1938年1月8日出生在湖南省宁乡县横田村，1961年北京大学中文系毕业后，到西藏工作。供职于拉萨市文化局，地处高原，从事群众文艺工作和民间文化考察。1985年从西藏调到北京，任中国民间文艺家协会书记处常务书记，《中国西藏》杂志社社长、总编辑。2008年6月20日，《中国西藏》杂志社、中国藏学出版社联合召开了"廖东凡西藏民间文化丛书"发布会。丛书共计十种，有：《节庆四季》《神灵降临》《灵山圣境》《拉萨掌故》《藏地风俗》《墨脱传奇》《喜马拉雅的囚徒》《浪迹高原的歌手》《布达拉宫下的人们》。除此之外，他还编著有《萨迦格言》（翻译）、《西藏民间故事》《西藏民歌选》《雪域西藏风情录》《活佛，从圆寂到重生》《图说西藏古今》《百年西藏》《西藏的服饰》《唐卡》等有关西藏的图书二十几种。2017年2月11日，因病离世。

文学史问题

与吴晓东对话：文学性和文学批评①

文学性

洪子诚：以我的感觉，90年代中期以来，思想文学界出现对"文学"不信任的声音。可能包含两个方面，一是对90年代以来文学创作现状不满，从更深远的角度则是对文学的位置、社会功能的怀疑。折射这一思潮的表象之一是，不少批评家、研究者转向以文学为"平台"的文化、思想史、社会学的研究。在这一潮流中，你对文学却保持坚定的信心。你最近出版的书，如《文学的诗性之灯》《二十世纪的诗心》《漫读经典》，从名字也可以见到这一点。"坚守文学性的立场是文学研究者言说世界，直面生存困境的基本方式，也是无法代替的方式"；"中国诗歌中的心灵和情感力量……始终慰藉着整个20世纪，也将会慰藉未来的中国读者。在充满艰辛和苦难的20世纪，如果没有这些诗歌，将会加重人们心灵的贫瘠与干涸"——这些话，相信在得到一些人首肯

---

① 本文在《现代中文学刊》2013年第2期发表时，题目为《关于文学性和文学批评的对话》。

的同时,也会被许多人认为是"痴人说梦"。支撑你这样的表述的动力和依据来自哪里?是对历史的概括,还是基于个人的生活经验?

吴晓东:我从您的新著《我的阅读史》中其实也可以感受到您对文学的某种信心。这种信心既来自于您对历史的洞察,也来自于您的个人的生活经验,但我也多少感觉到文学对您也是信仰之类的存在。而对我来说,文学研究的动力也应该说是基于某种对"文学"的与您相类似的"信仰"。对我这种不信神的人来说,如果想信点什么,那可能就是文学了。古今中外那些最好的文学,都是认真思考和呈现人类的生存处境,关怀人的灵魂和感情,呈现人的希望和恐惧的本真的文学。这种对文学本身的信仰,不会因为历史的某一个阶段的文学出了问题而丧失。这可能就是您所谓的来源于"对历史的概括"吧?至于是否还存在"个人的生活经验"方面的原因,我想每个从事文学的人(无论是作家还是文学研究者)都有个人遭遇文学的具体方式。就我个人而言,一旦回到单纯的没有功利性的文学阅读状态——阅读古今中外各种类型的最好的作品,都是心灵感到安详充实和满足的时光。

另一方面,赋予文学某种深刻内涵的时代已经过去了。像20世纪70年代末80年代初文学受到全社会的普遍关注、提出重大社会问题、成为时代先导的历史阶段,可能也是文学的某种非典型的状态。在今天这样文学返归"正常"的时代中,我们反而有可能认真对待什么是文学以及什么是文学应有的作用和位置。

洪子诚:"文学性"是近来学界,也是你经常关注的问题。和它联系在一起的,还有文学"自主性""自足性""文学自律"等说法。从表面看,你的论述有时呈现某些不一致、矛盾的现象。这既体现在理论层面,也体现在实践(阅读、文本分析)的层面。在这个问题上,你赞同杰姆逊的"不是艺术作品是否是自治的,而是艺术作品何以成为自治的",即"不是把文学和审美形式看成一个自律或者本质性的概念,而是考察它形成的过程",并说"自主性"可能是制造出来的幻觉。但你又说,"文学的自主性是文学言说世界的前提","'文学性'在今天依旧还构成着文学之所以成为文学的终极依据"。一方面你说,"没有一个抽象的普遍性的文学自主性",但是在另外的地方,你还是禁不住要对"文学性"作某种抽象的、普遍性的概括。这些互异的看法,在你有关这一问题的认知结构中处于何种关系?你是否认为,在承认"文学性"的历史建构性质的前提下,当今更应该关注它的某种恒定的、延续的因素,以避免这一命题的破碎化?

吴晓东:我对"文学"的概念一直处于比较矛盾(不敢说是"复杂")的认知状况。主要因为作为研究者,不想把"文学"进行某种本质化的解读和概括。如果是一个普通的文学爱好者,我相信他对文学予以某种单一的、纯粹的界定和判断,是应该得到理解和尊重的,不过作为一个研究者则需要警惕这种本质化的倾向,原因可能很简单,就是尊重与还原文学在其历史进程中固有的丰富性与复杂性,理解文学作为一种生产方式本身的建构性。文学既是一种"成品",也是一种生产(作家的创作)与流通(印刷、阅读、批评以及社会影响)的过程,同时文学在其创作与阅读的过程中直接关涉的是人们的心灵活动和精神历程。这都意味着文学活动本身固有的丰富与复杂,要求我们不能进行某种简单的归纳和解读,所以文学研究者肯定要避免给"文学"某种单一的定义。

洪子诚:我的印象是,人的经验、想象力、创造力(原创力)、独特性、艺术趣味等因素,在你的理论论述和文本分析中,是"文学性"的核心内容。这个理解,是否存在某种程度的"保守"倾向?或者说,这个认定是否过于精英化或"贵族化"?是否过分强调、依赖那个"伟大的传统",而欠缺如雷蒙德·威廉斯说的"实践意识"的维度?在文学与历史、与社会学,在精英、高雅文学与"大众文学""人民文学",在书籍出版物的文学与新媒介的"文学"之间的"边界"上,你是否持偏于封闭,而非开放的态度?也就是说,如你说的,这样的对"文学性"内核的强调,会不会导致"与大众的脱离,与生活实践的脱离,与现实政治的脱离"(《文学的诗性之灯》,第76页)?

吴晓东:诚如您所观察到的那样,我对"文学"其实没有一种特别系统、固定的阐释和判断。同时在写作过程中也时时表现出自我矛盾的地方。在我个人的文本分析和写作中,很可能不自觉地把文学进行精英化或"贵族化"的理解,也难免会过分强调、依赖所谓"伟大的传统"。因为当我们不知道什么是文学或者什么是好的文学的时候,也就是那个"伟大的传统"发挥历史作用的时刻。但另一方面,在诸如雷蒙德·威廉斯这类具有马克思主义或者左翼倾向的理论家那里,文学当然也被理解为一种社会的和历史的实践,尤其是与大众紧密结合的实践。我出于对左翼的同情态度,很认同这种文学的"实践意识",在我对文学趋于某种您所谓的具有"保守"倾向的理解的同时,也坚信文学应该具有与大众,与生活实践,与现实政治相结合的维度。但另一方面,我也觉得在精英、高雅文学与"大众文学""人民文学",在书籍出版物的文学与新媒介的"文学"之间的"边界"可能不是那么明晰的。比如西方的现代主义在中国,80年代还完全以先锋派的姿态出现,但到了21世纪,我觉得当卡尔维诺、昆德拉们已成为一代小资茶余饭后的谈资的时候,中国的先锋文学也日渐在新世纪蜕变为常规文学的一部分。

洪子诚:你说到,马尔库塞的《审美之维》对你,对80年代后期中国大陆思想文学界有相当影响,你有关文学性的论述,也多少能见到这个痕迹。他强调"感性"、经验世界的意义,以及"新的感性"在人的解放上的作用,强调文学所内涵的"政治潜能"。这是在"左翼"的、马克思主义的脉络上,来重新认识文学的政治功能的。但不知道对不对,在他积极的表述之下,却能体验到某种"退却"的,乌托邦的"悲剧"意味。这就像佩里·安德森所言,"谈方法是因为软弱无能,讲艺术是聊以自慰,悲观主义是沉寂无为"(《西方马克思主义探讨》,第118页)。你在谈文学、诗歌的时候,多次使用"慰藉"这类的语词,并说文学"它在骨子里是使人傲世、愤世、最终逃世的","正如人类一切美好的情怀,文学性也具有脆弱的本性","或许只有在放逐了文学性之后,才能直面残酷的现实生存环境"——这是否无意间说出《审美之维》所遮蔽的,或深藏不露的悲剧气息?

吴晓东:您从马尔库塞那里体验到某种"退却"的、乌托邦的"悲剧"意味,我觉得很有洞察力。对"感性"、经验世界以及文学所内涵的"政治潜能"的强调,与直接的社会实践和现实政治相比,肯定有"退却"的、悲剧性的成分。但我更想从"乌托邦"的角度理解这种悲剧性,恐怕与佩里·安德森所说的"软弱无能""聊以自慰""沉寂无为"有别。事实上,马尔库塞对人类"新的感性"维度的强调,尽管不乏文学与美学乌托邦的意味,但却直接介入了60年代的激进政治,从而才成为一代欧洲学生的思想领袖。而一切的乌托邦的确像您所说,都具有某种悲剧气息。文学乌托邦恐怕也如此。但我同时认为,这种乌托邦的"悲剧"意味,也恰恰是文学所内涵的固有力量。在某种意义上说,文学就是悲剧乌托邦。我很喜欢您的这种洞察和理解。

洪子诚:文学性问题的提出,直接原因是为了拯救无力回应现实的文学，因而也与对 80 年代"纯文学"思潮的检讨联系在一起。敏锐的李陀是这个一时成为热点的话题的发动机。我们应该感谢他。但我觉得对一个经历过 80 年代，且是当年的"弄潮儿"的他，为了突出话题而有简化历史的情况。遗憾的是，他的说法不加质疑地被当成共识广泛引述（似乎吴亮是少数提出不同意见的）。你没有专门论述这个问题，但好像也同意他的看法，即认为 80 年代纯文学导致文学远离政治，失去回应现实问题的能力，是放逐政治性，放逐社会关怀。这至少在两个方面应该讨论。一是他对 80 年代的所谓"纯文学"（或"文学回到自身"）的诉求所作的简单化、"同质性"的概括，将它简单化为只关注语言、形式、艺术技巧。这明显不是事实。另一是将 90 年代文学出现的问题（无力回应现实问题）主要归结为"纯文学"思潮作祟，这也找错了方向。就前一个问题说，所谓"纯文学"的理论表述，在 80 年代就有复杂情况；更重要的是，处于这一"话语实践"领域内的作品，呈现的是很不相同的形态。至于后一个问题，如果说 90 年代文学真的存在现实关怀、介入上的乏力的话，焦点性原因也不是这一思潮所能承担的。作为个体的作家的精神、思想高度，他的艺术勇气，处理政治与艺术关系的视野和智慧，可以提供的艺术经验等，是更应该被注意的。而这一切，正蕴涵在 80 年代的"文学回到自身"诉求的某些部分之中。也就是说，文学的问题在于作家思想、精神、艺术经验上的缺失，而不是外在的某种思潮的后果。

都说"回到"、反思 80 年代，但反思所呈现的部分的思维方式、路线，却朝着非语境化的方向行进。一方面说 80 年代"纯文学"观念包含着很强的政治诉求，但又指责它导致文学脱离政治：这如何解释得通呢？薛毅说"纯文学"和"先锋文学"是两个对立的概念，前者是专门化精英主义的，后者是反抗的。这样的划分很成问题。"纯文学"是带有精英化的倾向，它可以是"小众"的，但也可以是很"先锋"，富反抗性的。同样,"先锋文学"在许多时候,也都表现出强烈的精英化特征;这是属于不同范畴的概念。

吴晓东:李陀先生是得风气之先的高尔基笔下的海燕一类的人物,常常能够敏感到时代风向标的变化。他有很强的提出问题的能力。而关于80年代"纯文学"思潮的检讨,又经过了这些年的积淀,我现在倾向于您的观点。您的那本他人无法贡献的《我的阅读史》,还提供给我对80年代现代主义影响中国文坛的历史语境的重新体认。现代主义之所以在80年代中国文坛风靡一时,并不仅仅是纯粹形式上的和语言上的原因。正像您所揭示的那样:那时中国文坛关注的是现代主义文学表现出的对人的处境的揭示和对生存世界的批判的深度,譬如文坛对卡夫卡的《城堡》的关注,就与对"十七年"以及"文革"的记忆及反思密切联系在一起。而萨特热所造成的存在主义的文学影响,更是直接关涉着对存在、对人性以及人的境遇的新的意识的觉醒。文学因此内涵的是"社会承担的意识"以及建构反思性历史主体的重任。

我也很赞同您所说的"文学的问题在于作家思想、精神、艺术经验上的缺失,而不是外在的某种思潮的后果"。有大关怀和大悲悯的作家尤其是这样,无法想象老托尔斯泰和陀思妥耶夫斯基的创作会随时受外在的某种思潮的左右。他们往往是酝酿、创造和引领思潮的人。但是中国作家的思想和艺术的独立性往往很弱,所以有跟风的爱好,大部分作家都容易受到风潮的牵制。而这种跟风的习惯,也与"作家思想、精神、艺术经验上的缺失"有关,而跟风则是其外在的一个表现形式。

洪子诚:在有关文学性的讨论中,在文学与政治的关系中,竹内好在中国学界复活,被当作解开这一"死结"的良方,成为重要的思想、方法上的资源。正如你提到的,"竹内好构成今天学界的一个重要资源,也正是从文学的态度或者说文学性的意义上说的"(《文学的诗性之灯》,第89页)。其实,竹内好的《鲁迅》,很早(80年代初吧?)中文版就出来了,记得当时文学所办的《文学研究参考》,还用很大篇幅编译了它的主要内容。但竹内好那时并没有引起大的反响。是什么原因让他的思想、著作在90年代后期中国"突然"成为"显学",以至发展到以谈论竹内好为时尚?或者说,为什么在有关文学性问题上,他成为重点援引的思想成果?

吴晓东:关于这个问题,可能孙歌或者薛毅更有发言权。我只想说,我之所以认为竹内好构成今天中国学界的一个重要资源,是他重新提供了我们对"文学的态度"或者说"文学性"问题的理解。关于竹内好所赋予"文学"的意义,我是从尾崎文昭先生在北大中文系的"左翼文学的时代"讨论会上提交的论文《竹内鲁迅与丸山鲁迅》中获得了更深切的理解的。尾崎先生指出:"竹内氏在鲁迅身上发现的'文学',不是情念与实感,而是在这一词语深处的伦理。或者说,是在那种意义上作为机制的思想。这,也只有这一点,才向竹内氏保证了对于'政治'的'批判原理'。"我认为这是纠正我们目前对于"文学"的狭隘理解的更有效的定义。竹内好理解的文学,恐怕不是我们中国学界一度从文学的自律性的意义上理解的文学,竹内好说鲁迅"通过与政治的对决而获得的文学的自觉",文学与政治的关系是竹内好所说的"绝对矛盾的自我同一"。同时,竹内好的"文学"是诉诸于伦理实践的,是一种作为机制的思想。这都会丰富我们对于文学的理解。

洪子诚:人们最感兴趣的是竹内好谈鲁迅时的"文学自觉"和"回心"说。你认为,竹内的所谓"文学自觉"的"文学",并非我们通常以为的那个概念。这个看法我觉得很有道理。你在引了尾崎文昭的话(竹内氏在鲁迅身上发现的"文学","不是情念与实感,而是在这一词语深处的伦理。或者说,是在那种意义上作为机制的思想。")和孙歌的话("只有自我否定才具有否定的价值,而任何不经过自我否定的思想与知识,任何来自外部的现成之物,都不具有生命力……")之后说,"这就是竹内好所谓文学的态度",也就是"在自我挣扎自我否定中建立自己的真正历史中的主体"的态度,也就是"赎罪的","回心"的态度,鲁迅自己说的"煮自己的肉"的态度。这个论述是很好。因此,作为竹内好的"文学的态度"的对立项,可以列举的有观念的,外在的,非内化的,非渗透于自我血肉中的,非自我批判的等等。

略有遗憾的是,你对这一点的重视似有不足。自然,不应将回心和赎罪意识当作鲁迅的"唯一原点",但这却是其他的"原点"(如果有的话)所不能并列,更不能取代的。强调这一点,不会导致一种"整一的模式化"的追求。这也是鲁迅超越某种政治理念、立场的最重要的思想精神遗产,也是中国知识界、文学界最欠缺的态度。

吴晓东:的确,更重要的是,在竹内好看来,鲁迅的文学的自觉是与回心、与挣扎的概念联系在一起的。或者说,鲁迅的文学的自觉的核心其实是主体的真正自觉的过程,是在处理伦理、宗教以及思想的机制的过程中获得的原理性的自觉。其中一个基本原则是孙歌先生所阐述的"发自内部的自我否定"。这就是竹内好所谓的文学的态度。这给我们提供的是一个在自我挣扎自我否定中建立自己的真正历史中的主体的鲁迅形象,而我们今天缺乏的正是研究者自身的通过挣扎和自我否定过程的主体性的建构,缺乏的正是这种自我否定的知识。而您高度重视鲁迅的回心和赎罪意识,认为是"中国知识界,文学界最欠缺的态度",我也非常赞同。我也同意"强调这一点,不会导致一种'整一的模式化'的追求"。我们如今的思维模式往往为了刻意避免本质化和一元论,而走向逆反，导致漫漶无边毫无重点的多元论，同样是非此即彼的刻板机械的思维方式在起作用。我本人也要警惕这一点。

洪子诚：说到"原点"，相关问题是，近年来"历史化""语境化"已经成为"学术正确"。如果谁被称为"本质主义"者，或者说他在使用一种"本质化"的方法，那就等于说无可争辩地错误和落伍。你怎样看这种现象？别尔嘉科夫在他的书中讲到，20世纪初，俄国知识分子所进行的哲学、文学讨论在很高的、深刻的水平上进行，"主要的界限就在这里：在西欧，特别是在法国，所有的问题都不是按其本质去研究。例如，当提出孤独的问题时，那么，他们谈的是彼特拉克、卢梭或者尼采如何谈孤独，而不是谈孤独本身。论说者不是站在生活的决定性的秘密面前，而是站在文化面前。这里表现了过去的伟大文化的疲惫性，它不相信根据实质解决问题的可能"（《思想自传》）。我们如何理解这段话？日本学者执着于本源性、原理性东西的探索，是否可以平衡我们在时间、文化上出现的迷思？也就是你说的在今天，有必要警惕"过度历史主义"，或过度"语境化"的倾向。那么，什么是"过度"，"过度"又有怎样的表现？

吴晓东：您引用的别尔嘉科夫的这段话非常精彩，有助于我们如何具体地甄别何谓真正的"历史化"。法国人提出孤独的问题时之所以可以谈彼特拉克、卢梭或者尼采，"而不是谈孤独本身"，恰恰在于关于"孤独"的问题都历史化地表现在彼特拉克、卢梭或者尼采的言论中，所以无法脱离他们的言说"本质化"地讨论孤独。换句话说，没有大思想家们贡献出的关于孤独的言论，"孤独"的话题是无法"在很高的、深刻的水平上进行"的。而我们关于中国的现代和当代文化的探讨出现过度"语境化"的迷思，往往是由于我们找不到我们自己的彼特拉克、卢梭或者尼采。但我们有鲁迅，所以像钱理群老师总是回到鲁迅，提供给我们理解中国式的"历史主义"的一个途径。而"过度历史主义"，或过度"语境化"，往往不是表现在回到历史原初面貌的追求，而是迷失在所谓历史的丰富材料中没有自己的问题意识与独特诉求。这就是为了历史材料而忘却了研究目的。另一方面，我们的所谓"语境化"，往往无法"在很高的、深刻的水平上进行"，而总是一个低层次的历史材料堆积和复印机般的刻板复制。在这个意义上说，浮浅的"历史化""语境化"与浮泛的"本质化"一样不可取。

文学经典

洪子诚：你对于"文学性"的信任，和对作品解读的专注，很大程度根源于对文学经典的信任。80年代以来，中国文学界又出现"经典"的大面积重估、重评现象，主要涉及中国20世纪文学，但也广泛牵连至古典和外国文学。不过可以看出，你在文学经典认定的标准上，持比较谨慎、稳妥的态度。你在谈到夏志清的现代小说史时，说他"需要决断"的真正的考验，是依靠已经有的权威而科学的文学史定见，还是基于一种新的文学性的视景大胆作出自己的判断。你在经典问题上，是否更依赖已有的文学史权威的定见？

吴晓东：就大部分所谓的西方经典，我承认自己的确依赖已有的西方文学史权威的定见，当然在西方文学史研究过程中，西方学者也有他们自己不断重新估价经典的过程。不过对于中国现代文学经典，尤其是当代文学经典来说，我觉得则一直处于经典化的过程中，作为现代文学研究者，我本人可能也正参与了现代文学再经典化的批评实践。经典的界定是一个再造的过程。比如80年代就是一个对中国现代文学重新经典化的时期。而我个人认为，经典不仅仅是"过去性"的，同时也是"未来性"的，换句话说，对经典的重新认知也取决于我们怎样看待自己的未来。所以一种新的文学性的视景对于我们界定什么是经典非常重要，尤其在判断什么是当代经典的问题上。

洪子诚：你是否感觉到80年代以来，出现一种传统意义的"经典"的"陨落"（姑且用这个不大确切的词）的现象？也就是说，有若干方面的力量，对原先依靠权威文学史定见形成的经典概念和经典系列，构成"威胁"。一个是文化研究，在它的视野中，"经典"并非一个必要的条件。另外是经典概念的"泛化"，它已经被随意使用。对这种情况你这么看？李欧梵先生在谈到赛义德的时候说，这位"后殖民"批评的发明人，《东方主义》的作者，对西方人文经典传统并非采取抹杀态度；能感到李欧梵先生内心的宽慰（见他为《西方现代批评经典译丛》写的"总序"）。你是否也有相似的感受？当你知道赛义德经常"回到"典律的作家作品，"回到"康拉德、奥斯汀，并将自己描述为"在文化上是保守的"（《知识分子论》，台北麦田版）的时候，是不是感到心安？

吴晓东：我特别欣赏赛义德的地方，是他对经典的理解是与一个人文传统相结合的。美国有些大学的通识教育也正是靠经典研读来使学生触摸进而传承自身的传统。在这个意义上说，具体经典作品尽管可以变更，但其基本范围不可能经常遭受质疑。一个国家对经典的认知经常变化，或者经常遭受您说的"经典"的"陨落"的现象，也就意味着这个国家的意识形态和文化自觉出了问题。而经典的界定也的确出现了"泛化"的问题。一个国家的经典首先是没有那么多，其次是经典应该具有某种稳定性甚至恒常性。因为经典与我们对传统的认知密切相关，也与我们要成为什么样的人种，我们应该有什么样的文化密切相关。美国是一个高度重视本民族经典的国家，他们积淀下来的经典都是从各个层面影响了美国历史和美国人自我想象与认同的书籍，这些书籍曾经深刻介入了美国人的自我定位和自我塑造的历程中。借用美国思想家理查德·罗蒂的理解，其中塑造了美国人的那些文学类经典"并不旨在准确地再现现实，而是企图塑造一种精神认同"。也就是在一个个所谓的"美国故事"中，讲述美国人应该是什么样子，或者应该成为什么样的人。这些文学经典的标准"规定了一生的阅读范围"。"而制定标准的主要目的是告诉年轻人去哪里寻求激情和希望"。这些文学"与永恒、知识和稳定毫无关系，却与未来和希望有着千丝万缕的联系，它与世界抗争，并坚信此生有超乎想象的意义"（理查德·罗蒂：《筑就我们的国家》，第102页）。这就是塑造了美国人的文学经典的意义。

今天的中国在经典认知问题上出了问题，与我们这个时代的盲目是一致的。所以读赛义德依靠对小说经典的解读来讨论比如关于帝国主义的问题，关于殖民主义的问题，我都觉得很亲切，觉得提供了一个可以仿效的方法论。而一个国度，有着大家一致普遍认同的经典，同时每一代人一直阅读，就像博尔赫斯所说对经典具有"先期的热情与神秘的忠诚"，这样的国度就会让他的国民在手足无措的时候凭借对经典的阅读而获得心安。我觉得您运用的"心安"的概念甚好。因为生活在今天这个时代，并不是每个人都能获得心安的感觉的。

洪子诚：近年来流行一个"红色经典"的说法，用来指称20世纪表现中国共产党领导的革命的作品，如《白毛女》《红旗谱》《创业史》等。这是一个存在争议的概念，即使使用它的，含义也各不相同。有的其实就是一种借用。你对这个问题这么看？

吴晓东：我个人倒是认为，"红色经典"的确已经获得了被经典化的历史条件，这就是中国的革命历程和社会主义实践的历史本身值得赋予由它催生出的"红色经典"以经典地位。而在某种意义上说，"红色经典"之所以被经典化，正是因为我们已经远离了"红色经典"之所以形成的历史时代。我们是带着某种缅怀和追认的态度去看待"红色经典"的，这也恰恰说明，对"红色经典"的阐释，也正是"红色经典"时代已经过去了的某种证明。

洪子诚：虽然你并没有给出一个文学经典的系列，但从你的论述、分析的关注点，在20世纪中外作家作品中，你评价最高的是那些具有"现代主义"（就这个词在中国文学界的广泛意义）倾向的作品。就小说而言，《从卡夫卡到昆德拉》这个短语构成的书名可以看到，你是在为20世纪最值得重视的小说家开列清单：卡夫卡、普鲁斯特、乔伊斯、海明威、福克纳、博尔赫斯、罗伯-格里耶、马尔克斯、昆德拉，可能还包括康拉德，帕斯捷尔纳克，加缪等。20世纪中国现代文学方面，除了鲁迅之外，京派作家、诗人似乎是你最钟爱的；感觉比起艾青，你对卞之琳评价更高？你对"左翼"（也是宽泛意义的）作家作品，总体上不是太看重，至少是无法与京派作家，与沈从文等比拟。我的这个印象是否确切？你担任主编的《中国新诗总系·40年代卷》，对延安、"解放区"的作品入选不多，特别是那些"民歌风"的作品。这里贯穿着你什么样的经典评定标准？你谈到80年代末90年代初从一种精神需求大量阅读西方20世纪文学作品，那么，个人文本阅读的经验在有关经典认定上起到什么样的作用？它与理论，与文学史定见之间构成何种关系？

吴晓东：我曾经说过，我喜欢的诗人有不少，包括艾青。但卞之琳则称得上是我所热爱的诗人，这可能与个人的偏好有关，因为我比较认同卞之琳的性格，或许这也潜移默化地制约了我对现代作家的认知。恐怕也与我的阅读史和研究视野有关，读书阶段流行西方现代主义，所以《从卡夫卡到昆德拉》的课程便集中选择了现代主义的作家。所以个人的阅读史的确像您说的那样，对我关于经典的选择方面难免产生影响。而我这几年则认识到，西方的20世纪现代主义文学可以说是"深刻"，而19世纪的浪漫主义则称得上是"博大"，所以我的阅读也从20世纪慢慢上溯。而到了研究阶段，也的确会受到某种理论以及文学史定见的制约。我从事的现代文学研究，则偏重于京派、沈从文、废名以及卞之琳、戴望舒为代表的中国现代派诗人，所以在论文写作中自然多有倾斜。但这不意味着我对左翼、延安、"解放区"的作品有偏见，只是我研究得不够，我个人就很喜欢赵树理的小说和延安时期的丁玲。现在看来，我编的《中国新诗总系·40年代卷》，对延安、"解放区"的作品入选不多，的确是一个大的缺憾。当初您曾经含蓄地建议过我可以多选一些，我也增补了若干首，但可惜数量仍然有限。

洪子诚：你关注的文学现象、喜欢，或着重解读的作品，大致可以看到两种取向。一是复杂的，有解读深度的，另一是由"时间"所赋予的那种凄美、忧郁、伤感，具有废墟意象和颓废情调的美感。或者说，这样的美感因素更能打动你，引发联想和感触？也可能这在触及人类生存状况上更具深刻性？另外的美感维度是朦胧、复杂，需要反复咀嚼探求的文本。但后者可能与我们从事的职业有关。可分析性是一个长期工作中形成的美学上的反应，尽管有时候并没有意识到。"可分析性"和"好作品"之间的关系是什么？前者会不会成为我们不自觉间形成的判断前提？

吴晓东：您的这个问题非常重要。近来常常看到一些甚至是很出色的学者长篇大论条分缕析，盛赞某部新问世的小说或电影，但找来一看完全不是那么一回事,所讨论的作品的艺术水准甚至不及格。只是这部作品符合了评论者的某种关切、理论或者口味,要不就是评论者拿来"说事儿"(当然如果是拿了红包或因为是朋友的作品就予以鼓吹则更等而下之)。因此,具有"可分析性"的文本往往是研究者更喜欢的文本,但却不必然是"好作品"。学生们的论文中也会出现这种情况,洋洋洒洒几万字分析一部作品,但是当你问起这是不是一部好作品,就回答不上来了。所以我认为当前的文学研究的危机之一就是审美判断的能力日渐匮缺。您说"可分析性是一个长期工作中形成的美学上的反应",总结得非常精辟。但作为一个文学研究者,具备一定的审美判断力也同样应该是职业伦理的体现。当然对审美和艺术性的关注也要警惕美学专制主义,换句话说,美感趣味也要有多重维度。我本人的确像您所说,对凄美、忧郁、伤感,以及朦胧、复杂的美感维度表现出了更浓厚的兴趣,但是也要警惕以自己的口味去贬低他人的口味。

洪子诚:对北岛诗的评价、分析,是个有趣的现象。一方面,中国大陆不少读者,仍将他"朦胧诗"时期的那些作品看作他的"代表作",或最好作品,但他本人却对它们持批评态度,显然认为他移居国外后的诗作更具价值。另外,有的外国研究者(如宇文所安)对像《雨夜》等作品的感伤化持有非议,而大陆读者可能觉得他后期作品过分排斥"抒情"是一个问题。这种评价上冲突的有趣现象说明什么?我们是否能够建立一种有更多共识的感受和评价标准?你论述北岛诗的长篇文章,将他的诗阶段性地用"政治诗学"和"诗学政治"来概括,这是否暗含着一种评价,包含着"发展"的价值观?

吴晓东:我个人在文章写作的过程中,没有想到后期的北岛对前期是一个发展,不过是觉得他由于生存和历史境遇的改换,影响了他的诗歌创作图景。在我这篇写北岛的论文《从政治的诗学到诗学的政治》中，恰恰不同意北岛对自己的朦胧诗时期的"悔其少作"的心态，而是认为朦胧诗阶段的北岛已经被历史给"经典化"了，不能被北岛自我否定掉。北岛称自己朦胧诗阶段的作品都是"官方话语的回声"，这是一种反历史的态度。在我看来，北岛的朦胧诗阶段的写作贡献了一种反叛时代的"政治的诗学"，塑造了一个审美化的大写的主体形象；而始于90年代的流亡时期则在诗歌中实践着一种"诗学的政治"的维度，以漂泊的语词的形态继续着全球化时代来临之后的海外汉语书写，同时也纠结着自我的重塑以及主体的再度认同的重大问题，创造了跨语际书写和汉诗写作的新的可能性。这种新的可能性尚处在一个未完成的进程中，要求我们研究者对他的创作只能寻求一种不那么确凿的判断。但总起来说，我对流亡时期的北岛的评价没有朦胧诗阶段高，而是认为流亡时期的北岛在主体认知与文化认同方面出了问题，进而影响了诗歌的内部景观。所以我想回避的正是一种"发展"的价值观。

批评、阅读和阐释

洪子诚：文学教育中，很重要的是作品阅读、阐释。但现在是否有过分重视理论，以阐释理论作为挑选作品的标准这种倾向？另外，前些年我们都参加过"文本分析与社会批评"的研讨会，这是为了突破文本分析的封闭性，而放置到更广阔的社会、大众空间的努力。好些年过去了，这种承担的效果你觉得怎样？你好像并不太理会这一诉求？或者说，你考虑的，更多是从文学、诗学的角度上来发掘这种参与的可能，如你选择北岛、王家新那样？

吴晓东：过分重视理论，以阐释理论作为挑选作品的标准的这种倾向在我的一些研究中也有所体现。我现在开始警惕这种理论先行的研究。但我对理论依然有无法舍弃的情结，似乎总觉得理论会增加文本阐释和分析的某种深度。也经常有学生问我关于理论的作用以及如何运用理论的问题。理论可以是一个视角，一道光束，照亮对象和客体；可以是我们思考的中介，就像过渡，过了河后，可以舍筏登岸，直达客体的秘密。理论就是过渡的船和中介。我很欣赏李欧梵与罗岗的对话中李欧梵先生的说法："理论应该像灯光一样照射进来，一照，可以看出很多东西。当然，如果不作具体研究，只亮几盏理论灯光，恐怕照来照去还是这几个样子。"换句话说，理论还应该具体落实到细节研究。我还想补充的是，你所借用的理论灯光可能非常亮，但是你自己借助于理论灯光到底能发现什么，毕竟取决于你自己的眼光和主体意识。有些人发现的只是他想看到的东西。

理论运用得恰到好处的话，也有助于突破文本分析的封闭性，如您所说把文本"放置到更广阔的社会、大众空间"。我其实在这些年的小说解读中有意识地尝试这种"突破文本分析的封闭性"的拓展工作，虽然做得可能不够好。比如对王家新的分析，就关注他与俄罗斯精神传统的关联性以及他的近期诗歌表现出的重建生活伦理学的征象。

洪子诚：在一篇文章里，你谈到读鲁迅散文《腊叶》的感受，说它透露了罗兰·巴尔特式的"世态沧桑"感。你说，鲁迅将一片病叶夹在书中是在"暂得保存"一种"病"的意义，而在挽留这个"意义"的同时，他也发现"意义"如同旧时的颜色一般销蚀。你说，这是"意义"无法挽回的本质，最终祛除"病"的附加语义，而还原了生命形态的本真性。不过，如果真是这样的话，也就没有鲁迅的这篇感人文章，同时也没有你面对鲁迅"世态沧桑"感的"感怀不已"。这些且放在一边，如果发挥地说,在阅读、作品分析的问题上,我的问题是,在解读中,我们的注意力,重心是在"复原"文本的"原初"情境,还是立足于阅读者的,不被那些具体情境支配的立场?

吴晓东:也许不同的研究者对一部文本的不同解读方式,恰像从不同的角度照到文本上的光亮。有时光亮太弱,就无法照亮文本,有时光亮太强,也会遮蔽文本,有时角度太偏,也无法切中文本的主体与中心。重要的是洞幽烛微,为读者揭示文本的真正有待发掘的秘密。有些作家的确创作出了需要阐释的复杂文本,比如乔伊斯的《尤利西斯》和《芬尼根的守灵夜》,就是需要阐释和解读的范例,因为作者刻意设置了阅读障碍或者隐藏了深层结构,所以就需要去"复原"文本的"原初"情境。当然研究者真正理想的状态,也是像一个普通读者那样,"立足于阅读者的,不被那些具体情境支配的立场"。不过想坚持这种立场,在具体的文本阅读实践中,不是始终行得通的。因为读者阅读严肃作品的时候,通常面对的不是那种清澈见底的透明文本,有时就需要专业研究者对文本的"原初"情境加以"复原"。

有时作品内涵的"意义"可能是连作者也不自觉的,我分析鲁迅的《腊叶》想揭示的就是"病叶"上潜藏着鲁迅也许不自觉的某种心理结构,我把它视为"病"的意义,最终"意义"却如同旧时的颜色一般销蚀。但我承认阅读这篇《蜡叶》完全可以不顾我的关于"意义"的分析而直接被鲁迅疼惜病叶的心境打动。

洪子诚:在批评和文本阐释中,批评家往往强调要立足于艺术,不要以意识形态分析作为根基。昆德拉在文章中讲到对索尔仁尼琴的看法,说"这位伟人是伟大的小说家吗?我怎么知道?……他那引起巨大回响的坚定立场(我为他的勇气鼓掌)让我相信,我已经预先认识了他所说的一切"(《相遇》,台北,皇冠文化)。你同意这个看法吗?如果挪到奥威尔的《1984》来,是不是也可以有这样的评价?你对王家新的诗有很高评价,但诗歌界有的人在艺术层面,也有不少批评,如情绪、主题的重复等。你肯定不会同意这种看法。在这方面,那种精神性的维度在批评中是否占据过大的分量?

吴晓东:我最近又重读了一遍奥威尔的《1984》,在 2012 年中国某种社会政治语境的参照下,这部小说令我产生前所未有的震惊体验。我惊异于奥威尔在写作这本书的 1948 年对未来极权主义的想象化情境的设计。这部小说虽然也是十足的意识形态性的,但是小说中想象出的关于未来的一个个具体的情境却着实惊人,有着令人惊诧的情境意义上的真实性。这也保证了《1984》的小说性以及您说的艺术性。我完全赞同您的判断,即使对一部作品进行意识形态分析,也要以这种艺术的水准以及真实性为根基。但昆德拉仅仅根据索尔仁尼琴的"坚定立场"就判断"已经预先认识了他所说的一切",而且在《相遇》中说"我从来不曾打开任何一本他的著作",就有点先入之见了。"坚定立场"不一定妨碍索尔仁尼琴的艺术性,如果精神性的维度与艺术性完美结合,精神性会增益作品的艺术性。王家新的诗作中,精神性的维度的确占据"过大的位置",但就我的判断,其精神性与诗艺还是获得了应有的均衡感的。我尤其看重王家新最近几年的探索,其中表现出对您所说的"重复"的突破。

洪子诚:文本解读,分析的目标之一,好像就是要将含混的、暧昧不明的东西清晰化。提供明晰答案,似乎是不少分析所立定的标的。但是,就你所特别重视的文学的自觉、感性等特征而言,就像有的人说的,"在创造性的激情、原始的直觉和思想的客观成果之间永远存在着悲剧性的不协调";"思想必须说出来,人应当完全这个行为。但是下面这句话在一定意义上始终是正确的:'说出的思想是谎言。'"(别尔嘉耶夫:《自我认识——思想自传》)——这不仅指写作,也可以引申到阅读上来。你这方面持慎重态度。你体验到这样的困境吗?如何处理?你觉得有时也应该保留某种含混,某种不确定的空间?

吴晓东: 前些天读希利斯·米勒的《文学死了吗》(广西师范大学出版社,2007年),书中有一节的小标题很吸引人,叫"文学的陌生性"。米勒认为真正的文学作品它们互相之间都是没有可比性的。"每个都是特别的、自成一类的、陌生的、个体的、异质的。""强调文学的陌生性,这一点是比较重要的。因为很多文学研究的一个主要功能(更不要说报刊文评了),就是遮盖这种陌生性。……文学研究隐藏了文学语言的独特性,试图去解释它,使它自然化、中性化。把它变成熟悉之物。……无论如何,这些文学研究都有一个隐含的目的,就是平息人们对文学真正陌生的自觉不自觉的恐惧。每一作品都没有可比性,这令我们生畏。"从陌生性的角度说,我们这些文学研究者干的是南辕北辙的事情,是使文学去陌生化,或者说是祛魅的活动。

米勒把"文学的陌生性"上升到文学的基本特征的高度来论说,"陌生性"成了界定文学本体论的重要因素,这与您引用的别尔嘉耶夫的话有暗合之处。在这个意义上说,追求某种非确定性把握和判断,应该是文学研究者职业伦理的很重要的一部分。而这种职业伦理,我其实主要是当年从您的课上和著作中最早体悟到的。

洪子诚: 新批评有一种文本自足的信仰,现在大家认识到这种主张的弊病。苏珊·朗格在强调诗歌创造的是一种幻象,是虚构之物,并具有一种"结构的形式","表现性的形式",是语言的"造型作用",所以她反对在读诗的时候,时时结合作者的身世,想象作者写诗时的情景,将诗作为一种心理学的"案卷"去读(《艺术问题》)。她还说,有的分析,"是强行从诗句中挤出的陈述",认为研究诗的时候,应该将"诗人告诉我们一些什么?他是如何将自己的经验传达给我们的?"转移到"诗人创造了什么?他是如何创造的?"等现代问题。不过,她也不是完全这样做。究竟时代情境、作家传记等在文本分析、解读中居何种位置,还是一个值得思考的问题。另外,语言、技术、主题、方法与时代、历史、社会生活、文化变迁之间的关系,是不是也是你解读时关注的问题?你对顾城诗歌评价很高,80年代是这样,现在也是这样。那么,他的经历、事件,是否对你的评价有影响,什么样的影响?

吴晓东:那就从顾城说起。我知道顾城杀妻事件(1993年)对您关于顾城的评价有很大的影响。就像阿多尔诺说"在奥斯维辛之后写诗是野蛮的"一样,经历了顾城杀妻和自杀事件我们肯定无法像从前那样看待顾城,由此也会影响到对他的诗歌的评价,尤其是我们还处于顾城离去不久的时代,道德尺度是我们无法祛除的衡量标准之一。而且只有通过顾城杀妻事件以及此后揭露出的顾城在激流岛上的私人生活空间,我们才更明晰地看到顾城诗中的某些面向。这并非一种目的论式的分析视野,也不是以杀妻事件作为终点进行反观,而是想通过顾城最终的生命结局回溯到诗中寻求这一终结的必然性,而且这种必然性也的确能在顾城诗中找到。这就是您所说的"时代情境、作家传记等"因素在文本分析、解读中有时会占据重要位置的原因。顾城事件也会影响文学史写作面貌。我当初(1994年前后)与钱理群老师一起参与编写《彩色插图中国文学史》的写作,新时期的诗歌部分就是由我写的。这本文学史是由商人出资,最后在大陆和香港分别出简体字和繁体字两个版本,结果大陆版由于政治原因,出版社删去了关于北岛的所有文字,而香港版则删去的是顾城,因为出资的老板因杀妻事件而极度讨厌他,必须拿下关于顾城的部分才能出版。这本书的出版是个很有趣的案例，反映出政治、资本以及个人的好恶是怎样介入了文学史面目的呈现的。所以有时"新批评"的文本自足的信仰想坚持也无法坚持到底。因为在语言、技术、主题、方法之外，"时代、历史、社会生活、文化变迁"也总要找上门来。

我不讳言对顾城诗歌的偏爱，他的童话世界曾经仿若天国的声音，而其诗歌中精致的语言、纯美的幻象、纯净的质地……也仿佛不属于我们这个世界。然而，为什么创造了一个美好而单纯的童话世界的诗人会成为一个杀人者？这本身就是一个最大的反讽，也为顾城这一精致完美的所谓"汉民族的器皿"敲击出一道裂纹，由此启发我们反思关于"诗是一种精神"（福斯特语）之类的那些似乎不言自明的论断的合理性。

顾城事件也意味着诗歌评判标准无法完全从诗歌内部获得，至少逼迫我们重启道德视野。但我的困惑处在于，千年之后的读者如果仅仅面对顾城的诗歌，而并不了解他的生平和身世背景，那么道德视野是否还会起作用？或者以怎样的方式在起作用？如何判断顾城诗中可能具有的某种剥离了具体历史语境的"未来性"？又是否存在这种"未来性"？这些问题一直在困扰着我。

洪子诚：前面说过，那种细密的，有明确理论支持的"科学性"分析，目前成为潮流，而印象式的感悟批评的地位下降。这有两方面原因。一是如你说的，采用何种方法，与文本的性质有关，针对"现代主义"的诗、小说，传统批评方法并不能揭示其中的奥妙。另一个原因是理论方法本身的发展带来的解读、分析面貌的改变。但是，印象式的、感悟性的批评是否已经过时？我们有时候还很怀念刘西渭对作家作品的那些耐人寻味的点评，觉得有时候比洋洋万言更有意思。况且，如你说的，80年代那种"非功利"阅读中遭遇的"尖锐的针刺所带来的痛楚"，那种柔软感和痛楚感，很可能消失在这种"科学"分析中。回过头来说，那种敏锐的艺术自觉和感性判断，似乎是一个重要基础。

吴晓东：印象式的、感悟性的批评在文学中必须占有一席之地，虽然刘西渭当年对作家作品的解读和判断也屡遭作家本人的反批评，认为不符合作家创作的本意。但是文学的魅力之一就是无法实证性。文学研究的"科学性"和学术性必须先在地接纳和涵盖这种文学感悟，才称得上真正"科学"。文学的固有禀赋，如带给心灵的顿悟以及感动与科学性多少是矛盾的。所以"敏锐的艺术自觉和感性判断"，无疑是文学研究的重要基础。这也是您的研究给学界的印象。

洪子诚：这样，我好像更喜欢你融入更多个人感受、体验的那些文本分析，如你写读《尺八》的文章。我们有时候其实更重视某一个有见地的读者（批评家）是如何阅读、看待某部作品的，而不是他做出的结论。因而，你讲到的竹内好，伊藤虎丸等学者的那种对作家作品的"原体验"，虽然有某种"玄学"，神秘意味，但想想是有某种迷人的风采的。

吴晓东：竹内好和伊藤虎丸等日本学者的研究有魅力的地方可能就在执着于对本源性、原理性东西的探索。他们不是扼杀文学的神秘性，而是小心翼翼地呵护文学固有的神秘。他们的鲁迅研究中表现的方法论，有一种本质直观的特征。这种"本质直观"就其玄学化来说未见得是好的品质，但对于弥补我们的研究中洞察力和想象力的缺乏，却具有相当珍贵的启示意义。

2013 年 1 月 13 日

相关性问题:当代文学与俄苏文学①

一　影响和相关性

现在,我们经常会听到苏联文学、俄苏文学、苏俄文学、俄罗斯文学等多种说法,这些概念使用的时候大家理解不很相同。所以,在讲这个问题之前,需要把"俄苏文学"的范围做一点说明。我这里的"俄苏文学",包括19、20世纪的俄罗斯文学,和十月革命后至苏联解体前的苏联文学。1991年苏联解体后,原来的"加盟共和国"成为独立国家,他们中一些作家主要写于苏联时期的作品,也包括在我所说的"俄苏文学"的范围内。另外,也包括20世纪因各种原因流放、移居国外,但作品仍具有鲜明俄罗斯文化特征的创作,如普宁、茨维塔耶娃、索尔仁尼琴、布罗茨基等。

中国当代文学(尤其是前30年)与俄苏文学,关系十分密切,这种情况在文学史上很罕见,这和一个时期世界政治的特殊情势有关。50

---

① 根据2013年2—6月在台湾"交通大学"社会与文化研究所讲课的录音整理、修改、添加注释,感谢整理录音的台湾"清华大学"黄淑芬博士。

年代我读高中和大学，就读过许多俄国、苏联杰出、不怎么杰出和现在看来完全不入流的作品；这是当年文学青年的普遍阅读倾向。王蒙《组织部新来的青年人》里有一个细节，被敏锐的荷兰人佛克马捕捉到：都热爱俄国文化的林震和赵慧文，夜晚温馨地从收音机听俄国音乐，柴可夫斯基的《意大利随想曲》之后电台转到戏曲节目，林震就把收音机关掉①。这个细节颇具"症候性"。

俄苏文学和当代文学的紧密关系表现在各个方面，如作家往来、观念旅行、创作、批评的翻译等。在苏联诞生的"社会主义现实主义"，50年代初被规定为中国文学的"最高准则"；收集1934年苏联作家会议章程、日丹诺夫和马林科夫文艺问题讲话、40年代联共（布）中央关于文艺问题决议的《苏联文学艺术问题》②一书，被列为中国文艺界学习社会主义现实主义，进行文艺整风的必读文献；仿照苏联作家协会的名称和组织形式，中国文学工作者协会1953年改名中国作家协会；50年代初打算取消全国文联，周扬给出的理由是苏联没有这样的组织（因毛泽东大怒而没有实现）；丁玲主持的文学讲习所仿照的是高尔基文学院；俄苏文学优劣互见的创作、理论在50年代铺天盖地翻译出版③；当代中国

---

① 佛克马：《中国文学与苏联影响(1956—1960)》，季进、聂友军译，北京大学出版社，2011年，第96页。

② 人民文学出版社，1953年。

③《中国文学与苏联影响(1956—1960)》根据《人民日报》的材料统计，50年代在中国大陆，苏联跟俄国的中译出版物（不限于文学，包括政治和一般知识性的读物），约有一万种，占全部翻译作品的百分之八十三。在50年代，普希金的诗集出版了28种，叙事诗《奥涅金》，就有吕荧、查良铮等翻译的不同版本。托尔斯泰的作品，在五六十年代翻译成中文在中国出版的有50种。50年代初，上海新文艺出版社出版的"文艺理论学习小译丛"5辑几十种，收入的均为苏联作家、理论家的著作。而据《文艺报》1957年第31期的统计，从1949—1956年，中国进口苏俄文版图书（不包括苏联出版的中文图书）一千八百多万册，其中文艺书籍四百三十多万册，翻译为中文的苏联文艺著作两千七百多种，印刷发行六千九百多万册。

文学的许多批评理论概念——经济基础和上层建筑、人民性、党性、典型、倾向性、真实性、写真实、写本质、粉饰生活、干预生活、无冲突论、世界观和创作方法、正面人物和反面人物、人类灵魂工程师——均从苏联输入;季摩菲耶夫的《文学原理》[①]和毕达可夫的《文艺学引论》,一度成为中国高校文艺学经典教科书;1957年《文艺报》改版,参照的是苏联《文学报》的模式;不论是质疑,还是拥护社会主义现实主义的中国论者,都征引苏联政治家、作家的言论作为重要论据;1957年"百花时代"的文学变革部分地从苏联"解冻"文学获取动力;"大跃进"期间工厂史、公社史的写作,与高尔基编写工厂史的提倡有关。创作方面的影响,虽然"落实"起来有些困难,但是闻捷的诗与伊萨科夫斯基[②]、郭小川、贺敬之的政治抒情诗与马雅可夫斯基,刘宾雁的特写与奥维奇金,王蒙的《组织部新来的青年人》与尼古拉耶娃……之间的关联大概不需详细论证。当代对苏联文学的追慕,在1957年达到高潮。那一年的10—11月,《文艺报》连续五期开设十月革命40周年纪念专刊,登载了大量中国作家和读者颂扬苏联文学的文章[③]。50年代后期开始,中苏关系开始恶化,苏联文学在中国的位置、评价也相应发生变化;它们之间的联系呈现复杂的情况。在60年代对文学的"现代修正主义"的

---

① 《文学原理》共三部:文学概论、文学发展过程、怎样分析文学作品。查良铮译,平明出版社(上海),1953、1954年。

② 何其芳的《诗歌欣赏》最初在刊物连载时,明确指出闻捷的《天上牧歌》受苏联伊萨科夫斯基的影响,1962年作家出版社出版单行本时,删去这样的话。可能与当时中苏关系开始恶化有关。

③ 专刊刊载了郭沫若(答《文艺报》记者问,题目是《向苏联文艺看齐》)、茅盾、老舍、田间、许广平、乌兰汗、陈荒煤、刘白羽、欧阳予倩、臧克家、曹禺、赵沨、林淡秋、罗荪、杨朔、铁衣甫江·艾里耶夫、冯牧、巴人、以群、靳以、康濯、张光年、郑君里等的文章,并设"苏联文学对我的帮助"的专栏,登载各行各业读者的读后感。

批判中，苏联的作家作品首当其冲。不过，那些被目为"异端"的作家、作品，在这个阶段中国所谓"地下文学"的兴起上起到推动作用，为它们提供写作参照的文化资源。

最早对中国当代文学与苏联文学关系做系统研究的，是上面提到的佛克马，他1965年出版了《中国文学与苏联影响（1956—1960）》的著作。这部书评述的范围，时间划定在1956—1960，对象主要着眼文学理论、政策层面。遗憾的是，它的中文译本迟至2011年才与读者见面，距英文版问世已四十多年。[①] 不过，1978年中国社科院文学研究所主办的《文学研究动态》，就刊有尹慧珉女士的文章，分五个题目介绍了该书的主要内容[②]。当年佛克马处理的，是刚发生的现象，可以说是中国当代文学的现状研究。由于近三四十年有关这一文学时期的材料得以更多披露，和相关研究取得的进展，发现这本书的某些不足不是难事，但它仍是资料丰富翔实，也较深入揭示当代文学与苏联文学复杂关系的，有独到见解的著作。正如作者在中文版序言（写于2006年）里说的，这本书的论述并未过时，"我坚持认为本书论述的许多理论问题与当下的文学依然相关"；因为，"政治和文学创作的冲突是永恒的，尽管今天的冲突较之1950年代、1960年代表现出更高的层次"。

佛克马的这本著作，研究方法是按照他界定的"影响"一词进行。

---

① 佛克马（1931— ），荷兰乌德勒支大学荣休教授。比较文学学者，主要著作有《20世纪文学理论》等。《中国文学与苏联影响（1956—1960）》一书的中文版，译者在查对、审核该书征引的中文材料上，付出艰辛劳动。但也许是出版技术环节的原因，存在一些错误，期望再版时修订。

② 《一本西方研究我国文艺理论的书——〈中国文学学说和苏联影响1956—1960〉》，刊于《文学研究动态》1978年第7期（12月13日出版）。《文学研究动态》由中国社会科学院文学研究所科研组编，标明"内部刊物，注意保存"。

1965年这本书的"前言"中他指出,中苏两国的"某些共性因素的作用决定了它们的相似性,两国在社会组织方面有相当多的共同之处,文学在很大程度上也是由共产主义意识形态掌控的。正因为这个原因,要清楚地确认苏联文学与文学批评在中国的影响,就必须梳理中国文献中明确提到的苏联文学作品和理论,找到苏联著作和文章的中文翻译,或者苏联作家与中国同行接触的迹象"[①]。他的研究,方法上严格依循这样的前提,也就是"只探讨那些有迹可循的来自苏联方面的文学影响,即仅涉及那些明显由苏联文学和文学理论派生出来或有文学渊源的文学现象"[②]。"有迹可循"是他分析、立论的基础。

不过,借助佛克马对"影响"与"相似"的区分,我们也可以尝试中苏文学比较研究的另一路径,即不强调实证性质的"有迹可循",而侧重从"相似"的层面来观察。这里,我提出"相关性"这样的概念;相较于较多蕴含平行比较的"相似","相关性"增加了某些直接关联的成分,但这种关联又不一定能落实到寻找"有迹可循"的依据。从"相关性"的角度出发,可以讨论的问题是意识形态、社会制度在某一时期"近似"的国家,在处理若干重要的文学问题上,有着怎样的相似或不尽相同的方式,有怎样的思想情感逻辑。这是个很大,也很复杂的问题。基于我自己知识和能力的限度,只是就几个问题做些线索的提示。这些问题是:一、走向世界文学;二、现实;三、纯洁性。

[①] 佛克马:《中国文学与苏联影响(1956—1960)》前言,第1、2页。
[②] 同上书,第69页。

二　走向世界文学

"走向世界文学"[①]在中国80年代，是个激动人心，让人浮想联翩的口号。其实，这种冲动贯穿中国现当代文学整个过程。这个短语，表示了"世界"格局中不同国别（民族）文学的不同位置：发展的不同阶段、等级，它们之间存在的"时间差"；当然也表示一种复杂的心理诉求。

这个问题，其实也存在于俄苏文学中。也就是说，和中国现当代文学一样，俄苏文学也存在走向，和成为"世界文学"的问题。不过，这个问题在俄国出现，要早将近一个世纪。几年前，张旭东[②]的一次会议发言谈到，俄国文学[③]一直存在"如何在自己的文化中做世界的同时代人"的问题，说俄国文学"第一次"带来这个问题。"我们怎么样跟他们处在同样的世界历史的时间当中，思考同样的普遍性的问题"，如何通过文学想象把这个"当代"的时空产生出来；这是有关"世界历史的时间差及其克服的问题"。[④]他这里说的"他们"，指的是西方。

[①] 这在80年代是文学界激动人心的口号，也是一本畅销的论文集的名字。《走向世界文学——中国作家与外国文学》，曾小逸编，湖南文艺出版社，1985年。封面标有"TO THE WORLD LITERATURE"的英文短语。书中收入三十几篇研究、评述中国现代著名作家与外国作家的关系的论文；讨论的是中国现代作家如何在"走向世界文学"时借助外国作家的文学经验。

[②] 张旭东（1965— ），纽约大学东亚系教授。主要著作有：《批评的踪迹：文化理论与文化批评》《全球化时代的文化认同：西方普遍主义话语的历史批判》；译有《发达资本主义时代的抒情诗人》《晚期资本主义的文化逻辑》。

[③] 张旭东没有对他说的"俄国文学"含义做出说明，可能既指十八九世纪的俄国文学，也包括20世纪的苏联文学。

[④] 《当代性　先锋性　世界性——关于当代文学六十年的对话》，《学术月刊》（上海）2009年第10期。

对张旭东的说法，可以做这样的补充。第一，"第一次"指的应该是19世纪前期的俄国，特别是19世纪三四十年代，就是普希金、别林斯基活跃的那个年代。第二，说俄国文学的"世界"不是世界的任何地方，是指西欧。如果就当时的情况而言，更准确地说主要是法、德这些国家，一个时期尤其是德国；那时，黑格尔对俄国思想文化有很大的影响。第三，他认为俄国文学在这方面提供了经验，并对中国文学产生影响。对这个问题，他没有具体展开论述，需要进一步思考分析；除了解这两个国家在这个问题上的相似外，特别是要了解它们在处理这个问题上不同的地方。

描述19世纪克服世界历史时间差，渴望创造"当代"时空的俄国文化界的心理状况，有几部著作值得推荐。譬如别尔嘉耶夫①的自传，他的《俄罗斯思想》，还有以赛亚·伯林的《俄国思想家》和《现实感》等。《俄罗斯思想》里，记载流亡国外的赫尔岑（1812—1870），用调侃的口吻描述他年青时候文化界的风气，说黑格尔哲学传入俄国时，围绕他的学说常发生"无比激烈心切的彻夜辩论"，那时——

>……柏林及其他"德国"乡镇村子流传出来的德国哲学小册子，再无价值，只要里面提到黑格尔，就有人为文研讨，读个糜烂——翻得满纸黄渍，不数日而页页松散零落。

赫尔岑还说，法国、德国许多籍籍无名（"身没而名忘"）的科学家、

---

① 别尔嘉耶夫（1874—1948），俄国思想家。生于基辅，曾任莫斯科大学历史和哲学系的教授。1922年被驱逐出境后定居法国。其重要著作《自我认识——思想自传》《论人的奴役与自由》《自由的哲学》《历史的意义》《论人的使命》《俄罗斯思想》《俄罗斯思想的精神阐释》等均有中文译本。

作家,如果知道他们的著作、观点在莫斯科"引发多少决斗,多少争战,以及俄国人如何捧读,如何抢购他们的著作",他们会"喜极而泣"——

> 某人从巴黎带回一本书,或者宣传小册子的合编(或者由大胆书商走私)。某人在柏林听过一位新黑格尔主义者的演说,或者与谢林结交,或者邂逅一位观念奇异的英国传教士。圣西门或傅立叶门徒发出的一个新"信息",法国最近的社会弥赛亚蒲鲁东、卡贝、雷路的一本书,据说出于大卫·施特劳斯(David Strauss)、费尔巴哈、拉蒙泰或其他某位被禁作家的观念,一到此间,就激起由衷的兴奋。这些观念,或零碎观念,在俄国至属稀有,因此,俄人奋臂而取,止渴唯恐不及。①

读到这些文字,相信我们会有会心的微笑。会想起一连串西方、俄国作家、学者的名字、著作、观点,怎样在中国文化界引起激动的情景。想起 50 年代初"文艺理论学习小译丛"②出版了同样多少籍籍无名的苏联作者的论著,而受到捧读;想起基辅大学文艺学副教授毕达可夫在北京大学,向教育部组织的各重要高校文艺学教师授课的类乎"布道"的情景;想起 80 年代初听闻"现代派""意识流""新方法"让许多人怦然心动,以至彻夜难眠;想起读了《现代小说技巧初探》(高行健,1981年)如"喝了一大杯味醇的通化葡萄酒",陶然而醉,而"急急渴渴"

---

① 以赛亚·伯林:《俄国思想家》,彭淮栋译,译林出版社,2001 年,第 162—163 页。以赛亚·伯林(1909—1997),英国哲学家和政治思想史家。出生于当时属俄国的拉脱维亚的里加,1920 年随父母定居英国,毕业于牛津大学。主要著作有:《概念与范畴》(1958)、《自由四论》(1969)、《俄国思想家》(1978)、《反潮流》(1979)、《人性的扭曲》(1990)、《现实感》(1997) 等。

② 由上海的新文艺出版社出版,1953—1964 年共出版六辑。

（冯骥才语）地要向他人推荐……

回顾当年的情景，当事人或后来者不禁有类乎赫尔岑那样调侃式的检讨，甚至给这种心态、情状加上幼稚、浮躁的评语，以为是当年无知导致的亢奋过度。但是，这样的评价（或自我评价）肯定有失公允。对于俄国和现代中国文学而言，如果要克服"时间差"以"思考同样的普遍性问题"，并在"世界历史时间"中寻找、确立自身主体性，这样的努力、过程难以避免，不必为"止渴唯恐不及"的追慕而羞愧。事情其实具有两面性，在这种冲动中，既包含自我否定，但也推动着自我意识的更新和建设。

在"走向世界文学"的问题上，俄苏文学和中国现当代文学确实有相似处境，它们都曾经处于"后发展"的历史阶段，都有一个时期的以西方为中心的世界想象。在这样的环境下，文化界在"世界"与民族本土的关系和道路选择上同样出现分裂。19 世纪的俄国，既有屠格涅夫这样声称的"永远的西欧主义者"，也有坚定的"斯拉夫主义者"，不乏思想上热爱西方，情感上却比其他人都痛苦眷恋着俄罗斯的作家（如别林斯基），不乏生活在俄国时是"西方主义者"，流亡国外转变为"斯拉夫主义者"（赫尔岑）。更多的情况是这种分裂，同时存在同一个人身上，构成内在的矛盾。以各种心态呈现的这种焦虑和分裂，也同样发生在现代中国文学界。

但是如果仔细观察，它们之间也有不尽相同的地方。对"走向世界"的俄国文学来说，"世界"指的是西欧，中国的情况远为复杂，且变化多端。五四时期和三四十年代，不同政治、文学理念的作家的世界想象也许会有差异，但 1949 年之后的一段时间，便"一边倒"地将俄苏想象为唯一的"世界"。在国际两大阵营的冷战格局中，中国当代文学定义自身为"世界社会主义现实主义文学的组成部分"。那个阶段，"向先进的苏联文学学习，追踪在苏联文学之后"规定为唯一的道路，在走向

"世界文学"的过程中,苏联文学是"最好的范本","斯大林同志关于文艺的指示,联共中央关于文艺思想问题的历史性决议,日丹诺夫同志的关于文艺问题的决议……给予了我们以最正确的,最重要的指南"。① 但是,"文革"期间,西方和俄苏的"世界中心"地位就被颠覆,掌管权力的文化激进派宣告,在世界范围内,"帝国主义、社会帝国主义②的文艺如同它们的社会制度和思想体系一样,已经日薄西山,气息奄奄,人命危浅,朝不虑夕",只有以京剧革命为标志的中国无产阶级文艺"风景这边独好"③。这样的"世界中心"的自我虚构,随着"文革"失败而破灭崩溃,当代文学期待进入,渴望成为它的"组成部分"的"世界文学",转移到"西方"。而一度积极追慕的俄苏文学,在很大程度上也被弃置在一旁。这样激烈的反复和断裂、转换的情况,是俄苏文学未曾经历过的。

另一个重要的不同是,对于"遗产"和自身文化传统的态度和政策。相较于西方对于中国在文化思想上的那种"外在性",俄国民族中的东/西方关系的性质要复杂得多。正如别尔嘉耶夫说的,"俄罗斯民族不是纯粹的欧洲民族,也不是纯粹的亚洲民族……在俄罗斯精神中,东方和西方两种因素永远在互相角力"④。这一定程度减弱了与西方关系上那种两极摇摆的幅度。况且,在 19 世纪后半期,俄国文学艺术取得的成就,已经让欧洲无法视而不见,像托尔斯泰、陀思妥耶夫斯基、屠格涅夫、契诃夫等的创作,甚至超越、影响同时代的西欧作家,也成为

---

① 周扬:《社会主义现实主义——中国文学前进的道路》,《人民日报》1953 年 1 月 11 日。

② "社会帝国主义"是"文革"期间用语,专指苏联。

③ 初澜:《京剧革命十年》,《红旗》杂志 1974 年第 4 期。初澜是当年国家文化部写作组使用的笔名之一。

④ 别尔嘉耶夫:《俄罗斯思想——19 世纪末至 20 世纪初俄罗斯思想的主要问题》,雷永生、邱守娟译,生活·读书·新知三联书店,1995 年,第 2 页。

中国新文学的世界想象的重要组成部分。

中国自然有辉煌的古代文学,但是由于语言、观念的变革,在文学革命中"新""旧"文学被断然划分,古典文学许多时候不仅难以为新文学的合法性提供支持,而且经常成为本国和外国不满新文学者指责其"弊端"的论据。还有重要的一点是,即便在社会主义现实主义时期,基于"大俄罗斯主义"的思想体系和政治、文化实践,苏联对俄罗斯文化传统采取的也是积极维护的立场和政策。20年代苏联虽然有过激烈否定遗产的"无产阶级文化"派,但只是局部、短暂的组织和思潮,从未出现中国六七十年代那样全国范围的既反对外来文化,也否定传统的激进政治文化实践。

这里,可以举个小例子说明这一点。"文革"开始的时候,曾经有过对苏联电影《列宁在十月》的批判。电影里有剧院演出芭蕾舞《天鹅湖》的场景,观众中有许多是参加十月革命的水兵;赤卫队长走上舞台中断演出,引起一片嘘声,不过他在宣布工农苏维埃成立之后便对乐队指挥说:"请继续。"这个场景,这个"请继续"的宣告,显然具有"症候"意味,落实了中国文化激进派对苏联革命向封建、资产阶级遗产投降、妥协的指责。这正如江青等在《纪要》中说的:斯大林"对资产阶级的现代派文艺的批评是很尖锐的,但是,他对俄国和欧洲的所谓古典著作却无批判继承"[①]。"文革"中对西方和对苏联(修正主义)的双重批判,对本民族古典遗产和新文学、十七年文学的批判,就如佛克马说的,创造了一个"无经典"的时代。这是一种自我毁弃,自我削弱,这种"自我毁弃","文革"间达到高潮,但20世纪其他时候也在持续进行。它以各种各样的或能成立或难以成立,或明确或含糊其辞的理由实

---

① 《林彪同志委托江青同志召开的部队文艺工作者座谈会纪要》,《人民日报》1967年5月29日。

施：颓废，悲观主义，小资产阶级情调，宣扬资产阶级人性论，个人主义，歪曲历史，暴露黑暗，歌颂反动路线，违反六条标准，违背四项原则，丑化工农兵形象，晦涩难懂，低俗，脱离大众……

三 现实

"现实""生活""历史本质"这些词，在俄苏和中国现代文学中是核心概念，甚至可以说是"超级词汇"。在俄苏和中国当代的文学语汇中，"现实"有说不完的含义。它指作家面对的社会现实生活，指作品写到的生活内容（题材），指文学的功能，也就是作家写作、从事文学活动的社会责任，同时也是理所当然的道德指标。别尔嘉耶夫曾说，俄国知识分子对"现实"的敏感和多情是"罕见的"，"西方人很少能够理解这一点"。现代中国的知识分子和作家恐怕也一样。他还说，"俄罗斯的主旋律……不是现代文化的创造，而是更好的生活的创造"；"19世纪伟大的俄罗斯作家进行创作不是由于令人喜悦的创造力的过剩，而是由于渴望拯救人民、人类和全世界，由于对不公正与人的奴隶地位的忧伤与痛苦"[①]。中国启蒙主义的新文学，左翼的革命文学，甚至一些重视文学自律的作家，50年代后的社会主义文学，也都程度不一地表现了这一倾向。这样的取向，根源于中国的社会现实和文化传统，但也与俄国19世纪思想文化的影响有关。

关于文学与现实的关系，牵涉的问题很多。这里想提出几点来讨论。一是作家的社会责任，另一是对"现实"的理解，现实与政治的关系，还有就是处理苦难的态度、方式。

---

① 别尔嘉耶夫：《俄罗斯思想》，第24页。

普列汉诺夫写于1912年前后的《艺术与社会生活》开篇提出，文学与现实关系有两种对立的观点，一种强调艺术家为社会而存在，艺术应该促成人的意识的发展，社会制度的改善，另一种认为艺术本身就是目的，把艺术看成手段是降低艺术的价值。在19世纪的俄国和20世纪中国，这都是美学的首要问题，是众多作家、理论家长期争辩的核心议题。从俄国方面说，19世纪40年代的别林斯基，后来的车尔尼雪夫斯基、杜勃罗留波夫，20世纪初的普列汉诺夫，这些批评家的美学论述大多围绕这个主题展开。而且，在这两个国家，艺术家为社会而存在的主张，大部分时间在文学界都是主流观点，而艺术至上的观点经常处在"不合法"的边缘角落，持这一主张者在压力下常有自惭形秽的表现。

艺术社会责任的强调，直接提出作家身份意识的问题。在这个问题上，伯林有"俄国态度"和"法国态度"的区分。他说的"法国态度"，指作家相信自己是一个"承办者"，最重要的是为读者生产最好的，有艺术性的产品。这类乎手艺人的角色。而"俄国态度"则认为，社会道德问题是人生也是艺术的中心问题，重要的是"社会参与"的责任。[①] 伯林的这一区分，粗看起来不尽合理。譬如，巴金这样的坚定地将社会责任置于首位的作家，就不仅接受俄国文化的影响，而且更从卢梭、左拉、罗曼·罗兰等法国作家那里获取精神支持。不过，如果将这看成是比较的，总体倾向的划分，还是有它的道理。这种对比的强烈感受，相信与伯林，与别尔嘉耶夫这样出生于俄国，深谙俄国文化精髓，又长期居住在西方（法国和英国）的生活境遇有关。

没有疑问，艺术承担社会责任、发挥社会功能的观点，在西方和中国，都是古已有之，并不自19世纪俄国始。但是这种观念在19世纪的俄国得到改造，注入新的血液，并向世界其他地方辐射，产生如伯林

---

① 以赛亚·伯林：《俄国思想家》，第157—159页。

说的"反弹"的"回旋效应"。这种改造,注入的"新血液",是从原先"非宗教的,理论性的,抽象的学说",转化为"炽热的、偏执的、类似宗教的信念",并且从众多彼此独立,或不相容的观念中的一种脱颖而出,成为带有压迫、支配性的观念。观察现代中国有关文学与社会责任的主张,显然更具"俄国态度"的这种品格。当然,现代中国的作家是从自身的处境和文化传统去亲近这个俄国品格的,其中有特别能契合的成分,如中国的"文如其人"的观念,与"俄国态度"的人、文统一,人格完整的整体性观念。我们读瞿秋白的《多余的话》,读巴金的小说和他后期的《随想录》,看到丁玲晚年为证实自己的"忠诚"而活着,都多少能够发现这种"俄国态度"的痕迹。关于艺术责任的问题,在现代中国深入人心①,看作不需讨论的前提,知识界、作家,无论哪个派别好像都服膺这一原则。人与诗、人与文一致的整体性观念,也被看成理所当然。这种观念的绝对化和支配性产生的对艺术本质带来的损害,还没有得到认真讨论,特别是这方面的历史经验尚未得到很好清理。那种偏执型的"社会责任"的"俄国态度",并不一定在什么情境下都是福音。

第二点,对"现实"的理解,现实与政治的关系。现实本身其实并没有与生俱来的政治性,坚持社会责任和代言身份的作家,自然要从自己的理念出发来赋予现实以政治和意识形态含义。不过,在这样做的同时,也需要对这一代言身份有所警醒,保持相当的距离:这两者同样重要。要不,就难以避开,难以抵抗观念、政治教条、意识形态,以及从政治出发对现实的经验主义阐释的规范、要求。这种规范、要求,不仅

---

① 一种更大的估计是,俄国的这种关于艺术责任的观点引发的情感,"今天在亚洲或非洲完全可以被理解,在那里它更加如鱼得水,也是世界各地的知识分子……始终关心的一个问题,无论是自由派、改革派、激进派,还是革命派。"以赛亚·伯林:《艺术的责任:一份俄国遗产》,《现实感:观念及其历史研究》,潘荣荣等译,译林出版社,2004年,第267页。

是来自政治权力的统驭控制,也来自普遍性的舆论气候。

吕正惠[①]分析台湾乡土文学运动的时候,讨论了这个问题;高度评价1970年代的乡土文学功绩的同时,也检讨了存在的缺陷。他指出,80年代台湾美丽岛事件之后,乡土文学阵营分裂,乡土文学逐渐没落,最重要原因是,"作家把他们的现实关怀逐渐转移到政治上去,因为政治是个更大的舞台";"当政治参与有了更大的空间的时候,跟政治有密切关系的现实主义就跟着萎缩"。他指出,七八十年代的"意识形态挂帅"的"社会小说""政治小说",其成就反而比不上60年代后半期黄春明、王祯和"以比较'无心'的态度所写的乡土小说"。这个分析很有道理。"比较无心的态度",就是避免过度以政治观念、意识形态对"现实"的肢解、简化。这种萎缩(或减缩)、简化、肢解的后果,在社会主义现实主义时代的苏联,在中国当代文学中已经有充分的表现;大量作品虽然热闹一时,其实是过眼云烟,转眼间再也无人记起。肖洛霍夫从《静静的顿河》到《被开垦的处女地》,法捷耶夫从《毁灭》到《青年近卫军》,这种衰退不只是艺术才能上的;而柳青《创业史》的优点和重要缺陷,也可以从这方面获得解释。

在19世纪俄国和现代中国,那些杰出的作家,正是在政治环境激化,文艺与政治过分接近甚至难分彼此的情况下,仍能与"政治"保持一定距离,即使怎样强调作家社会责任,也能维护艺术自觉和艺术家"本分"的作家。在19世纪俄国,那就是屠格涅夫、托尔斯泰、陀思妥耶夫斯基、契诃夫等。吕正惠说,台湾的现实主义作家患了一个非常明显的错误,"以为一个在政治上'正确',或合乎大多数人民意志的意识形态,'基本上'可以保证作品在某种程度上的成功";"这种过度地强

[①] 吕正惠(1948—),台湾嘉义人,台湾"清华大学"、淡江大学中文系教授,著有《杜甫与六朝诗人》《抒情传统与政治现实》《战后台湾文学经验》等。

调意识形态正确性，过度地以意识形态内容去判断艺术作品的好坏……实在是人的完整感性的扭曲"。①这个"错误"不只属于台湾现实主义作家；在时间上他们不过是步大陆现当代一些作家的后尘。如果寻根溯源，这些也可以看作偏执化的"俄国态度"的辐射。

第三点，处理苦难的态度和方法。19世纪、20世纪的俄国和中国，农奴制，极权政权统治，言论自由的压制，战争，革命，激烈的社会变迁等原因，苦难是现实的基本内容之一。因此，对俄苏文学、中国现当代文学来说，如何对待、处理苦难，是文学与现实关系的基本问题之一。这个方面，需要对具体作家、文本的细致比较分析，而且作家之间也有很大不同。这里只是粗略提示一种整体倾向。从阅读感受说，俄苏文学这方面的处理，比较不那么感伤，或者说回避、警惕着感伤，而中国现代文学，特别是当代就有更浓重的感伤倾向，包括80年代的伤痕、反思文学。譬如阿赫玛托娃40年代写的《安魂曲》，处理的是遭受不公正对待、受到残酷迫害的，死亡的题材。有对痛苦、恐惧的精细描写："我知道一张张脸怎样憔悴，/眼睑下怎样流露惊恐的神色，/痛苦如同远古的楔形文字，/在脸颊上烙刻粗砺的内容，/一绺绺卷发怎样从灰黑／骤然间变成一片银白，/微笑怎样在谦逊的唇间凋落，/惊恐怎样在干笑中颤栗。"但这样的叙述，恰是在与感伤获得距离之后才能获得。更重要的是那种生命的坚韧，和苦难中不接收怜悯的尊严：第10章《钉上十字架》最后一节是，

> 玛格达琳娜颤栗着悲恸不已，
> 亲爱的信徒如同一具化石，

---

① 吕正惠:《七八十年代台湾现实主义文学的道路》,《战后台湾文学经验》,生活·读书·新知三联书店,2010年,第88—90页。

> 母亲默默地站立的地方,
>
> 谁也不敢向那里看上一眼。①

 这是19世纪俄国文学发展出来的"精神崇拜性"的取向,和即使是那些无神论的俄苏文学家具有的宗教精神内质。俄国革命者,和具有高度社会责任承担的作家,大概有这样的心理学上的认知:我为自由而斗争,但是我不希望只有自己自由;他们大多"赞同尘世生活应以迫害、贫困、监狱、流放、苦役、死刑为基础,不能期待另外的彼岸生活"。正如车尔尼雪夫斯基那样,他被判处19年的苦役,"当宪兵押送他去西伯利亚服苦役时,宪兵说,押送犯人对我们来说是很坏的事,但是我们押送的是圣徒"。②我们阅读20世纪像阿赫玛托娃、帕斯捷尔纳克、肖洛霍夫、布罗茨基等在处理苦难的"题材"时,也能发现这种延续。这和中国作家更偏向于世俗化的处理方式,形成对比性的差异。当八九十年代中国当代一些作家试图将这些带有宗教性的精神因素带入自己创作的时候,他们发现遇到很大的困难:在很大程度上成为与现实生活脱节的,带有姿态性的象征物。

四　纯洁性

 《部队文艺工作座谈会纪要》在批判周扬的"文艺黑线"的时候说,30年代左翼文艺思想是别林斯基、车尔尼雪夫斯基、杜勃罗留波夫的思想,"不是马克思主义",是"资产阶级思想"。这个判断,留下了需要进

---

① 这里引用的阿赫玛托娃《安魂曲》,是汪剑钊的译文。
② 别尔嘉耶夫:《俄罗斯思想》,第106—107页。

一步讨论的问题。

上世纪80年代，夏中义在他的一篇文章中谈到中国对别、车、杜的接受问题，有很好的分析①。他指出，将19世纪俄国这三个文论家放在一起，简称"别车杜"，并不是因为这是他们生前结盟的俄国现实主义"三家村"，而是"由历史追认的思想派别"②。别林斯基和车尔尼雪夫斯基之间有很大不同：早期别林斯基的"现实"，是黑格尔式的理念自由发展显现的一个环节，而车尔尼雪夫斯基的"现实"，是费尔巴哈式的唯物史观的社会存在；别林斯基也没有那么强烈的政治倾向性。夏中义检讨以群60年代主编的《文学的基本原理》，认为这本教材否定别林斯基有关灵感、无意识、直觉和艺术天赋的论述，是当代中国对俄国文学在接受上存在的功利、实用主义。另外，也指出周扬他们在当代援引别、车、杜，是为着补救《讲话》以来文学的公式化、概念化弊病，而别林斯基他们当时面临的，却是高度艺术的"自然派"文学如何能敏锐感应现实和民族解放运动。这是接受上的一种"错位"。

沿着这个思路，还可以有这样的延伸。第一，别、车、杜"三家村"的历史追认，其发明权仍属俄国本土的批评家，读过毕达可夫的《文艺学引论》就可以知道当时苏联文艺学的这一线索。第二，回到江青等的《纪要》。《纪要》说周扬他们继承的是"资产阶级"的别、车、杜，其实，当代江青等的"真正"无产阶级革命派，同样继承的是19世纪俄国的遗产，只不过比起周扬他们来，接受上更呈现褊狭、绝对；他们更迷

---

① 夏中义，上海交通大学教授，主要著作有《新潮学案》（上海三联书店，1996年）、《九谒先哲书》（上海文化出版社，2000年）、《从王瑶到王元化》（广西师范大学出版社，2005年）等。《别、车、杜在当代中国的命运》，原载《上海文论》1988年第5期，收入王晓明主编《二十世纪中国文学史论》，东方出版公司，1998年初版，2003年2版。

② 这一"历史追认"，源头还是别、车、杜的本土，当代中国批评界没有这一首创权。具体情况，可参见季摩菲耶夫的《文学原理》、毕达可夫的《文艺学引论》等。

信文学可以参与对社会制度的设计,和对人的精神的强制性规划。第三,俄国文论对中国文学产生深刻影响,是 20 年代革命文学和 30 年代的左翼文学时期,而对别、车、杜价值的重视,则是 30 年代末到 40 年代,特别是对车尔尼雪夫斯基。周扬的《艺术与人生———车尔尼雪夫斯基的〈艺术与现实之美学的关系〉》的文章写于 1937 年,翻译《生活与艺术的审美关系》(当时周扬使用了《生活与美学》的书名)在 40 年代初。对他们的"发现",主要还是呼应 30 年代左翼文学和后来延安文学对文学政治、社会功能的强调,而不是 50 年代为着"拯救"公式化概念化的文学。

说起来,周扬在 50 年代末到 60 年代初,重视、经常提起的是普列汉诺夫。原因之一是他当年提倡"建立中国自己的马克思主义美学"①,而别、车、杜他们无法放置在"马克思主义"的脉络里。但更主要的原因还是认为普列汉诺夫在处理文学与政治关系上有更多的"辩证性",留有较大空间,不是那么绝对、简单。这个时期,周扬虽然没有明说,但多少有点离开他原来心仪、自称是他的信徒的车尔尼雪夫斯基,离开那种简单化的唯物主义和意识形态的激进主义——车尔尼雪夫斯基和杜勃罗留波夫的思想是激进的 19 世纪 60 年代的产物。普列汉诺夫应该有许多不同,他的《艺术与社会生活》,在回答"两种完全相反的关于艺术的任务的看法"哪一种正确时,认为"这个问题的提法就不恰当",不应该从"应该怎样"的规定来提出问题,而应该着重从社会历史条件("过去怎样而现实又怎样")的观点来看待②。从社会历史条件,就是重

---

① 周扬最早公开提出这一命题,是 1958 年 7 月 31 日至 8 月 6 日在中共河北省委宣传部召开全省文艺理论工作会议上的报告,《河北日报》以《建立中国自己的马克思主义的文艺理论和批评》为题长篇报道,《文艺报》1958 年第 17 期转载。

② 普列汉诺夫:《没有地址的信 艺术与社会生活》,人民文学出版社,1962 年,第 199—200 页。

视历史语境,重视不同性质事物之间的关系。周扬这个时期对普列汉诺夫的重视,针对的是他忧虑的"反右派"之后文艺的简单、绝对化趋向,试图在社会主义文学的大前提下,来争取较大的缓冲地带。

不少研究者指出,别林斯基实际上是复杂的。他并不是一个极端,绝对,坚硬的文学社会责任的主张者,不是中国当代构造成的那个形象。伯林对他有这样的叙述:

> ……真实的情况是,借用屠格涅夫的说法,别林斯基是堂吉诃德,热情、坚定、随时准备为他的思想献身,但同时又是一个被无法解决的内心冲突折磨着的堂吉诃德。一方面,他痴爱文学,他对什么是文学什么不是文学具有一种非凡的本能的判断力,这已经经受了时间的考验,使他成为19世纪最具原创性,最具影响力和(尽管有几次在鉴赏力上大失水准)最公正,最有眼光的俄国批评家。……同时,他寻求一种包罗万象和具有不可动摇的正确性的意识形态;"渴求真理"(golod istiny)是他那个年代一种普遍现象;没有人比他更深刻地受到当时俄国生活中的不公、苦难和野蛮专制的痛苦折磨,……由此,他着迷地去寻找答案……而且他希望和企盼人类的每一才能尤其是文学——他的生命——能够关切这些问题并帮助追寻这些真理的人们。①

---

① 以赛亚·伯林:《艺术的责任:一份俄国遗产》,《现实感:观念及其历史研究》,第246—247页。在这里,伯林对别林斯基的意义有这样的评述:"……他是所能发现的具有道德关怀的作家的最纯粹例子,他的影响力——通过吸引人也通过使人反感,在思想上也在行动上,在他的祖国然后也在世界的其他地方——在我看来还没有得到充分的评价。"

这也就是说,"为艺术而艺术的主张与艺术为社会服务的主张之间的冲突,在别林斯基那里,并没有简单地以后者的胜利而告终";"这一冲突导致的两难,从别林斯基的时代开始一直扰着俄国作家和艺术家,并从此深刻地影响了整个俄国思想、艺术以及实际上还有行为的运动,折磨了自由派、保守派、'进步派'以及那些谴责政治运动而到别处寻求救赎的人,比如托尔斯泰、民粹主义者,或者那些托尔斯泰所憎恶的世纪之交的'颓废主义者'"。① 也就是说,在19世纪的俄国文学界,这种不同、甚且对立冲突的立场、主张,不仅存在于不同的作家、艺术家之间,而且也存在于作家各自的"内部","折磨"他们,成为持续的心理矛盾。

1957年纪念十月革命40周年的《文艺报》专栏,刊发以群②的长篇文章《苏联文学为思想的纯洁性而斗争》,叙述了苏联文学40年如一日、"规模宏大,始终不懈"地进行斗争的情况:"反对一切唯美主义、形式主义的资产阶级文艺思想","反对西方资产阶级思想的侵蚀,反对一切资本主义意识的残余,坚持社会主义的文学道路,为文学的思想纯洁性而斗争",而让苏联文学的成就"达到了世界的最高峰,对全世界进步的人民产生了强大的教育力量"。③ 中国当代文学的情况也是这样,这种"规模宏大,始终不懈"的斗争也进行了三十多年,而且有过之而无不及(当时称为"文艺思想斗争",或"两条路线斗争")。通过严酷

---

① 以赛亚·伯林:《艺术的责任:一份俄国遗产》,《现实感:观念及其历史研究》,第262页。

② 叶以群(1911—1966),原名叶元灿,笔名以群,安徽歙县人。文艺理论家。30年代参加中国左翼作家联盟,五六十年代担任过《上海文学》《收获》等杂志的主编、副主编。主编高校教材《文学的基本原理》;另出版有《在文艺思想战线上》《鲁迅的文艺思想》等论著十多种。

③《文艺报》1957年11月24日第33号。

斗争所实现的"纯洁性",在"文革"达到俄苏文学也没有达到的高潮,而且也认为达到世界文学的前所未有的高峰。

  "纯洁性"自然是令人向往的境界,值得我们的付出和争取。从根本上说,我们都不会喜欢一个混沌的,是非善恶好坏不清的世界。但就这篇文章谈到的思想、文艺议题,"纯洁性"又可能是为自身挖掘的"陷阱"。上面谈到的这些知识、观点、学说,都是特定历史情境下的不同感受、视角形成的;它们之间的对比、冲突(包括作家自身的内在冲突)并非坏事。结构内部存在不稳定的平衡,让边缘性的主张不被强大的统制性思想碾碎,是避免俄苏和当代文学曾经发生的"专制主义",而让文学探索葆有活力的保证。这应该是俄苏文学,也是中国当代文学提供的经验。

2015 年 1 月

"作为方法"的八十年代

"重返八十年代"是这些年思想文化界和文学界关注的一个热点。在这方面,程光炜和他带领的学生做了许多工作。他们通过审视、清理对 80 年代的文学史叙述,80 年代重要文学事件,和重读相关的重要文本,试图重叙、重释历史。这些成果,已结集为《文学讲稿:"八十年代"作为方法》(程光炜著,下面简称《文学讲稿》)和《文学史的多重面孔——八十年代文学事件再讨论》(杨庆祥等著)、《重返八十年代》(论文集,程光炜编)等书出版。"八十年代作为方法"这个短语,是阅读这些成果的一个切入点。"作为方法"在他们的工作中,至少具有三个方面的内容。一是借助对 80 年代的重返,来获得对当代和 20 世纪中国文学的新知。80 年代在现当代文学史上具有不可替代的地位:它不仅是当代"前 30 年"和"后 30 年"的联结点、转折点,也是 20 世纪中国文学各种问题,各种文学观念和写作"传统"形成紧张对话、转换的时期,是把握、思考 20 世纪中国文学进程、经验的节点。二是"学科"建设上的考虑。最近一段时间,程光炜多次在文章中谈论"当代文学"的"历史化"问题。他对作为"学科"的"当代文学"的现状显然不很满意,认为学科整体上呈现某种随意性和批评化的倾向。概念使用上的混乱,问题不能放置在历史语境中去考察,学科知识本身缺乏积累,都是这种倾向的表征。他强调要通过"历史化",来确立当代文学的基本规范。不过,在这个问题上,程光炜也存有犹豫、矛盾。他看到这种不确定性对研究深入的妨害,看到因此常被归结为"不成熟",而在"学科等级"上被置于"低阶位"的尴尬。但也明白,"成熟""稳定"不一定都是好事;不确定性和与现状紧密关联的"批评"因素,其实正是"当代文学"得以存在的理由,是它的"活力"的来源。在这方面,我们都面临着"锁住历史"和"开放问题"的矛盾,受到这一矛盾的困扰。

"作为方法"在他们的研究中的第三层含义,是借助对 80 年代的重叙,探索清理、返回"历史"的有效途径。这里首先面对的是如何处理既有的历史叙述、既有的研究成果,如何与它们进行对话的问题。对此,程光炜提出的是首先应该有"同情""尊重"的基本态度。这个说法当然并不新鲜,在学术史、文学史研究上,所谓"同情"、敬畏等,甚至已经成为不证自明的共识;大家也都经常将它挂在嘴边。不过说归说,实践中还是问题多多。譬如,面对具体的对象、问题,我们是否真的有真诚态度理解对象的特定处境,有耐心认真清理其理论、行动的内部逻辑?是否能找到处理"尊重""同情"与对它的质疑、批判之间的颇费斟酌的关系的方法?而发现、揭发在既往的历史叙述中被遗漏、遮蔽的重要事实和论述,"同情""尊重"也是对见识、智慧的必要支持。举一个例子说,90 年代以来,在当代文学史研究论著的评述中,很少见到提及朱寨先生主编的《中国当代文学思潮史》(下面简称《思潮史》);它是一部被忘却多年的著作。前些年,因为"十七年文学"研究突然成为热点,我曾向几家出版社提议重版这部书,以免许多已经讲过的事情,已经提出的问题,做出的判断,在一些人的文章、著作中,好像是自己首先发现似的从头讲起(可是讲的远不如《思潮史》清楚)。可是这个提议没有得到采纳,理由是它已经"过时",学术水准不很高。《思潮史》自然不是学术"经典",多人合作让全书各部分水准不大平衡，而体例上史、论关系处理上的失当也留下诸多遗憾。但是在对50—70年代文学，特别是这个时期文学事件、文学思潮的演化状况的叙述上，仍是最有参考价值的著作。所以，当我在《文学讲稿》中读到对这部著作的认真评述，对它的价值的肯定时，有点意外也感到亲切。程光炜对它的理论立场和思想线索的概括，无疑是精当、富启发性的。他指出，《思潮史》借助多重的"剥离"的清理方式，来"激活革命现实主义文学内部残存的历史活力，赋予它以新的涵义"，并以此预设了比50—70年代文学的更高的文学形态（"新时期文学"）。这是在革命文学"内部"对"当代"所进行的清理、反思。对《思潮史》"过时"的判断，最早其实不是出现在今天，而是出现在这部著作诞生的时候。朱寨和他的同事们虽然80年代初就开始这一工作，但书的出版是1987年。那个时候，文学界启蒙主义、人道主义的主流论述，已经推衍出质疑、否定革命（革命文学）的倾向。《思潮史》这种挖掘革命文学"内部"活力的思路，在当时就"理所当然"地被认为欠缺反思的尖锐和彻底性；它实在是诞生在一个"错误"的时间。记得1987年岁末，我和张钟、黄子平去参加社科院文学所召开的《思潮史》研讨会，从发言和私下交谈中，就已经清楚意识到对这种反思路径在评价上的分裂。"过时"其实也是我当时有的、现在需要反省的感觉。《文学讲稿》对这一被忘却、遗漏的文本的"发现"，正是在深入历史情境时，秉持谨慎、同情态度的具体体现。

当然，历史重释不是简单地"将过去推倒重来"，不总是要掀起"一种历史的兴起和另一种历史的没落"的运动。因此，在显示被遮蔽、扭曲的方面同时，如何处理已构成主流论述的那些论述，也是另一性质的难题。简要（但也粗糙）地说，在80年代，如果《思潮史》是从中国20世纪革命文学的"内部"对当代的反思、清理的话，那么，李泽厚、刘再复等以启蒙主义作为思想支撑点的论述，可以看作从"外部"进行的清理。现在,当我们意识到"社会主义文化(文学)"的遗产有其不应忽略、过早丢弃的某些价值,并进而重视那种从"内部"进行反思的论述,而对 80 年代启蒙主义思潮有所质疑、批评的时候,那也并不就意味着后者就都站不住脚,要全部推倒。况且,这里的"内部""外部"的划分也并不能绝对,它们之间在目标上,在享有的思想理论资源上,都有许多重叠交错之处。《思潮史》所竭力标举、召唤的胡风、冯雪峰的"革命现实主义",胡风、冯雪峰对启蒙精神和人道主义,对作家"主体性"一贯的重视,都说明了这一点。周扬、胡乔木、王若水、陈涌、李泽厚、刘再复、朱寨、陈荒煤、夏衍、严文井等等,他们之间既有分歧,有重要差异,但也不是就完全对立。他们之间的关系,可能比我们理解的要复杂。这样,比起用一个来否定另一个,更为考验我们的事情是,如何"避免用意识形态作简单的立场区分,而立足于建立一些复杂的模式"(甘阳:《用中国的方式研究中国,用西方的方式研究西方》,《现代中文学刊》2009 年第 2 期),来处理这些复杂的问题。

"同情""尊重"等,本来就与人的情感、感性生活相关。它们不仅关乎概念、理论、逻辑,更包含研究对象和研究者的历史经验、感性生活内容。在历史研究上,知识与信仰究竟处于什么样的关系,个人经验在人文学术工作中需要加以警惕还是应该积极加入,这些都曾有过争论。但不管怎么说,研究者的身份认定,个人经验是无法完全排除在外的。程光炜作为 80 年代的"亲历者",曾感受到当年的"丰富的痛苦"和"艰难的思考",他当然不能接纳目前有些"80 年代叙述"的"轻松化"和"休闲化"。因此,在研究中,也关注那些观点、论述背后的感情体验,曾有的痛苦、欢乐、激情和期待,实在十分必要。因为那些"历史认识的获得,往往都伴随着巨大的痛苦和牺牲,摸索"(《文学讲稿》第 2 页)。如果对几代人的感受,他们长期孕育、积聚的激情有一个基本的了解，那么，我们就不会过分夸大夏志清(《中国现代小说史》)和司马长风(《中国新文学史》)对80年代现代文学的启蒙主义论述确立所起的作用。夏志清在80年代自然影响很大，但又可以说，没有夏志清，现代文学史的启蒙主义论述的出现也是一种"历史的必然"。

最近，在人民大学主办的第二届汉学大会上，陶东风有一个发言（2009年11月1日）。他谈到1993年刘禾的《一个现代性神话的由来：国民性话语质疑》那篇文章。刘禾的文章认为，斯密斯的《支那人的气质》（又译为《中国人的气质》）一书，支配性地塑造了鲁迅的国民性思想；鲁迅的"国民性"这一"本质主义"的话语建构，是"翻译"了西方传教士的"国民性"理论，也就是说，这是一种来自西方的中国观。陶东风对此的质疑和反驳是："到底西方的汉学包括西方传教士的一些书对于中国作家、中国的文学有多大程度的影响，能在多大程度上影响中国作家的自我认知和民族身份认同？……难道鲁迅等现代启蒙作家全部被西方传教士或者汉学家的殖民主义洗脑了？如果没有看过汉学家的著作，他们就不会批判和反思传统文化？反思批判传统文化的动力和根源到底来自何处？"我赞同陶东风的质疑、反驳。显然，这种"单向决定论"，是脱离中国特定语境，无视中国作家、知识分子的历史经验、生活感受，无视他们应对现实危机的那种巨大的激情和智慧。

因为历史的重返、重释难以与对象，与"重返者"的处境、生活经验剥离，因此，有时候"重返者"适当降低自己的位置，可能也是一种选择。"重返者"总是因为自觉拥有某种"优势"（时间的；智力的；新材料发现的……）才有重返、重释的冲动发生，但同样受制于特定语境、条件的个体，对这种"优势"或许也要谨慎，有所警惕。这样，可能就不会将自己的研究，设定为确立最终的、"真理性"叙述这一目标。降低高度，倒可能增加"重释"的穿透力。程光炜主编的"八十年代研究丛书"有一本是《文学史的多重面孔——八十年代文学时间再讨论》——"多重面孔",一个很好的说法!这不仅指80年代各种叙述所呈现的文学史面貌,也应该指经过"重返历史"热潮之后产生的成果。历史描述有"多种面孔"不是坏事。我们盼望的,是它们之间,不应总是对立、争斗的关系这一模式,而期盼也出现一个可以互相对话、辩驳的公共空间。

2010年9月

新诗史中的"两岸"①

这个题目包含两层意思,一个是中国新诗史怎样处理"两岸"的诗歌现象,另一层是"两岸"的学人如何对待新诗史的写作。

先谈后面一个问题。

中国不仅是经济大国,中国大陆还是文学史生产大国,这个情况的产生,和大陆教育/学术体制密切相关。90年代的时候,《诗探索》开辟专栏讨论"重写新诗史",我曾写过一篇短文《重写新诗史?》,说首先是要有新诗史,然后才能讨论"重写";那时候,新诗史确实不多。十几二十年过去,大陆学人编写的新诗史已成批涌现,成果斐然。粗略统计,各种冠以中国或台湾、香港等的或全面系统,或专题性质的新诗史著,应该有将近二十种之多②。

---

① 2014年10月24日,在台湾"清华大学"两岸诗歌国际研讨会上的发言。
② 自1989年古继堂的《台湾新诗发展史》之后,大陆学者陆续出版的新诗史著作(主要在大陆出版社出版,个别在台湾或香港出版社出版),重要的有:周晓风等《中国当代新诗发展史》(1993年),洪子诚、刘登翰《中国当代新诗史》(1993年初版,2005年修订版),谢冕《新世纪的太阳》(1993年初版,2009年再版),王毅《中国现代主义诗歌史论》(1998年),孙玉石《中国现代主义思潮史论》(1999年),龙泉明《中国新诗流变论》

相对于大陆这边在著史上的或"老骥伏枥，奋不顾身"，或"初生牛犊，身手矫健"（陈平原语）。我当是属于"老骥"（病马）的那一类。相比起来，台湾的同行却显得相当沉寂。记得2005年8月在北京圆明园的达园宾馆，有规模宏大的"中国新诗一百年国际研讨会"举行。会上，台湾学者孟樊、杨宗翰宣布了他们合著"台湾新诗史"的计划，并公开它的结构大纲。因为关切这部著作，十年来我常在网络上搜索，标示的总是"撰写中"三个字。当年，杨宗翰在《台湾新诗史：一个未完成的计划》①文中，对台湾在"新诗史撰述的毫无表现"有这样的描述：

> ……笔者敢斥为"毫无表现"，正是因为我们从来就没有一部由自己执笔、完整的"台湾新诗史"，有的只是关于诗史的后设批评（meta-criticism），以及自我催眠用的最好借口：（无尽地？）期待与盼望。大陆学者古继堂早在1989年"替"我们写了一本《台湾新诗发展史》，出版后虽毁多于誉、骂声不绝，却迟迟未见本地学人独撰或合写（哪怕只是一部）诗史撰述来取代古著。惟诗人学者向阳（林淇漾）曾尝试以"风潮"的角度切入，自1950起用十年一期来"断代"，写出了

（1999年），刘扬烈《中国新诗发展史》（2000年），李新宇《中国当代诗歌艺术流变史》（2000年），朱光灿《中国现代诗歌史》（2000年），罗振亚《中国现代主义诗歌流派史》（2002年），程光炜《中国当代诗歌史》（2003年），王光明《现代汉诗的百年演变》（2003年），杨四平《二十世纪中国新诗主潮》（2004年），陆耀东《中国新诗史1916—1949》（第一卷2005年，第二卷2007年），沈用大《中国新诗史1918—1949》（2007年），古远清《台湾当代新诗史》（2008年），张新《20世纪中国新诗史》（2009年），刘春《一个人的诗歌史》（第一、二部2010年，第三部2013年），谢冕等《中国新诗史略》（2011年），林贤治《中国新诗五十年》（2011年），刘福春《中国新诗编年史》（2013年）等。

① 《台湾史料研究》第23期，2004年8月。

一系列的"现代诗风潮试论"。不过,向著偏重文学外缘研究（这当然与切入角度关系密切）且尽为单篇论文,体例不类文学史著作,迄今亦未涉及日治时期的台湾新诗史,殊为可惜。在向著之外,另有两场学术研讨会必须一提:一为文讯杂志社于1995年举办的"台湾现代诗史研讨会",一为世新大学英语系于2001年举办的"台湾现/当代诗史书写研讨会"。两者在设计上都有希冀结合众学者之力,集体撰述台湾新诗史之意图;不过就会议论文集的成果来看,其实践与目标间恐怕还有很大一段落差,故此构史共图不幸只能草草落幕、不了了之。

这篇文章还预告了古添洪、陈慧桦、余崇生的《台湾诗史》,但至今也仍是"写作中"。虽说2006年有张双英的《二十世纪台湾新诗史》[①]出版,但杨宗翰勾画的情形似未很大改变。造成这个情况,杨认为主因之一缘于"集体合撰式的文学史观点应该统一"这一迷思在作祟。这当然有道理,但其实应有更广泛,也更重要的原因在。其中的一项是,诗史撰写不论是台湾部分单独论列,还是与大陆、香港等地集合评叙,在诗歌史观念、架构、体例,以至起源、断代分期、传承、诗质与诗形等方面,都离不开台湾诗歌的定位。说古著的《台湾新诗发展史》是"'替'我们写",对洪、刘著《中国当代新诗史》的"台湾当代诗歌是中国当代诗歌发展的一个重要组成部分"这个说法斥为"武断"并"愤恨不平",都牵涉到台湾诗歌"主体性"或"本土性"这一令撰述者时或感到困惑的问题。

另一原因是,诗歌史撰述与学术/教育体制之间的关系。杨宗翰用

---

① 五南图书出版公司（台北）,2006年。

"在野性质"来描述台湾的诗歌史／文学史研究与大陆的"最大不同之处",他说,台湾文学史／诗歌史研究还未被教育机构"彻底收编",因此,就较少出现"注重体例、叙述、结构、配置是否符合教学上的要求"的撰述[①]。这个观点值得重视。确实,从上世纪五六十年代迄今,台湾有关新诗研究的论著数量一点也不少,"从文士学者的个人专著到研讨会的集体发表","台湾新诗研究虽然称不上热门或丰收,但从来就不曾冷僻或枯槁",只是相较"正统"、体制化的新诗史撰述显出差距而已。这里引发的问题是,这种为学术／教育制度所"收编"、规范的新诗史撰述是否那么重要。在一些诗人、批评家和读者那里,可能更倾心于那种风格多样、鲜活、"不规范"的评述研究论著;这种情况也存在于大陆的诗人和读者中。最近,《一个人的诗歌史》[②]受到的欢迎说明了这一点。就如这部书的推荐语说的,它"具有文学评论的精确与简练,也有生活随笔的细腻与温润,同时也自然带出随笔特有的一种思考"(柏桦),而写作者个人感受积极参与,也是重要特色。这一从爱伦堡的《人·岁月·生活》获得启发的撰述体式,显然与通常意义的诗歌史有很大不同。十多年前出版的《持灯的使者》和《沉沦的圣殿》,也属于这种"另类"的诗歌史性质。汇集当事人有关70年代"地下诗歌"和《今天》创办情况的回顾文字的《持灯的使者》,编者就称它为与体制化文学史不同的"边缘化文学史写作",对这一"散漫的,重视细节的,质感较强的"诗歌史,刘禾认为:

---

① 这是2005年前后的情况,现在台湾文学史、诗歌史与学术体制之间的关系应该有很大改变。

② 刘春:《一个人的诗歌史》,广西师范大学出版社,第一、二部2010年,第三部2013年。

我觉得《持灯》和正统文学史写作的关系应该倒过来看，不是《持灯》为文学史提供原始文献，以补充和完善现有的文学史的内容，而是恰好相反，《持灯》的写作迫使我们重新思考现代文学史一贯的前提和假设，因为它所代表的倾向是另一类的历史叙事……①

奚密在论述"现代汉诗"的性质的时候，将"边缘性"特别提出②。与主流意识形态，与制度化的语言、情感、思维方式保持距离，加以质疑和再造，应该看作现代诗歌存在的意义，和它获得生命活力的主要保证。相对于诗歌的这一特质，诗歌研究和诗歌史写作的"边缘性"，也应该有这样的特质才对。毫无疑问，寻找"规律"，全面、条理化的诗歌史自有它的价值，但是，能容纳、有效处理感性细节的能力，呈现为抽象概括所遗漏、遮蔽的情景、思绪、精神氛围的著述，包括认真编著的作品选和文本解读、赏析读本，以及对重要诗人的解读性文字，其重要性也不比正规的诗歌史低。这是因为，事实不仅需要聚拢，也需要扩散；历史不仅是中心，也有不可轻忽的边缘；不仅有必然，也有众多的偶然和碎片。其实，有助于欣赏、理解诗歌，比起为诗人、流派排列座次，抽象出若干规律更让人向往。

况且，比起小说等来，现代诗是一种特殊，甚至是更"专业"的手艺和知识；在我看来，较为成功的诗歌写作经验，是有成效的诗歌批评和诗歌史写作的必备条件。像我这样毫无诗歌写作经验的人，常感只是隔靴搔痒。只要粗略看看新诗历史，就会明白"诗人包办一切"的说法

---

① 刘禾主编：《持灯的使者·编者的话》，牛津大学出版社（香港），2001年。
② 参见奚密《从边缘出发》一书的第一章"从边缘出发：论现代汉诗的现代性"，广东人民出版社，2000年。

也并非那么狂妄。因此,台湾诗歌研究界和诗人大幅度重叠的情况,也是导致欠缺体制化诗歌史的原因。

接着是新诗史中如何处理两岸的诗歌现象。

基于目前已出版的这方面论著的情况,谈论这个问题只能以大陆学人的诗歌史著作作为对象。大体上有这样三种处理方式。一种是对两岸的诗歌单独分别处理。大部分冠以"中国"的诗歌史著作,如王毅的《中国现代主义诗歌史论》、孙玉石的《中国现代主义思潮史论》、刘扬烈的《中国新诗发展史》、李新宇的《中国当代诗歌艺术流变史》、罗振亚的《中国现代主义诗歌流派史》、程光炜的《中国当代诗歌史》、陆耀东的《中国新诗史》、沈用大的《中国新诗史 1918—1949》、张新的《20世纪中国新诗史》等,都以大陆的诗歌现象作为评述对象,未涉及台湾、香港等部分。这种处理方式,或者是研究者尚难顾及,或者是没有找到合适的整合架构,或者根本就不信奉把什么都往里装的"大筐子主义"。因此,在一些学人那里,收缩评述范围也暗含着对这种"主义"的抵制。

第二种方式,是虽然将大陆和台、港的诗歌都纳入其中,但采取分别叙述的结构。我和刘登翰合著的《中国当代新诗史》就是这样。刘福春的《中国新诗编年史》,以编年的方式将两岸诗歌现象聚拢并置,应该说有整合两岸诗歌的设想,不过它们之间似乎还未取得有机的关联,仍是分别叙述的格式。带有文学史意味一些选本,如近年出版的《中国新诗百年大典》①,也属于这一类。"大典"共 30 卷,台湾、香港部分单独在第 9、13、21、26 卷中,另有第 14 卷是马华华文诗歌。在这些著述、选本中,大陆和台、港诗歌的关联性难以得到充分显示,有的论著、

---

① 洪子诚、程光炜总主编:《中国新诗百年大典》(全30卷),长江文艺出版社,2013年。大陆与台、港诗歌分别设卷。30卷中,台湾诗歌3卷,香港诗歌1卷,另有马华华文诗歌1卷。

选本，因为侧重点在大陆，台、港部分给人以附录、补白的印象。

第三种方式，是将两岸新诗作为"中国新诗"既有相对独立性，也密切关联的对象，进行"文学史意义"的整理。这是基于两岸拥有历史、文化、语言的深厚渊源，也面临相似的诗歌问题的理解。不过，这方面的成果尚不多见，目前在处理这一问题上值得重视的，是王光明的《现代汉诗的百年演变》①。另外，谢冕担任总主编，多人合作编选的《中国新诗总系》②，以及将这一"大系"的导言抽出集合成书的《百年中国新诗史略》③，各卷也有程度不同的整体考察的尝试。

王光明的《演变》，是史论性质的论著，这有助于解决（或避开）诸如历史分期、诗人位置分配等棘手问题。我在一篇书评中指出，他对"百年新诗"做了全景式关照，时间上贯通近代和现当代，"空间上将大陆、台湾、香港'两岸三地'的诗歌纳入论述范围。其中，台湾、香港诗歌首次在新诗史论述中，与大陆诗歌得到'整合性'的呈现"，而对"在社会、文化等'时势'变迁（或者叫'转型'）中，'新诗'有何文学史意义，怎样学习新语言，寻找新世界，'是否完成了象征体系和文类秩序的重建'，'能否作为一个环节体现中国诗歌传统的延续'"④的思考，成为观察两岸诗歌的贯穿视角。这部论著在处理两岸诗歌问题上提供的经验和存在的问题，都需要进一步分析。

其实，是否将两岸三地（或四地，或五地六地）都囊括进一本书里，并不是一个十分紧要的事情。有意义的可能是，让有关联而又互异的因素产生比较和碰撞，能否对新诗的研究有实质性推进，是否会激发

---

① 王光明：《现代汉诗的百年演变》，河北人民出版社，2003年。
② 谢冕总主编：《中国新诗总系》（全10卷），人民文学出版社，2010年。
③ 谢冕等著：《百年中国新诗史略：〈中国新诗总系〉导言集》，北京大学出版社，2010年。
④ 洪子诚：《谈〈现代汉诗的百年演变〉》，《学习对诗说话》，北京大学出版社，2010年。

诗歌实践的能量。正像王光明说的，与其"规划版图，分出时期，排定等级，颁给荣誉，建造文学的纪念碑"，不如通过不断自我质疑，开放诗歌史中的问题，延续我们对当代问题的思考①。

　　在将两岸诗歌设定为对比、互为参照的对象的时候，浮光掠影之间会容易看到它们之间的诸多的相似性。比如，容易发现新诗与旧诗，个人与社会，意识与语言，都市记忆与乡村情结、外来影响与本土传统、情感与知性、自由与秩序、明朗与晦涩等，都是经常在两岸诗界浮现涌动，并引发激烈争议的问题。这些问题，也经常被两岸诗人和学人处理成对立的两项；这也透露了相似的思维方式。这样，就加强了我们有关两岸诗歌"同质性"的理解。由于这些问题的出现，在两岸诗界时有先后，又会被解释为一种先至与后发的"时间差"。但是，深入的考察其实需要揭发同中之异。差异不仅表现为程度、范围，不仅表现为事情发生时间的先后，更是某种带有实质性的条件和特征。

　　比如，两岸现代诗在社会文化空间上都存在"中心"与"边缘"的选择，对台湾、香港诗歌来说，进入"中心"殊属不易，而让大陆诗人摆脱那种"中心"的情结，倒是相当困难；诗歌作为一种"动员"的手段，仍盘踞在大陆一些诗人、批评家脑中。不错，诗歌的"现实感"、现实关怀是两岸诗歌共同的关注点，但在今天，台湾有的诗人和诗评家可能觉得大陆的写作整体上过于紧张、坚硬，少有放松和幽默，而大陆又可能认为彼岸的诗在重量和视野上存在欠缺。

　　又比如，在诗歌语言方面，虽然使用的都是"现代汉语"，其实在质地上有许多差别。1950年代起，大陆诗歌就强调以乡村生活经验和大众口语，来整合、规范诗歌的个人意识和语言，并在艺术资源上，有向着本土乡村民歌靠拢的趋势。1950年代开始的以国家力量推行的

---

① 王光明：《文学批评的两地视野》，北京大学出版社，2002年，第97、101页。

"汉语规范化",也导致诗歌/文学语言发生很大变化。这些举措为诗接近大众,表现大众生活创造了条件,但也窄化了诗歌语言对更多资源的吸取,降低了语言的柔韧程度和多方面的表现力。冯至50年代在《冯至诗文选集》中修改他20年代的诗(不仅从社会意识方面抹去当初的"不健康"情绪,而且将五四时期的语言"净化"为50年代的"普通话",擦去《北游及其他》中的诗的时代痕迹),北岛在前些年修改戴望舒翻译的洛尔加的《梦人游谣》(黄灿然对这一修改有深入分析、批评[①]),都可以窥见这些举措在诗歌写作、翻译上的重大影响,包括留下的"后遗症"。

又如在与西方"现代派"的关系上,一般会认为80年代的大陆诗歌是在重复台湾走过的路子——包括接纳和后来的反思。因此就会发生这样的事情:80年代大陆"现代派热"的时候,一位台湾著名前辈诗人访问北京大学,在与学生座谈的时候,以过来人身份好意劝告"后来者"要避免他们曾经陷入的"西化"误区,而引发学生批评性的反应。的确,前人的经验必须重视。但另一方面,我们有时不大明白,路是要自己去走的,他人经验不可能简单取代。更重要的是,同是所谓对"现代派"的接受和反思,如果仔细考察,五六十年代台湾和80年代大陆的具体情形:动机、亲近的对象、接受的方式和语言策略、调整的方向……实际上有很大的差别。设若只关注那些相似性的表象,虽然可以为"中国新诗"这一的概念提供证明,却不一定有助于对20世纪中国新诗研究的深化推进。

2014年10月

---

① 黄灿然:《粗率与精湛》,《读书》2006年第7、9期。

"献给无限的少数人"：
大陆近年诗歌状况[①]

百年新诗选的编纂

我是常"宅"在家里的人，很少出门，大陆诗歌活动很少参加。下面谈到的信息，有的是朋友、学生提供的，有的是为了这次演讲，临时从网络上搜来的，不是我的发现亲历。这需要事先说明。当然，对这些现象，我会讲一点自己的看法。

中国新诗如果从胡适 1917 年在《新青年》杂志发表他的第一组白话诗作为起点，到现在已经近百年。为纪念"新诗百年"，大陆举办了许多的活动，也出版新诗百年的各种选本。下面我介绍比较重要的几种。

第一部是《中国新诗总系》，北京大学教授谢冕主编，2010 年人民文学出版社出版。参加《总系》编选的有十位大陆新诗研究专家。它按年代分期，年代是大陆现在通行的文学史年代。比如说第一个十年，就

[①] 根据 2015 年 11 月 24 日在淡江大学讲座记录整理稿，有删节修改。题目为淡江大学讲座组织者所加。

是"二十年代诗歌",指的是从1917到1926年,第二个十年是从1927到1936年,就是抗战爆发前夕;第三个十年的40年代,从1937到1949年。另外60年代指的是1960年到"文化大革命"发生前的1966年。因为是按照时间、年代来划分,同一诗人就会分布在不同卷里头。好处是可以看到每个时期的诗歌状况,但是对了解某一诗人的整体面貌就有妨碍。

第二部是《中国新诗百年大典》,2013年由长江文艺出版社出版。由我和中国人民大学程光炜教授共同担任总主编。它有很大规模,有30卷,分别由大陆或台湾的新诗研究者担任分卷的主编。入选诗人虽然经过仔细讨论,但还是出现一些问题。总的来说,台湾、香港和海外华文诗歌数量偏少,另外,也漏掉一些重要诗人,如台湾的陈黎。有的诗人入选也存在争议。

第三部是今年(2015年)刚出版的《百年新诗选》,由我跟奚密、吴晓东、姜涛、冷霜共同主编。奚密教授大家应该熟悉,现在是加州大学戴维斯分校教授,台湾出生的;吴晓东、姜涛是北大的教授;冷霜是中央民族大学的教授。这个书的分量比较适中。上卷书名是《时间和旗》,下卷是《为美而想》。《时间和旗》借用唐祈一部诗集的名字,但是唐祈没有入选这部诗集。《为美而想》来自骆一禾一首诗的题目。诗选收109位大陆、台湾、香港诗人的诗。因为篇幅限制,每位诗人选入的也就是七八首,最多也只有十几首,这有点遗憾。但每位诗人前面的生平、风格艺术的类乎"导读"的文字,却是我们分别细心撰写的,可以看作它的特色吧。

这些选本的编纂,可以看作"经典化"工作的一个部分。在出版诗人专集的方面,一些出版社其实早就在进行。比如人民文学出版社90年代开始陆续出版的"蓝星诗库",还有2014年作家出版社开始推出的"标准诗丛"。它们的关注对象是80年代以来的大陆诗人,台港诗人没有列入。"蓝星诗库"有相当的权威性，这和主持者王清平的眼光有很大关系，他是一位不错的诗人。"标准诗丛"定出的标准是："经验的发现与洞察；语言的再造；对已有诗歌史的观察"。第一辑有于坚、王家新、多多、西川、欧阳江河。第二辑有臧棣、韩东、翟永明、杨炼、雷平阳——是自选集的性质。从这两辑看，入选诗人大概不会有异议，是90年代以来大陆最有代表性，也得到大家承认的诗人。不过，像北岛，还有故去的海子、顾城、张枣、戈麦、骆一禾等，没有列入其中，大概"诗丛"编辑的体例，不包括故去的。但这说不过去。已经出版的12位诗人之外，我觉得可以列入的，还有肖开愚、孙文波、黄灿然、王小妮、张曙光、柏桦、蓝蓝、沈苇、陈东东等。

大陆新诗界近况

第二个问题是大陆这些年新诗的生态。先简单说一下"诗歌"的概念。大陆经常使用"诗歌"这个说法，台湾的诗人和学者有不同意见。前些天在北京开会，台中的亚洲大学简政珍教授说，在台湾，讲新诗，或者现代诗，很少把"诗"和"歌"放到一起。不知道是不是这样。这里可能是一个习惯的问题，在大陆说"诗歌"，并没有意味着诗和歌的结合。下面，我在使用"诗歌""新诗""现代诗"这些概念的时候，也没有特别区分的意思。

新诗是很边缘化的文化产品，不要说在社会文化空间，就是在文学各文类里也是这样。它不能跟小说、散文相比，从读者拥有量、文化产品占有市场份额、公众的关注度都不能比，这是事实。不过在大陆，有一些时候诗很兴盛，譬如50年代新民歌运动，提倡人人写诗，又譬如

80年代初"朦胧诗"时期。因为有这样的"历史记忆",现在新诗边缘化、被冷落就是经常被我们谈论的话题。记得前十年的时候,大陆不少诗人和批评家,经常引用西班牙诗人希梅内斯的"献给无限的少数人"的话,用来为新诗被冷落的状况辩护。这个短语很有意思,可以做多方面理解。诗是面向"少数人"的,但是这个少数人是"无限"的,大概意味着优秀、精英,很有感受力的一群。同时,这个短语又可能包含有诗被这"少数人"拥有、把握可能发挥的"无限"的能量。因为有许多丰富理解,这句话就频率很高地被征引,被阐发。这也说明当时新诗的尴尬处境。

  但是最近几年,大陆的诗歌界突然兴旺起来。台湾的情况我不太了解。去年我读过台北教育大学林于弘教授在北京首都师大的演讲,他认为台湾的诗歌出版物越来越少,诗人越来越少,而且诗的质量越来越差,"所以诗的危机就出现了"。我问过一些台湾诗人是否这样,他们不大同意。大陆诗歌确实出现"繁荣"(至少表面看来是这样)的现象。举一些例子吧,武汉成立了专门出版新诗诗集的"长江诗歌出版中心",推出的第一部诗选就是前面提到的30卷的《中国新诗百年大典》。这个出版中心成立才两三年,已经出版了一百四五十种诗选、诗集了。另外一些出版社,也增加了诗集出版的兴趣。当然,在大陆,诗集的出版情况很复杂,有不少是诗人或朋友自筹费用的,属于"自费出版"的情况。但不可否认的是,比起前十年,诗集出版情况有很大改善。

  还有一个情况是互联网对诗歌生态的影响。除了十多年前就已经出现的诗歌网站之外("诗生活"是其中著名的网站),最近几年在诗歌发表、传播、阅读上产生重要作用的是微信和微信公众号。知名的微信公众号有"为你读诗""读首诗再睡觉""第一朗读者""诗歌是一束光""诗歌精选"等,有的公众号据说有一二十万,甚至更多的"订户"。除了这些"公众号"之外,不少志同道合的诗人、批评家还有自己的"朋友圈",经常发表或转发作品、评论,传播诗歌方面的信息。不同的"朋友圈"构成一个个小圈子,它们形成带有某种排外性质的"诗歌共同体"。

　　诗歌"兴旺"的另外表现,是诗歌活动这些年特别多,小说、散文界没有这种情况。有时候感觉有点像娱乐圈。诗会、诗歌朗诵会、研讨会、诗集首发式、诗歌节、诗歌日、诗歌夜、诗歌酒会、诗歌评奖、诗歌春晚……层出不穷的,各种名目的诗歌活动,从年初到岁末,从南到北连绵不断。有的诗歌研究者说,过去大陆诗歌界通常盛行"运动",现在是"活动"风行。有名的诗人和诗歌评论家、活动家,非常忙碌,奔走各地。大大小小的诗歌节大概有五六十种不止。这些诗歌活动,有的会和提升城市、地方的知名度,以及与企业营销、旅游开发等政治、商业活动结合。这是大陆诗歌活动的一个特点。

　　像边缘性的文学艺术活动,在文化市场一般都难以"自给自足",如古典音乐、先锋戏剧的演出,需要支持、资助。国家的文化/文学部门,包括各地文化局、宣传部、作家协会、出版社等的支持是重要条件,另外,企业资助也是近年大陆诗歌活动得以开展的方面。资助方的不同,肯定制约活动的主题、思想和趣味取向。有的诗歌活动政治意识形态强烈,有的则商业味道十足,当然也有比较纯正的。不少诗歌节、诗歌奖,可以看到企业冠名,这是相当普遍的现象。另外一个情况可能是台湾、香港没有的,就是大陆有一些企业家,自己也写诗,也是诗人,同时在诗歌界相当活跃,并资助诗歌各种活动。像杭州、武汉、大连、北京等地,都有这样的情况。这些企业家,有的是做房地产开发或旅游业的。这是新出现的现象,也挑战我们原先对于诗歌、对于诗人身份的理解。简单说来,追逐利润、精于算计的"生意人"和寻求精神归宿的诗之间,是否可以调谐并存?记得十多年前骆英诗集《都市流浪集》的研讨会上,我就有这样的疑惑,讲过这个问题,至今对我仍是难以索解的谜。这个问题相信不能一概而论，下面我要提到的诗人卧夫，就是一个例子。

近年的诗歌事件

大陆诗歌节的热闹，其实更多表现在不断出现一些受到关注的"事件"上。如十年前的赵丽华现象（有所谓"梨花体"诗），以及涉及鲁迅文学奖评奖问题的柳忠秧、周啸天事件等。这些"事件"，往往超出诗歌界范围，被媒体化、娱乐化。因此，有时候诗坛没有这样的事件发生，倒有点觉得很奇怪了。

"诗人之死"是大陆诗歌界关注的"事件"之一，这大概从90年代初海子、顾城的死就开始，许多人写过这方面的文章，包括吴晓东、王德威教授都写过。海子、顾城之后，也不断有诗人因为各种原因自杀，如戈麦、方向。老诗人有徐迟、昌耀。年轻诗人还有马雁，复旦大学毕业的。2014年有三位诗人自杀结束自己的生命。一位是卧夫，他的本名叫张辉，黑龙江人，60年代初出生，长期生活在北京，从事商业贸易，开办公司，也有他的文化工作室，在著名的北京艺术村宋庄。他除写诗外，热心诗歌事业，出资为海子修墓，收录一千多位当代诗人、画家文稿手迹等珍贵史料。4月，发现他死于北京怀柔山中。他究竟是自杀，还是在山中迷路而死，没有结论，但大多偏向于前者。这一年自杀的还有诗人、著名诗歌批评家陈超，他是河北师范大学文学院教授，也是河北作家协会副主席，趁他人不注意，从医院的高楼上坠下。我和他很熟，诗歌研讨会经常见面。前些年，还约他编一本自己的诗歌论集，放在我主编的"新诗研究丛书"中。这本书的名字是《个人化历史想象力的生成》(北京大学出版社，2014年)。可是，书出来的时候就传来他的死讯，他并没有见到。陈超从学术到人品都优秀，在大陆诗歌界有很高威望，许多朋友、诗友都感到悲痛。还有一位是在深圳富士康公司打工的许立志，计算机、手机组配生产线的工人，广东揭阳人，跟我是同乡。他被称为"打工诗人"，写了不少诗，2014年10月1日从深圳市中心的高楼上跳下，他去世后，诗歌界热心人士筹款为他出版了诗集《新的一天》。诗集的这个名字，和他的命运放在一起很反讽，让人感慨。

　　诗人、艺术家自杀的好像比较多。我想，正像有的研究者指出的，诗人生性敏感，有时也"脆弱"。现代诗人其实是以个人来和强大的现实社会"对峙"（我不说"对抗"）的一群人。他们对时间、对历史变迁的感受力，对精神的要求往往超乎我们这些平常人，这是他们的可贵之处，也是可能招致悲剧命运的症结之一。陈超教授患有严重的忧郁症，这和他家庭情况有很大关系。听朋友说，他的妻子最近没有正式工作，儿子将近三十岁，因为智障并有严重的糖尿病，没有自理能力，完全要依靠家庭的照顾。他的岳父，当时也已病危，还有需要照顾的老母亲。这些情况肯定对他的病情会有影响。但陈超教授在朋友面前，从来没有详细讲过自己的困境，也从来不诉苦。他去世之后，朋友找出他多年前写的诗，其中一首是《秋日郊外散步》，写他妻子暮色中散步于郊外干涸河床，表达的情感中，既有苍老的"暗影"，也有珍惜的"光芒"。最后两节是：

> 你瞧，在离河岸二百米的棕色缓丘上，
> 乡村墓群又将一对对辛劳的农人夫妇合葬；
> 可记得就在十年之前的夏日，
> 那儿曾是我们游泳后晾衣的地方？

携手漫游的青春已隔在岁月那一边,
翻开旧相册,我们依然结伴倚窗。
不容易的人生像河床荒凉又发热的沙土路,
在上帝的疏忽里也有上帝的慈祥……

大陆诗人臧棣悼念陈超的诗这样写:

"我并非愤世嫉俗,我只是天真"——
在齐泽克之前,我已听你
说过同样的话。……

臧棣还写道:"你活得太正直,并且为避免 / 我们过于难堪, / 你总是很低调。/ 你几乎只将你的正直 / 用于诗的秘密。/ ……至于人的秘密,你尝试用 / 一秒钟的飞翔改变所有的飞翔。/ 这的确不是胜利或失败 / 所能决定的事情。上帝并不适合你, / 但此刻我必须说,你缺少的, / 上帝也同样并不具有。"借臧棣的这些句子,表达我对这位优秀诗人、批评家的哀悼和敬意。

关于"工人诗歌"

回过头再来谈许立志这样的"打工诗人",或"打工诗歌"。这一现象十多年前就被注意,最早还是在南方,特别是深圳这些地方出现的,大陆已经出版过这类诗集、诗选,也多次举办研讨会。这是值得关注的文化现象,这里不能仔细分析。下面引一下许立志的一首诗,题目是

《这城市》：

> 这城市在废墟中冉冉升起
> 拆掉祖国的传统祖先的骨头
> 这城市把工厂塞进农民工的胃
> 把工业废水注射进他们一再断流的血管
> 这城市从来不换艾滋病的针头
> 这城市让妇科医院与男科医院夜夜交媾
> 让每个人都随身携带避孕套卫生巾伟哥堕胎药
> 让每个人都身患盆腔炎宫颈炎子宫内膜炎
> 宫颈糜烂阳痿早泄前列腺炎尖锐湿疣不孕不育
> 这城市高唱红歌领悟红头档流鲜红的血
> 这城市金钱杀戮道德权利活埋法律
> ………

全诗都是这样的宣泄的排比句，对处境和他所感受的世界的类乎绝望的激愤。下面就不引下去了。他自杀之前的一些诗，已经有对自己"归宿"的暗示。譬如有短诗《一颗螺丝掉在地上》："在这个加班的夜晚／垂直降落，轻轻一响／不会引起任何人的注意／就像在此之前／某个相同的夜晚／有个人掉在地上"。正如前面说到的，"打工诗歌"现象不是新出现的事物，我还参加过最早一次在深圳，由深圳文化局、作家协会召开的研讨会。我当时的疑问是，政府文化部门、作家协会介入之后，"打工诗歌"可能会改变它的素质、走向。早期最著名的"打工诗人"是郑小琼。近几年也出现不少具有工人身份的诗人，如郭金牛，他有一部诗集叫《纸上还乡》，获得北京-鹿特丹国际诗歌节的诗集奖。很惭愧，我没有读过他的诗，对这个诗歌节的情况也不了解。作为一种诗歌现象，大陆有的诗人、批评家很重视，这是可以理解的。诗人秦晓宇就持续关注。最近，他参与策划，由他撰稿的一部纪录片《我的诗篇》，在台湾入围第52届金马奖最佳纪录片奖。《我的诗篇》就是纪录一些工人诗人的生活和写作情况。我很敬佩秦晓宇的关注和研究，他做了大量工作。昨天晚上在网络上还读到他接受台湾这边的电话访谈，很同意他的一些分析，包括为什么要关注这个现象；这些诗怎样改变我们的诗歌面貌，提供我们不大熟悉，或者忘却的经验、情感，和相应的表现方式。这都是很宝贵的，即使艺术上可能不是那么成熟。

但是秦晓宇有些观点我不大同意。他认为目前的"工人诗歌"，是中国社会主义文学经验，毛泽东文艺思想的一种延续，这一点值得讨论。如果说，"工人诗歌"这样的概念，和对具有这样身份的作者的重视，是"社会主义文学"经验的构成部分的话，也许还能说得过去。但是，就这些诗的内容、情感基调，跟"毛泽东时期"的工人诗歌完全是两码事；性质上甚至是对立的。这也是目前作协等官方机构，在这些现象面前显得尴尬，大多保持沉默的原因。从许立志这些诗可以看到，它们显然"政治不正确"。过去的工人诗歌，有不少歌颂生产线，歌颂劳动的奉献，许立志的《流水线上的兵马俑》，却是对抹杀个体价值的"异化"的质疑、批判（"沿线站着／夏丘／张子凤／肖朋／李孝定／唐秀猛／雷兰娇／许立志／朱正武／潘霞／苒雪梅／这些不分昼夜的打工者／穿戴好／静电衣／静电帽／静电鞋／静电手套／静电环／整装待发／静候军令／只一响铃功夫／悉数回到秦朝"）。正是看到这种对立性的差异，目前大陆举办的"打工诗歌"（或"工人诗歌"）的活动中，出现了试图扭转原先那种"自发"性质，引导到以歌颂、励志为主题的情况。

2014年的诗歌事件中，最引人注目，也最被媒体放大的是余秀华。余秀华在台湾也有报道，她的诗集在台湾几乎与大陆同步出版。其实她写诗的时间很早，1998年就开始写。多次投稿被退回，2007年第一次发表作品,到现在也快八年。为什么突然出名?我想一个原因可能是写作上的进步,艺术发生变化。当然,这只是我的猜测,因为没有把她前后的作品做比较。另外的原因是某种"机遇"。《诗刊》给她做过一个专辑,在这个专辑里面,把"脑瘫"这个词正式用起来,把她身体的残疾加以突出,而有了"脑瘫诗人"的说法,加上她的一些诗确实写得不错,网络、微信开始流传,特别是她的《穿过大半个中国去睡你》这首诗。她的另一些写农村日常生活境遇,写她的家庭、父亲的作品,有朴实但沉重的风格。她写感情的诗,很真切动人。如《我爱你》:

巴巴地活着,每天打水,煮饭,按时吃药
阳光好的时候就把自己放进去,像放一块陈皮
茶叶轮换着喝:菊花,茉莉,玫瑰,柠檬
这些美好的事物仿佛把我往春天的路上带
所以我一次次按住内心的雪
它们过于洁白过于接近春天

在干净的院子里读你的诗歌。这人间情事
恍惚如突然飞过的麻雀儿
而光阴皎洁。我不适宜肝肠寸断
如果给你寄一本书,我不会寄给你诗歌
我要给你一本关于植物,关于庄稼的
告诉你稻子和稗子的区别

告诉你一棵稗子提心吊胆的
春天

但是我很不赞成在她的名字前面加上"脑瘫诗人"的做法。这是一个"噱头":"脑瘫"还能写出很不错的诗。余秀华出生时是倒产,缺血、缺氧导致脑部损害。她目前的状况是走路不稳,说话也不清楚,但是思考并没有障碍。曾经到浙江温州一带找工作养活自己,没有能实现,在湖北农村家里主要靠父母养活,也做一些力所能及的家务。我知道这些信息,当时一个直接的反应是,媒体与其过分将"脑瘫"与"诗人"联系起来,更应该追问的是,为什么残障人士在这个社会里无法找到养活自己的生存之路。在我看来,诗倒是其次的。

一些值得思考的问题

大陆诗歌界的"兴旺",确实值得高兴,应该为诗的繁荣、诗走出小圈子而庆贺;这是诗在被冷落时候的期待。无论出于什么目的,是什么样的力量推动,更多的人读诗,关心诗的写作、传播,总是件好事。这也是诗人、批评家、出版人、诗歌活动组织者努力的结果。不过,也出现一些可以进一步思考的问题,譬如:

网络、微信等互联网手段,改变了诗的发表、传播、阅读方式,这是一种革命性的变革。它挑战了既往诗歌"守门人"的权力格局,让诗歌伦理意义上的"民主"得以实现,但是否也可能导致诗歌标准、门槛的下降,影响诗的公信力。而微信等的繁盛,既扩大视野和便利沟通,但也可能让诗人和批评家陷于更"微"的小圈子,失去不同观念、问题之间碰撞的机会和欲望,在这些"微圈子"里自娱自得?

多媒体的视觉诗歌,当然扩大了诗的表现力,开掘被掩盖的潜能;事实上,不同艺术门类之间存在互通和互补的可能性。因而艺术门类之间的交往、渗透，总是新锐探索者的着力点之一。艺术分类是历史现象，它总是处在变动之中。但这种分类也仍有其根据；设想诗过于倚重视觉图像的支撑，会否动摇我们对语言、文字的信心，削弱、降低我们的语言感受力和想象力？

　　作为新文化的一个重要组成部分，新诗发生时就赋予它那种"启蒙"的意义和功能。新诗和历史变革、社会进程、语言"再造"构成的那种"时间焦虑"，一直成为它的内在素质和驱动力。新世纪以来，对诗的特性和功能的理解，显然有了分化。在一些诗人的观念里，和展开的诗歌现象中，都可以发现诗的应酬交际、娱乐游戏等内容和功能得到凸显、强调。这既是对古典诗歌文化"传统"的一种承接，也是现代消费社会给出的文化发展指向。这种情况，"新文化"理念的秉持者肯定忧心忡忡，另一些人却认为是诗摆脱困局走向"大众"的坦途。但是，如诗人姜涛的提问：挣脱时间焦虑和历史紧张感的诗人，"会否成为秀场上红妆素裹的先生女士"，诗歌成为时尚的消费品？

　　在今日，生活在一个均质化的社会现实里，个人人格的诞生和成长，仍是诗/文学所应承担的重要责任。但是，在我们所处的境遇里，是否还有属于自己的人格和个人的内心空间，又如何定义这个空间？获得、保持与消费社会，与"大众"的距离所形成的孤独感，越来越不是一件容易的事情。因此，在诗被冷落的时候大家热衷征引的"献给无限的少数人"这个短语，我觉得在今天依然没有失效，仍有它警示我们、慰藉我们的力量。

当代的文学制度问题

一

对中国现当代文学,尤其是当代文学的文学制度的研究,近十多年来取得很大进展,成为一个热点。我在一个时期也曾关注过这个问题,主要是 80 年代中后期到 90 年代,其成果在我编写的文学史(《中国当代文学概说》《中国当代文学史》)中有所体现。不过,回想起来,当时对这个问题的研究处于不很自觉的状态,也缺乏必要的理论、方法上的准备。因此,这些年读到许多学者这方面的论著——如王本朝、张均、邵燕君、邢小群、李洁非、吴俊、黄发有、孙晓忠等的论文和专书,以及近年来出版的文学史著作,如吴福辉的《插图本中国现代文学发展史》(北京大学出版社,2010 年),钱理群担任总主编,钱理群、吴福辉、陈子善担任分卷主编的《中国现代文学编年史》(北京大学出版社,2013 年)——学到很多东西,加深了对这个问题的理解。

80 年代中后期我注意文学制度问题,带有一定程度的偶然成分,并没有从文学社会学的层面来研究当代文学的自觉意识。当时其实最关心的是作为"知识分子"的当代作家的"精神独立性"问题。和许多人一样，我对"文革"后"新时期文学"充满期待，这种期待是以50—70年代的文学作为背景的，认为50—70年代文学是衰退、低潮时期，还计划写一本书来描述这个状况。虽然书八字还没有一撇，却已经取了"文学的贫困"的名字。对造成这一境况的原因，主要归结为"当代"作家普遍性的思想、艺术衰退，而这又是作家缺乏独立精神态度，和中国尚未形成现代独立的"文学传统"所导致。也就是说，在寻找这一根源的时候，主要是从个体的文化性格，和整体的文学传统这一立足于精神性的方面去想问题。为此，一方面重点搜集"跨时代"作家，如巴金、曹禺、何其芳、老舍、艾青等在当代创作、思想的资料，另一方面也尽可能去了解有相似问题的外国作家的情况，作为思考的参照。后者指的是20世纪苏联和西方有左翼倾向的作家，如高尔基、马雅可夫斯基、罗曼·罗兰、卢卡奇、阿拉贡、马尔罗、聂鲁达等。我想比较他们与中国作家，在遭遇革命与艺术，集体行动与个人主体性坚持这样的矛盾下，他们应对、选择上有什么样的异同。

但是这个写作计划很快就放弃了；现在看来放弃是对的。原因有怎样几点。一个是，对当代前30年的文学的认识有了一些改变，严格说来是观察、处理的方式有了调整，觉得把寻找"衰退"原因这种批判性设定为前提，无助于深入了解、把握对象的内部结构和问题的复杂性。另外一个是，在80年代，我看到许多作家都在突出自己在当代的受难经历，构建他们"受难者"和"幸存者"的"身份"角色，把构成这一时期文学的"制度网络"，简化为施压和受压的二元关系，撇清自身所应承担的责任，便觉得单一地从精神、心理的方面来考察这个问题，其合理性和有效性实在值得检讨。

这些疑惑，这些调整，在我这里不是突然发生的，而是一个较长时间的积累，由阅读和一些事件所引发。下面举几个至今印象仍深的事例。

二

80年代初,在中国社科院文学所办的内部刊物《文学研究参考》上,我读到尹慧珉女士的《旧事重提》①。《旧事重提》,介绍的是《中国季刊》(*The China Quarterly*,1960年在伦敦由英国国际关系研究所创办,1967年移交伦敦大学东方与非洲研究学院)1963年的一个专刊,这个专刊登载1962年在伦敦召开的讨论《讲话》指导下的"中共文学"会议的论文12篇,和夏志清在会后写的《延安会后20年》。尹慧珉说到,那次会议的总体论述,是对《讲话》之后、由《讲话》为指导的文学持质疑、否定的态度,而谈得最多的是文学的"控制"。她引了论文中这样的说法:"如果和事实上的控制相比,我们倒不必在毛泽东的文学理论上多所争论","从我们的观点看,对中共文学的任何评论,都离不开控制问题";而这种控制,在很大程度上又转化为作家写作的自我审查,导致"没有给作家留下在创作上犯错误的余地"。对80年代中国大陆的当代文学研究者来说,"控制"自然不是什么新鲜话题,但自我

---

① "文革"后的一段时间,有两份可以个人订阅的"内部刊物",在我的学习中起到重要作用,一是外文出版局的《编译参考》,另一就是文学所的《文学研究参考》。这里要感谢已经离世的尹慧珉女士。怀着感激之情从网页上搜索有关她的资讯,却只有简略的片言只语:1924年出生于湖南邵阳,2010年去世。40年代初就学于重庆的中央大学外文系,参加过学生运动,1947年毕业于南京大学外文系。随后和五六十年代,在江苏、武汉当过中学教师,任职于武汉的《长江日报》和北京的《工人日报》,后到了文学研究所工作。翻译有李欧梵的《铁屋子的呐喊:鲁迅研究》等论著。80年代的《文学研究参考》,译介了不少外国重要文学论著,以及外国学者(竹内好、普实克、夏志清、浦安迪、韩南、叶维廉、佛克马等)研究中国现当代文学的著作;其中不少出自尹慧珉女士之手。80年代初我知道夏志清与普实克就《中国现代小说史》的争论,了解佛克马出版于1965年的《中国文学与苏联影响(1956—1960)》一书的大致内容,都是借助于她认真、翔实的译介。

控制、自我流放（或苏珊·桑塔格在谈及卢卡奇时说的"内部流放"）的说法，当时却富启发性。特别是，当我们主要关注50—70年代接连不断的政治-文学运动（当时称为"文艺思想斗争"）在控制上的作用时，《旧事重提》提到的论文，也提醒注意"日常生活"里习焉不察的制度因素；而且，控制也不只是体现为惩戒，还有更复杂的方式。

例子之二。80年代初，大陆作家开始出访西方。在一则有关中美作家圆桌会议的报道中，涉及了作家经济来源、生活保障的问题。当得知大陆作家都隶属某一单位，即使长时间不写作、不发表作品生活也基本无忧的时候，有美国作家玩笑地说，我们很想到中国去当作家。面对这样的反应，当时大陆作家想必错愕，进而也会有另一番美国作家所不能了解的苦涩。这种反应引起我注意的是，两种制度下作家经济收入所构成的生存条件，和对写作产生的影响，超出我原先的单一想象。后来读埃斯卡皮的《文学社会学》，他谈到文学结构与社会经济结构关系，和作家的社会经济地位时，比较了资本主义国家与社会主义国家的不同，说在西方国家，即使发达的国家，也只有少数人能从专业文学活动中获得同技工相等的，或高于技工的收入，而在社会主义国家，作家和所有劳动者那样有着经济的保障。但是，他接着说，这种保障又导致"文学过程"（写作、发表、传播、评价）与管理、控制文学的机构之间的矛盾、对抗更为明显，也"更令人难堪"[①]。是的，正如50年代初刚成名的青年作家刘绍棠，既有通过写作实现"为三万元人民币而奋斗"的可能（当年的三万元对普通人来说是个"天文数字"），但也有因触犯政治-文学戒律而成为政治、经济上的"贱民"的这种反差极端的状况出现。

例子之三。在阅读有关知识分子问题的材料时，1957年"鸣放"期间民盟负责人叶笃义先生的一番话引起我的注意。叶笃义（1912—

[①] 埃斯卡皮：《文学社会学》，浙江人民出版社，1987年，第157页。

2004）时任民盟中央副秘书长和办公厅主任,"反右运动"被划为"右派"分子,撤销全部职务,由行政 8 级降为 13 级。他在 5 月中共中央统战部召开的帮助共产党整风的座谈会上,谈到当代的"政治社会化"和"社会泛政治化"的现象。他说,目前的制度,"造成政治地位超过一切,并且代替社会地位。过去是行行出状元,现在是行行出代表(人民大会代表),行行出委员(政协委员)……因之,造成了人们都是从政治地位来衡量一个人在各行各业地位的高低"。① 这番话让我了解到,"政治"获得至高无上的位置,甚至以"政治地位"来取代专业成就,在当代并不只靠观念的传播渗透,更主要是一整套的制度设计。民国时期,政治地位虽然也是政府的控制手段之一,但是它的重要性和覆盖面,远不及当代。在这样的情境下,政治立场、表现和由政治标准决定的文学成规,理所当然地成为作家的关注中心。

就是在读到叶笃义发言的前后,正好有著名的中篇《绿化树》发表。作品中那个有些猥琐,但也执着、忠诚的主人公,经历了"在清水里泡三次,在血水里浴三次,在碱水里煮三次"的磨难,最终"踏上通往这座大会堂的一条红地毯"。小说写到,章永璘踏上红地毯的时间是 1983 年 6 月,而他的创造者张贤亮也正是这一年成为全国政协委员。《绿化树》80 年代在翻译为英文、日文等文字的时候,译者(如杨宪益先生)提出将结尾踏上红地毯的一段删去。但作家不同意。二十多年之后,张贤亮解释当年拒绝的理由,说从 50 年代开始,全国就编织一套"身份识别系统"和"身份识别制度",人被分成三六九等,他作为一个"不可接触的贱民"在这样的制度中生活了二十多年;"文革"后为"右派"等平反,是"身份识别系统"和"身份识别制度"被取消的标志,这"超过人类历史上任何一次奴隶解放"。张贤亮接着说,我们"从各自

---

① 发言刊登于 1957 年 5 月 17 日的《人民日报》。

的灰头土脸的世俗生活中走出来,第一次步入壮丽的人民大会堂'参政议政',怎能不感慨万千"①?我十分认同他对删去最后情节的拒绝,但理由不尽相同。作为读者我想到的是另一些问题。这个中篇当时好评如潮是有道理的,它的叙事结构虽不脱中国传统小说、戏曲的"公子落难—女子相助—金榜题名"的模式②,但作品中呈现的特定时、地、人真实、丰富的生活、心理、制度情境,远超过当时的同类作品;这也包括这个争议颇多的结尾。由此我明白,80年代的"归来"一词,不仅是指不实的罪名得到澄清、洗刷,而且必须有制度层面上的保证。被抛出轨道的"天庭的流浪儿"(流沙河诗)回到原先的"轨道",意味着重新被这一体制重新接纳,而且因带过荆棘的冠冕而增添荣耀。毫无疑问,"文革"后为当代的诸多冤假错案平反,具有重大历史意义,但如张贤亮说的"身份识别系统"和"身份识别制度"全面取消、崩溃,这种幻觉的产生,应该和踏上红地毯而产生的精神迷狂不无关系。

例子之四。"文革"后我就参加当代文学史的编写,具体来说,就是张钟先生③组织的《中国当代文学概观》。《概观》编写有五人参加,初版于1979年。1986年修订版出来时,我对自己在编写中的文学史观念、运用的方法就有了一些怀疑。1987年在安徽黄山开中央电大当代

---

① 张贤亮:《一个启蒙小说家的八十年代》,《我与八十年代》,生活·读书·新知三联书店,2011年,第99—101页。

② 有所不同的是缺少"洞房花烛"。那是因为救助他的女子,在张贤亮认为"身份识别制度"已经取消的情况下,其下层身份没有任何改变。对《绿化树》等的叙事模式,黄子平当年做过分析,参见《同是天涯沦落人——一个"叙事模式"的抽样分析》,收入《沉思的老树的精灵》(浙江文艺出版社,1986年)。

③ 张钟,1932年生,吉林大安人。1958年北京大学中文系毕业后留校任教。1977年,和谢冕在北大组建当代文学教研室,任教研室主任,在当代文学教材编写和教学开展上功不可没。80年代后期到90年代初,参与筹建澳门大学中文系,担任第一任系主任。出版的专著除《概观》外,有《老舍研究》《中国大陆八十年代文学潮流》等,1994年病逝。

文学教学讨论会期间，我和张钟讨论过这个问题。针对当代文学史普遍的叙述方式——1949年第一次文代会召开和"共和国"建立，历史宣告翻开新的一页，进入当代文学的阶段——我说，这些历史事件固然是重要标志，但是，"新的一页"是怎样的具体内容，它是如何掀开的，谁掀开、谁宣告，没有做出必要的解释。我知道，"新的历史"的立法者和讲述者，常会将历史过程描述为一种水到渠成的自然状态，一种合乎规律的必然进程，而有意无意模糊、掩盖它在建构、"转折"中的具体情境，包括成规转换、制度确立中发生的冲突。那时我正翻阅周扬等主编的《中国人民文艺丛书》（新华书店版）和茅盾主编的《新文学选集》丛书（开明书店版）。我的兴趣不是收入其中个别作品的具体内容，而是两套丛书的不同的编辑方式、出版方式，和它们的等级关系所体现的文学观念和出版机制的特征。我与张钟商议，我们也不要泛泛议论，或许可以选择某一个案入手，来讨论当代文学的转折与建构这个被忽略的问题，作为下一阶段研究的拓展。张钟同意我的想法，也提出他的设想。但不久，他就赴澳门大学工作（他赴任时澳门大学名为东亚大学）。我虽然顶替他做了教研室主任，却因在同仁中没有什么威信，也没有丝毫的组织能力，这个集体研究计划只好落空。

三

这些零星的体会、经验，80年代后期因读到法国罗贝尔·埃斯卡皮的《文学社会学——罗·埃斯卡皮文论选》得到串联、提升。有意思的是，埃斯卡皮的著作，在大陆和台湾的几种中文译本，都集中出版于1987—1990年间，包括浙江人民版、安徽文艺版、上海译文版和台北远流版。我读的是1987年浙江人民出版社的版本，于沛等选译自埃斯卡皮的《文学社会学》(1958年)、《文学性和社会性》(1970年)两书。可以推测到,在大陆和台湾,以社会学方法来研究文学问题,在当时都还是一个新的,尚待开发的研究领域。

这种理论、方法的可能性,建立在强调文学与社会生活密切关联这一理解的基础上;也就是说,社会事实外在于个人,对个人的行为跟认知(文学创作也是其中一项)有深刻影响、制约。理解这一点对我来说倒不是难事。大学一年级(1956年)上"文艺学引论"的入门课(当时使用的教材是苏联毕达科夫的讲稿),首先传授的便是马克思关于经济基础与上层建筑关系的理论。大学毕业后一两年间,认真读过的三本理论书,也都和这个主题相关。虽说恩格斯的《费尔巴哈与德国古典哲学的终结》(张仲实译,人民出版社1957年版)、普列汉诺夫的《没有地址的信 艺术与社会生活》(曹葆华、丰陈宝、杨民望译,人民文学出版社1962年版),与丹纳的《艺术哲学》(傅雷译,人民文学出版社1963年版)不属同一思想体系,但在强调文学与社会境况的密切关系上持有相同的态度,就如普列汉诺夫在为丹纳的书辩护时所说的:"任何一个民族的艺术都是由它的心理所决定的,它的心理是由它的境况所造成的,而它的境况归根到底是由它的生产力状况和生产关系所制约着的。"[①]——从这些书,当年我坚定了对"唯物主义"文学观的信仰,坚信文学艺术的状况是由人的社会生活"境况"(在丹纳那里,"境况"指的是种族、环境和时代,在马克思主义者那里,则是体现生产力、生产关系的阶级状况)决定。现在看来,这种"信仰"对我来说是利弊参半。这既让我后来的研究与"本质主义"观念保持距离,接受"历史化"方法也不必那么费力,但也让我本来不多的想象力更加欠缺,对世界、对人的生命应持的神秘感和敬畏感,也更为稀薄。

[①] 普列汉诺夫:《没有地址的信 艺术与社会生活》,第53页。

虽然在文学观上这么"唯物",但 80 年代理解埃斯卡皮的"文学社会学",还是需要克服观念、情感、方法上的一些障碍。这里涉及如何看待"文学",和如何讨论文学的方法。说起来很矛盾,五六十年代接受的文学教育,既十分强调文学的社会性,但又继承着 18、19 世纪浪漫派的那种文学想象。我想,当代文学的建构者其实有他们的难处:在拆解文学神秘性的时候,如何不让它沦为"俗物",损害其意识形态功能的神圣感,这是相当纠结的问题。因此,在将文学写作看作灵感、想象的施展,和将它看作"一种经济体制范围的职业",将文学书籍看作"一种工业品","受到供求关系的支配",以及是否可以使用实证、社会调查和统计的方法来处理文学事实之间,确有不少障碍需要跨越;这也包括在文学分析中使用投资、消费、供求关系等经济学语词。

埃斯卡皮的论述对我的启发,主要还不是细节和方法上的,最大的启发是书开头的"文学同时属于个人智慧、抽象形式及集体结构这三个世界"那些话①。在他那里,"文学"展开了我以前没有意识到的空间;"文学事实"既是一个"过程"(由作者、书籍、读者组成),也指使这一过程得以实现的,包括文学生产、市场、消费等组成的链条中的"机构"。

这样,我在 80 年代末,便开始将当代文学制度问题纳入当代文学课的内容之中。这个问题比较全面展开,则是 1991—1993 年在东京大学教养学部的当代文学专题课上②;讲稿后来经过整理,以《中国当代文学概说》的名字由香港青文书屋出版③。《概说》的第二、第三章,集中

---

① 埃斯卡皮:《文学社会学》,第 1—2 页。

② 那个时候,日本中国文学研究界还不认可"当代文学"的说法,我的课在课表上被标为"近世中国文学"。

③ 书稿 1994 年就整理完毕,因多种原因迟至 1997 年才得以出版。青文书屋位于香港湾仔一个楼房的二层,经营者为罗志华先生(1953—2008)。他 1988 年接手青文书屋,书屋成为香港作家和文艺青年的聚集地。罗志华既是书屋老板,也是书店唯一的店员、杂

谈的就是当代文学的制度问题。它们涉及作家组织和文学团体、文学批评和文学运动、读者反应和书报检查、作家收入和社会地位这四方面。第二章开头的两段话,是我在当时对当代文学制度问题的基本理解:

> 基于政治上的原因,或基于道德、宗教、社会秩序等的考虑,国家政权和社会组织往往通过各种方式,对文学的写作、出版、流通、阅读加以调节、控制。这种调节、控制,不同社会性质的国家会采用不完全相同的办法。
>
> 对于中国当代文学来说,这种调节、控制有其特殊性。这首先表现为,从50年代初开始,逐步建立了严密而有效的文学管理干预体制。在这一体制下,作家的文学活动,包括作家的存在方式、写作方式,作品的出版、流通、评价等被高度组织化。这种"外部力量"所施行的调节、控制,在实施过程中,又逐渐转化为大多数文学从业者(作家、文学活动的组织者、编辑和出版人)和读者的心理意识,而转化为自我调节和自我控制。

后来在北大上课,又有进一步的补充、发挥,这体现在《问题与方法——中国当代文学讲稿》[①]一书之中。可以看出,由于当代前三十年文

工;是独立出版人,也是唯一的排版员、苦力。书屋出售文学社科著作,他也以一己之力出版了刊物《诗潮》《青文评论》和"文化视野系列"丛书。从联系作者,到编辑、出版、发行等都一人承担。2008年2月,罗志华在仓库搬运书籍时,被埋于20箱书之下,14天后才被发现。有纪念文章将他的死与捷克作家赫拉巴尔的作品联系,在《过于喧嚣的孤独》中,一位视书如命的工人,最后抱着心爱的书在废纸打包机里让机器里的书籍压死自己,"而在现实生活中的香港,一位文化符号般的卖书人在整理书籍时意外身亡于书丛之中"。

① 生活·读书·新知三联书店2002年初版,2014年修订版。

学写作、传播、消费的市场因素的制约还不是十分明显,或与政治权力的控制相比几乎可以忽略,所以当时完全没有注意到市场这方面的问题。

四

我在这方面的研究上也留下不少问题(这些问题纯属于我个人,在其他研究者那里可能并不存在,或已解决),其中最主要问题是制度与思想、精神之间的关系如何处理。开始接触这个问题的时候,基于50—70年代中国文学的境况,"制度"在我的心目中有负面的价值预设,认为它与"创作自由"相对立,需要加以批判性解构。后来检讨了这种绝对的"创作自由"想象,当然理解了"文学制度"并非是某一特定时空的现象,也不会笼统、一律地将之置于批判的位置。在制度研究上,我觉得罗岗说得好。他在引述了陈寅恪的话[①]之后说,思想和制度之间有着错综的关系,在这个问题上,"思想的落实必定需要依赖制度性的保护;而制度的沿革变化,若不从思想上加以说明,则往往流于史实的铺陈,无法呈现内在的理路",紧要的是要了解"这种依存关系下两者的尖锐矛盾:一方面思想在制度化的过程中逐渐被体制收编;另一方面思想又在反抗体制的过程中显示出自身的活力"。[②] 普列汉诺夫在《艺术与社会生活》中说到,社会境况是通过人(作家、批评家、读者、文学决策者等)的"心理状况"作为"中介",而影响、制约艺术的。因此,某一

[①] 陈寅恪在研究隋唐制度时,批评简单以"思想史""观念史"来驾驭"制度史"的做法,说"执一贯不变之观念,以说此前后大异之制度也,故于此中古史最要关键不独迄无发明,复更多所误会"。

[②] 罗岗:《危机时刻的文化想象》,江西教育出版社,2005年,第3页。

时空的文学制度的展现与对作家等心理状况的细察之间,如何取得在研究方法上的有效关联,这是个需要进一步探索的问题。这个探索,旨在我们描述一种总体趋向的同时,不致抹去历史的多层构成和偶然性。我最近写的"材料与注释"的系列文字,也是试图在总体制度情境的描述之下,来看看人的活动,他所采取的不同应对方式有着怎样的空间。这样,就不至于将一个时期的文学状况单一从思想层面加以解释,但也防止将一切都归结于制度因素。而"外部制度"和"内部制度"(如果可以这样区分的话),也就是说,外部的"物质"制度与文学作品文本的内在制度、文学成规之间的另一层关联,也因此得到有开展探索的可能。

　　说起来,文学制度研究对我来说,最大的困惑可能是,在理解一个时期的文学,和理解个别作家创作的时候,它的可能和有效性究竟有多大?物质制度的研究,不论是否抱有怎样的明确的目标,最终是达到破坏作家、文学写作、阅读感受上的神秘性,将"文学过程"解释为一种可视的,或许也可量化、如实验室般的可分解的物质生产过程。这是对文学的"祛魅"。这当然是研究空间的开拓,也是研究的深化。我们因此得以了解过去被遮蔽的现象,也让写作者和阅读者(批评者)在处理与社会制度的关系上增加自觉性。但是,回过头也要约束这一"世俗化"过程的速度和程度,在它的限度上有所警觉。我们无需将文学过程过度浪漫化,但同样无需让自己成为"制度拜物教"的信徒。要是这种解析导致文学精神性的削弱,导致其应有的神圣性的坍塌,那么,我们也许要仿照一位诗人说过的"诗歌就是不祛魅"那句话,说:文学就是不祛魅[①]。

　　　　　　　　　　　　　2014 年 8 月,台湾新竹"清华大学"

[①] 臧棣访谈《诗歌就是不祛魅》,载诗歌民刊《新诗》2006 年第一期(蒋浩主编)。

关于当代文学的史料[①]

我在史料上存在的问题

陈子善先生刚才休息的时候说,史料工作是一个基础,我们也可以说重视史料是研究者的"职业伦理"。你首先要把事实弄清楚,然后才有你的观点和分析。当然,也不是材料越多越好,材料越多研究就越出色。就像有的学者说的,要学会记住,但也要学会忘记。至于记住哪些,忘记哪些,这对研究者的研究目标、视野、智慧都是一种考验。材料也必须有某种理论框架才能获得价值,必须加以编排、修订,才能成为文学史的史实。设想在 80 年代,或者"十七年",作家的经济收入,版税稿酬什么的,以及报刊刊载的书籍广告,会得到研究者的重视吗?而到了 90 年代,文学生产中的体制问题,就得到关注,这些现象自然就纳入研究者视野。

[①] 根据 2016 年 4 月在长沙理工大学现代文学文献学会议上的发言改写。发言的时候,提到对被称为肖斯塔科维奇"口述回忆录"的《见证》一书真实性的争论,也谈到我撰写《材料与注释》这本书的考虑和遇到的问题。这些内容与收入《读作品记》里另一些文章的内容重复,这次都删去。但增加了有关当代文学史料的特殊性问题的讨论。

我从事文学史研究、写作，还算是比较重视史料的。这二三十年，基本上是在翻阅各种作品集、报纸杂志中度过的。80年代，不止一次从头到尾翻读过《文艺报》《人民文学》《译文》(《世界文学》)等重要刊物。1991年到1993年在日本东京大学，也把资料室的《人民日报》逐年搬到研究室翻看。我开玩笑说，没有才气的人，注定因为翻读旧书刊鼻孔灰尘堵塞。不过，比起在座的诸位，像陈子善、解志熙、商金林、刘福春、金宏宇、易彬等先生来，在史料工作上就差得很多，不是一点半点。70年代末80年代初编写当代文学史，就碰到过很多史料问题，因为缺乏穷根究底的毅力，不少问题虽然发现，却没有下工夫去深究，只是在文章和书里提一下。比如许多从民国时期进入当代的作家对自己作品的修改，比如田间80年代诗集新出现的"街头诗"的真伪，比如开明版"新文学选集"的编纂方式，等等。冯至20年代《昨日之歌》《北游及其他》中的诗收入《冯至诗文选集》(人民文学出版社，1957年)时，有许多修改，当时仔细比较过，但是只在一篇谈冯至艺术个性的文章中提及；没有就这个问题展开讨论。事实上，冯至先生的修改，不只是意识形态方面的问题，还与当年推行的"汉语规范化"有关。语言的变迁与时代风尚，与政治变迁之间的关系，通过这些修改也许可以寻绎出有意味的问题，但是都没有去做。

另外，我近期的研究，由于缺乏严格态度，也经常出现差错。《中国当代文学史》1999年出版以来，有十多位读者口头或书面指出其中史料的错误，或不够精确的地方。一直到最近，还通知出版社改正关于《晚霞消失的时候》是"手抄本"这一子虚乌有的说法。我也没有注意到赵振开的《波动》有四种版本，这是河南大学的李建立老师告诉我的。《问题与方法——中国当代文学史讲稿》初版也有一些错误。下面举两个例子。

一个是我谈到茅盾1958年的《夜读偶记》，认为茅盾对"现代派"

文艺的批判性观点,可能受了卢卡奇的影响;因为他们的主张,论述方式都有相似的地方。后来,广东外语外贸大学刘玮婷在学位论文(《〈夜读偶记〉中的卢卡奇影响》)中,对我的猜想提出质疑。她认为这个猜想不能成立,茅盾关于"现代派"的基本看法20年代末已经形成,《夜读偶记》的论述与这些看法相近,《夜读偶记》只是它们的延伸。这个事实弄清楚,其实并不难,不是复杂的史料发掘问题。另外,《夜读偶记》中说20年代茅盾用"新浪漫主义"来指称"现代派"。但茅盾当年使用这个概念的时候,并不是单指"现代派",有着复杂的内涵。我也没有对这个问题加以说明。其实,王中忱教授80年代的论文就已经指出这一点[①]。

《问题与方法》里头的另一个差错是,我认为在马克思主义美学范畴里,对"现代派"的批判性态度和理论逻辑,系统论述应该始于匈牙利的卢卡奇。实际上不是这样。贺桂梅在《"新启蒙"知识档案——80年代中国文化研究》[②]这本书中指出这个问题。她说,卡林内斯库在《现代性的五副面孔》里考察马克思主义文艺批评的"颓废"概念的时候,认为"首先提出一整套艺术颓废理论的当是俄国的革命哲学家普列汉诺夫",普列汉诺夫对西方资产阶级文化颓废的解释,成为苏联批评的标准主题,并在日丹诺夫思想专制时期得到加强,而且也为一些更富有学识的理论家,如卢卡奇、克里斯托弗·考德威尔所遵守……贺桂梅说,"因此可以说,茅盾及50—70年代中国主流文坛对'现代派'的拒绝可以从国际共运正统理论中找到资源"。

普列汉诺夫我还不算十分陌生,1961年大学毕业后刚参加工作那几年,曾经认真读过一些理论书,当时大陆出版的普列汉诺夫文艺理论

---

① 王中忱:《论茅盾与新浪漫主义文学思潮》,《浙江学刊》1985年第4期。
② 贺桂梅:《"新启蒙知识档案——80年代中国文化研究》,北京大学出版社,2010年。

的两本书都仔细读过。一本是《论西欧文学》，吕荧先生译的，另一本是曹葆华译的《没有地址的信 艺术和社会生活》[①]，还有《论个人在历史中的作用》等。如果真的要探讨马克思主义文论关于这个问题论述的"起源"的话，显然不应该忽略普列汉诺夫。这些差错，去年《问题与方法》出增订版的时候，我采用了批注的方式加以纠正。但可能还有别的纰漏没有发现。

这些年，当代文学史料工作的重视程度有了加强，许多学者做了艰苦的努力，特别在重要作家研究资料整理方面。当然，和古代、现代文学比起来，还是有不够的地方。其中部分原因属于观念上的，觉得比起理论、观点来，史料问题是次一等的：我们总认为"观念"优于"观看"。

史料工作的重要意义

我研究当代文学史，自己当然也做了许多史料蒐集、整理的工作，否则研究不可能开展。但是，我们的研究也得益于许多专门做史料工作的研究者的成果。70年代末80年代初，当时我使用的，记得有1967年我参与编写的《文艺战线两条道路斗争大事记》，有仲呈祥先生编的《新中国文学纪事和重要著作年表1949—1966》（四川省社会科学院出版社，1984年），这是他参加朱寨先生主持的《中国当代文学思潮史》的"副产品"。还有吉林师范大学中文系当代文学教研室编的《中国当代文学史年表（1949.3—1966.5）》（1979年内部印行的"征求意见稿"），

[①]《论西欧文学》由人民文学出版社出版于1957年，《没有地址的信 艺术和社会生活》出版于1962年，后面一本1964年以书名《论艺术·没有地址的信》由生活·读书·新知三联书店再版。

其他还有山东大学等二十一院校编写组主编的《中国当代文学参阅作品选》，收入50年代到"新时期"受到批判或存在争议的作品，共有11卷，福建的海峡文艺出版社1983年开始陆续出版。从50年代末到80年代初，北大中文系资料室几位先生（记得先后有张又渔、李绍广、倪其心等）一直坚持做专题剪报，蒐集报纸上有关中国文学、文学理论（古代到当代）的重要评论文章、研究论文，装订成册。如"山水诗和共鸣问题讨论""电影《北国江南》讨论""小说《金沙洲》讨论""散文笔谈""历史剧讨论""山水诗讨论""《海瑞罢官》讨论""《创业史》讨论"等等，贴在牛皮纸上装订成册，不下几十种。它们对我帮助很大。这些剪报后来就当作废品处理了；很心疼这些先生的劳动。——当然，这是互联网出现之前的资料编集方式。至于我利用的各种作品集，当代作家的研究资料集就更多了。也包括辞书，如80年代后期出版，贾植芳先生主编的《中国现代文学词典》，里面有许多当代的条目，社团、刊物、丛书等。中国社科院文学所从1981年开始出版《中国文学研究年鉴》，分门别类提供该年度的文学作品、理论批评、重要事件和会议信息，以及该年度的研究论文篇目：这也是我经常翻阅的"工具书"。这个"年鉴"90年代改名《中国文学年鉴》，削弱"研究"的分量。到21世纪则改为《中国文情报告》，性质发生很大改变。"文情报告"，听起来就是供领导掌握"文情"办的，研究上使用的价值就所剩无多了。

史料工作，有时候被看作只是为研究建立基础。其实，创造性的史料工作，就是学术研究的重要组成。近年来风行的文学编年史，有史料汇集的性质，实际上也是另一种文学史；因而，不同的"编年史"的价值，和不同的文学史一样，相差很大。严格说，史料的蒐集、整理很难说有"纯粹"的，它总是与文学典律确立，与对文学历史的理解，以及与现实的问题意识有密切关系。我们总不会去做任一作家的年谱，不会做任一作品的版本校勘或发表时间考证，也大概不会耗费精力去寻找任一作家的轶文、书信，搜寻文坛上的任一奇闻轶事：除非有这样的癖好。选择、判断和采用相应方法本身，就不是技术性工作。史料编纂整理也有各样的目的。教学的目的，为不同需求的读者提供某一作家、流派或某一时期的值得阅读的作品的目的，为专门研究者分门别类提供研究资料的目的，等等。作品选的编选，也有侧重"文学史意义"或"文学意义"的差别。从把握文学过程的角度，卢新华的《伤痕》和刘心武的《班主任》也许需要列入，但如果从展现一个时期文学成就的角度，则未必。从某种意义说，史料整理本身就是文学史研究，具有历史叙事的性质。《九叶集》（辛笛等，1981年）、《白色花》（绿原、牛汉，1981年）、《新感觉派小说选》（严家炎，1985年）、《朦胧诗选》（阎月君等，1985年）……既是史料性质的作品选，但又都具有文学史叙事意义。这些选本在九叶派、七月诗派、新感觉派以至朦胧诗的文学史地位的确立上，起了重要作用。前些年讨论30年代赵家璧主编的"中国新文学大系"，不少研究者都指出这套大型作品选、资料集的文学史性质，它为刚发生不久的"新文学"立传，确立其文学史价值，也对后来的现代文学史书写发生深远影响。

当代文学史料的特殊性

当代文学史料和古代、近现代文学史料，性质和整理方法，大的方面应该没有什么不同。但是当代文学确实也有自身特点。举例来说，第一是材料的量是近现代难以比拟的。现代文学期刊，包括著名的报纸文学副刊，虽然不少，但比起当代来就少多了。50年代以来的文学刊物，报纸文学副刊，除了全国性、"中央一级"的以外，各省、市、县，甚至市下的区，文学刊物的数量难以准确统计。怎么编文学期刊目录？恐怕只能选择重要的刊物。那就有怎样定义"重要"的问题。虽说"中央"比"地方"刊物更重要，但也不能一概而论。刊物各个时期的地位也有变化。上海《文汇报》和四川《星星》（成都）诗刊，对一个时期（1957年）的文学考察就很重要。《蜜蜂》（《河北文学》一度的刊名）、《处女地》（黑龙江）对了解1958—1959年的新民歌讨论不可忽略。研究以赵树理为中心的山西文学，和柳青、杜鹏程、王汶石为中心的陕西文学在当代的流派问题，自然要考察50年代的《火花》和《延河》。研究当代杂文、随笔，不能忽略60年代的《北京晚报》和广州的《羊城晚报》副刊。关注80年代初的新诗潮，也不应漏掉新疆石河子的《绿风》诗刊。至于已经消失的《新观察》《文汇月刊》等文化刊物，对当代文学研究也应该列入关注对象……我们很难再编类乎30年代的新文学大系那样的大系，或者说，如果勉强编出来也难以产生那样的影响。追求"客观""全面"（王元化先生为《中国新文学大系》第五辑编纂的指示）的观念，在资讯爆炸的今天，"陷阱"的可能会胜过"坦途"。

第二，当代文学与政治的关联更加紧密，不仅是中国社会政治，而且是世界政治局势、运动，甚至有时候就是政治运动的组成部分。在这种情况下，史料整理区分文学与政治的界限不是那么容易，这就牵涉到范围、边界的问题。如果局限于"纯文学"，显然难以呈现其面目，但过于放大，又会失去边界。比如，如何处理当代的无数的政治运动的材料，如何处理党和国家领导人有关文艺问题的讲话、指示，以及相关的政策性文件？1950年在华沙成立的社会主义阵营"统战组织"的世界和平理事会，1958年在塔什干召开的亚非作家会议，与中国当代文学是怎样的关系？我们都知道，当代作家、文学界与苏联文学界关系紧密，尤其在50年代。不过，在五六十年代，中国作家与日本左翼、进步作家的来往，作品的译介也很多，这是怎么样的因素促成的？当代文学某个时期发生的重大变革,常常跟外国文学的译介的影响有关。总的印象是,在目前的资料整理中,当代文学的中外文学交流的方面是个弱项,还是一个有待加强的领域。

　　第三,资料封锁和解密问题。由于当代社会的性质,由于文学在很多时间里是政治的从属部分,文学生产被赋予政治管理的运作方式。因此,我们对许多重要文学情况无法得知。无法查阅相关内部资料,包括"文革"期间的资料。也有不少领域成为史料整理和研究的禁区。这一点大家都心知肚明,即使善于探幽寻踪的史料专家也无计可施。公刘80年代初诗里说的,"多少事包在饺子里"。有时候我有一种"消极"的心理,这些暗箱里的操作的详情,这些"饺子"里包的馅,不知道了又怎样?它们真的那么重要吗?特别是着眼于"文学"史,那么,政坛、文坛的这些秘闻,勾心斗角,不知道也就不知道了。里面有的东西,实在是属于黄秋耘说的"制造并赏玩痛苦的昏迷和强暴"。当然,知道了总比不知道要好。

　　第四,特殊文学制度与管理方式。诸如沿袭苏联高尔基文学院的文学讲习所、鲁迅文学院,诸如三结合写作、集体写作、写作组。像朗诵会,赛诗会,故事会,电台的小说连播等,也属于当代特有的传播方式。文学书籍出版,既有公开出版物,也有重要的"内部发行",或供有关人员参考的内部出版物。"文革"期间有"手抄本";70年代末开始,出现大量以诗歌为主的"民刊"和自印诗集。在上世纪八九十年代之交,文学创作对那个转折年代做出回应的首推诗歌,相关作品和文章大多最初刊发于民办诗刊上面。它们是特定时间的值得珍惜的思想情感留痕、印迹。不过,这些诗歌民刊,如《现代汉诗》《象罔》《反对》《九十年代》《发现》等,蒐集已经不易,即使资料丰赡的《中国新诗编年史》(刘福春),这方面也存在缺陷。这给史料整理带来困难。由于历史的"断裂"是当代重要的历史现象,影响着创作的思想艺术形态,也制约着对相关作品的阐释和价值评价。因此，作品写作和发表时间的确定，是与近现代文学不同的特殊问题。而特定年代的文学现象，由于主要是当事人的陈述，缺乏另外相关资料的支持，也给这方面史料的处理增加难度。

第五，新媒体，网络文学问题。这是我们面对的新问题。他们自然应该纳入史料整理范围，但是如何做，还需要这方面的专家探索。立刻就能想到的问题是，这么庞大的资料量如何蒐集整理？是否仍要将它们转化为传统的纸质文本？还是可以放在四五十天后数据可能"消亡"的网络上面寄存？